# MARQUER LES OMBRES 2

L'édition originale de ce livre a été publiée pour la première fois
en anglais aux États-Unis aux éditions Katherine Tegen Books,
HarperCollins Publishers, sous le titre *The Fates Divide*.



Publié avec l'autorisation de HarperCollins Children's Books,
une division de HarperCollins Publishers.



Loi n° 49-956 du 16 juillet 1949 sur les publications destinées à la jeunesse,
modifiée par la loi n° 2011-525 de 17 mai 2011.

ISBN : 978-2-09-258020-2
Dépôt légal : octobre 2018

# MARQUER LES OMBRES

# 2

VERONICA ROTH

Traduit de l'américain par Anne Delcourt

Nathan

*À mon père, Frank, mon frère, Frankie, et ma sœur Candice :*
*nous ne sommes peut-être pas du même sang,*
*mais nous sommes de la même famille.*

Siège de l'Assemblée
Barrière du Ruban-Flux • Barrière du Ruban-Flux • Barrière du Ruban-Flux • Barrière du Ruban-Flux
Ogra
Tepes
Kollande
Essander
Trella
Soleil
Othyr
Zold
Pitha
Thuvhé
P1104
La Bordure

# :PROLOGUE
# EIJEH

« Pourquoi avoir si peur ? » nous demandons-nous.

« Elle vient pour nous tuer », répondons-nous.

Il fut un temps où cette sensation de vivre dans deux corps à la fois nous angoissait. Nous nous y sommes habitués au fil des cycles qui ont passé depuis ce changement, depuis que nos deux dons-flux se sont dissous pour n'en former qu'un, nouveau et étrange. Nous avons appris à faire semblant d'être non plus une mais deux personnes distinctes, même si, lorsque nous sommes seuls, nous préférons alléger la pression en revenant à la réalité. Nous sommes une personne occupant deux corps.

Nous avons quitté Urek, où nous nous trouvions la dernière fois que nous avons pu identifier notre emplacement. Nous flottons maintenant dans l'espace, où l'obscurité n'est rompue que par la courbe rougeoyante du ruban-flux.

Seule l'une de nos deux cellules dispose d'un hublot. C'est un réduit étroit, contenant un mince matelas et une bouteille d'eau. L'autre cellule est un débarras à l'odeur de désinfectant, âcre et agressive. La seule lumière est celle qui filtre par la grille d'aération de la porte, dont les lamelles, même baissées, ne bloquent pas entièrement la lueur du couloir.

D'un même geste, nous étirons deux bras, l'un court et brun, l'autre long et pâle. Le premier paraît plus alerte, le second un peu lourd, maladroit. Les effets de la drogue se sont dissipés dans un corps mais pas encore dans l'autre.

L'un de nos cœurs bat la chamade tandis que l'autre maintient un rythme plus régulier.

« Pour nous tuer, répétons-nous. Est-ce bien certain ? »

« Aussi certain que les destins. Elle ne veut pas que nous vivions. »

« Les destins. »

Il y a une discordance ici. Comme on peut à la fois aimer et haïr quelque chose, nous aimons et haïssons les destins, nous y croyons et nous n'y croyons pas.

« Quelle était la formule de notre mère, déjà ? (Nous avons deux mères, deux pères, deux sœurs. Mais seulement un frère.) "Accepte ton destin", ou "assume-le", ou… »

« Elle disait : "Soumets-toi à ton destin. Car tout le reste n'est qu'illusion" », répondons-nous.

▴
▴

# 1

▲

▲

**Shithi.** *Verbe thuvhésit.* Je peux/je dois/je devrais.

# :1
# CYRA

LAZMET NOAVEK, MON PÈRE, ancien tyran de Shotet, était présumé mort depuis plus de dix saisons. Ses funérailles avaient eu lieu au cours du séjour qui avait suivi sa disparition. En l'absence de corps, nous avions dû nous contenter d'envoyer sa cuirasse dans l'espace.

Et pourtant mon frère Ryzek, prisonnier dans les entrailles de ce vaisseau, m'avait déclaré : « Lazmet est toujours vivant. »

Ma mère appelait parfois mon père « Laz », quand j'étais petite. Personne d'autre qu'Ylira Noavek ne s'y serait risqué. « Calme-toi, Laz », lui disait-elle. Et il lui obéissait, tant qu'elle ne lui donnait pas d'ordres trop souvent. Il la respectait alors qu'il ne respectait personne, pas même ses amis.

Envers elle, il était capable de douceur. Tandis qu'avec les autres...

Il avait appris à mon frère (un être doux, à l'origine, qui s'était ensuite endurci jusqu'à être capable de torturer sa propre sœur) à ôter un œil à quelqu'un. Et même à conserver cet œil dans un produit adapté pour l'empêcher de pourrir. Avant que je comprenne ce que contenaient les bocaux exposés dans la Salle d'armes, j'y entrais parfois pour les observer. Ils luisaient là-haut dans la pénombre, sur leurs étagères, loin au-dessus de ma tête.

Des globes aux iris verts, bruns ou gris, qui flottaient tels des poissons remontant à la surface d'un aquarium pour se nourrir.

Mon père n'avait jamais mutilé qui que ce soit de ses propres mains. Il n'avait même jamais eu à ordonner qu'on le fasse. Il lui suffisait de se servir de son don-flux pour contrôler le corps des autres et les forcer à se mutiler eux-mêmes.

La mort n'est pas le seul châtiment que l'on puisse faire subir à quelqu'un. On peut aussi lui infliger des cauchemars.

Akos Kereseth vint me rejoindre au centre de commandement de la petite navette qui nous éloignait de ma planète natale, où mon peuple, les Shotet, s'apprêtait à combattre Thuvhé, sa mère patrie. Assise dans le fauteuil du capitaine, je le faisais pivoter dans un sens et dans l'autre dans l'espoir de me calmer. J'avais résolu de répéter à Akos ce que m'avait dit mon frère : mon père était en vie. Si toutefois il s'agissait bien de mon père et si Ryzek était vraiment mon frère. Car Ryzek semblait persuadé que nous n'étions pas du même sang, que je n'étais pas une vraie Noavek. Selon lui, c'était pour cette raison que je n'avais pas pu ouvrir la serrure à empreinte génétique qui verrouillait les portes de ses appartements, ce qui avait fait échouer ma tentative de l'assassiner.

Mais je ne savais pas par où commencer. Par la mort de mon père ? Par le fait que son corps n'avait jamais été retrouvé ? Par le sentiment tenace que Ryzek et moi étions trop dissemblables pour être de la même famille ?

De son côté, Akos ne paraissait pas avoir envie de parler. Il posa une couverture par terre entre mon siège et le mur, et nous nous allongeâmes dessus côte à côte, les yeux fixés sur le néant. Les ombres-flux – mon douloureux, mon bouillonnant pouvoir – s'enroulaient autour de mes bras comme des cordes noires, propageant une brûlure lancinante jusqu'au bout de mes doigts.

Je n'avais pas peur du néant. Il me donnait un sentiment de petitesse, de mériter à peine un regard, certainement pas un deuxième. Et cela avait quelque chose de rassurant, pour moi qui m'inquiétais si souvent de ma capacité à faire mal aux autres. Au moins, si j'étais petite et que je me tenais à distance respectable des autres, je ne nuirais à personne. Je ne demandais rien de plus que ce qui se trouvait juste à ma portée.

L'index d'Akos se replia autour de mon petit doigt, et les ombres disparurent sur mes bras tandis que son don-flux neutralisait le mien.

Oui, décidément, ce qui se trouvait à ma portée me suffisait amplement.

– Tu ne voudrais pas… dire quelque chose en thuvhésit ? me demanda-t-il.

Je me tournai vers lui. Il continuait à regarder par le hublot, un sourire flottant sur son visage. Des taches de rousseur parsemaient son nez et l'une de ses paupières, tout au bord des cils. La main suspendue au-dessus de la couverture, j'hésitai entre l'envie de toucher ce visage et celle de prolonger mon désir de le faire. Je suivis la ligne de son sourcil avec l'index.

– Je ne suis pas un canari, répondis-je. Je ne gazouille pas sur commande.

– C'est une demande, pas un ordre. Une humble demande. Tu pourrais dire mon nom en entier, par exemple ?

J'éclatai de rire.

– La plupart des composantes de ton nom sont shotet, je te rappelle.

– Mince, c'est vrai.

Il piqua de la tête sur ma main en faisant claquer ses mâchoires, ce qui me fit rire de nouveau.

– Qu'est-ce qui était le plus dur à dire pour toi, au début ? reprit-il.

– Les noms de vos villes. Ça, c'est vraiment imprononçable.

Il ouvrit ma main et déposa un baiser sur ma paume ouverte, calleuse à force de manier des lames-flux.

Étrange, qu'un geste aussi simple, touchant une partie aussi endurcie de moi, puisse m'irradier à ce point, éveiller chacun de mes nerfs.

Je cédai avec un soupir.

– D'accord, je vais te les dire : Hessa, Shissa, Osoc. Il y a eu une chancelière qui appelait Hessa le cœur de Thuvhé. Son nom de famille était Kereseth.

– Oui, ça, je le sais, dit Akos en posant ma paume sur sa joue. C'est la seule chancelière de toute l'histoire de Thuvhé qui ait porté le même nom que moi.

Je me soulevai sur un coude pour me pencher vers lui et mes cheveux retombèrent en rideau le long de nos deux visages, du côté de mon crâne qui n'était pas recouvert de peau-d'argent.

– Pendant longtemps, dis-je, il n'y a eu à Thuvhé que deux familles élues du destin. Mais à une exception près, sur ces deux familles, ce sont toujours les Benesit qui ont gouverné. Et encore, quand le destin désignait un chancelier ou une chancelière. Cela ne te paraît pas étrange ?

– Gouverner n'est peut-être pas le point fort des Kereseth.

– À moins que le destin ne vous protège, avançai-je. Le trône peut parfois être une malédiction.

– Le destin ne m'a jamais protégé, objecta-t-il, si doucement que je ne saisis pas immédiatement ce qu'il voulait dire.

Son destin – *Le troisième enfant de la famille Kereseth mourra au service de la famille Noavek* – était de trahir les siens au bénéfice de ma famille, puis de mourir. Comment pouvait-on voir cela autrement que comme un coup du sort ?

– Désolée, dis-je en secouant la tête. Je n'avais pas pensé…

– Cyra…

Il se tut, fronça les sourcils.

– Je rêve ou tu viens de t'excuser ?

– Je connais la formule pour le faire, rétorquai-je. On m'a appris la politesse.

Il éclata de rire.

– Je sais dire « ordures » en essandérien, argumenta-t-il, mais ce n'est pas pour autant que ça a l'air naturel dans ma bouche.

– Puisque c'est comme ça, je retire mes excuses.

Je lui donnai une bonne pichenette sur le nez et, quand il recula, toujours en riant, je lui demandai :

– Et alors, comment dit-on « ordures » en essandérien ?

Il me répondit, et on aurait cru qu'il prononçait le même mot deux fois, d'abord à l'endroit, puis à l'envers.

– Ça y est, triompha-t-il, j'ai trouvé ta faille ! Il suffit que je te nargue sur des connaissances que tu n'as pas pour que tu te laisses aussitôt distraire.

Je méditai sur cette déclaration.

– Bon, j'imagine que tu as le droit de connaître *une* de mes failles… si on pense à tous les tiens.

Il leva un sourcil et je l'attaquai en rétractant les doigts comme des griffes. Je le frappai au flanc gauche juste sous le niveau du coude, au flanc droit au-dessus de la hanche, et au tendon à l'arrière de la jambe droite. J'avais découvert ces points faibles pendant nos entraînements, des points qu'il n'avait pas le réflexe de protéger ou qui étaient plus sensibles que d'autres. Mais je l'asticotais maintenant avec plus de douceur que je ne m'en serais crue capable, lui arrachant plus de rires que de grimaces.

Il me prit par les hanches et m'attira sur lui. Puis il glissa les doigts dans la ceinture de mon pantalon, provoquant un supplice d'un genre assez nouveau pour moi, dont je n'aurais pas eu l'idée de me plaindre. Prenant appui sur la couverture de chaque côté de sa tête, je m'abaissai lentement pour l'embrasser.

Comme on ne l'avait fait qu'à quelques occasions et qu'il était le premier, cela restait une découverte. Cette fois-ci, j'explorai la crête de ses dents et la pointe de sa langue. Je sentis un genou se glisser entre les miens et une main peser sur ma nuque, m'incitant à aller plus vite, plus près, plus fort. Comme j'avais renoncé à respirer pour ne pas perdre de temps, je ne tardai pas à suffoquer, ce qui le fit rire.

– Je vais prendre ça pour un bon signe, déclara-t-il.

– Ne fais pas trop le malin, Kereseth.

Je ne pouvais pas m'empêcher de sourire. Lazmet, comme tout ce qui avait trait à mes origines, ne me semblait plus aussi important, tout à coup. J'étais à l'abri, flottant dans un vaisseau au milieu de nulle part, avec Akos Kereseth.

Soudain, un cri monta des entrailles du vaisseau. On aurait dit la voix de Cisi, la sœur d'Akos.

# :2
# CISI

Je sais ce que ça fait de voir mourir un proche. Après tout, je suis Cisi Kereseth.

J'ai vu mon père mourir sur le plancher de notre salon. J'ai vu des soldats shotet emmener mes frères Eijeh et Akos. J'ai vu ma mère se faner comme un tissu au soleil. Il y a peu de choses que je ne comprenne pas lorsqu'il s'agit de perte. Je suis simplement dans l'incapacité de l'exprimer comme le font les autres. Mon don-flux m'empêche de lâcher quoi que ce soit.

Alors je suis un peu jalouse de la liberté avec laquelle Isae Benesit, la chancelière de Thuvhé élue du destin, qui est aussi mon amie, arrive à pleurer ses morts. Elle se laisse secouer par ses émotions jusqu'à l'épuisement, et puis on s'endort, épaule contre épaule, dans la cuisine du vaisseau d'exil shotet.

Lorsque je me réveille, j'ai mal au dos à force d'être restée affalée contre le mur. Je me lève et je me penche sur la gauche, puis sur la droite, tout en observant Isae.

Elle n'a pas l'air d'aller très bien, ce qui est normal, dans un sens, puisque sa sœur jumelle, Ori, est morte hier dans une arène remplie de Shotet qui réclamaient son sang.

Et ce n'est pas seulement ce que j'observe qui ne va pas mais aussi ce qu'elle dégage. L'air autour d'elle a quelque chose de trouble, qui fait le même effet que quand on ne s'est pas brossé les dents. Son regard se déplace par à-coups dans la cabine, danse sur moi, sur mon visage, mais d'une façon qui n'a rien de curieux ni de sensuel. J'essaie de la calmer avec mon don-flux, de lui transmettre un sentiment de paix, comme si je déroulais un fil de soie autour d'elle. Cela ne semble pas agir.

Mon don-flux est étrange. Je ne dirais pas que je sais vraiment ce que ressent Isae, mais je le ressens aussi, comme la texture de l'air. Et si je ne peux pas non plus contrôler ce qu'elle ressent, je peux faire des suggestions. Il m'arrive de devoir m'y reprendre à deux fois, ou de changer mon approche. Là, à la place de la soie, qui n'a pas marché, j'essaie l'eau, lourde, ondoyante.

C'est raté. Elle est trop tendue. Parfois, quand les émotions de l'autre sont trop fortes, j'ai du mal à les influencer.

– Cisi, je peux te faire confiance ?

« Pouvoir » est un drôle de verbe en thuvhésit, un carambolage de « je peux », « je dois » et « je devrais », dont on ne peut démêler le sens précis que grâce au contexte. Cela peut générer des malentendus, et c'est sans doute la raison pour laquelle notre langue est perçue comme « fuyante » par les étrangers. Et aussi parce qu'il leur manque souvent le goût de l'effort.

Alors, quand Isae Benesit me demande dans ma langue maternelle si elle peut me faire confiance, je ne sais pas trop quelle est sa question. Ce qui n'empêche qu'il n'y a qu'une seule réponse.

– Bien sûr.

– Je suis sérieuse, Cisi, insiste-t-elle, dans ce murmure qu'elle emploie pour parler des sujets importants et que j'aime entendre résonner dans ma tête. J'ai une chose à faire et je voudrais que tu viennes avec moi, mais j'ai peur que tu ne…

Je l'interromps en posant doucement une main sur son épaule.

– Isae, je suis là pour toi, quoi que tu me demandes. D'accord ?

Elle acquiesce d'un hochement de tête.

Elle m'entraîne à travers la cuisine et j'essaie de ne pas marcher sur les couteaux. Lorsqu'elle s'est enfermée là, elle a renversé tous les tiroirs et déchiré et cassé tout ce qui lui tombait sous la main. Le sol est jonché de bouts de tissu, de tessons de verre, de fragments de plastique et de bandages déroulés. Ce n'est pas moi qui le lui reprocherais.

Mon don-flux m'empêche de faire et de dire tout ce qui risquerait de mettre les autres mal à l'aise. Après la mort de mon père, par exemple, je ne pouvais pleurer que quand j'étais seule. Pendant des mois, je n'ai pas pu dire grand-chose à ma mère. Mais si j'avais pu démolir une cuisine comme l'a fait Isae, je ne m'en serais pas privée.

Je la suis en silence. Nous passons devant la dépouille d'Ori. Elle est enveloppée dans un drap et on ne distingue d'elle que l'arrondi de ses épaules et les bosses formées par son nez et son menton. Juste une suggestion de qui elle était. Isae s'arrête, inspire dans une saccade. Je la sens encore plus abrasive que tout à l'heure, comme du papier de verre sur ma peau. Je sais que je ne peux pas l'apaiser, mais je m'inquiète trop pour elle pour renoncer à essayer.

Alors je lui envoie des sensations de touffes d'herbe et de bois lisse, poli. Je lui envoie de l'huile et du métal aux formes arrondies. Rien ne marche. Frustrée, je m'érafle à son contact. Mais pourquoi ne puis-je *rien* faire pour l'aider ?

L'espace d'un instant, je songe à demander de l'aide. Akos et Cyra sont là, sur le pont de commandement. Ma mère est quelque part en bas. Il y a même Teka, l'amie renégate d'Akos et de Cyra, allongée sur un banc, sa longue traîne de cheveux blonds étalée dans son dos. Mais je n'appelle personne. D'une part parce que je n'y arrive pas (mon don-flux ne me permet pas de causer délibérément du désarroi), d'autre part parce que mon instinct me dit qu'il vaudrait mieux que j'arrive à gagner la confiance d'Isae.

Elle me conduit à la réserve, qui comprend deux débarras et un cabinet de toilette. Au bruit d'éclaboussures qui provient de ce dernier, je devine qu'il est occupé par ma mère. Dans l'un des débarras (celui qui est muni d'un hublot, j'y ai bien veillé) est enfermé mon frère Eijeh. Ça m'a fait mal de le revoir, si longtemps après son enlèvement, et si petit à côté du pâle pilier que forme Ryzek Noavek. On s'imagine qu'en grandissant, les gens deviennent plus forts et plus imposants. Ce n'est pas le cas d'Eijeh.

Dans l'autre débarras, qui contient le matériel d'entretien, est détenu Ryzek Noavek. Je tremble rien qu'à me dire que l'homme qui a ordonné la mort de mon père et l'enlèvement de mes deux frères est là, tout près. Isae s'arrête entre les deux portes et je réalise dans un éclair qu'elle va entrer dans l'une de ces deux pièces. Je ne veux pas que ce soit dans celle d'Eijeh.

Je sais que, dans les faits, c'est lui qui a tué Ori. C'est lui qui tenait la lame-flux. Mais je connais mon frère. Il serait incapable de tuer qui que ce soit, encore moins sa meilleure amie, qu'il connaissait depuis l'enfance. Il doit y avoir une explication à ce qui s'est passé. C'est forcément la faute de Ryzek.

– Isae, qu'est-ce que tu…

Elle pose un doigt sur ses lèvres pour m'intimer de me taire.

Elle se trouve très exactement entre les deux réduits. Et à en juger par le léger bourdonnement qui émane d'elle, elle cherche à prendre une décision. Elle sort une clé de sa poche (elle a dû la voler à Teka quand elle est allée vérifier que notre destination était bien le siège de l'Assemblée) et la glisse dans la serrure de la cellule de Ryzek. Je retiens sa main.

– Il est dangereux.

– Je sais me défendre.

Puis elle ajoute avec une lueur plus douce dans le regard :

– Je te promets que je ne le laisserai pas te faire du mal.

Je la lâche. Une partie de moi est avide de le voir, de rencontrer enfin ce monstre.

Elle ouvre la porte. Il est assis par terre contre le mur du fond, les manches remontées sur les bras, les jambes allongées. Il a de longs orteils maigres et des chevilles fines. Je bats des paupières, désarçonnée. Les dictateurs sadiques sont-ils censés avoir des pieds aussi menus ?

Si Isae est intimidée, elle n'en montre rien. Elle se tient droite, la tête haute, les mains croisées devant elle.

– Étonnant, commente Ryzek en passant la langue sur ses dents. La ressemblance entre jumeaux ne cessera jamais de me surprendre. Vous êtes l'image même d'Orieve Benesit. À part pour vos cicatrices, bien sûr. À quand remontent-elles ?

– Deux saisons, lui répond-elle avec raideur.

Elle lui parle. Elle *parle* à Ryzek Noavek, mon ennemi juré, le ravisseur de sa sœur, qui porte tatouée sur la face extérieure de son bras la liste de ceux qu'il a assassinés.

– Alors elles vont continuer à s'atténuer, dit-il. Dommage. Elles forment un si joli motif.

– Oui, je suis une œuvre d'art. L'artiste était un ver-à-chair shotet qui venait de finir de fouiller dans un tas d'ordures.

Je la dévisage Je ne l'avais jamais entendue proférer une remarque aussi haineuse sur les Shotet. Cela ne lui ressemble pas.

« Ver-à-chair » est l'insulte la plus violente qu'on puisse jeter à un Shotet. Ce nom désigne des vers gris qui se nourrissent des gens depuis l'intérieur. Des parasites, pratiquement éradiqués par la médecine othyrienne.

Le sourire de Ryzek s'élargit, creusant une fossette dans sa joue. Quelque chose chez lui allume une flammèche de souvenir dans ma mémoire. Quelque chose comme un air de famille avec Cyra, même si, à première vue, ils ne se ressemblent pas du tout.

– Ah, fait-il. Donc, cette rancune que vous inspire mon peuple ne vient pas seulement de votre culture.

– Non.

Elle s'accroupit en posant les coudes sur les genoux, dans une pose qui reste gracieuse et maîtrisée, et je m'inquiète. Elle a une charpente tout en longueur et en souplesse, moins puissante que celle de Ryzek, qui est maigre mais *grand*. Un faux mouvement et il lui serait facile de bondir sur elle. Et que pourrais-je faire alors pour la défendre ? *Crier ?*

– Vous vous y connaissez en cicatrices, visiblement, dit-elle en désignant son bras d'un mouvement du menton. Vous allez graver le meurtre de ma sœur ?

La face interne du bras de Ryzek, la partie la plus tendre et la plus pâle, est restée vierge. Les cicatrices partent de l'extérieur du poignet et remontent en sinuant. Il y en a plusieurs rangées.

– Pourquoi ? Vous m'avez apporté un couteau et de l'encre ?

Isae pince les lèvres. La sensation de papier de verre qu'elle dégageait un peu plus tôt devient aussi hérissée que celle d'une roche déchiquetée. Instinctivement, je plaque le dos contre la porte en tâtonnant à la recherche de la poignée.

– Revendiquez-vous souvent des crimes que vous n'avez pas commis ? demande-t-elle. Parce qu'aux dernières nouvelles, ce n'était pas vous qui étiez sur l'estrade, avec ce couteau.

Les yeux de Ryzek lancent des étincelles.

– Je me demande même si vous avez déjà tué quelqu'un, ou si vous faites faire tout le boulot par d'autres.

Isae penche la tête pour ajouter :

– D'autres qui, contrairement à vous, ont assez de cran pour s'en charger.

Si cette phrase n'a rien d'offensant pour un Thuvhésit, c'est une insulte grave pour un Shotet. Ryzek tressaille et la fixe en plissant les yeux.

– Vous savez, mademoiselle Kereseth, dit-il sans me regarder, c'est fou ce que vous ressemblez à l'aîné de vos frères.

Puis il me jette un bref coup d'œil évaluateur.

– N'êtes-vous pas curieuse de savoir ce qu'il est devenu ?

Je voudrais être capable de lui répondre avec détachement,

comme si ça me laissait totalement indifférente. Je voudrais pouvoir croiser son regard sans ciller. Je voudrais que des milliers de scénarios de vengeance se réalisent brusquement, comme les fleurs-de-silence s'ouvrant toutes en même temps le jour de la fête de la Floraison.

J'ouvre la bouche, mais rien ne sort.

*Très bien*, pensé-je. Et je laisse échapper mon don-flux sous forme d'un grondement d'applaudissements. J'ai mis longtemps à comprendre que tout le monde ne commandait pas son don-flux aussi bien que moi. Dommage que je n'aie pas également le contrôle de la partie qui me retient de dire ce que je pense.

Je vois Ryzek se détendre au moment où mon don-flux l'atteint. Si celui-ci ne semble avoir aucun effet sur Isae, il va peut-être lui délier la langue. Et quoi qu'elle compte faire, Isae a l'air d'avoir envie qu'il parle.

– Mon père, le grand Lazmet Noavek, m'a enseigné que les autres peuvent nous servir de lame, dit-il, pour peu que l'on apprenne à les utiliser. Mais il précisait que l'on ne doit jamais avoir de meilleure arme que soi-même. J'ai veillé à ne jamais l'oublier. Même si des morts que j'ai commanditées ont été données par d'autres, chancelière, je puis vous assurer qu'elles me reviennent.

Il se penche en avant en glissant les mains entre ses genoux, jusqu'à n'être plus qu'à quelques izits d'Isae.

– Je marquerai la perte de votre sœur sur mon bras. Ce sera un beau trophée à ajouter à ma collection.

Ori. Je me rappelle la variété d'infusion qu'elle buvait le matin (de l'écorce de harva, pour favoriser l'énergie et la lucidité), et combien elle détestait la petite ébréchure qui abîmait l'une de ses incisives… Et j'entends la litanie des Shotet dans l'arène : « À mort, à mort, à mort. »

– Voilà qui éclaire bien des choses, commente Isae.

Elle lui tend la main, et il la dévisage d'un air perplexe.

On le serait à moins. Quel genre de personne voudrait serrer la main de celui qui vient d'avouer avoir ordonné la mort de sa sœur, et qui s'en vanterait ?

– Vous êtes vraiment un drôle de numéro, lui dit-il. Vous ne deviez pas porter votre sœur dans votre cœur, pour me tendre ainsi la main.

Je vois la peau se tendre sur les jointures de la main gauche d'Isae. Elle ouvre le poing et ses doigts glissent vers sa botte.

Ryzek prend sa main droite.

– Au contraire, je l'aimais plus que tout au monde, dit-elle.

Elle serre fort, plantant les ongles dans la chair de Ryzek, qui se raidit, les yeux écarquillés. La main gauche d'Isae continue de progresser vers sa botte.

Je suis trop hébétée pour réaliser ce qui se passe avant qu'il soit trop tard. Elle brandit une lame tout en attirant Ryzek vers elle. La lame rencontre le corps de l'homme, et Isae appuie, et le bruit de plainte de Ryzek, noyé dans un gargouillis, me renvoie au salon de mon adolescence, au sang que j'ai essuyé sur le plancher en pleurant.

Ryzek s'affale, et saigne.

Refermant la main sur la poignée de la porte, je l'ouvre et je sors en trébuchant dans le couloir. Je gémis et je pleure en frappant les murs. Non, je ne fais rien de tel ; mon don-flux m'en empêche.

Tout ce qu'il m'autorise au final est de lâcher un unique cri, un peu étouffé.

# :3
# CYRA

Suivie de près par Akos, je me précipitai vers le pont inférieur, là d'où venait le cri de Cisi, en sautant directement par-dessus les barreaux de l'échelle. Puis j'allai droit à la cellule de Ryzek, supposant confusément que, si un cri avait retenti sur ce vaisseau, il était la personne la plus susceptible d'en être la cause. Je vis Cisi recroquevillée contre le mur, la porte du débarras ouverte en face d'elle. À cet instant, Teka, attirée elle aussi par le cri, sauta à bas de l'échelle à l'autre bout du couloir. Isae se trouvait dans la cellule de Ryzek, et, à ses pieds, les bras et les jambes étalées en désordre, gisait mon frère.

Le fait de le regarder se vider de son sang étendu par terre, de la même manière qu'Akos avait vu mourir son père, n'était pas dénué d'une sombre poésie.

Son agonie dura longtemps. Je soupçonnai que c'était volontaire de la part d'Isae Benesit. Jusqu'à la fin, elle resta au-dessus de lui, le poing serré sur un couteau ensanglanté, le regard impassible mais attentif. Elle tenait visiblement à prolonger ce moment, à savourer sa vengeance sur l'assassin de sa sœur.

Du moins l'un des deux assassins de sa sœur, puisque c'est Eijeh qui avait tenu la lame.

Le regard de Ryzek rencontra le mien et un souvenir surgit

en moi, presque comme s'il l'avait fait remonter physiquement du fond de ma mémoire. Cette fois, ce n'était pas un souvenir qu'il m'arrachait, mais un souvenir que j'avais presque réussi jusque-là à me cacher à moi-même.

*J'étais dans le couloir qui se trouve derrière la Salle d'armes, l'œil collé à l'interstice créé en faisant coulisser légèrement le panneau mural. J'étais venue espionner un entretien entre mon père et un célèbre homme d'affaires shotet devenu chef de gang. J'épiais souvent ces réunions pour m'occuper, et pour savoir ce qui se passait dans la maison. Mais les choses avaient mal tourné, ce qui ne s'était jamais produit sous mes yeux auparavant. Mon père avait tendu la main, deux doigts dirigés vers le haut, comme un ascète zoldien s'apprêtant à donner sa bénédiction, et l'homme d'affaires avait tiré son couteau dans des gestes heurtés, comme s'il tentait de résister à l'action de ses propres muscles.*

*Puis il avait approché la lame du coin interne de son œil.*

*« Cyra », avait alors sifflé une voix dans mon dos, me faisant tressaillir.*

*Un Ryzek adolescent, au visage criblé d'acné, s'était agenouillé à côté de moi et m'avait caressé la joue. Je ne m'étais pas rendu compte que je pleurais. Alors que les cris montaient dans la salle contiguë, il avait plaqué les mains sur mes oreilles et attiré ma tête contre sa poitrine.*

*J'avais essayé de me débattre, mais il était trop fort, et je n'entendais plus que les battements désordonnés de mon propre cœur.*

*Enfin, il avait écarté mon visage, essuyé mes larmes, et dit :*

*« Tu te souviens de ce que répète toujours maman ? Que ceux qui cherchent la souffrance… »*

*« … ne manquent jamais de la trouver », avais-je achevé.*

Teka me prit par les épaules et me secoua légèrement en prononçant mon nom. Je la regardai, perplexe.

– Qu'y a-t-il ?

– Tes ombres-flux étaient… Non, rien.

Mais j'avais compris. Mon don-flux avait dû s'affoler et couvrir mon corps de longues lignes noires sinueuses. Mes ombres-flux avaient changé depuis que Ryzek avait tenté de se servir de moi pour torturer Akos dans la cellule sous l'amphithéâtre. Elles couraient désormais sur la surface de ma peau, au lieu d'être enfouies comme des veines.

Mais elles restaient douloureuses, et je voyais bien que cette crise avait été sérieuse : je voyais flou et mes ongles avaient fiché leur marque dans mes paumes.

À genoux dans le sang de mon frère, Akos avait posé les doigts sur son cou. Sa main retomba et il se tassa sur lui-même en baissant la tête.

– C'est fini, articula-t-il d'une voix pâteuse, comme s'il avait la gorge encombrée d'une substance épaisse. Après tout ce que Cyra a fait pour m'aider… Après *tout*…

– Je ne demanderai pas pardon, le coupa Isae en détachant enfin les yeux de Ryzek.

Elle scruta nos visages un à un : celui d'Akos, à genoux au milieu d'une mare de sang ; Teka, sous le choc à côté de moi ; moi, les bras zébrés de noir ; Cisi qui se tenait le ventre en s'appuyant à la paroi. Des relents de vomi flottaient dans l'air.

– Il avait tué ma sœur. C'était un tyran, un tortionnaire et un assassin. Je ne demanderai pas pardon, répéta-t-elle.

Akos se releva en titubant. Du sang coulait sur son pantalon, des genoux jusqu'aux chevilles.

– Il ne s'agit pas de lui, dit-il. Vous croyez que je n'ai pas souhaité qu'il meure ? Il m'a pris plus de choses qu'à vous !

Il était maintenant si près d'elle que je me demandai un instant s'il allait la frapper, mais il se borna à agiter les mains dans un geste convulsif.

– Je voulais qu'il répare d'abord ce qu'il avait fait, je voulais qu'il guérisse Eijeh, je…

Soudain, il parut prendre toute la mesure de ce qu'impliquait cette mort. Ryzek était – ou avait été – mon frère, mais c'était Akos qui souffrait. Depuis leur enlèvement, il s'était accroché, avait soigneusement orchestré chaque étape du sauvetage de son frère à lui, pour échouer systématiquement. Et alors qu'il venait enfin de réussir à faire sortir Eijeh de Shotet, il n'était pas parvenu à le sauver, et tous ses plans, ses combats, ses efforts… étaient soudain réduits à néant.

Akos prit appui sur le mur le plus proche, ferma les yeux et lâcha un gémissement.

Je réussis à m'arracher à ma transe.

– Remontez, dis-je à Isae. Et emmenez Cisi avec vous.

Elle parut sur le point d'objecter, mais seulement l'espace d'un instant. Puis elle laissa tomber son arme – un vulgaire couteau de cuisine – et rejoignit Cisi.

– Teka, ajoutai-je, pourrais-tu emmener Akos en haut ?

– Mais tu… ? commença-t-elle. Euh, entendu.

Ils me laissèrent donc seule dans la cellule avec le corps de mon frère. Il était mort à côté d'une serpillière et d'un flacon de désinfectant. *Le hasard fait bien les choses*, songeai-je en essayant de contenir un éclat de rire, sans y arriver pour autant. Quelques secondes plus tard, mes genoux se dérobaient sous l'effet de ce rire. Je portai la main au côté gauche de mon crâne, qui était désormais recouvert de peau-d'argent, afin de me rappeler comment mon frère m'avait découpée, dépecée pour divertir la foule, comment il avait implanté en moi des fragments de lui-même comme si je n'étais qu'un champ stérile où semer la douleur. Tout mon corps portait les cicatrices que m'avait infligées Ryzek Noavek.

Et maintenant, enfin, j'étais délivrée de lui.

Une fois calmée, j'entrepris de nettoyer le chantier laissé par Isae Benesit.

Le cadavre de Ryzek ne m'impressionnait pas, pas plus que

la vue du sang. Je tirai mon frère par les jambes jusque dans le couloir. La sueur me coulait dans le cou. Malgré sa maigreur de squelette, il était aussi lourd dans la mort qu'il avait dû l'être dans la vie. Puis Sifa, la mère d'Akos, arriva pour m'aider. Sans un mot, je la regardai glisser un drap sous lui pour l'envelopper dedans. Elle dénicha du fil et des aiguilles sur une étagère et m'aida à coudre le linceul improvisé pour le refermer.

Lorsqu'elles se déroulaient sur la terre ferme, les funérailles shotet faisaient appel aux flammes, comme dans la plupart des diverses cultures de notre galaxie. Mais mourir dans l'espace au cours d'un séjour était considéré comme une belle mort. Nous couvrions alors le corps du défunt en laissant sa tête nue pour permettre à ses proches de voir et d'accepter sa perte. Sifa replia le drap pour dégager la tête de Ryzek, montrant qu'en tant qu'oracle, elle avait étudié nos traditions.

– Mes visions me montrent d'innombrables versions de l'avenir, me dit-elle enfin en passant un bras sur son front en sueur. Cet événement-ci me semblait peu probable, ou je vous en aurais avertie.

– C'est tout à fait faux, fis-je en haussant les épaules. Vous n'intervenez que lorsque cela vous arrange. Mon bien-être ne vous intéresse pas du tout.

– Cyra...

– Sa mort ne me touche pas. Je le haïssais. Mais ne faites pas semblant de vous soucier de moi.

– Je ne fais pas semblant.

Je m'étais sans doute attendue à retrouver un peu d'Akos en elle. Et c'était peut-être le cas, en effet, dans ses sourcils mobiles et les gestes rapides et décidés de ses mains. Mais son visage, sa peau brun clair, sa petite stature n'étaient pas ceux de son fils.

Ne sachant comment mesurer sa sincérité, je ne cherchai même pas à essayer.

– Aidez-moi à le transporter jusqu'au vide-ordures, demandai-je.

Je soulevai Ryzek par les aisselles, du côté le plus lourd, et elle le prit par les pieds. Le hasard voulut que le vide-ordures ne soit qu'à quelques mètres. Là encore, il faisait bien les choses. Nous procédâmes par étapes en nous arrêtant tous les quelques pas. La tête de Ryzek ballottait, ses yeux ouverts sur le néant. Je le déposai près du vide-ordures et appuyai sur le bouton pour ouvrir la première porte, située à hauteur de taille. Une chance que Ryzek ait eu une carrure si étroite, ou ses épaules ne seraient pas passées. Ensemble, Sifa et moi le pliâmes pour le faire entrer dans le conduit, poussant ses jambes qui bloquaient la fermeture du sas. Puis j'appuyai une nouvelle fois sur le bouton pour ouvrir la porte extérieure et propulser le chariot qui se trouvait dans le petit tunnel, éjectant ainsi le corps de mon frère dans l'espace.

– Je connais la prière, si vous souhaitez que je la dise, me proposa Sifa.

Je refusai d'un signe de tête.

– Je n'y tiens pas. Elle a été dite aux funérailles de ma mère.

– Bien. Alors nous pourrions signaler qu'il a rencontré son destin : être renversé par la famille Benesit. Il n'a plus besoin d'en avoir peur.

C'était une pensée plutôt charitable.

– Je vais me doucher, dis-je.

Le sang commençait déjà à sécher sur mes mains, qui me démangeaient.

– Avant cela, je voudrais vous mettre en garde, me dit Sifa. Ryzek n'est pas la seule personne à qui la chancelière reproche la mort de sa sœur. Je pense même qu'elle s'est occupée de lui en premier parce qu'elle réserve le châtiment le plus sévère pour la suite. Et elle ne s'en tiendra pas là. Je l'ai assez observée pour connaître sa nature et elle n'est pas de celles qui pardonnent.

Je fixai Sifa un moment avant de comprendre.

Elle parlait d'Eijeh. Et non seulement de lui mais de nous tous, complices, dans l'esprit d'Isae, de la mort d'Orieve.

– Le vaisseau est équipé d'une capsule de sauvetage, ajouta Sifa. On pourrait la mettre dedans. Un membre de l'Assemblée viendrait la chercher.

– Dites à Akos de la droguer, dis-je. Je ne me sens pas d'attaque pour me battre avec elle.

# 4:
# AKOS

AKOS NAVIGUA ENTRE LES COUVERTS qui jonchaient le sol de la cuisine. L'eau commençait déjà à chauffer et la fiole de sédatif était prête à être versée dans l'infusion. Il n'avait plus qu'à déposer quelques herbes séchées dans la petite passoire. Le vaisseau eut un sursaut et il marcha sur une fourchette, dont les dents s'aplatirent sous sa semelle.

Il maudit son stupide cerveau, qui ne pouvait s'empêcher de lui répéter qu'il restait encore de l'espoir pour Eijeh. *Avec la multitude de gens qui peuplent la galaxie et tous les dons qu'ils possèdent, il doit bien y avoir quelqu'un quelque part qui soit capable de le guérir.*

Akos était fatigué de s'accrocher à l'espoir. Lui qui n'avait pas cessé de s'y agripper de toutes ses forces depuis son arrivée à Shotet, il se sentait maintenant prêt à lâcher prise, à laisser le destin l'emporter là où il voulait. Aux Shotet, et aux Noavek, et à la mort.

Tout ce qu'il avait promis à son père, c'était de ramener Eijeh à la maison. Peut-être ne pouvait-il pas faire mieux que de le ramener ici, au milieu de l'espace. Peut-être allait-il devoir s'en contenter.

N'empêche que…

*La ferme*, se rabroua-t-il.

Il versa les herbes dans la passoire. Il n'y avait pas de fleurs-des-glaces, mais Akos en avait appris assez sur les plantes shotet pour pouvoir concocter une petite tisane apaisante avec. À ce stade, ça n'avait rien de très créatif. Il se bornait à exécuter les gestes : amalgamer des fragments de racine de garok à de la poudre de carapace de fenzu et presser un peu de nectar sur le tout pour améliorer le goût. Il ne connaissait même pas le nom des plantes qui composaient le nectar en question. Lors de son entraînement militaire chez les Shotet, il avait pris l'habitude d'appeler ces petites fleurs fragiles des fleurs-de-poudre, à cause de la facilité avec laquelle elles tombaient en miettes. Elles avaient un goût sucré, et cela semblait être leur principal intérêt.

Akos versa l'eau chaude dans la passoire. Le liquide qui en résulta était d'un brun trouble, parfait pour masquer la teinte jaune du sédatif. Sa mère lui avait demandé de droguer Isae et il ne lui avait même pas réclamé d'explications. Il s'en moquait, tant que cela lui permettait de ne plus la croiser. Il ne parvenait pas à chasser de son esprit l'image de la chancelière debout dans la cellule, regardant Ryzek Noavek pisser le sang comme si elle était au spectacle. Isae Benesit avait peut-être le même visage qu'Orieve, mais elle ne lui ressemblait en rien. Il ne pouvait pas imaginer Ori en train de regarder quelqu'un mourir sans broncher, quelle que fût la haine qu'elle aurait pu éprouver pour cette personne.

Une fois l'extrait infusé et mélangé au sédatif, il l'apporta à Cisi, assise sur un banc dans la cuisine.

– Tu m'attendais ? lui demanda-t-il.

– Oui. C'est maman qui m'envoie.

– Bien. Tu peux porter ça à Isae ?

Elle l'interrogea d'un haussement de sourcils.

– C'est juste pour la calmer. Mais évite d'en boire, ajouta-t-il.

Elle tendit la main mais, au lieu de prendre la tasse, elle posa ses doigts sur le poignet de son frère. Son regard se modifia, se fit plus acéré, comme toujours lorsque le don-flux d'Akos atténuait le sien.

– Que reste-t-il d'Eijeh ? demanda-t-elle.

Le corps d'Akos se raidit tout entier. Il ne voulait pas y penser.

– Quelqu'un qui était au service de Ryzek Noavek, lui répondit-il d'un ton venimeux. Qui me hait, qui hait papa et sans doute aussi maman et toi.

– Comment est-ce possible ? s'exclama-t-elle, incrédule. Il ne peut pas nous haïr juste parce que quelqu'un a changé ses souvenirs.

– Comment veux-tu que je le sache ? gronda Akos.

– Mais peut-être que…

– Il m'a maintenu pendant que quelqu'un d'autre me torturait, lâcha-t-il en lui collant la tasse entre les mains.

L'infusion bouillante déborda sur leurs mains à tous les deux. Cisi recula dans un sursaut et s'essuya les doigts sur son pantalon.

– Désolé ! Je t'ai brûlée ? s'inquiéta-t-il.

– Non.

Elle avait retrouvé la douceur que son don-flux conférait à son visage. Mais Akos se détourna. Il ne recherchait pas la tendresse, sous aucune forme.

– Ça ne lui fera pas de mal, j'espère ? demanda-t-elle.

Elle tapota la tasse avec son ongle, et il l'entendit tinter doucement.

– Non. Le but est justement de ne pas avoir besoin de lui en faire.

– Alors je vais la lui porter.

Akos grogna. Il lui restait un peu de sédatif dans ses affaires, il pourrait en prendre lui-même. Il ne s'était jamais senti aussi affaibli. Dormir simplifierait tout.

Mais au lieu de chercher l'oubli dans la drogue, il se contenta de prendre dans sa poche un pétale de fleur-de-silence séché et de le caler à l'intérieur de sa joue. Sans l'assommer, cela émousserait un peu sa conscience. C'était mieux que rien.

AKOS PLANAIT UN PEU sous l'effet de la fleur-de-silence quand Cisi revint une heure plus tard.

– C'est fait, lui annonça-t-elle. Elle dort.

– Parfait. Alors portons-la à bord de la capsule de sauvetage.

– Je pars avec elle, dit Cisi. Si maman a raison et qu'une guerre se prépare…

– Maman a raison.

– Eh bien, dans ce cas, tous les ennemis d'Isae deviendront aussi ceux de Thuvhé. Je dois soutenir ma chancelière.

Akos hocha la tête pour montrer qu'il comprenait.

– J'imagine que ce ne sera pas ton cas, reprit-elle.

– Je suis destiné à trahir, je te rappelle.

Il s'était assis sur le banc, qui était dur et froid et qui sentait le désinfectant. Elle s'accroupit en face de lui et appuya le bras sur son genou. Elle avait attaché ses cheveux, dont une mèche bouclée retombait le long de sa joue. Elle était jolie, sa sœur, avec un teint brun froid qui rappelait la couleur de la poterie trellienne. Très proche du teint de Cyra, et d'Eijeh, et de Jorek. Un teint familier.

– Akos, ce n'est pas parce que notre mère nous a appris à respecter le destin et à obéir aux oracles et tout ça que ça t'oblige à faire ce que tu ne veux pas faire. Tu es un Thuvhésit. Viens avec moi. Laisse les autres à leur guerre. On rentrera chez nous et on y restera jusqu'à ce qu'elle se termine. Personne n'a besoin de nous, ici.

Il y avait réfléchi. Il se sentait toujours aussi tiraillé, et pas uniquement à cause de son destin. Une fois sorti de l'hébétude induite par la fleur-de-silence, il se souviendrait comme cela avait été agréable de rire avec Cyra plus tôt dans la journée, comme sa peau était chaude contre la sienne. Et il se rappellerait aussi qu'aussi fort que puisse être son désir de retrouver la maison de son enfance, de monter l'escalier qui craquait, de raviver les pierres-ardentes dans le jardin, de faire voler de la farine en l'air en pétrissant la pâte pour faire du pain, il lui fallait vivre dans le vrai monde. Celui où Eijeh était brisé, où lui-même parlait le shotet et où son destin restait son destin.

– Soumets-toi à ton destin, dit-il. Car tout le reste n'est qu'illusion.

Cisi soupira.

– Je me doutais que tu dirais ça. Les illusions peuvent parfois avoir du bon, pourtant.

– Fais attention à toi, d'accord ? Tu le sais, que je n'ai aucune envie que tu partes ? Je donnerais cher pour que tu restes.

– Je sais, dit-elle en lui pressant la main. Mais je ne perds pas confiance, figure-toi. Je continue à croire qu'un jour, tu reviendras chez nous, et qu'Eijeh ira mieux, et que maman lâchera toutes ses histoires débiles d'oracle, et qu'on pourra reconstruire quelque chose tous ensemble.

– OK.

Il tenta de lui sourire en espérant y arriver au moins à moitié.

Elle l'aida à installer Isae dans la capsule de survie, et Teka lui expliqua comment lancer le signal de détresse pour que leur véhicule soit repéré par les « gros bras » de l'Assemblée, comme elle disait. Puis Cisi embrassa sa mère, et serra son frère contre elle jusqu'à lui transmettre toute sa chaleur.

– C'est pas possible ce que tu es grand, lui souffla-t-elle en le libérant. Qui t'a permis de me dépasser autant ?

– Je l'ai fait rien que pour t'embêter, répliqua-t-il en souriant.

Puis elle monta dans la capsule et referma la porte, sans qu'il sache s'il la reverrait un jour.

Sur le pont de commandement, Teka se hissa en sifflotant sur le fauteuil du capitaine et retira la plaque de protection du tableau de bord à l'aide du tournevis qu'elle portait toujours à la ceinture.

– Qu'est-ce que tu fais ? lui demanda Cyra. Ce n'est pas vraiment le moment de démonter notre vaisseau.

– D'abord, c'est *mon* vaisseau, pas le nôtre, précisa Teka. J'ai conçu presque toutes les caractéristiques qui nous ont permis de rester en vie jusqu'ici. Au fait, tu tiens toujours à ce qu'on aille au siège de l'Assemblée ?

– Non, dit Cyra en s'asseyant à sa droite, dans le fauteuil du copilote. La dernière fois que j'y suis allée, j'ai entendu la représentante de Trella traiter ma mère de vermine. Elle parlait en othyrien et elle croyait que je ne comprenais pas.

– Je vois, dit Teka avec dédain en tirant sur une poignée de fils enfouis dans le tableau de bord.

Elle passa les doigts dessus comme si elle caressait un animal, puis plongea la main sous les branchements dans une partie de tableau qu'Akos ne distinguait pas, si profondément que son bras disparut. Une projection de coordonnées apparut devant eux dans un éclair, luisant sur l'écran en travers du ruban-flux. Le nez du vaisseau – il y avait sûrement un nom technique pour cette partie-là, mais Akos l'ignorait – changea de cap pour pointer en direction du ruban-flux.

– Et on peut savoir où on va comme ça ? demanda-t-il.

Il monta les marches pour rejoindre Teka et Cyra au poste de pilotage. Sur le tableau de bord, encombré de manettes, de boutons et de commutateurs, clignotaient des lumières de toutes les couleurs. Même en écartant les bras, Teka n'aurait pas pu toutes les atteindre depuis son siège.

La jeune femme rassembla ses cheveux blond pâle sur le haut de son crâne et les noua avec le gros élastique qu'elle portait au poignet. Perdue dans une salopette de mécano bien trop grande pour elle, jambes repliées, on aurait dit une petite fille jouant au pilote.

– Je suppose que oui, vu qu'on est tous dans la même galère. On se rend à Ogra pour rejoindre la colonie d'exilés.

Ogra, ou « la Planète de l'ombre ». Il était rare de croiser un Ogran et plus rare encore de s'approcher de sa planète. C'était la plus éloignée de Thuvhé. Un espionnage intensif n'aurait pas suffi à percer son atmosphère dense et obscure, et le plus surprenant était que les signaux de son fil d'informations atteignaient les autres planètes. Et comme ce fil d'informations ne contenait jamais aucune image, rares étaient ceux qui avaient vu la surface de la planète, ne serait-ce que sur un écran.

Bien sûr, à cette nouvelle, des étoiles s'allumèrent dans les yeux de Cyra.

– Ogra ? Mais comment communiquez-vous avec eux ?

– Le moyen le plus simple de transmettre des messages sans qu'ils soient interceptés par le gouvernement est de passer par les gens, répondit Teka. C'est pour cela que ma mère se trouvait à bord du vaisseau de séjour : pour représenter les intérêts des exilés auprès des renégats. On essayait de définir un mode de fonctionnement pour travailler ensemble. Quoi qu'il en soit, la colonie d'exilés est parfaite pour se regrouper et découvrir ce qui se passe à Voa.

– J'ai ma petite idée là-dessus, fit Akos en croisant les bras : le chaos.

– Générant encore plus de chaos, acquiesça Teka avec un hochement de tête entendu. Avec juste un petit intermède entre les deux. Un intermède chaotique, bien sûr.

Akos n'arrivait pas à imaginer à quoi pouvait ressembler Voa maintenant que Ryzek Noavek avait été assassiné sous les yeux des Shotet par sa jeune sœur. C'est du moins ce qu'ils avaient cru voir, lorsque Cyra avait fait semblant de l'égorger dans l'arène, juste au moment où le somnifère qu'elle lui avait fait boire se mettait à agir. Peut-être l'armée avait-elle pris le pouvoir, sous le commandement de Vakrez, un cousin de Ryzek. À moins que les habitants des bordures extérieures de la ville ne se soient engouffrés dans la brèche. Dans tous les cas, Akos imaginait des rues jonchées de bris de verre, de flaques de sang et de bouts de papier flottant dans le vent.

– Et puis il y a Lazmet, fit Cyra en plaquant une main sur son front d'un air accablé.

Teka ouvrit de grands yeux.

– Hein ?

Cyra désigna vaguement l'autre bout du vaisseau, où Ryzek avait rendu son dernier souffle.

– Il m'a dit que notre père était toujours vivant.

Cyra parlait peu de Lazmet. Akos n'en connaissait que ce qu'il avait appris enfant en cours d'histoire et ce que colportaient les rumeurs, et il fallait admettre que chez les Thuvhésit, les rumeurs n'étaient pas ce qu'il y avait de plus fiable. Jusqu'à ce que les oracles annoncent les destins de cette famille deux générations plus tôt, les Noavek n'avaient jamais été au pouvoir. Puis, dès sa majorité, la mère de Lazmet s'était emparée du trône par la force en justifiant son geste par son destin. Plus tard, alors qu'elle occupait le trône depuis une dizaine de saisons, elle avait assassiné tous ses frères et sœurs pour garantir le pouvoir à ses enfants. Voilà le genre de famille dont Lazmet était issu, et d'après ce qu'on disait de lui, il s'était montré au moins aussi brutal que sa mère.

– Oh, pitié, grommela Teka. Il y a une règle dans l'univers qui dit qu'il doit toujours y avoir un connard de Noavek en vie à un moment donné, ou quoi ?

Cyra se tourna vivement vers elle.

– Parce que je ne suis pas en vie, moi ?

– Tu ne fais pas partie des connards, rectifia Teka. Sauf si tu continues à me chercher.

Cyra sembla presque se réjouir de cette déclaration. Akos en déduisit que c'était nouveau pour elle de ne pas être mise dans le même sac que les autres Noavek.

– Quelles que soient les règles de l'univers concernant les Noavek, reprit-elle, même si je ne vois pas comment Lazmet pourrait être encore en vie, Ryzek n'avait pas l'air de mentir. Il n'avait rien à y gagner, c'était plutôt… je ne sais pas, une sorte d'avertissement.

– Mais bien sûr, ricana Teka. Ryzek se souciait tellement des autres.

– C'est surtout qu'il avait peur de ton père, dit Akos à Cyra. Il vivait dans la peur. Est-ce que je me trompe ?

Dans les rares occasions où Cyra parlait de Ryzek, elle le présentait toujours comme quelqu'un qui avait peur. Que pouvait-il trouver de plus terrifiant que l'homme qui avait fait de lui ce qu'il était ?

Cyra acquiesça d'un signe de tête.

– Si Lazmet est en vie… il faut corriger cela, déclara-t-elle. Et le plus vite possible.

« Corriger ». Comme s'il s'agissait d'un exercice de maths ou d'une erreur technique. Akos ne comprenait pas qu'on puisse parler ainsi de son propre père. Cela le perturbait bien plus que si elle avait été effrayée. Mais elle ne pouvait même pas parler de lui comme d'une personne. Que l'avait-elle vu faire pour en arriver là ?

– Un problème à la fois, répondit Teka, avec plus de douceur qu'à son habitude.

Akos s'éclaircit la gorge.

– Oui, commençons par rester en vie en entrant dans l'atmosphère d'Ogra. Ensuite, il sera toujours temps d'assassiner l'homme le plus puissant de toute l'histoire de Shotet.

Cela fit rire Cyra.

– Installez-vous confortablement parce qu'on en a pour un moment, précisa Teka. Tous sur Ogra !

▲
▲

# :5
# CISI

Il y a juste assez de place dans la capsule de survie pour y tenir à deux en se serrant l'une contre l'autre, et j'ai l'épaule coincée contre la vitre. Ma main cherche à tâtons le signal de détresse sur le tableau de bord. Comme le bouton est rose et qu'il n'y en a que trois, il n'est pas difficile à repérer. Je le presse et un sifflement aigu m'indique que le signal fonctionne, à en croire les explications fournies par Teka. Il ne me reste plus qu'à attendre le réveil d'Isae en tâchant de ne pas paniquer.

Le fait de voyager à bord d'un petit véhicule de transport comme celui que nous venons de quitter est déjà assez angoissant pour une fille de Hessa qui n'a quitté sa planète que deux ou trois fois ; mais la capsule de sauvetage, c'est encore pire. Elle est presque entièrement vitrée, et le verre formant une bulle au-dessus de nos têtes et jusque sous nos pieds, j'ai la sensation d'être avalée par l'espace plutôt que de l'avoir en face de moi. Je ne dois pas y penser, ou je vais perdre les pédales.

J'aimerais bien qu'Isae se réveille.

Elle est affalée sur le banc qui se trouve à côté de moi, et son corps est enveloppé par une obscurité si totale qu'elle semble vraiment être le seul être vivant de tout l'univers. Je ne la connais que depuis deux ans, depuis qu'Ori l'a rejointe pour veiller sur elle après qu'elle a eu le visage tailladé par une lame shotet. Elle a grandi loin de Thuvhé, sur un vaisseau qui transportait des marchandises d'un bout à l'autre de la galaxie.

Au début, heureusement qu'Ori était là pour nous obliger à nous parler, ou je ne m'y serais peut-être jamais décidée. Même avant d'être chancelière, elle était intimidante, grande, mince et belle, et dégageant l'énergie d'une machine de guerre.

J'ai l'impression que ses yeux mettent une éternité à s'ouvrir. Tout d'abord, elle fixe d'un regard absent ce qui se trouve devant elle, qui n'est qu'un vaste néant à peine interrompu par le lointain clignotement des étoiles. Puis elle se tourne vers moi en battant des paupières.

– Où sommes-nous, Cisi ?

– Dans une capsule de sauvetage, où on attend que l'Assemblée vienne nous chercher.

– Une capsule de sauvetage ? répète-t-elle en fronçant les sourcils. Et on se sauve de quoi, au juste ?

– Je crois que c'est plutôt les autres qui ont préféré se sauver.

– Vous m'avez droguée ?

Elle se frotte les yeux avec un poing, puis avec l'autre.

– C'est toi qui m'as fait boire cette infusion.

– Je ne savais pas qu'il y avait quelque chose dedans.

Je sais bien mentir, et je n'hésite pas une seconde. Elle n'accepterait pas la vérité, qui est que je tenais tout autant qu'Akos à l'éloigner de ma famille. Notre mère a dit qu'elle essaierait de tuer Eijeh comme elle avait tué Ryzek et je n'étais pas prête à prendre le risque. Je ne veux pas perdre Eijeh une deuxième fois, aussi dénaturé qu'il puisse être.

– Et puis, ma mère les a avertis que tu essaierais peut-être de t'en prendre à Eijeh.

– Les oracles ! s'exclame Isae avec un juron. Vu la loyauté que ta mère témoigne à sa propre chancelière, c'est à se demander pourquoi on leur accorde la citoyenneté.

Je n'ai rien à répondre à cela. Ma mère est contrariante, mais c'est ma mère.

– Ils t'ont transportée dans la capsule et j'ai dit que je partais avec toi.

Elle plisse le front, et les cicatrices qui lui zèbrent le visage restent figées. Elle les frotte, parfois, quand elle pense que personne ne la regarde. Elle dit que ça assouplit les tissus, et qu'ainsi, ils ont plus de chances de retrouver un jour leur mobilité. C'est du moins ce que pense le médecin. Une fois, je lui ai demandé pourquoi elle avait gardé ces cicatrices au lieu de subir une chirurgie reconstructrice sur Othyr. Elle en avait les moyens. Elle m'a répondu qu'elle ne voulait pas les effacer, et même qu'elles lui plaisaient.

– Pourquoi ? me demande-t-elle au bout d'un moment. Il s'agit de ta famille. Eijeh est ton frère. Pourquoi être venue avec moi ?

Répondre honnêtement n'est pas aussi simple qu'on pourrait le croire. Il y a de multiples réponses possibles à sa question, aussi sincères les unes que les autres. Tout d'abord, Isae est la chancelière et je ne souhaite pas me dresser contre Thuvhé, comme le fait mon frère. Ensuite, je tiens à elle, en tant qu'amie, en tant que… ce que nous représentons l'une pour l'autre, quoi que cela puisse être. J'ai peur du chagrin violent que j'ai vu en elle juste avant qu'elle tue Ryzek Noavek, et elle a besoin d'aide pour agir dans le bon sens à partir de maintenant, au lieu de satisfaire sa soif de vengeance. La liste est longue, et je choisis la réponse autant pour ce que je veux qu'elle entende que parce que c'est aussi la vérité.

– Tu m'as demandé si tu pouvais me faire confiance, dis-je enfin. Eh bien, la réponse est oui. Je suis avec toi, quoi qu'il advienne. D'accord ?

– Après ce que tu m'as vue faire, je pensais que…

Je revois glisser par terre le couteau avec lequel elle a tué Ryzek, et je chasse cette image de mon esprit.

– … je pensais que tu ne voudrais plus jamais t'approcher de moi.

Ce qu'elle a fait à Ryzek m'a inquiétée, mais pas dégoûtée. Je me moque qu'il soit mort, mais je ne me moque pas qu'elle ait été capable de le tuer. Cela, je le garde pour moi.

– Il a tué Ori, dis-je.

– Ton frère aussi, chuchote-t-elle. Ils l'ont tuée tous les deux. Il y a quelque chose qui ne va pas chez Eijeh. Je l'ai vu dans la tête de Ryzek, juste avant que…

Sa gorge se noue avant qu'elle ait pu finir sa phrase.

– Je sais, dis-je en lui pressant la main. Je sais.

Elle se met à pleurer. D'abord avec dignité. Puis un chagrin animal la submerge et elle sanglote tout en se débattant et en me griffant les bras. Mais je suis bien placée pour savoir qu'il n'y a pas d'échappatoire. Le chagrin est sans pitié.

– Je suis là, dis-je en lui caressant le dos. Je suis là.

Au bout d'un moment, elle arrête de sangloter, de griffer, et elle enfouit son visage au creux de mon épaule.

– Qu'est-ce que tu as fait, toi ? me demande-t-elle. Après la mort de ton père, après que tes frères…

– Pendant longtemps, je… j'ai accompli les gestes du quotidien mécaniquement : je mangeais, je me douchais, je travaillais, j'étudiais. Je n'étais pas vraiment là, ou en tout cas je n'avais pas l'impression d'y être. Mais petit à petit, les sensations sont revenues, comme dans un membre engourdi. Ça revient par picotements, un peu à la fois.

Elle relève la tête pour me regarder.

– Je suis désolée de ne pas t'avoir dit ce que j'allais faire. Je suis désolée de t'avoir entraînée avec moi pour voir… *ça*. J'avais besoin d'un témoin au cas où les choses tourneraient mal, et tu étais la seule en qui j'avais confiance.

Je soupire et je repousse une mèche de cheveux derrière son oreille.

– Je comprends.

– Si tu avais su ce que j'allais faire, tu aurais essayé de m'en empêcher ?

Je serre les lèvres. La vérité est que je n'en sais rien, mais ce n'est pas ce que j'ai envie de lui dire parce que ce n'est pas la réponse qui lui donnerait confiance en moi. Et il faut qu'elle ait confiance en moi si je veux servir à quelque chose dans la guerre qui s'annonce.

– Non, dis-je. Je sais que tu ne fais que ton devoir.

Et c'est vrai. Mais cela ne m'empêche pas de m'inquiéter de la facilité avec laquelle elle a agi, ni du regard détaché qu'elle avait en m'entraînant dans ce couloir, ni du parfait sang-froid avec lequel elle a attendu le moment idéal pour frapper.

– Ils ne doivent pas nous prendre notre planète, murmure-t-elle sombrement. Je ne les laisserai pas faire.

– Non, bien sûr.

Elle me prend la main. Bien que ce ne soit pas la première fois, j'éprouve des frissons en sentant sa peau glisser sur la mienne. Isae est si brillante. Si calme et si forte. J'ai envie de l'embrasser, mais ce n'est pas le bon moment : ses ongles sont encore tachés du sang séché de Ryzek.

Alors je m'arrange pour me contenter du contact de sa main, et, ensemble, nous fixons le néant.

# 6: AKOS

Akos jouait avec la chaîne qu'il portait autour du cou. La bague marquée du sceau de la famille de Jorek et d'Ara était maintenant un poids familier au creux de son cou. Lorsqu'il portait sa cuirasse, elle laissait son empreinte sur sa peau, comme une marque au fer rouge. Comme si la malemarque qui ornait son bras ne suffisait pas à lui rappeler ce qu'il avait fait à Suzao Kuzar, père de Jorek et mari violent d'Ara.

Il ne savait pas trop pourquoi le souvenir d'avoir tué Suzao dans l'arène lui revenait maintenant, devant la porte de la cellule de son frère. Il était temps de décider s'il fallait continuer à droguer Eijeh – et pour combien de temps ? jusqu'à leur arrivée sur Ogra ? plus longtemps ? – ou si, maintenant que Ryzek était mort, ils pouvaient le laisser errer dans le vaisseau sans que cela représente le moindre danger. Cyra et Teka leur avaient laissé la responsabilité de cette décision, à Sifa et à lui.

Sa mère se tenait à ses côtés. Elle lui arrivait quelques izits au-dessus des épaules. Ses cheveux bouclés et emmêlés formaient des nœuds en retombant librement dans son dos. Sifa n'avait pas beaucoup bougé depuis la mort de Ryzek. Elle se terrait dans le ventre du vaisseau, où, les pieds nus, elle se murmurait l'avenir à elle-même en faisant les cent pas. Cyra et Teka s'en étaient inquiétées, mais Akos leur avait expliqué que c'était un comportement normal chez les oracles. Ou du moins chez cette oracle-ci. Elle était tantôt affûtée comme une lame de couteau, tantôt à moitié hors de son corps, hors de son époque.

– Eijeh n'est plus tel que tu l'as connu, lui dit-il.

C'était un avertissement inutile. D'une part parce qu'elle le savait déjà, d'autre part parce que ses visions avaient déjà dû lui montrer Eijeh précisément ainsi, tel qu'il était devenu, de même que sous beaucoup d'autres d'aspects.

Elle se contenta d'ailleurs de répondre :

– Je sais.

Akos frappa à la porte, tourna dans la serrure la clé que lui avait fournie Teka et entra.

Eijeh était assis en tailleur sur le mince matelas qu'ils avaient jeté dans un coin de la cellule. Par terre à côté de lui, un bol posé sur un plateau contenait un reste de soupe. À leur entrée, il se leva maladroitement, repliant les bras devant lui comme pour serrer les poings et se préparer à frapper. Il était blême et tremblant, les yeux rougis.

– Qu'est-ce qui s'est passé ? demanda-t-il en effleurant Akos du regard. Qu… J'ai senti quelque chose. Qu'est-ce qui s'est passé ?

– Ryzek est mort. Tu l'as senti ?

– C'est toi qui as fait ça ? demanda Eijeh avec mépris. Ça ne m'étonnerait pas de toi. Tu as tué Suzao. Et Kalmev.

– Tu oublies Vas, ajouta Akos. Lui aussi, il a bien dû rester quelque part dans le fatras de tes souvenirs, non ?

– C'était mon ami.

– C'était l'homme qui a tué notre père, cracha Akos.

Eijeh fronça les sourcils sans répondre.

– Et moi ? intervint Sifa d'un ton neutre. Tu te souviens de moi, Eijeh ?

Il la regarda comme s'il venait juste de s'apercevoir de sa présence.

– Tu es Sifa.

Puis il ajouta en plissant le front :

– Tu es ma mère. Je ne… J'ai des trous de mémoire.

Il fit un pas vers elle pour lui demander :

– Est-ce que je t'aimais ?

Akos n'avait jamais vu Sifa avoir l'air blessée, même lorsque, petits, ses enfants lui disaient qu'ils la détestaient parce qu'elle refusait de les laisser sortir avec leurs copains, ou qu'elle avait des mauvaises notes à leur reprocher. Il savait qu'elle pouvait l'être, comme n'importe qui, parce que le fait d'être une oracle ne l'empêchait pas d'être une personne. Mais là, il fut saisi par son expression – front plissé et coins de la bouche tombants –, qui lui transperça le cœur.

« Est-ce que je t'aimais ? » À ces paroles, Akos sut qu'il avait définitivement échoué. Il n'avait pas réussi à faire sortir Eijeh de Shotet, comme il l'avait promis à leur père juste avant sa mort. Ce garçon n'était plus Eijeh, et ce qui aurait pu le guérir avait disparu avec Ryzek.

Eijeh n'existait plus. Akos avait la gorge nouée.

– Toi seul peux le savoir, Eijeh, répondit Sifa. Au moment présent, est-ce que tu m'aimes ?

Son fils eut un rictus nerveux et esquissa un geste de la main.

– Je… Peut-être.

– Peut-être, répéta Sifa en hochant la tête. Bien.

– Tu savais, n'est-ce pas ? Que je serais le prochain oracle. Tu savais que je me ferais enlever. Mais tu ne m'as pas averti. Tu ne m'as pas préparé.

– J'avais des raisons pour cela. Mais je ne pense pas qu'elles pourraient te réconforter.

– Me réconforter, ricana Eijeh. Je n'ai pas besoin qu'on me réconforte.

Il avait pris le ton de Ryzek pour prononcer cette phrase, parlant thuvhésit avec des intonations shotet.

– Bien sûr que si, dit Sifa. Comme tout le monde.

Eijeh ricana de nouveau mais ne répondit pas.

– Alors vous venez m'apporter ma nouvelle dose de drogue, c'est ça ? C'est bien ce que tu sais faire, non, Akos ? Fabriquer des poisons. En plus d'être la putain de Cyra.

Déjà, Akos refermait les poings sur le col d'Eijeh et le soulevait de terre. Son frère était lourd, mais la force d'Akos était décuplée par une énergie brûlante, une énergie qui n'avait rien à voir avec le flux.

Il colla Eijeh contre le mur et gronda :

– Ferme ta gueule.

– Arrêtez, tous les deux, dit Sifa en posant la main sur l'épaule d'Akos. Lâche-le immédiatement. Si tu n'es pas capable de garder ton calme, tu vas devoir sortir.

Akos laissa retomber Eijeh et recula. Ses oreilles tintaient. Il n'avait pas prévu de réagir ainsi. Son frère se laissa glisser par terre et passa les mains sur son crâne rasé.

– Je ne suis pas sûre que le fait que Ryzek Noavek ait déversé ses souvenirs dans ta tête suffise à justifier ta cruauté envers ton frère, dit Sifa à Eijeh. À moins que tu ne sois plus capable de te comporter autrement. Mais je te suggère de trouver le moyen de changer, et vite, ou tu pourras compter sur moi pour imaginer une punition très créative à t'infliger en tant que mère et supérieure hiérarchique. Est-ce clair ?

Eijeh la fixa quelques secondes avant de hocher très légèrement la tête.

– Nous allons atterrir dans quelques jours, reprit-elle. Entretemps, tu resteras enfermé ici. Pour la descente, nous veillerons à ce que tu sois attaché avec nous par une ceinture de sécurité. Une fois au sol, tu seras placé sous ma responsabilité. Tu m'obéiras. Sinon je demanderai à Akos de te droguer. Notre situation est trop précaire pour que nous prenions le risque que tu sèmes le désordre. Akos, qu'en penses-tu ?

– Ça me va, fit ce dernier entre ses dents.

– Bien, dit-elle avec un sourire totalement forcé. Désires-tu de la lecture, Eijeh ? Quelque chose pour passer le temps ?

Il eut un petit haussement d'épaules.

– Je veux bien.

– Je vais voir ce que je peux trouver.

Elle fit un pas vers lui, et Akos se raidit au cas où elle aurait besoin qu'il se porte à son secours. Mais Eijeh ne bougea pas tandis qu'elle ramassait son plateau, et ne leva même pas les yeux lorsqu'ils ressortirent. Akos referma à clé derrière lui et actionna la poignée deux fois pour s'assurer que la porte était bien verrouillée. Il avait la respiration hachée. C'était Eijeh tel qu'il le connaissait à Shotet, celui qui s'affichait avec Vas Kuzar comme s'ils étaient amis d'enfance et non ennemis jurés, celui qui l'avait maintenu au sol tandis que Vas obligait Cyra à le torturer.

Ses yeux le brûlaient. Il dut les fermer.

– L'avais-tu déjà vu sous ce jour-là ? demanda-t-il à sa mère. Je veux dire, dans tes visions.

– Oui, souffla-t-elle.

– Est-ce que ça t'a aidée, de le savoir à l'avance ?

– Mes visions ne sont pas si claires que tu l'imagines. Je vois toutes sortes de chemins, toutes sortes de versions d'une même personne… Et je suis toujours étonnée de découvrir celle qui se réalise. Je ne sais toujours pas exactement à quel Akos je suis en train de parler, par exemple. Plusieurs sont possibles.

Elle se tut un moment et soupira avant d'ajouter :

– Non. Ça ne m'a pas aidée.

– Je…

Il dut s'interrompre pour avaler sa salive et rouvrit les yeux, qu'il fixa sur le mur sans la regarder.

– Je suis désolé de ne pas avoir réussi à empêcher ça. Je… Je l'ai trahi.

Elle lui pressa l'épaule et il se laissa réconforter quelques instants par la chaleur et la force de sa main.

La cellule de Ryzek avait été nettoyée et ne portait plus aucune trace de ce qui s'était passé. Dans un recoin secret de sa tête, Akos aurait préféré qu'Eijeh soit mort, lui aussi. Cela aurait été plus facile à vivre que d'avoir à se rappeler constamment qu'il avait tout raté, irrémédiablement.

– Akos, lui dit sa mère, il n'y avait rien que tu puisses…

– Arrête, la coupa-t-il, plus sèchement qu'il ne l'aurait voulu. Il n'est plus là. Maintenant, il n'y a plus rien d'autre à faire que… de l'accepter.

Et il s'éloigna en la laissant là, entre deux fils qui n'étaient plus vraiment les mêmes personnes qu'autrefois.

Ils se relayèrent au centre de commandement pour éviter tout heurt avec des débris, un astéroïde, un autre vaisseau spatial. Sifa prit le premier quart tandis que Teka allait se reposer, épuisée après avoir reprogrammé la trajectoire du vaisseau. Quant à Cyra, elle avait passé les dernières heures à laver le sol du sang de son propre frère. Akos rangea la cuisine et roula la couverture pour la remiser dans un coin, près de l'armoire à pharmacie.

Cyra vint s'allonger à côté de lui, le visage nettoyé et les cheveux noués en une grosse tresse qui lui tombait sur l'épaule. Ils gardèrent le silence un moment, respirant en rythme. Akos se souvint des moments passés dans les appartements de Cyra sur le vaisseau de séjour, le fait qu'il savait toujours si elle était réveillée parce qu'il ne l'entendait plus se tourner et se retourner mais seulement respirer.

– Je suis contente qu'il soit mort, dit-elle.

Il se tourna vers elle en s'appuyant sur un coude. Elle avait coupé ses cheveux de façon bien nette tout autour de la peau-d'argent. Akos s'était habitué à cette surface qui luisait maintenant sur un côté de son crâne, comme un miroir. Cela lui allait bien, à vrai dire. Même s'il haïssait ce qu'elle avait subi.

Les mâchoires crispées, elle se mit à tirer sur les courroies de son brassard pour les desserrer, dans un mouvement de va-et-vient. Lorsqu'elle l'eut retiré, il découvrit juste à côté de son coude une nouvelle entaille, barrée d'une hachure. Il l'effleura du doigt.

– Ce n'est pas toi qui l'as tué, observa-t-il.

– Je sais. Mais la chancelière ne portera pas la marque de sa mort et... (Elle soupira.) J'aurais sans doute pu me venger de Ryzek en le laissant partir sans marquer sa perte. Le déshonorer en faisant comme s'il n'avait jamais existé.

– Mais tu n'as pas pu.

– Non. C'est toujours mon frère. Sa vie reste... digne de laisser une trace.

– Et pourtant tu t'en veux de ne pas l'avoir puni.

– Quelque part, oui.

– Eh bien, si mon avis compte pour quelque chose, tu n'as pas à regretter d'avoir fait preuve de clémence. Mais je suis désolé que tu aies dû accomplir tous ces efforts pour épargner Ryzek pour moi. Tout ça pour rien...

Avec un profond soupir, il s'allongea de nouveau. Là aussi, il avait échoué.

Elle posa la main sur sa poitrine, juste au-dessus du cœur, avec ce bras scarifié qui disait à la fois tant de choses sur elle, et si peu.

– Moi non. Je veux dire : je ne suis pas désolée.

Il recouvrit la main de Cyra avec la sienne.

– Et moi, je ne suis pas désolé que tu aies gravé la marque de la mort de Ryzek sur ton bras, même si je le détestais.

En voyant les coins de sa bouche remonter, il fut surpris de constater qu'elle l'avait allégé de quelques grammes de culpabilité et se demanda si, à sa manière, il avait réussi à en faire autant. Ils étaient tous les deux de ceux qui portent tout le poids de leur vie sur leurs épaules en permanence. Mais peut-être pouvaient-ils s'aider mutuellement à se délester de ce poids, petit bout par petit bout.

Akos se sentit soulagé de réagir ainsi. Maintenant qu'Eijeh

n'était plus lui-même, il ne lui restait plus qu'à accepter son destin, qui était intimement lié à celui de Cyra. Il devait mourir pour la famille Noavek, et elle en était le dernier membre. Elle représentait une inéluctabilité, lumineuse et inévitable.

Dans un élan spontané, il se tourna vers elle pour l'embrasser. Elle glissa les doigts dans un passant de sa ceinture et l'attira contre elle, dans la même position qu'un peu plus tôt, avant qu'ils soient interrompus. Cette fois, la porte était verrouillée et Teka dormait à poings fermés dans un autre coin du vaisseau.

Ils étaient seuls. Enfin.

L'odeur de Cyra vint remplacer celle, mi-chimique, mi-florale, du vaisseau. Elle sentait le shampoing aux herbes, la sueur et la feuille de sendes. Il passa des doigts tachés de potion le long de son cou, puis de sa clavicule.

Elle le fit rouler sur le dos pour s'installer à califourchon sur lui, lui bloqua le bassin le temps de tirer sa chemise de son pantalon. Ses mains étaient si chaudes qu'Akos en oublia de respirer quand elles trouvèrent la zone de chair tendre au creux de sa taille, les muscles durs de son ventre, et se mirent à défaire tous les boutons de sa chemise.

Il y avait pensé lorsqu'il l'avait aidée à se déshabiller pour qu'elle prenne son bain dans la cache des renégats : à comment ça se passerait s'ils enlevaient leurs vêtements dans un autre but que pour panser leurs blessures ou se battre à mort. Et il avait imaginé quelque chose de frénétique. Mais là, elle prenait son temps, faisant courir ses doigts sur la courbure de ses côtes, sur les tendons de ses poignets pendant qu'elle déboutonnait ses manches, effleurant les os qui saillaient sur ses épaules.

Il voulut lui caresser le dos, mais elle le repoussa. Ce n'était apparemment pas ce dont elle avait envie dans l'immédiat, et il ne demandait qu'à lui donner ce qu'elle voulait. Après tout, elle était la fille qui ne pouvait pas toucher les gens. Quelque chose s'alluma en lui à l'idée qu'il était le seul avec qui elle avait fait cela ; pas de l'excitation mais quelque chose de plus doux. De tendre.

Elle n'appartenait qu'à lui, et le destin avait décrété qu'elle serait la seule.

– Je peux ?

Elle fit oui d'un signe de tête.

En commençant à déboutonner à son tour la chemise de Cyra, il se sentit tout à coup intimidé et se redressa juste assez pour embrasser la peau qu'il dénudait petit à petit. Une peau douce pour quelqu'un de si fort, une enveloppe de douceur recouvrant la dureté des muscles et des os et la tension des nerfs.

Il roula sur le côté pour se retrouver penché sur elle, laissant juste assez d'espace entre eux pour sentir sa chaleur sans la toucher. Se débarrassant de sa chemise d'une torsion des épaules, il déposa un baiser sur son ventre. Il n'avait plus de bouton à ouvrir.

Il lui caressa la hanche du bout du nez et leva les yeux vers elle.

– Oui ?

– Oui, répondit-elle d'une voix bourrue.

Les mains d'Akos se replièrent sur sa taille et il promena ses lèvres sur sa peau nue, izit par izit.

▲
▲

# :7
# CISI

GROS COMME UNE PETITE PLANÈTE, le vaisseau de l'Assemblée est large et rond comme un flotteur, mais tellement plus vaste qu'il en est presque inquiétant. Il bouche entièrement les hublots du petit patrouilleur fait de verre et d'un pâle métal lisse qui a recueilli notre capsule de sauvetage.

– Tu ne l'avais jamais vu ? me demande Isae.

– Seulement en images.

Ses panneaux de verre reflètent les pans du ruban-flux qui flamboient d'une teinte rosée, et le néant dans ses zones sombres. Les petites lumières rouges qui parsèment sa bordure clignotent comme les mouvements d'une respiration. Son déplacement autour du soleil est si infime qu'il paraît immobile.

– Mais ça ne fait pas du tout le même effet en vrai. C'est beaucoup plus impressionnant.

– J'ai passé trois saisons à bord lorsque j'étais petite, me dit Isae en effleurant le verre du dos de la main. À apprendre les bonnes manières. J'avais l'accent de la Bordure, ils n'aimaient pas ça.

Je souris.

– Tu l'as encore, quelquefois, quand tu ne fais pas attention. Moi, j'aime bien.

– Tu aimes bien parce que l'accent de la Bordure ressemble beaucoup à celui de Hessa.

Elle fiche un index dans ma fossette et je le repousse d'une tape.

– Bien, reprend-elle. En route, c'est l'heure de se poser.

Le capitaine du vaisseau, un petit homme trapu au front piqueté de gouttes de sueur, dirige son véhicule vers le mastodonte – en ciblant la porte B, déclare-t-il. La lettre est tracée dans une peinture réfléchissante au-dessus d'une entrée. Ses deux panneaux métalliques s'écartent et une passerelle intégrée s'avance jusqu'à notre écoutille. Toutes deux s'imbriquent avec un sifflement. Un membre d'équipage verrouille le point de fixation en tirant sur un levier.

Nous nous tenons tous près de la porte lorsqu'elle s'ouvre, et nous nous écartons pour laisser Isae passer la première. L'équipage du patrouilleur qui nous a recueillies a pour mission d'arpenter la bande médiane du système solaire au cas où quelqu'un aurait des ennuis, ou en créerait. Son effectif réduit ne compte qu'un capitaine, un second et deux autres membres, qui ne sont pas bavards.

Je m'élance en sautillant dans le tunnel inondé de lumière qui se déroule derrière la porte de l'écoutille pour rattraper Isae. Les parois de verre sont immaculées. L'espace d'un instant, j'ai la sensation de flotter dans le vide, mais le sol est ferme sous mes pieds.

Je rejoins Isae au moment où nous sommes accueillies par un groupe de gens à l'allure officielle, en uniforme gris. Ils portent à la ceinture un bâton paralysant, conçu pour neutraliser et non pour tuer. Cette vision me rassure. C'est ainsi que devrait être envisagée la sécurité : pour protéger et non pour mettre en danger.

Un homme à la poitrine décorée d'une médaille qui se tient à l'avant du groupe s'incline devant Isae.

– Bonjour, chancelière, dit-il dans un othyrien impeccable. Je suis le capitaine Morel. Le chef de l'Assemblée a été informé de votre venue et vos appartements sont prêts, ainsi que ceux de votre… invitée.

Isae lisse son pull, comme pour en effacer les plis.

– Merci, capitaine Morel, répond-elle, toute trace d'accent de la Bordure envolée. Je vous présente Cisi Kereseth, une amie de ma famille, de la planète Thuvhé.

– C'est un plaisir, m'assure le capitaine.

Je déploie aussitôt mon don, de façon purement instinctive. En général, les gens réagissent bien lorsque j'imagine mon don-flux en train de couvrir leurs épaules comme un manteau. Le capitaine Morel ne fait pas exception à la règle. Il se détend immédiatement et son sourire s'adoucit, comme s'il pensait vraiment ce qu'il disait. Pour la première fois depuis des jours, mon don semble agir aussi sur Isae. Son regard me paraît moins dur.

– Je vous remercie pour votre accueil, capitaine Morel, dis-je.

– Permettez-moi de vous escorter jusqu'à vos appartements.

Puis il se tourne vers le capitaine de notre vaisseau pour ajouter :

– Merci d'avoir amené la chancelière Benesit en sécurité chez nous.

L'homme lui répond par un grognement et nous salue d'un hochement de tête, Isae et moi, tandis que nous nous retournons pour nous éloigner.

Les chaussures du capitaine Morel claquent à chacun de ses pas et dérapent un peu lorsqu'il tourne dans le couloir et que ses talons glissent vers l'extérieur. S'il est là, c'est parce qu'il est né dans une famille riche mais qu'il n'a pas les dispositions – ou le courage – nécessaires pour assumer une vraie fonction militaire. Il est juste bon à remplir des tâches anodines, qui ne requièrent que des bonnes manières, de la politesse et du vernis.

Lorsque le capitaine me laisse dans ma chambre, située juste à côté de celle d'Isae, je pousse un soupir de soulagement. Dès que la porte se referme derrière moi, je laisse ma veste tomber à mes pieds.

À l'évidence, les chambres ont été préparées spécialement à notre intention. C'est la seule explication pour le champ d'herbe-plume qui ondule au vent sur le mur du fond. Ce sont des images de Thuvhé. Le long du même mur, en dessous, se trouve un lit étroit garni d'une épaisse couverture brune, soigneusement bordée sous le matelas.

En posant la main sur le panneau tactile situé près de la porte, je fais défiler les images en accéléré jusqu'à trouver ce qui m'intéresse : une image de Hessa enfouie sous la neige. Le dôme du temple baigne le haut de la colline d'une lueur rouge scintillante. Je suis des yeux la ligne accidentée des toits, avec leurs girouettes qui tournent, jusqu'au pied de la colline. Tous les bâtiments sont noyés par un brouillard de flocons blancs.

J'oublie parfois à quel point c'est beau chez moi.

Tout en bordure de l'image, je distingue un coin du champ que cultivait mon père. Un peu plus loin derrière se trouve la friche où se sont tenues les funérailles d'Eijeh et d'Akos. Ce n'était pas mon idée. Ma mère a empilé le bois et les pierres-ardentes et les a embrasés après avoir récité la prière. Je me suis contentée de me tenir à côté, dans mon manteau de kutyah, mon masque de protection rabattu sur le visage pour pouvoir pleurer sans être vue.

Jusqu'à ce moment, je n'avais pas considéré Eijeh et Akos comme perdus. Mais si ma mère faisait brûler le bûcher, cela devait signifier qu'elle savait qu'ils étaient morts, comme seule une oracle pouvait le savoir. Or, elle en savait bien moins que je ne l'imaginais.

Je m'assieds sur le lit et je regarde la neige tomber.

Ce n'était peut-être pas malin de venir ici, de m'embarrasser d'une chancelière au lieu de suivre ma famille. Je n'y connais pas grand-chose en politique ni en questions gouvernementales. Je suis née à Hessa, et je me trouve maintenant si éloignée de mon domaine de compétences que c'en est presque comique. Mais je connais Thuvhé. Je connais les gens.

Et il faut que quelqu'un veille sur Isae pour l'empêcher de se noyer dans le chagrin.

Le mur de la cabine d'Isae ressemble à une fenêtre sur l'espace. On y voit les étoiles scintiller comme des petits trous d'épingle de lumière, et la courbe renflée du ruban-flux. Cela me rappelle une dispute que nous avons eue au temps où je ne la connaissais pas encore très bien.

« Vous ne savez rien de ma planète ni de ses habitants. Ce n'est que votre première saison sur son sol », lui avais-je dit alors. C'était après que son titre de chancelière avait été révélé au public. Elle avait débarqué avec Ori dans ma chambre au lycée et m'avait grossièrement reproché ma familiarité à l'égard de sa sœur. Et, étrangement, pour une fois, mon don-flux m'avait laissée riposter avec la même grossièreté.

Le regard brisé qu'elle m'avait lancé alors ressemblait beaucoup à celui qu'elle me lance maintenant, tandis que j'entre dans sa cabine – qui est deux fois plus grande que la mienne, mais cela n'a rien d'étonnant. Assise au bout de son lit, elle est seulement vêtue d'un maillot et d'un short qui colle à ses longues cuisses maigres. Je ne l'ai jamais vue dans une tenue aussi décontractée et il la fait paraître vulnérable, comme si elle s'exposait en me laissant la voir au saut du lit.

« J'aime cette planète depuis toujours, avec plus de ferveur que ma famille, mes amis et moi-même, m'avait-elle répondu lors de cette première rencontre. Tu as marché chaque saison de ta vie sur son écorce, mais moi, je me suis enfoncée au plus profond de ses entrailles. Alors tu n'as pas le droit de dire que je ne la connais pas. »

Le truc, avec Isae, c'est qu'elle a une carapace si épaisse que j'ai parfois du mal à imaginer qu'il y a quelque chose dessous. Elle n'est pas comme Cyra Noavek, dont les moindres sensations se tordent aux yeux de tous à la surface de sa peau, ni comme

Akos, dont les émotions luisent dans ses yeux comme des pépites de métal précieux au fond d'un tamis. Le visage d'Isae, lui, est parfaitement neutre.

– Mon ami, celui dont je t'ai parlé, ne va pas tarder, me signale-t-elle d'un ton rude. Il n'était pas loin d'ici quand je l'ai appelé.

Après que le patrouilleur nous a fait monter à son bord, elle a pris le contrôle du centre de commandement pendant un moment, disant qu'elle devait contacter un vieil ami avec qui elle avait grandi. Elle m'avait expliqué qu'elle avait bien besoin de l'aide de quelqu'un, quelqu'un qui ne soit pas rattaché à l'Assemblée, ni à Thuvhé ou à Shotet. Ast – c'est son nom – est de la mauvaise graine de la Bordure, comme disent certains, né sur une lune perdue au-delà de la barrière du ruban-flux.

– Tant mieux, dis-je.

Pour l'apaiser, j'essaie sur elle l'une de mes sensations préférées : l'eau. C'est curieux parce que je connais très mal cet élément, ayant grandi sur une planète de glace. Mais il y avait une source d'eau chaude dans le sous-sol du temple de Hessa, pour stimuler les visions de l'oracle, et ma mère m'y a emmenée une fois pour m'y apprendre à marcher sur l'eau. C'était tout doux, comme de la soie, mais plus lourd. Maintenant, je laisse cette soie lourde draper Isae et je regarde ses épaules se relâcher. J'apprends à connaître ses réactions, lentement, et c'est plus facile maintenant que nous ne sommes plus sur le petit vaisseau des Shotet.

– C'était le fils du mécanicien, précise-t-elle en se frottant les yeux. Il aidait son père à bord du vaisseau sur lequel j'ai grandi.

Le vaisseau en question, un vaisseau de commerce, était toujours en mouvement, ne s'attardant jamais très longtemps au même endroit. Le lieu de vie idéal pour quelqu'un qui devait rester caché.

– Lui aussi, il était là le jour de l'attaque. Il a perdu son père et plusieurs de ses amis.

– Que fait-il maintenant ? Il est devenu mécanicien ?

– Oui. Il était justement en train de boucler une mission sur une station de ravitaillement. Le hasard fait bien les choses.

C'est peut-être l'idée qu'elle ait besoin de quelqu'un d'autre alors que je suis là, ou simplement de la pure jalousie, mais je vois cet Ast d'un mauvais œil. Et je me demande ce qu'il va penser de moi.

La sonnerie de la porte bourdonne à cette minute, comme si ma pensée l'avait invoqué. Isae va ouvrir. Dans le couloir se dresse quelqu'un de l'Assemblée, dont les yeux glissent sur les jambes nues d'Isae. Derrière lui se tient un inconnu à la large carrure chargé de deux grands sacs en toile. Il lève la main, et ce qui ressemble à un scarabée volant s'échappe de sa manche.

– Pasha ! s'exclame Isae tandis que le scarabée vient se poser sur la paume de sa main tendue.

Ce n'est pas un vrai insecte mais un appareil métallique, émettant un cliquetis permanent, un robot guide pour aveugles. Ast incline la tête vers le mécanisme en suivant le son et dépose ses sacs à l'entrée de la pièce. Isae, le scarabée perché maintenant sur son poing, prend son ami dans ses bras.

Son don-flux est lié à la mémoire. Elle ne peut pas voler les souvenirs des autres comme le faisait Ryzek, mais elle peut les voir, y compris parfois sans le vouloir. Alors je comprends pourquoi elle enfouit le nez au creux de son cou pour inspirer. Elle m'a expliqué un jour que, les odeurs étant intimement liées aux souvenirs, elles jouent un rôle particulier pour elle, qu'elles changent le flot des souvenirs qu'elle perçoit comme un petit ruisseau. Contrôlé, pour une fois.

Ce n'est que quand Ast cligne des paupières que je remarque ses yeux. Ses iris sont cerclés de vert pâle et ses pupilles sont entourées de blanc. Ce sont des implants mécaniques. Ils ne bougent que par à-coups, graduellement. Je sais qu'ils ne doivent pas lui permettre de voir grand-chose ; assez pour l'aider, peut-être, mais ce ne sont que des auxiliaires, comme le scarabée qu'Isae a appelé Pasha.

– Impressionnante, cette technologie, approuve-t-elle.

– Ouais, c'est la dernière mode sur Othyr, dit-il avec les intonations traînantes et un peu chantantes de la Bordure. Tous les gens qui ont une petite notoriété se font sauter les yeux avec un couteau à beurre pour les remplacer par ces joujoux.

– Toujours le même sens de l'humour, commente Isae. Et ça t'aide vraiment ?

– Un peu, dit Ast en haussant les épaules. Ça dépend de la lumière. Ça a l'air sympa, ici.

Il claque des doigts, et Pasha décolle du poing d'Isae pour voleter dans la pièce. Le scarabée inspecte tout le périmètre en sifflant chaque fois qu'il atteint un coin.

– C'est grand et ça sent bon le propre. Je m'étonne que tu ne portes pas de couronne, chancelière.

Le scarabée arrive maintenant en bourdonnant vers moi. Il décrit des cercles rapides autour de ma tête, de mes épaules, de mon ventre, de mes jambes. J'essaie d'entendre les cliquetis comme Ast les entend, de percevoir comment ce bruit définit pour lui ma silhouette et ma taille, mais mes oreilles ne sont pas entraînées pour cela.

Ast porte tellement de couches de vêtements que je ne saurais pas dire quoi est quoi. La capuche est-elle rattachée à sa veste ou au sweat-shirt qui est dessous ? Combien de tee-shirts a-t-il sur lui ? Deux ? Trois ? Un tournevis pend sur sa hanche, comme un couteau.

– Moi c'est Ast, m'informe-t-il dans une sorte de grognement.

Il me tend sa main et attend que j'avance pour la serrer, ce que je fais.

– Cisi.

Sa peau est chaude et il a une bonne poigne, ferme mais pas trop. Je choisis instinctivement une sensation à lui transmettre : des vagues de chaleur, comme des ondes dans l'air.

Si la plupart des textures que j'utilise agissent au moins

un minimum sur ceux qui se trouvent dans un état psychologique normal, celles que je préfère sont celles que les gens ne perçoivent pas. Mais à en juger par son petit froncement de sourcils, il a senti quelque chose.

– Houlà, me dit-il. Qu'est-ce que c'est que ça ?

– Oh, pardon. J'ai du mal à contrôler mon don-flux.

Je préfère mentir. Ça met les gens plus en confiance.

– Cisi est la fille de l'oracle de Thuvhé, lui explique Isae.

– L'oracle en place, rectifié-je par réflexe.

– Parce qu'il y en a plusieurs ? demande-t-il en haussant les épaules. Je ne savais pas. Nous n'avons pas d'oracles sur la Bordure. Ni de noblesse élue.

– Sur Thuvhé, les familles élues ne font pas partie de la noblesse. Ce sont juste des gens qui n'ont pas eu de chance.

– Pas eu de chance ? J'en déduis que tu n'approuves pas ton destin.

– En effet, dis-je doucement.

Il mordille sa lèvre inférieure. L'un de ses doigts est tellement meurtri qu'il a l'air couvert de peinture.

– Désolé, me dit-il. Je ne voulais pas aborder un sujet qui t'est apparemment pénible.

– Tout va bien.

Ce n'est pas vrai, et j'ai l'impression qu'il le sait aussi bien que moi. Mais il n'insiste pas.

Isae ramasse sa robe de chambre qui traîne par terre, l'enfile et boutonne le bas, mais sans prendre la peine de fermer le haut.

– Tu dois te douter que je ne t'ai pas demandé de venir pour m'apporter mes vieilles affaires, lui dit-elle en croisant les mains devant elle.

Elle reprend son ton formel et sa posture de chancelière. Visiblement, Ast s'aperçoit du changement et paraît presque inquiet. Ses yeux bougent d'un côté, puis de l'autre.

– Je souhaite te demander ton aide, poursuit Isae. Pour une

longue période. J'ignore quels sont tes projets et ce que ça t'obligerait à laisser derrière toi. Mais je ne peux plus me fier à grand monde. Peut-être uniquement aux personnes qui se trouvent dans cette pièce et…

Il l'interrompt d'un geste de la main.

– C'est bon. Bien sûr que je vais rester. Aussi longtemps que tu auras besoin de moi.

– C'est vrai ?

Il tend la main et, lorsqu'elle la prend, il la tourne pour lui attraper le pouce, comme font les soldats, et pose leurs mains jointes sur son cœur comme s'il prêtait serment. Même si, à ce qu'on dit, la mauvaise graine de la Bordure ne prête serment qu'en crachant par terre.

– Je suis désolé pour ta sœur, lui dit-il. Je ne l'ai rencontrée qu'une fois, mais je l'aimais bien.

Il est sincère et sans détours, et je comprends que c'est ce qu'elle apprécie chez lui. J'essaie sur lui une autre sensation : une étreinte, ferme mais réconfortante, les bras passés autour de la poitrine.

– Là, ça devient limite agaçant, Cisi, me signale-t-il. Il n'y a pas moyen de neutraliser ce truc ?

– Mon frère sait le faire avec le sien, mais je ne connais personne d'autre qui y arrive.

Je n'ai jamais rencontré quelqu'un d'aussi réactif à mon donflux.

– Ne sois pas si nerveux, Ast, intervient Isae. Cisi m'aide beaucoup.

– Bon, d'accord, concède-t-il en m'accordant un petit sourire. L'opinion d'Isae sur les gens compte beaucoup pour moi.

– Pour moi aussi, dis-je. Elle m'a raconté beaucoup d'histoires à propos du vaisseau sur lequel vous avez grandi tous les deux.

– Alors elle a dû te dire que ça sentait un peu les pieds.

– Oui. Mais aussi que ça avait son charme.

Isae me prend la main et glisse ses doigts entre les miens.

– Maintenant, nous sommes trois contre le reste de la galaxie. J'espère que vous êtes prêts.

– N'en rajoute pas trop non plus, lui dit Ast.

Elle pince les lèvres et serre ma main plus fort avant de lui répondre :

– Je n'en rajoute pas.

# 8:

# CISI

À INTERVALLES RÉGULIERS, je réalise que, contrairement à moi, les gens ne se font pas des amis partout où ils vont. Ceux du siège de l'Assemblée ne sont pas différents des autres : ils demandent juste qu'on les écoute, même si ce qu'ils ont à raconter est d'un intérêt limité. Et la plupart du temps, ce n'est rien de le dire.

Il arrive quand même que leurs bavardages me fournissent des renseignements utiles. Ce matin, la femme qui fait la queue derrière moi à la cafétéria – tout en déposant sur son plateau des œufs de synthèse qu'elle recouvre d'une espèce de sauce verte – m'apprend qu'il y a au deuxième niveau une serre bourrée de plantes en provenance de tout le système solaire, à raison d'une salle par planète. Le temps d'avaler un bol de céréales et j'y file. Cela fait si longtemps que je n'ai pas vu une plante !

Voilà comment je me retrouve dans un couloir devant la salle consacrée à la flore de Thuvhé. Les coins des vitres sont saupoudrés de givre. Comme je n'ai pas de vêtement pour me protéger du froid, je reste à l'extérieur, accroupie près du massif de fleurs-de-jalousie planté près de la porte. Elles sont jaunes, en forme de larme, et si on les touche au bon moment de leur floraison, elles crachent un nuage de poudre jaune vif. À en juger par les ventres rebondis de celles-ci, elles sont sur le point d'éclater.

– C'est curieux, quoi qu'on fasse, impossible de faire pousser de fleurs-de-silence ici, m'informe une voix derrière moi.

C'est un homme âgé – de profonds sillons creusent son visage autour de la bouche et des yeux –, chauve, au crâne luisant. Il porte une salopette gris pâle, comme tous les membres du personnel du siège, et un pull gris en fin lainage. Sa peau aussi paraît gris pâle. En cherchant bien, je pourrais sans doute trouver d'où il vient grâce à la couleur de ses yeux, qui sont bleu lavande. C'est d'ailleurs son seul signe distinctif notable, pour autant que je puisse voir.

– Vraiment ? Et que se passe-t-il quand vous essayez ? Elles meurent ?

– Non, elles ne fleurissent pas. Comme si elles savaient où elles se trouvent et qu'elles s'obstinaient à réserver toute leur beauté à Thuvhé.

Cela me fait sourire.

– C'est une idée très romantique.

– Trop romantique pour un vieux bonhomme comme moi, je sais, dit-il, des éclairs de malice dans le regard. Vous devez être une Thuvhésit, pour contempler ces plantes avec autant d'affection.

– En effet. Je m'appelle Cisi Kereseth.

Je lui tends la main. La sienne est sèche comme un vieil os.

– Je ne suis pas autorisé à vous dire mon nom car cela révélerait l'endroit d'où je viens, m'explique-t-il. Mais je suis le chef de l'Assemblée, mademoiselle Kereseth, et je suis heureux de vous rencontrer.

Ma main mollit brusquement dans la sienne. Le chef de l'Assemblée ? Jamais je n'avais imaginé la personne qui porte ce titre sous la forme d'un individu en chair et en os, encore moins avec cette voix éraillée et ce sourire ironique. Lorsque les représentants de toutes les planètes choisissent le chef de l'Assemblée parmi une liste de candidats, on ne précise ni leur nom ni leur origine, pour éviter tout parti pris. Il est censé servir la galaxie tout entière.

– Pardonnez-moi de ne pas vous avoir reconnu, dis-je.

Quelque chose me dit qu'il devrait apprécier une manifestation tout en légèreté de mon don-flux : la caresse d'une brise tiède. Il me sourit et j'en déduis que cela a dû marcher, d'autant qu'il ne semble pas être le genre d'homme à se laisser aller facilement.

– Ne vous excusez pas. Ainsi, vous êtes la fille d'une oracle.

– L'oracle en place de Thuvhé, oui.

– Et également la sœur d'un oracle, si Eijeh Kereseth est toujours en vie, ajoute-t-il. Eh oui, j'ai mémorisé les noms de tous les oracles, même si je dois avouer avoir employé quelques ruses mnémotechniques. Elles sont assez complexes, d'ailleurs. Je les aurais bien partagées avec vous si je n'y avais pas introduit quelques vulgarités pour rendre l'exercice plus amusant.

Je ris.

– Vous êtes arrivée ici en compagnie d'Isae Benesit ? Le capitaine Morel m'a informé qu'elle avait amené deux amis avec elle.

– Oui. J'étais très proche de sa sœur, Ori. Pardon, Orieve.

Il fait un petit bruit attristé, sans ouvrir la bouche.

– Toutes mes condoléances.

– Merci.

Dans l'immédiat, je peux mettre ma peine de côté. De toute façon, comme j'ai perçu qu'un tel sentiment mettrait cet homme mal à l'aise, mon don-flux ne me laisserait pas l'exprimer.

– Vous devez être en colère, reprend-il. Les Shotet vous ont pris votre père, vos frères, et maintenant votre amie.

C'est une étrange façon de voir, pleine de présupposés.

– Ce ne sont pas « les Shotet » qui ont fait cela, mais Ryzek Noavek.

– C'est vrai, concède-t-il en se tournant de nouveau vers la serre. Mais je ne peux pas m'empêcher de penser qu'un peuple qui accepte d'être gouverné par un tel tyran mérite d'endosser une partie de ses responsabilités.

Je voudrais exprimer mon désaccord. Oui, je peux faire porter la responsabilité de ces actes aux partisans des Noavek. Mais les renégats, les exilés, les pauvres, les malades et les désespérés qui vivaient aux alentours de l'immeuble où nous nous cachions, tous étaient aussi victimes de Ryzek que moi. Après avoir découvert ce pays, je ne suis plus sûre de pouvoir considérer « les Shotet » comme une unité. Ils sont trop diversifiés pour pouvoir être tous mis dans le même sac. Ça serait comme assimiler le fils d'un fermier de Hessa à un médecin aux mains douces de Shissa.

Je ne suis pas d'accord, mais je n'arrive pas à le dire. Ma langue est paralysée, et ma gorge nouée par mon stupide don-flux. Alors je me contente de regarder passivement le chef de l'Assemblée en attendant qu'il ajoute quelque chose.

– J'ai rendez-vous tout à l'heure avec Mlle Benesit, reprend-il enfin. J'espère que vous viendrez. Elle peut parfois se montrer un peu ombrageuse, et je sens que votre présence pourrait l'adoucir.

– Cela fait partie des choses que j'aime chez elle, ce côté ombrageux.

– Je ne doute pas qu'en amitié, ce soit une qualité stimulante, me répond-il avec un sourire. Mais dans le cadre de discussions politiques, c'est souvent un frein au progrès.

– Tout dépend de ce que l'on entend par « progrès », je suppose, dis-je d'un ton léger.

– J'espère que nous aurons pu nous accorder sur ce point d'ici la fin de la journée. Bien, je vous laisse admirer les plantes, mademoiselle Kereseth. Je vous recommande la salle tepesit. Il y fait trop chaud pour vous rendre à l'intérieur, mais je puis vous assurer que vous n'avez jamais vu de semblables spécimens.

J'acquiesce d'un signe de tête et il s'éloigne.

Maintenant, je me souviens où j'ai déjà vu des yeux de cette couleur : sur les portraits d'intellectuels de Kollande. Ils prennent je ne sais quelle drogue qui leur permet de rester éveillés plus longtemps que la normale sans subir la fatigue, et les consommateurs aux yeux clairs ont souvent les iris teintés de violet par son usage prolongé. Le fait qu'il vienne de Kollande ne me dit pas grand-chose sur lui. Bien que je n'y sois jamais allée, je sais que c'est une planète riche, qui tient assez peu compte de ses oracles. En revanche, ses yeux m'apprennent des choses : il place le progrès au-dessus de sa sécurité, de son confort et de son orgueil, il est intelligent et concentré, et il se croit visiblement plus malin que les autres.

Je comprends maintenant ce que voulait dire Isae en parlant de nous trois contre le reste de la galaxie. Ce n'est pas juste les Shotet que nous allons devoir affronter, mais aussi l'Assemblée.

Ast, Isae et moi sommes assis côte à côte à une table en face du chef de l'Assemblée. La surface en verre de la table est si propre, si transparente, que le gobelet à eau et la carafe posée à côté semblent presque flotter dans le vide. Je me suis cogné les jambes contre le rebord en arrivant, faute de distinguer où cette table commençait. Si le but était de me désarçonner, c'est réussi.

– Commençons par discuter de ce qui s'est passé à Shotet, propose le chef de l'Assemblée en se servant un verre d'eau.

Nous nous trouvons dans le cercle extérieur du vaisseau, qui est organisé en anneaux concentriques. Toutes les parois extérieures sont faites d'un verre qui s'opacifie lorsque le vaisseau se tourne face au soleil, afin d'éviter que les occupants ne se brûlent les yeux. Les parois qui se dressent sur ma gauche sont donc opaques, et il fait de plus en plus chaud dans la pièce, au point que mon col est ourlé de sueur. Ast n'arrête pas de tirer sur son tee-shirt pour le décoller de sa peau.

– J'imagine que les images fournies par les rétines doivent être amplement suffisantes, réplique Isae.

Elle a revêtu sa tenue de chancelière : une lourde robe thuvhésit à manches longues boutonnée jusqu'au cou, et des bottes ajustées qui lui ont arraché une grimace lorsqu'elle les a lacées. Ses cheveux sont fixés par des épingles à l'arrière de sa tête et brillent comme s'ils étaient laqués. Si elle a chaud – ce qui doit être le cas, sa robe étant conçue pour le climat de Thuvhé et certainement pas pour cette fournaise –, elle n'en laisse rien paraître. C'est peut-être précisément pour le cacher qu'elle a appliqué toutes ces couches de poudre sur son visage juste avant le rendez-vous.

– Je comprends votre réticence à aborder le sujet, répond le chef de l'Assemblée. Peut-être Mlle Kereseth peut-elle nous en faire un compte rendu ? Elle s'y trouvait également, si je ne m'abuse.

Isae me glisse un coup d'œil. Je souris en croisant les mains sur mes genoux, et en notant que la texture préférée du chef de l'Assemblée est celle d'une petite brise tiède. Et c'est bien ainsi qu'il faudrait que je sois, moi aussi : chaleureuse et légère, comme une fine pellicule de sueur qu'on sentirait à peine, un souffle d'air qui vous chatouillerait presque...

– Bien sûr, dis-je. Cyra Noavek a défié son frère Ryzek en duel et il a accepté. Mais avant que l'un ou l'autre ait pu frapper, mon frère Eijeh est apparu.

Ma gorge se serre. Je ne peux pas continuer.

– Pardon, dis-je. Mon don-flux n'est pas très coopératif.

– Cisi ne peut pas toujours dire ce qu'elle veut, explique Isae. À savoir qu'Eijeh a mis un couteau sous la gorge de ma sœur et qu'il l'a tuée. Fin.

– Et Ryzek ?

– Il a été tué lui aussi, répond Isae.

L'espace d'un instant, je crois qu'elle va lui avouer ce qu'elle a fait sur le vaisseau, qu'elle va lui raconter comment elle a arraché des aveux à Ryzek dans la réserve avant de le frapper avec un couteau de cuisine comme elle l'aurait fait avec un dard. Mais elle ajoute :

– Par sa sœur, qui a ensuite traîné son corps à bord. Sans doute pour empêcher qu'il ne soit profané par la populace. La foule était surexcitée.

– Qu'est devenue sa dépouille ?

– Je suppose qu'elle dérive dans l'espace. C'est bien le rite funéraire privilégié des Shotet, n'est-ce pas ?

– Je ne suis pas familier des traditions shotet, dit le chef de l'Assemblée en s'appuyant sur son dossier. Très bien, il n'y a guère de surprises dans tout cela. Quant aux réactions du reste de la galaxie… eh bien, je réponds aux messages des chefs d'État depuis que la mort de votre sœur a été rendue publique. Cet acte a été interprété comme une déclaration de guerre et tous souhaitent savoir comment nous comptons réagir.

Isae rit, du même rire amer que celui qu'elle a eu pour Ryzek avant de l'éventrer.

– « Nous » ? Il y a deux saisons, j'ai demandé l'aide de l'Assemblée pour déclarer la guerre à Shotet après l'assassinat de notre oracle en déclin, et il m'a été répondu que cette « discorde civile » entre Shotet et Thuvhé, comme vous l'avez appelée, était un problème de nature intraplanétaire qu'il m'appartenait de régler en interne. Et maintenant vous vous demandez ce que *nous* allons faire ? Il n'y a pas de « nous » qui vaille, chef de l'Assemblée.

Celui-ci me regarde en haussant les sourcils. S'il compte sur moi pour… – comment a-t-il formulé cela ? – « adoucir » Isae, il va être déçu. Même si je n'arrive pas toujours à maîtriser mon don-flux, il n'est pas question que je m'en mêle simplement parce qu'il me le demande. Et je ne sais pas encore s'il est souhaitable qu'Isae « s'adoucisse ».

– Il y a deux saisons, réplique le chef de l'Assemblée d'un ton lisse, Ryzek Noavek n'avait pas tué la sœur de la chancelière de Thuvhé, et Shotet n'était pas dans un état de soulèvement généralisé. La situation a changé.

Les parois qui se trouvent sur notre gauche commencent à passer de l'opacité à la transparence.

– Savez-vous depuis quand nous subissons leurs attaques ?

Elles avaient déjà commencé avant ma naissance. Cela dure depuis plus de vingt saisons.

– Je connais l'historique des conflits entre Shotet et Thuvhé.

– Et quel est donc votre raisonnement ? Que, comme nous ne sommes qu'une bande de cultivateurs de fleurs-de-silence bornés, peu importe que l'on se fasse attaquer du moment que la récolte n'en souffre pas ? La ville de Hessa est ravagée par la guérilla et vous appelez cela une « discorde civile ». Je me fais taillader le visage, mes parents sont assassinés, et personne ne lève le petit doigt si ce n'est pour m'envoyer des condoléances. L'un de mes oracles meurt, un autre est kidnappé, et c'est à moi de m'en occuper. Alors qu'avez-vous tous à vous agiter pour m'aider, tout à coup ? Qu'est-ce qui vous effraie à ce point ?

Sa paupière est prise d'un léger tremblement.

– Vous devez comprendre qu'avant l'avènement au trône des Noavek, Shotet ne représentait guère plus qu'une cause d'irritation aux yeux de la galaxie. Lorsque vous vous êtes adressée à nous il y a deux saisons, en nous décrivant des guerriers sadiques, nous considérions encore les Shotet comme les pauvres diables qui arrivaient jadis aux portes des autres planètes pour implorer qu'on les laisse fouiller les poubelles.

– Voilà bien plus de deux saisons qu'ils pillent nos hôpitaux et les avant-postes de carburant à l'occasion de leurs séjours. Cela aurait-il échappé à l'attention du chef de l'Assemblée jusqu'à ce jour ?

– Non, admet le chef de l'Assemblée. Mais une source crédible nous a informés que Lazmet Noavek était encore vivant et qu'il ne tarderait pas à exiger de retrouver sa place à la tête de Shotet. Vous n'êtes pas assez âgée pour en être pleinement consciente, mais Ryzek Noavek était remarquablement civilisé en comparaison de son père. À défaut de faire preuve du talent de sa mère pour la diplomatie, il en avait hérité le goût. C'est sous le règne de Lazmet que Shotet est devenu si redoutable. Et c'est en continuant d'agir sous son influence – par-delà la mort, semble-t-il – que Ryzek s'en est pris aux oracles, ainsi qu'à votre sœur.

– Alors vous avez tous peur de lui, intervient Ast. D'un seul homme. De quel prodige est-il donc capable ? Il crache du feu par le derrière ?

– Grâce à son don-flux, Lazmet contrôle les gens, littéralement, lui répond le chef de l'Assemblée. Associées à la nouvelle puissance de ses forces armées, ses compétences ne doivent pas être sous-estimées. Nous devons traiter les Shotet comme une infection, un fléau accaparant une terre qui pourrait être consacrée à la culture de la fleur-de-silence. À une activité utile qui ait de la valeur.

Ses yeux brillent. Je n'ai peut-être pas grandi dans la bonne société, mais je décode le langage des sous-entendus : il veut se débarrasser des Shotet. À une époque, ils n'étaient qu'un peuple de nomades souffreteux et à moitié affamés qui se déplaçaient dans la galaxie à bord de leur gros vaisseau vétuste. Il souhaite y revenir. Il veut plus de fleurs-de-silence, plus de terres thuvhésit prospères. Plus pour lui et rien pour eux. Et il compte se servir d'Isae à cette fin.

Maman m'a souvent dit qu'autrefois, toute la galaxie se moquait des Shotet. Ils se faisaient traiter de vers-à-chair et de charognards, et tournaient en boucle autour du système solaire. La moitié du temps, ils ne semblaient même pas parler une langue articulée. Je savais tout cela. J'avais entendu répéter ces choses et j'en avais moi-même dit certaines.

Mais le chef de l'Assemblée ne se borne pas à se moquer des Shotet.

– Alors, lui demande Isae, dites-moi quelles mesures disciplinaires l'Assemblée a prévues à l'encontre des Pithars, dont le gouvernement vient de se prononcer en faveur d'un accord commercial avec les Shotet.

– Ne me prenez pas pour un idiot, chancelière, rétorque

le chef de l'Assemblée d'un ton las. Vous savez que nous ne pouvons rien contre Pitha. La galaxie ne peut pas fonctionner sans les matériaux que cette planète nous fournit.

Je n'avais pas beaucoup réfléchi jusqu'ici à la position de Pitha. Je n'avais même jamais pensé à la politique en général avant de me rapprocher des sœurs Benesit après la mort de mon père. Mais le chef de l'Assemblée a raison : les matériaux durables en provenance de Pitha constituent la presque totalité de l'équipement technologique de qualité de la galaxie, à commencer par les vaisseaux. Et à Thuvhé, en particulier avec ses températures glaciales, toutes les fenêtres sont en verre pithar, connu pour ses propriétés isolantes. Nous ne pouvons pas plus nous permettre de perdre ces équipements qu'aucune des huit autres planètes de l'Assemblée.

– Pitha est revenue sur ce projet d'accord commercial, et nous devrons nous en contenter, ajoute le chef de l'Assemblée. Quant aux autres planètes-nations, elles estiment toujours que les efforts de guerre devraient être menés par Thuvhé, puisqu'il s'agit bien d'un problème local. Mais elles sont ouvertes à des discussions sur leur éventuelle participation.

– En d'autres termes, résume Ast, vous voulez bien lâcher de l'argent, mais c'est à Isae de fournir la chair à canon qui doit vous protéger des Shotet.

– On peut dire que vous avez le goût de la formule mélodramatique, monsieur...

Le chef de l'Assemblée incline la tête sur le côté.

– Vous avez un nom et un titre, je présume ?

– Je me passe très bien de titre. Appelez-moi simplement Ast. Ou ne m'appelez pas.

– Ast, reprend le chef de l'Assemblée, dont la voix s'adoucit comme s'il s'adressait à un enfant. L'argent n'est pas la seule forme de soutien que puisse apporter l'Assemblée. Et si c'est à une guerre que vous devez faire face, mademoiselle Benesit, vous n'êtes pas en position de refuser notre aide.

– Peut-être que je ne veux pas mener une guerre, dit-elle en se calant contre son dossier. Et si je souhaitais négocier une paix ?

– C'est votre prérogative, bien sûr. Par ailleurs, cela me contraindrait à lancer une enquête que j'aurais préféré éviter.

– Une enquête à quel propos ?

– Il serait assez simple de consulter les signatures thermiques de l'amphithéâtre de Voa au moment de la mort présumée de Ryzek Noavek. Auquel cas nous pourrions constater qu'il était encore vivant lorsqu'il a été transporté à bord de la navette. Dans ce cas, si son corps dérive dans l'espace comme vous l'affirmez, il n'a pas été tué par Cyra Noavek mais par quelqu'un d'autre.

– Voilà une théorie intéressante, dit Isae.

– Et je ne vois pas pourquoi vous inventeriez le scénario de l'assassinat de Ryzek Noavek par sa sœur dans l'arène, si ce n'est pour vous protéger, mademoiselle Benesit, poursuit le chef de l'Assemblée. Or, si vous deviez être soumise à une enquête pour meurtre, a fortiori un meurtre prémédité contre un souverain, il ne vous serait pas possible de régner sur Thuvhé avant d'être innocentée.

– Pour parler clairement, gronde Ast, vous menacez de piéger Isae dans un imbroglio juridique si elle ne se plie pas à vos exigences.

Le chef de l'Assemblée se contente de sourire.

– Si vous souhaitez que je relise votre déclaration de guerre avant de l'envoyer aux Shotet, je suis à votre service, dit-il. Maintenant, je dois vous laisser. Bonne journée, mademoiselle Benesit, mademoiselle Kereseth… Ast.

Il incline trois fois la tête, une fois pour chacun de nous, et il disparaît. J'observe Isae à la dérobée.

– Serait-il vraiment prêt à faire cela ? demandé-je. À t'inculper de meurtre ?

– Je n'en doute pas une seconde, me répond-elle en pinçant les lèvres. Sortons d'ici.

▲
▲

# :9
# CYRA

ALORS QUE JE ME LEVAIS pour prendre mon tour de garde, en culotte et pull de la veille, Teka sortit de la petite salle de bains et me fixa avec insistance. Je fouillai dans le placard à la recherche d'une combinaison de mécano en évitant de croiser son regard. Nous étions à court de vêtements propres. Il n'y avait plus qu'à espérer que les Ograns pareraient à nos besoins.

Teka s'éclaircit la gorge. Elle se tenait appuyée contre le mur, les bras croisés. Un bandeau noir très sobre masquait son orbite vide.

– Rassure-moi : je ne risque pas de me retrouver un de ces jours cernée par une meute de petits Kereseth-Noavek qui courent partout ? fit-elle en bâillant. Parce que ça ne me tente pas du tout.

– Tu plaisantes ? rétorquai-je avec dédain. Comme si j'allais prendre le risque !

– J'en déduis que tu n'as jamais entendu parler de ce truc qui s'appelle contraception.

– Ce n'est pas fiable, dis-je en secouant la tête.

La petite moue railleuse qu'elle me réservait toujours laissa place à un air sérieux.

Je tendis une main pour lui montrer le réseau d'ombres brûlantes qui s'enroulaient autour de mes doigts.

– Mon don-flux est un instrument de torture. Tu crois que je prendrais le risque d'infliger cela à un enfant qui grandirait en moi ? Même un risque infime ? Jamais.

– C'est tout à ton honneur, approuva-t-elle.

– Et puis, ce n'est pas la seule chose qu'on peut faire avec quelqu'un, je te signale…

Teka porta les mains à son visage avec un grognement.

– Épargne-moi les détails, fit-elle d'une voix étouffée.

– Alors ne pose pas de questions indiscrètes, grosse maligne.

Je finis par dénicher une combi de mécano enfouie sous une pile de serviettes de toilette et la plaquai sur moi. Les jambes étaient trop longues, mais je n'aurais qu'à rouler le bas. Je replongeai dans la pile à la recherche de sous-vêtements.

– Quand est-ce qu'on arrive à Ogra ? demandai-je. Parce qu'on ne va pas tarder à tomber aussi à court de nourriture.

– Oui, et de papier toilette. Sans compter que l'eau recyclée commence à sentir un peu bizarre. Mais on devrait tenir, si on évite de grignoter. On y sera dans quelques jours.

Je dénichai une culotte roulée en boule dans le coin d'une étagère et serrai mes vêtements de rechange sur ma poitrine tandis que la douleur de mon don-flux me brûlait le dos.

– Les aménagements de ce vaisseau sont assez géniaux. C'est toi qui les as conçus ?

Le visage de Teka s'assombrit.

– Jorek m'a filé un coup de main. Je ne sais même pas où il se trouve à l'heure qu'il est. Il devait nous envoyer un message depuis Voa une fois qu'il aurait mis sa mère à l'abri.

Je connaissais mal Jorek. Je savais juste que c'était quelqu'un de bien, contrairement à son père. Comme, apparemment c'était aussi un renégat, je renonçai à essayer de la rassurer. Ça aurait été des paroles creuses.

– On devrait obtenir des réponses à beaucoup de nos questions en arrivant sur Ogra, dis-je. Sur la situation de Jorek entre autres.

– Ouais, fit Teka en haussant les épaules. File au centre de commandement, Noavek. Ta pause est finie.

LES JOURS SUIVANTS FILÈRENT dans un brouillard. Je passai une bonne partie de mon temps à dormir, sur une banquette de la cuisine près de l'évier, ou assise sur le fauteuil du capitaine quand Akos prenait son tour de garde. Notre environnement offrait si peu d'intérêt qu'il semblait conçu pour nous rendre fous. Le ciel était noir, plat, sans étoiles ni planètes, ni vaisseaux à proximité pour rompre la monotonie. Je devais régulièrement vérifier la carte de navigation pour être sûre que nous continuions à avancer.

Lorsque je n'occupais pas la fonction de pilote, je passais le plus clair de mes heures éveillées avec Teka, à essayer de me distraire des effets de mon don-flux. Elle m'apprit un jeu auquel elle jouait normalement avec des pierres de différentes couleurs, mais pour lequel nous utilisions des haricots secs pris dans la cuisine et sur lesquels nous avions dessiné des points pour les distinguer. On n'arrêtait pas de se chamailler pour les identifier, mais j'avais fini par considérer ces prises de bec comme un témoignage d'amitié entre nous et elles ne me dérangeaient pas, tant qu'elles ne dépassaient pas la mesure. Akos venait parfois nous rejoindre avant d'aller se coucher. Il s'asseyait trop près de moi et fourrait son nez dans mes cheveux lorsqu'il croyait que Teka regardait ailleurs. Elle s'en apercevait toujours.

Quant à mes nuits, je les passais pelotonnée contre Akos quand je le pouvais, découvrant sans cesse de nouveaux endroits à embrasser. Nos premiers tâtonnements intimes avaient été ponctués de rires gênés et de contorsions maladroites. J'apprenais en même temps à toucher quelqu'un et à le toucher, lui, en particulier, et c'était difficile de faire tout cela à la fois. Mais nous ne demandions tous les deux qu'à nous améliorer. Malgré ses cauchemars permanents (il ne se réveillait pas en hurlant, mais souvent en sursaut, une pellicule de sueur sur le front) et mon chagrin persistant d'avoir eu un frère changé en monstre, nous trouvions des bribes de bonheur ensemble, bâti largement sur le fait d'ignorer ce qui nous entourait. Ça ne fonctionnait pas si mal.

Du moins, ça ne fonctionna pas si mal jusqu'à ce qu'Ogra apparaisse.

– COMMENT PEUT-ON AVOIR L'IDÉE de s'installer ici ? demanda Teka en fixant le trou noir de la planète sur laquelle nous nous dirigions.

– On pourrait dire la même chose de Thuvhé, observa Akos en riant.

– Urek, tu veux dire ?

– C'est vrai, fit Akos, j'oubliais que les Shotet ont leur nom à eux pour Thuvhé.

*Urek* voulait dire « vide » en shotet, mais avec une connotation teintée de respect, et non pas négative. Le vide, pour nous, évoquait un potentiel, une forme de liberté.

Ogra était apparue devant nous sous la forme d'une petite surface sombre dans le tapis d'étoiles, avant de s'agrandir peu à peu pour dessiner un trou, comme une braise brûlant un tissu. Ce trou planait maintenant au-dessus de nous, dévorant chaque particule de lumière qui se trouvait à proximité. Je me demandais comment les premier colons s'étaient rendu compte qu'il s'agissait d'une planète. On aurait dit une bouche ouverte dans un bâillement.

– J'imagine que ça ne doit pas être évident de se poser.

– C'est peu de le dire, me confirma Teka en riant. Le seul moyen de ne pas se faire déchiqueter, c'est d'éteindre les moteurs du vaisseau et de se laisser tomber en chute libre, puis de les remettre en marche au dernier moment pour éviter de se liquéfier en se posant.

Elle frappa dans ses mains avant d'ajouter :

– Bref, plus qu'à mettre nos ceintures et à prier, ou ce que vous voudrez qui peut nous porter chance.

Akos avait pâli, ce qui me fit rire.

Sifa arriva en serrant un livre sur son ventre. Il y avait peu de livres sur ce genre de vaisseau – qui les aurait lus ? –, mais quand elle arrivait à en dénicher un, elle le portait à Eijeh en même temps que son repas. Akos ne lui posait pas de questions à propos de son frère, et moi non plus. Je supposais que la situation n'avait pas changé et que les pires facettes de la personnalité de mon propre frère persistaient en lui. Je n'avais pas besoin d'en savoir plus.

– La chance n'est ni plus ni moins qu'une invention qui permet aux gens de se dire que certains aspects de leur avenir ne sont pas tout tracés.

Teka eut l'air de réfléchir, mais Akos se contenta de lever les yeux au ciel.

– À moins que ce ne soit juste un autre mot pour désigner le destin tel que le perçoivent la plupart d'entre nous, dis-je à Sifa. Vous avez oublié ce que ça fait de regarder l'avenir de notre point de vue, et non du vôtre, celui des oracles.

J'étais la seule qui fût prête à la contredire. Elle inspirait trop de respect à Teka, et trop de dédain à Akos.

Sifa me regarda avec un sourire narquois, ce qui lui arrivait souvent.

– Il se peut que vous ayez raison.

– Attachez-vous, tout le monde, dit Teka. Oracle, j'ai besoin de vous dans le fauteuil du commandant en second. C'est vous qui avez le plus d'expérience en matière de pilotage.

– Hé ! protestai-je.

– Les dons-flux se détraquent sur Ogra, m'expliqua Teka. Comme on ne peut pas savoir comment le tien va réagir, il vaut mieux que tu restes tranquillement assise à l'arrière. Tu n'as qu'à garder un œil sur les petits Kereseth.

Sifa avait fait asseoir Eijeh sur l'un des sièges d'atterrissage. Sa ceinture attachée, il fixait le sol. Je lâchai un soupir avant de gagner le pont principal. Akos et moi nous assîmes en face d'Eijeh et je mis ma ceinture à mon tour. Akos cafouilla avec la sienne, mais je ne pris pas la peine de l'aider. Il savait comment faire, il avait juste besoin d'un peu d'entraînement.

J'observai Teka et Sifa pendant toutes les manœuvres d'atterrissage, tandis qu'elles manipulaient les manettes et les interrupteurs. Teka avait l'air dans son élément, c'était déjà ça. Je ne tenais pas à tomber en chute libre dans une atmosphère hostile avec un pilote en train de paniquer.

– C'est parti ! s'écria-t-elle.

Et sur ce simple avertissement, les lumières du vaisseau s'éteignirent. Les bourdonnements et les vrombissements des moteurs cessèrent. Les ténèbres frappèrent les vitres du pont comme le rideau d'une averse pithare, et pendant un long moment, je ne vis ni ne sentis absolument rien. J'avais envie de hurler.

Puis la gravité d'Ogra nous saisit et ce fut pire, bien pire que de ne rien sentir du tout. C'était comme si mon estomac s'était soudain détaché de mon corps et qu'il s'élevait en flottant tandis que mon corps, de son côté, filait vers le sol. Le vaisseau fut agité de violentes secousses, les plaques métalliques grincèrent en tirant sur leurs écrous, les marches du pont de commandement cliquetèrent. Je claquais des dents. Il faisait trop noir pour y voir quoi que ce soit, même pas les ombres-flux qui se tordaient sur mes bras.

À côté de moi, Akos marmonnait entre ses dents une litanie de jurons dans trois langues différentes. Quant à moi, j'étais incapable de parler. Ma chair pesait trop sur mes os.

Un bruit de claquement, et les moteurs se remirent à ronronner. Et, juste avant que les lumières se rallument, la planète s'éclaira en contrebas du vaisseau. Elle restait très sombre (ni le soleil ni le ruban-flux ne pouvaient traverser l'atmosphère d'Ogra), mais elle nous apparaissait maintenant émaillée de points et de veinules de lumière. Le tableau de bord se mit à luire et l'horrible sensation de chute disparut, tandis que le vaisseau cessait de tomber à pic pour se remettre à avancer.

Et là, brûlante, aiguë, violente : la douleur.

# 10: AKOS

Cyra hurlait.

Les mains d'Akos, qui tremblaient encore sous le choc de l'atterrissage, s'activèrent à enlever sa ceinture presque indépendamment de sa volonté. À peine se fut-il détaché qu'il jaillit de son siège et se mit à genoux devant Cyra. Les ombres étaient sorties de son corps dans un nuage noir, comme le jour où Vas l'avait forcée à le toucher, dans la prison de l'amphithéâtre où elle avait failli perdre la vie. Les mains enfouies dans ses cheveux, elle serrait les poings de toutes ses forces. Lorsqu'elle releva la tête pour le regarder, un étrange sourire déforma son visage.

Il posa les mains sur les siennes, et aussitôt les ombres, qui tournoyaient dans l'air comme de la fumée, regagnèrent son corps comme des dizaines de cordes qu'on aurait tirées toutes en même temps.

Le drôle de sourire de Cyra disparut tandis qu'elle fixait leurs mains jointes.

– Que va-t-il se passer quand tu me lâcheras ? demanda-t-elle à mi-voix.

– Ça va aller, lui assura-t-il. Tu vas apprendre à contrôler le phénomène. Tu sais le faire, maintenant, tu te souviens ?

Elle eut un rire léger.

– Mais je peux te toucher aussi longtemps que tu voudras, ajouta-t-il.

Le regard de Cyra se durcit et elle lui répondit sans desserrer les dents :

– Vas-y, lâche-moi.

Akos ne put s'empêcher de repenser à un passage qu'il avait lu dans l'un des livres que Cyra avait mis dans sa chambre, sur le vaisseau de séjour. Il était intitulé *Principes de la culture et des croyances shotet*. Comme il était écrit en shotet, Akos avait dû se servir d'un traducteur automatique.

Le passage disait : « La caractéristique la plus marquante des Shotet s'exprime littéralement par les mots "revêtu d'une cuirasse". Mais les étrangers pourraient le traduire par "force de caractère". Il ne s'agit pas d'actes de bravoure accomplis dans des situations données – bien que les Shotet accordent beaucoup de valeur à la vaillance –, mais d'une qualité innée, qui ne peut être ni apprise ni imitée, et qui coule dans le sang des Shotet aussi sûrement que leur langue de la révélation. C'est un mélange de persévérance, d'acceptation du danger et de refus de capituler. »

Ce paragraphe n'avait jamais eu autant de sens pour lui qu'en cet instant.

Akos obéit et les ombres-flux réapparurent. Elles commencèrent par reconstituer un nuage noir autour de Cyra, mais elle serra les dents.

– Il n'est pas question que je me présente devant les Ograns cernée par un nuage de mort.

Elle respira profondément, le regard planté dans celui d'Akos. Les ombres revinrent serpenter sous sa peau, sinuant sur ses doigts, zigzaguant sur sa gorge. Le visage à cinq izits de celui d'Akos, elle cria de nouveau, sans desserrer les dents. Mais ensuite, elle expira lentement et se redressa. Le nuage s'était dissipé.

– Elles sont redevenues comme avant, lui dit-il. Comme quand je t'ai rencontrée.

– Oui. C'est cette planète. Mon don-flux est plus fort ici.

– Tu es déjà venue ?

– Non, dit-elle en secouant la tête. Mais je le sens.

– Tu as besoin d'un sédatif, en tout cas.

Nouveau signe négatif.

– Pas pour l'instant. Quitte à ce que je me réhabitue, autant le faire tout de suite.

Au poste de commandement, Teka parlait en othyrien.

– Identité du véhicule : Navette renégate. Le capitaine Surukta demande l'autorisation de se poser.

– Autorisation accordée pour la zone d'atterrissage numéro trente-deux, capitaine Surukta, dit une voix. Félicitations pour votre arrivée réussie.

Teka mit fin à la communication avec un petit rictus ironique.

– Je vous parie qu'ils disent ça à chaque fois qu'un vaisseau arrive entier.

– Moi, je suis déjà venue, intervint Sifa, et c'est la formule consacrée, en effet.

Teka dirigea le vaisseau vers la zone d'atterrissage désignée, qui se situait quelque part entre les veines de lumière qui les avaient accueillis après leur traversée de l'atmosphère. Akos ressentit une secousse lorsqu'ils se posèrent. Ça y était, ils étaient sur Ogra. Une nouvelle planète.

Ogra faisait l'objet de nombreuses rumeurs, allant des plus idiotes, comme « les Ograns vivent dans des terriers souterrains » aux plus dangereuses telles que « les Ograns masquent leur atmosphère pour cacher qu'ils fabriquent des armes terrifiantes ». De sorte qu'en descendant du vaisseau, Akos ignorait totalement ce qu'il allait trouver. Pour autant qu'il sache, Ogra aurait très bien pu n'être qu'un vaste désert.

Il desserra sa prise sur la main de Cyra en s'arrêtant au bas des marches pour regarder autour de lui, les yeux écarquillés.

On pouvait dire qu'ils se trouvaient dans une ville, mais elle ne ressemblait à aucune de celles qu'il avait pu visiter jusque-là. Des bâtiments de taille modeste, éclairés par des lumières vertes et bleues aux dimensions et aux formes les plus variées, s'élevaient tout autour d'eux, silhouettes sombres se détachant sur le ciel noir. Autour de ces constructions et entre elles poussaient des arbres sans feuilles, dont les branches s'enroulaient autour des piliers et étreignaient des tours entières. C'étaient de grands arbres, plus grands que tout le reste, et le contraste entre les lignes droites des bâtiments et les courbes naturelles de la végétation créait un effet étrange.

Mais le plus surprenant, c'étaient toutes ces lueurs. Des petits points lumineux qu'Akos identifia comme des insectes volaient dans l'air, des panneaux de lumière jetaient un faible éclairage sur l'intérieur des maisons, des traînées de couleur ondulaient dans les étroits canaux qui remplaçaient une partie des rues, comme si on y avait déversé de la teinture, et des éclairs de mouvement semblaient indiquer les déplacements d'on ne savait quelles créatures dans l'eau.

– Bienvenue sur Ogra, annonça une voix qui provenait d'en haut.

Akos ne distingua l'homme que grâce à l'orbe blanc qui planait autour de son visage. Tandis qu'il parlait – dans un shotet très honorable malgré son accent –, l'orbe se fixa sur sa poitrine juste sous son menton et éclaira son visage par en dessous. Il avait la quarantaine, le visage ridé et des cheveux tout blancs qui rebiquaient autour de ses oreilles.

– Si vous voulez vous mettre en rang, reprit-il, nous allons noter vos identités et vous escorter jusqu'au secteur shotet. Nous n'avons qu'une heure avant le début de la tempête.

Quelle tempête ? Akos glissa à Cyra un coup d'œil interrogateur, mais elle lui fit part de son ignorance par un haussement d'épaules.

Teka prit la tête de la petite queue et déclina son identité avec une autorité très professionnelle.

– Surukta, répéta l'homme en tapant son nom sur le petit appareil qu'il tenait à la main. J'ai connu votre mère. J'ai été très attristé par sa disparition.

Teka marmonna quelque chose qui pouvait être l'expression de sa reconnaissance, même si cela n'en avait pas le ton. Puis vint le tour de Cyra.

– Cyra Noavek.

Les doigts de l'homme restèrent suspendus au-dessus des touches de son appareil. La lumière blanche qui l'éclairait par en dessous lui donnait un air menaçant, creusant des ombres dans ses orbites et les replis de son visage. Cyra soutint son regard en se laissant dévisager, de sa peau-d'argent à ses bottes éculées en passant par le brassard qui lui couvrait le bras jusqu'au poignet.

Puis il tapa son nom et lui fit signe d'avancer sans faire de commentaire. Elle tendit le bras en arrière pour garder sa main dans celle d'Akos jusqu'à ce qu'il soit passé à son tour.

Teka s'approcha d'eux, les yeux luisants et un peu écarquillés par l'excitation.

– C'est dingue, non ? J'ai toujours rêvé de voir ça.

– Tu n'étais jamais venue ? s'étonna Cyra. Même pour voir ta mère ?

– Non, on ne m'y a jamais autorisée, répliqua Teka un peu sèchement. C'était trop dangereux. Vous vous rendez compte que la colonie d'exilés est là depuis déjà deux générations ? Depuis que les Noavek ont pris le pouvoir.

– Et les Ograns tolèrent sa présence ? demanda Akos.

– Ils disent que tous ceux qui arrivent à survivre sur cette planète gagnent le droit d'y rester.

– Ça ne paraît pourtant pas aussi dangereux que je me l'étais imaginé, remarqua Cyra. On dit toujours que c'est extrêmement dur de survivre ici, mais ça m'a l'air très paisible.

– Méfie-toi, pourtant, l'avertit Teka. Ici, tout est toujours prêt soit à attaquer, soit à se défendre : les plantes, les animaux, jusqu'à la planète elle-même. À défaut de pouvoir se nourrir du soleil, ils se nourrissent les uns des autres… ou des gens.

– Les plantes sont carnivores ? demanda Akos.

– Il paraît, oui. Ou elles se nourrissent du flux, je n'en sais rien. Ce qui explique sans doute qu'elles aient réussi à survivre ici. Si on trouve une chose en abondance sur Ogra, c'est bien le flux. Et au cas où la menace permanente de se faire dévorer ne suffirait pas… (Elle eut une mimique railleuse.) Disons que quand on parle de tempêtes ici, il ne s'agit pas d'une de nos petites averses du Temps de l'Éveil.

– Voilà bien des mystères, fit Cyra en plissant le front.

– Exact ! confirma Teka avec un grand sourire. Ah, ça fait du bien d'en savoir plus que les autres, pour changer. Venez !

Elle les conduisit jusqu'à l'un des canaux. On arrivait au bord de l'eau en descendant quelques marches, irrégulières et fissurées par les racines d'un arbre. Akos passa la main sur les racines et sentit qu'elles étaient recouvertes d'un fin duvet sombre.

Il y avait des plantes, ici ! Il n'avait pas songé aux espèces végétales étrangères lors de son séjour sur Pitha, pour la bonne raison qu'on n'y trouvait *pas* de végétation, du moins pas là où il était allé. Mais Ogra était couverte d'arbres. Il se demanda avec un frisson d'excitation quels produits on pouvait fabriquer avec les plantes d'ici.

Un bateau les attendait au bord du canal. Il était long et étroit, juste assez large pour permettre à quatre passagers de s'asseoir de front sur chacun des bancs. Aux éclats qui jouaient sur sa coque, Akos supposa qu'il était en métal. Sa couleur sombre n'était éclairée que par les traînées rosées qui luisaient plus bas dans l'eau.

– C'est quoi, cette lumière ? demanda-t-il à Teka.

Ce ne fut pas Teka qui lui répondit, mais la femme qui se tenait à l'avant du bateau. Elle avait des yeux sombres cernés de peinture blanche. Il supposa d'abord que cette peinture avait son utilité, mais plus il la regardait, plus ce maquillage lui semblait décoratif, comme les traits noirs dont les gens ourlaient leurs cils chez lui à Thuvhé. Si ce n'était qu'ici, le blanc ressortait mieux.

– Il y a beaucoup de souches de bactéries dans les eaux d'Ogra, lui dit-elle. Elles s'illuminent de différentes couleurs, qui sont là pour nous rappeler que seule notre eau la plus noire est potable.

Même l'eau savait se défendre sur Ogra.

Akos suivit Teka sur la planche instable qui reliait le quai au bateau et marcha sur un banc pour s'asseoir sur le suivant. Cyra s'assit à côté de lui et il lui prit le poignet, en bordure de sa cuirasse, tout en se penchant par-dessus bord pour observer l'eau. Les reflets roses se déplaçaient paresseusement au gré du courant.

Il essaya de ne pas penser à Sifa et Eijeh qui s'asseyaient derrière eux, à la vigilance de sa mère qui le dispensait de devoir faire attention. Mais leur poids fit pencher le bateau et le cœur d'Akos se serra. Il ne pouvait plus ignorer Eijeh comme il l'avait fait sur la navette. Ils allaient devoir se serrer les coudes, en tant que Thuvhésit perdus parmi des Shotet perdus parmi des Ograns.

La femme s'assit et s'empara de deux énormes rames fixées sur les flancs du bateau. Elle projeta la barque en avant d'un mouvement sec, sans que son visage trahisse le moindre effort. Akos fut frappé par sa force.

– Très utile, ce don-flux, commenta Cyra.

– Ça peut servir, admit la femme. On me demande souvent d'ouvrir des bocaux récalcitrants.

Elle avait trouvé son rythme, et le bateau fendait l'eau comme une lame chauffée dans du beurre.

– Au fait, ne mettez pas les mains dans l'eau, ajouta-t-elle.

– Pourquoi ? demanda Cyra.

La femme se contenta de rire.

Le regard d'Akos était sans cesse attiré par les couleurs changeantes qui serpentaient juste sous la surface. La lueur rose persistait le long des berges du canal. Là où l'eau était plus profonde, on distinguait des taches de bleu, des volutes de violet et des spirales d'un rouge profond.

– Regardez là-bas, dit l'Ograne.

Suivant la direction qu'elle leur indiquait d'un mouvement de tête, Akos vit une grande masse sombre sous l'eau. Il crut d'abord qu'il s'agissait encore des traînées roses qui épousaient le courant. Mais alors qu'ils les dépassaient, il vit que c'était une créature, deux fois plus grosse que leur bateau en longueur et en largeur. Elle était dotée d'une tête – ou ce qu'il supposa être une tête – en forme d'ampoule et d'une bonne douzaine de tentacules aux extrémités effilées, qui évoquaient des plumes. Il ne pouvait voir tout cela que grâce aux bactéries qui adhéraient comme de la peinture à sa peau lisse.

La créature tourna en se tordant comme une corde, et Akos distingua sur son flanc une bouche aussi grande que son propre torse, armée de dents aiguisées. Il se raidit.

– Le fond de ces bateaux est constitué d'un matériau que nous appelons le *soju* et qui fait écran au flux, expliqua l'Ograne. Cet animal – un galansk – est attiré par le flux, dont il se nourrit. Si vous mettiez la main dans l'eau, il serait attiré jusqu'à vous. Mais tant que nous sommes sur ce bateau, le soju l'empêche de percevoir notre présence.

Comme pour confirmer ces paroles, au coup de rames suivant, le galansk pivota de nouveau pour plonger dans les profondeurs, ne formant plus qu'une lueur diffuse sous la surface. En quelques instants, il avait disparu.

– Ce métal est extrait sur Ogra ? demanda Teka à la femme.

– Non, non. Il n'existe rien sur notre planète qui ne soit pas chargé en flux. Nous importons le soju d'Essander.

– Pourquoi s'obstiner à vivre sur une planète qui fait tout pour vous tuer ? questionna Akos.

L'Ograne lui sourit.

– Je pourrais poser la même question aux Shotet.
– Je ne suis pas un Shotet.
– Ah bon ? fit-elle avec un haussement d'épaules.
Et elle continua à ramer.

Le temps qu'ils arrivent à destination, Akos avait mal au dos, l'inconfort du banc étant venu s'ajouter au stress de l'atterrissage. L'Ograne rama jusqu'à un endroit de la berge creusé de marches en pierre, envahies par les mêmes racines lisses qu'il avait caressées un peu plus tôt. Près des marches s'ouvrait la bouche béante d'un tunnel.

– Nous devons nous réfugier sous terre pour nous protéger de la tempête, expliqua la femme. Vous pourrez explorer le secteur shotet une autre fois.

La tempête. Elle avait prononcé ce mot avec un respect mêlé de crainte. Qu'une simple tempête puisse impressionner cette femme qui possédait la force d'une demi-douzaine de personnes avait de quoi inquiéter Akos.

Il descendit du bateau sur des jambes un peu instables, soulagé de regagner la terre ferme. Un peu pâle, il tendit une main pour aider Cyra.

– Je trouvais les Shotet féroces, lui dit-il, mais les gens d'ici doivent être implacables.

– C'est sans doute une autre forme de férocité, répondit-elle. Ils n'ont pas peur, mais leurs techniques de combat manquent de finesse. Leur courage a un côté… maladroit. Et puis, il faut posséder une forme de folie pour vivre dans un endroit pareil.

En écoutant Cyra, Akos songea qu'elle avait passé plus de temps à étudier les Ograns qu'elle ne l'admettrait jamais. Et elle ne l'admettrait pas, parce qu'elle n'imaginait pas qu'il y ait quoi que ce soit à admettre, partant du principe que les autres avaient forcément la même curiosité qu'elle. Elle avait probablement visionné toutes les images qu'elle avait pu trouver sur les formes de combat ogranes, et une dizaine d'autres sujets en prime. Tous ces dossiers étaient classés dans ses appartements à bord du vaisseau de séjour, sa petite tanière dédiée au savoir.

Ils s'engagèrent dans le tunnel sur les pas de l'Ograne, qui les guidait en sifflotant. Au bout d'une dizaine de pas, Akos vit de la lumière. Certaines des pierres des parois luisaient. Ces pierres-là étaient petites, plus petites que ses poings, et réparties de manière aléatoires sur les murs et au plafond.

La femme se mit à siffler plus fort et la lumière s'intensifia. Baissant le nez pour cacher son visage, Akos avança les lèvres pour tenter de l'imiter. La lumière des pierres les plus proches de lui blanchit en émettant une chaleur assez similaire à celle du soleil. Était-ce ce qu'Ogra connaissait de plus ressemblant au soleil ?

Il regarda Cyra à la dérobée. Elle serrait les dents et il vit ses ombres-flux courir dans son cou, mais elle lui sourit.

– Quoi ? lui demanda-t-il.

– Tu es excité comme un gamin. Cette planète va probablement nous tuer, et toi, tu jubiles.

– Bah, fit-il, un peu sur la défensive. Avoue que c'est quand même fascinant.

– Oui, oui, j'avoue. Mais je n'ai pas l'habitude que les autres craquent pour les mêmes trucs bizarres et dangereux que moi.

Elle passa son bras autour de la taille d'Akos, légèrement, sans peser, et il se laissa aller contre elle, glissant son propre bras autour de ses épaules. Les ombres-flux disparurent à son contact.

C'est alors qu'il l'entendit : un grondement sourd, comme si la planète elle-même grognait. Au point où il en était, Akos n'en aurait pas été autrement étonné.

– Venez, habitants des glaces, chantonna l'Ograne d'une voix mélodieuse.

Elle se baissa et passa le petit doigt dans quelque chose, un anneau fixé sur le sol sombre. Elle tourna vivement le poignet et une trappe s'ouvrit, faisant voler de la poussière tout autour d'eux. Akos distingua un escalier étroit qui plongeait dans le néant.

*Bien,* songea-t-il. *L'heure est venue de faire preuve d'un peu de force de caractère shotet.*

▲
▲

# :11
# CYRA

La dernière fois que je m'étais avancée au milieu d'une foule, c'était pour faire semblant de tuer mon propre frère tandis que le public réclamait mon sang à grands cris.

Juste avant cela, il m'avait arraché le cuir chevelu sous des centaines d'acclamations. Je levai la main pour toucher la peau-d'argent qui me couvrait tout un côté de la tête, depuis le cou jusqu'en haut du crâne.

Non, les foules ne m'avaient pas laissé des souvenirs agréables, et ne risquaient guère de m'en donner ici, avec des Ograns et des Shotet pour seul comité d'accueil.

Nous avions descendu l'escalier sombre en cherchant notre chemin du bout des doigts et des pieds. Après un virage à angle droit, nous venions de déboucher dans une sorte de salle d'attente au plancher qui craquait, au milieu de vêtements ograns qui luisaient, des vêtements qui couvraient pour la plupart des individus shotet, à en croire la langue qu'ils parlaient.

Les vêtements ograns – que portaient également les Shotet d'ici – n'avaient pas de caractéristiques particulières. Flottants ou moulants, simples ou sophistiqués, on en voyait de toutes les sortes, leur point commun restant cette lueur permanente au niveau des poignets ou des chevilles, et dans les accessoires :

colliers, lacets, ceintures et boutons. Je croisai même un homme qui avait des rayures de lumière rouge – légère, mais de la lumière quand même – dans le dos de sa veste. Ces lueurs donnaient à tous une apparence irréelle. Ceux qui avaient la peau pâle, comme Akos, semblaient presque diffuser leur propre lumière, ce qui n'était pas vraiment un atout sur une planète aussi hostile.

Il y avait des bancs, mais aussi des tables hautes pour rester debout. Certaines personnes étaient munies d'un verre contenant une boisson transparente qui émettait elle aussi de la lumière. Assis en cercle à mes pieds, des enfants jouaient à un jeu impliquant des gestes rapides de la main, qu'ils exécutaient à tour de rôle. Deux garçons qui avaient quelques saisons de moins que moi s'amusaient à se battre près d'un des piliers de bois de l'immense salle. Je sentis que c'était principalement un lieu de rassemblement. Ce n'était pas là que les Shotet vivaient, travaillaient ou mangeaient, juste un refuge où attendre quotidiennement la fin de la tempête. Notre guide ograne était restée évasive sur la nature de celle-ci. Rien de surprenant à cela, les Ograns semblaient se complaire dans les formules vagues et les regards lourds de sous-entendus.

Teka se fondit aussitôt dans la foule, se jetant au cou des premiers exilés qu'elle reconnut. C'est alors qu'on commença à nous remarquer. Teka, avec sa peau pâle et ses cheveux plus pâles encore, n'avait pas besoin qu'on la présente. Quant à Akos, il mesurait une tête de plus que la plupart des occupants de la pièce, et attirait naturellement les regards.

Puis il y avait moi. Avec ma peau-d'argent et les ombres-flux qui rampaient sur tout mon corps.

Je m'efforçai de ne pas me raidir tandis que les uns se taisaient à ma vue, et que d'autres chuchotaient ou me pointaient du doigt. *On ne leur a jamais appris la politesse ?* me demandai-je.

Mais je me répétai que j'étais habituée à ce genre de réaction. J'étais Cyra Noavek. Dans le manoir familial, à mon approche, les gardes reculaient instinctivement, les femmes serraient leurs enfants contre elles. Je me redressai et secouai la tête lorsque Akos tendit la main pour soulager ma douleur. Autant en finir.

Ma respiration s'était accélérée mais je n'en montrais rien.

– Allez, venez, dit Teka en pinçant le coude de ma combinaison de mécano informe. Allons faire connaissance avec les chefs.

– Tu ne les as jamais rencontrés ? demandai-je.

Akos se retourna, sans doute pour chercher des yeux sa mère et son frère, bien qu'il les eût évités depuis l'atterrissage.

Comme Akos, je m'étais faite à l'idée de ne jamais revoir ma mère. J'essayai d'imaginer comment j'aurais réagi si elle était réapparue. Dans mon esprit, nos retrouvailles étaient heureuses et nous reprenions aussitôt nos vieilles habitudes, faites de tendresse et de compréhension. Les choses n'étaient visiblement pas aussi simples pour Akos, mais, en réalité, elles ne l'auraient peut-être pas été pour moi non plus, et sans doute aurais-je évité Ylira autant qu'il évitait Sifa. Mais peut-être la fuyait-il seulement parce qu'elle parlait par énigmes et que c'était épuisant.

Lorsqu'il eut rassemblé sa famille, nous suivîmes tous Teka vers le milieu de la salle. J'essayai de marcher avec naturel, mais mon instinct me poussait à avancer d'un pas hardi pour intimider les gens et ne pas avoir à attribuer leur mouvement de recul à la peur.

– Nous sommes juste à côté de la petite ville de Galo, nous informa Teka. Elle est principalement habitée par des exilés shotet, maintenant, bien qu'il y reste quelques habitants ograns. Principalement des commerçants. Ma mère disait qu'on s'intégrerait facilement... Oh !

Teka étreignit soudain un homme aux cheveux blonds qui tenait une tasse, avant de serrer la main d'une femme au crâne rasé, qui tapota le bandeau de Teka dans un geste gentiment moqueur.

– Je garde mes bandeaux fantaisie pour les grandes occasions, commenta celle-ci. Sais-tu où je peux trouver Ettrek ? Je dois lui présenter… Ah, il est là.

Un homme s'était avancé. Il était presque aussi grand qu'Akos, avec de longs cheveux bruns noués en chignon. Le manque de lumière ne permettait pas de dire s'il avait notre âge ou dix saisons de plus, et le grondement qui roulait dans sa voix brouillait encore les pistes.

– Ah, la voilà enfin ! lança-t-il. Le Fléau de Ryzek… qui a fini par l'exécuter.

Glissant un bras autour de mes épaules, Ettrek se tourna comme pour m'inclure dans un groupe de gens tous munis de verres remplis de boisson lumineuse. Je m'écartai si vivement qu'il ne dut pas avoir le temps de sentir mon don-flux.

La douleur envahit ma joue et suivit le trajet de ma salive le long de ma gorge.

– Répétez cela encore une fois et je…

– Quoi ? Vous allez me faire mal ? fit Ettrek d'un air de défi. J'aimerais bien voir ça. Nous pourrions vérifier si vous êtes aussi forte au combat qu'on le prétend.

– Quoi qu'il en soit, je n'ai pas *exécuté* Ryzek, ripostai-je.

– Quelle humilité ! lança une femme qui se tenait en face de moi avant d'avaler une gorgée de sa boisson. Nous avons tous vu les images sur le fil d'informations, mademoiselle Noavek. Inutile d'être si modeste.

Je sentis ma bouche se tordre dans un sourire acide. Mon cœur me martelait la poitrine.

– Je ne suis pas modeste. Mais je me garde bien de croire tout ce que je vois. Vous, les exilés, vous devriez avoir appris cette leçon depuis longtemps.

J'eus envie de rire à la vue de tous ces sourcils qui se haussaient en même temps. Akos se pencha pour me chuchoter :

– Pas la peine de te précipiter, tu auras bien le temps de te faire des ennemis.

Je réprimai un rire. Il avait raison.

Puis je vis un grand sourire apparaître dans la pénombre, et Jorek fondit sur Akos. Celui-ci parut trop surpris pour lui rendre son étreinte – il faut dire qu'il n'était pas particulièrement démonstratif –, mais il alla quand même jusqu'à lui donner une bourrade amicale sur l'épaule.

– Vous avez mis le temps, dit Jorek. Je commençais à me dire que vous vous étiez fait kidnapper par la chancelière.

– Pas du tout, dit Akos. Figure-toi qu'on l'a abandonnée dans une capsule de sauvetage.

– Ah bon ? Bah, dommage. Je l'aimais bien, moi.

– *Pardon* ? fis-je.

– Mademoiselle Noavek, me salua Jorek en inclinant la tête.

Puis il reprit à l'adresse d'Akos :

– C'est sûrement à cause de son petit côté effrayant. Il faut croire que ça m'attire, parce que j'ai des tas d'amis comme ça, en ce moment.

Il nous regarda à tour de rôle avec insistance, et je me sentis rougir. Jorek me considérait donc comme une amie ?

– Comment va ta mère ? lui demanda Akos. Elle n'est pas là ?

Jorek était resté à Voa après notre petite mission pour s'assurer que sa mère s'en sortait au milieu du chaos qui régnait dans la ville.

– Elle va bien, mais non, elle n'est pas avec nous. Elle dit que si elle arrivait à atterrir sur Ogra, elle ne prendrait plus jamais le risque de repartir. Elle a préféré rester là-bas pour veiller au grain, avec mon frère et sa famille.

– Parfait, approuva Akos.

Il se gratta la nuque et ses doigts glissèrent sur la fine chaîne qu'il portait autour du cou et à laquelle pendait la bague que lui avait offerte Ara Kuzar. Il ne la portait pas par affection, comme Ara et Jorek l'auraient sans doute souhaité, mais comme un rappel de sa responsabilité.

Teka, qui avait disparu, resurgit en compagnie d'une femme de taille moyenne, au physique râblé. Ses cheveux étaient attachés en une tresse bien serrée. Elle me sourit avec une certaine chaleur, mais, comme les autres, elle n'accorda pas un regard à Akos. Toute son attention était centrée sur moi.

– Mademoiselle Noavek, dit-elle en me tendant sa main à serrer. Je suis Aza. Je fais partie du conseil des exilés.

Je lançai discrètement un coup d'œil à Akos, qui posa aussitôt la main sur ma peau nue juste au-dessus de mon épaule pour étouffer mes ombres-flux. J'avais appris à les maîtriser lorsque nous nous cachions avec les renégats à Voa, mais j'étais incapable de le faire à ce moment, à cause du manque de sommeil et de l'atmosphère particulière d'Ogra. Je devais déjà déployer toute mon énergie pour contenir mon don-flux et l'empêcher de se déchaîner comme il l'avait fait à l'atterrissage.

Je pris donc la main de la femme. Si Akos n'avait pas retenu son attention jusque-là, sa capacité à neutraliser mon don, en revanche, y parvint. À vrai dire, tous les yeux se posèrent sur lui, en particulier sur sa main.

– Je vous en prie, appelez-moi Cyra, dis-je à Aza.

Son regard était pénétrant, empreint de curiosité. Lorsque je lâchai sa main, Akos me lâcha à son tour et les ombres revinrent. Sous tous ces regards, le rouge lui était monté aux joues.

– Et vous êtes ? lui demanda Aza.

– Akos Kereseth, répondit-il, un peu trop bas.

Sa douceur me surprit. Il s'autorisait peut-être à révéler sa véritable personnalité, maintenant que nous n'étions plus constamment entourés par ceux qui l'avaient enlevé après avoir assassiné son père.

– Kereseth, répéta Aza. C'est drôle… depuis que cette colonie existe, elle n'avait jamais accueilli une personne élue du destin. Et voilà que nous en recevons deux.

– Quatre, à vrai dire, rectifiai-je. Le frère aîné d'Akos, Eijeh est… quelque part. Avec leur mère, Sifa. Tous deux sont des oracles.

Je les cherchai des yeux dans la salle. Sifa surgit derrière moi, presque comme si son nom avait suffi à la faire apparaître. Eijeh se tenait quelques pas derrière elle.

– Des oracles… murmura Aza. Deux oracles.

J'avais réussi à la surprendre.

– Enchantée, Aza, la salua Sifa avec un signe de tête.

Elle souriait d'un air qui me parut volontairement énigmatique, au point que je faillis lever les yeux au ciel.

– Merci de nous offrir l'hospitalité, poursuivit-elle. Merci à vous tous. La route a été longue pour arriver jusqu'ici.

– Bien sûr, fit Aza avec raideur. La tempête va bientôt cesser et nous pourrons vous trouver un endroit où vous reposer. Mais je dois vous demander, oracle… ajouta-t-elle en s'approchant d'un pas. Devons-nous nous inquiéter ?

Sifa sourit de nouveau.

– Pourquoi cette question ?

– Héberger deux oracles à la fois ressemble… à un mauvais présage.

– La réponse à votre question est oui. Oui, l'heure devrait être à l'inquiétude. Mais ce serait tout autant le cas si je n'étais pas là.

Elle inclina la tête et une Ograne s'avança. Elle avait la peau claire, le visage criblé de taches de rousseur, et portait des bracelets qui luisaient d'une douce teinte blanche. Ils me permirent de mieux voir son visage lorsqu'elle me désigna en parlant tout bas à l'oreille d'Ettrek. Les yeux de la fille – aussi sombres que les miens – suivirent le réseau d'ombres qui enserrait ma gorge, telle une main qui aurait voulu m'étouffer.

– Mademoiselle Noavek, dit-elle ensuite. Je m'appelle Yssa. La tour de communications vient de m'informer de l'arrivée d'un message pour vous, en provenance du siège de l'Assemblée.

– Pour moi ? fis-je avec surprise. Il s'agit certainement d'une erreur.

– L'enregistrement a été diffusé sur leur fil d'informations, que nous recevons avec quelques heures de décalage. Il vous a été envoyé par Isae Benesit. Malheureusement, ce message a une durée limitée dans le temps. Si vous souhaitez y répondre, il conviendrait de le faire immédiatement.

– Quoi ? m'exclamai-je en éprouvant une sorte de vibration dans la poitrine, comme le bourdonnement du ruban-flux, mais plus fort. Immédiatement ?

– Oui, ou votre message ne lui parviendra pas à temps. Nos délais de communication sont regrettables, mais on ne peut faire autrement. Nous pouvons vous enregistrer ici et envoyer les images à un satellite qui quitte notre atmosphère dans une quinzaine de minutes. Sinon il nous faudra attendre plusieurs heures. Suivez-moi, je vous prie.

Je tendis la main à Akos, qui la prit et la serra fort, et nous fendîmes la foule derrière elle.

YSSA ALLUMA UN ÉCRAN fixé sur le mur du fond. Il était à peu près de la largeur que je couvrais en écartant les bras. Elle m'indiqua une marque au sol sur laquelle me placer, éloigna tous ceux qui m'entouraient – y compris Akos – et alluma une lumière qui me baigna de jaune. Je supposai que c'était pour le bénéfice de la caméra qui devait enregistrer mon message.

J'avais été initiée aux codes de la prise de parole en public par ma mère, mais cela remontait à mon enfance. Après sa mort, ni mon père ni mon frère n'avaient pris la peine de poursuivre ce pan de mon éducation. Eux qui se servaient de moi comme d'une arme, ils étaient partis du principe – non sans raison – que je n'aurais jamais besoin de maîtriser cet art. Je tentai de me remémorer ce qu'elle m'en avait dit. « Tiens-toi droite. » « Parle distinctement. » « N'aie pas peur de réfléchir avant de répondre ;

le silence te paraît plus long à toi qu'à eux. » C'était tout ce qui me revenait. Je devrais m'en contenter.

Isae Benesit apparut sur l'écran, un peu plus grande qu'au naturel. Elle avait le visage découvert – sans doute n'avait-elle plus de raison de se cacher depuis la mort de sa sœur, puisqu'on ne pouvait plus les confondre. Ses balafres étaient très apparentes, voyantes sans être choquantes. Elles n'étaient pas maquillées, bien que le reste de son visage le fût. C'était clairement par choix.

Elle portait une robe à col montant (ou ce qui devait être une robe, car on ne voyait que son buste), faite dans un épais tissu noir qui paraissait presque liquide. Un bouton doré, légèrement décentré, luisait dans son cou. Ses cheveux noirs brillants dégageaient son visage et elle portait un ruban doré sur le front, une sorte de couronne, pouvait-on dire, bien que ce fût la couronne la moins décorative qu'on puisse imaginer. Cette chancelière-là ne cherchait visiblement pas à être associée à l'abondance et à la richesse d'Othyr. Elle dirigeait Osoc, Shissa et, plus important encore, Hessa, le cœur de Thuvhé.

Isae semblait avoir déployé de grands efforts pour ne pas paraître jolie ni fragile. Pourtant, elle arrêtait le regard, avec ses yeux soigneusement soulignés de noir, son teint olivâtre mis en valeur par de la poudre matifiante.

Quant à moi, je n'avais pas pris de bain depuis plus de huit jours et je portais une combinaison de mécano trop grande.

Génial.

« Ici Isae Benesit, chancelière de Thuvhé élue du destin, parlant au nom de la planète-nation de Thuvhé », commença-t-elle.

Tous se turent autour de moi. Je serrai les poings, les bras le long du corps. La douleur courait dans tout mon corps, jaillissant de mes pieds pour filer le long de mes jambes jusqu'à mon abdomen.

Je clignai des paupières pour chasser les larmes et me forçai à me concentrer en restant le plus immobile possible.

« Ce message s'adresse à l'héritière du prétendu trône de Shotet. La mort de Ryzek Noavek ayant été confirmée, d'après la loi de succession appliquée par les Shotet eux-mêmes, il doit donc être remis à Cyra Noavek avant l'heure commune de lever du jour, établie ce jour à 6 h 13.

« Les dernières saisons ont apporté avec elles plusieurs attaques shotet. Lors d'une de ces invasions, notre oracle en déclin a été tuée et notre oracle montant, kidnappé. Il y a quelques jours, ma sœur, Orieve Benesit, a été enlevée et assassinée dans une arène publique. »

Elle avait répété cette déclaration. C'était certain, car pas une fois elle ne buta sur les mots, même si ses yeux étincelaient de colère. À moins que ce ne fût l'effet de mon imagination.

« L'escalade de ces actes d'agression est devenue impossible à ignorer et doit être contrée par la force. »

Elle s'éclaircit la gorge, laissant percer pendant quelques secondes un soupçon d'humanité.

« Je vais vous lire maintenant les termes de la reddition des Shotet à Thuvhé.

« Article un : les Shotet dissoudront leur armée et remettront toutes leurs armes à l'État thuvhésit.

« Article deux : Shotet remettra son vaisseau de séjour à l'Assemblée des Neuf Planètes et abandonnera le rituel du séjour au profit d'une sédentarisation dans et autour de la zone connue sous le nom de Voa, au nord des mers du Sud.

« Article trois : les Shotet permettront aux troupes de Thuvhé et de l'Assemblée d'occuper leur territoire jusqu'au retour de la paix et d'une coopération pacifique entre les Shotet et les autorités de Thuvhé et de l'Assemblée.

« Article quatre : Shotet renoncera à se présenter comme une nation souveraine et reconnaîtra son appartenance à la nation de Thuvhé.

« Article cinq : Shotet versera des réparations à tous les

organismes publics et à toutes les familles touchés par les attaques des cent dernières saisons, sur la planète Thuvhé ou ailleurs, pour un montant à déterminer à une date ultérieure par un comité de Thuvhé et de l'Assemblée.

« Article six : tous les Shotet identifiés comme exilés du régime des Noavek regagneront Thuvhé pour s'y installer à l'écart de Voa, et se verront accorder le pardon et la pleine citoyenneté thuvhésit. »

J'aurais dit que tout mon corps s'était crispé comme un poing, un doigt après l'autre. Je ne sentais presque plus la douleur de mon don-flux, alors même que les ombres couraient sous ma peau, plus noires que jamais.

« Vous accepterez ces conditions en réponse à ce message, ou je proclamerai une déclaration de guerre, et le sang de votre peuple entachera vos mains, poursuivit Isae. Une réponse est attendue à l'heure commune du lever du jour, ou votre vie serait menacée, et nous nous adresserions désormais à l'héritier suivant de votre famille. Fin de la transmission. »

Le visage d'Isae disparut de l'écran. Il n'y avait pas un bruit autour de moi. Fermant les yeux, je luttai pour reprendre le contrôle de mon corps. *Ce n'est pas le moment,* me dis-je en me sentant submergée par la douleur. *Ce n'est pas le moment que mon don-flux accapare tout mon cerveau.*

De nouveau, je tentai de me rappeler les conseils de ma mère, mais je ne parvins qu'à penser à elle. À la courbe de son cou, au sourire froid qu'elle arborait lorsqu'elle voulait impressionner quelqu'un. À la façon dont elle exploitait sa voix grave et chaude pour obtenir exactement ce qu'elle voulait. Je pouvais toujours essayer de l'imiter, cela ne marcherait pas. Je savais déjà que je n'avais pas l'étoffe d'une Ylira Noavek.

La seule personnalité que j'avais réussi à endosser par le passé était celle de Fléau de Ryzek, et je ne voulais plus jamais, jamais être cela.

– Êtes-vous prête à répondre, mademoiselle Noavek ? me demanda Yssa. Il ne vous reste que quelques minutes.

Non, je n'étais pas prête à répondre, pas prête à agir en tant que chef d'un pays divisé qui ne m'avait jamais témoigné que du dédain. J'étais cernée par les regards de gens qui avaient été exilés par la cruauté de mon père, puis de mon frère. J'étais tout à fait consciente de l'insulte que cela avait dû représenter pour eux, de m'entendre appeler leur chef alors que j'appartenais à la famille qui les avait torturés et bannis.

Mais il fallait bien que quelqu'un occupe cette charge et, dans l'immédiat, c'était à moi qu'elle incombait. Je ne pouvais que faire de mon mieux.

Je me redressai. M'éclaircis la gorge. Hochai la tête.

Yssa en fit autant. Je me concentrai sur les rétines qui se trouvaient devant moi, et qui enregistraient mon image et ma voix pour les transmettre à Isae.

– Ici Cyra Noavek, agissant en tant que souveraine de la nation Shotet légitime.

Ma voix tremblait, mais les mots étaient les bons. La lumière jaune me brûlait le visage. Je regardais droit devant moi. Mes ombres-flux ne me feraient pas tressaillir. Mes ombres-flux ne…

Je tressaillis. *Peu importe,* me dis-je. J'avais mal. Il était naturel que je tressaille.

– Shotet rejette vos conditions, car la vie qu'elles impliqueraient serait pire que le bain de sang que vous évoquez. Ryzek Noavek est mort, et les crimes qu'il a commis contre Thuvhé, directement ou indirectement, ne sont pas représentatifs des valeurs de son peuple.

Arrivant à court de formules diplomatiques, je me jetai à l'eau :

– Mais je pense que vous le savez déjà. Vous avez marché parmi nous et rencontré en personne nos forces de résistance.

Je m'interrompis pour réfléchir à ce que je voulais dire.

– La nation Shotet demande respectueusement une cessation des hostilités jusqu'à ce que nous puissions nous rencontrer et discuter d'un traité entre nos deux nations, poursuivis-je. Nous ne souhaitons pas la guerre. Mais ne vous méprenez pas, bien que nous soyons dispersés entre Ogra et Urek, nous sommes une nation et entendons être traités en tant que nation. Transmission terminée.

Je n'avais pas réalisé avant d'avoir fini que je venais de révéler à Isae Benesit l'emplacement de la colonie d'exilés, qui n'était jusque-là connu que des Ograns. Mais c'était trop tard.

Levant une main pour couper court à tout commentaire, je me tournai vers Yssa.

– Puis-je enregistrer un autre message, à expédier immédiatement aux satellites de Voa ?

Elle hésita.

– S'il vous plaît.

Je n'avais rien à perdre.

– Entendu. Mais il devra être court.

– Il sera extrêmement court.

Pour ce message-ci, je n'avais nul besoin de répéter ni de réfléchir. Sur le signal d'Yssa, je pris mon inspiration et déclarai :

– Peuple de Voa, c'est Cyra Noavek qui vous parle. Thuvhé a déclaré la guerre à Shotet. Des agresseurs arrivent. Évacuation générale sur le vaisseau de séjour. Je répète : évacuation générale sur le vaisseau de séjour. Fin de la transmission.

Là-dessus, je m'accroupis et me recroquevillai en m'efforçant de respirer normalement. J'avais si mal que je tenais à peine sur mes jambes. Akos se précipita vers moi, m'agrippa aux épaules, puis me prit les mains. Je m'appuyai contre lui, le front au creux de son cou.

– Bravo, me dit-il. C'était très bien. Ça va aller, je te tiens.

En jetant un regard par-dessus son épaule, je vis des sourires timides et j'entendis des murmures qui semblaient presque...

approbateurs. Se pouvait-il qu'Akos ait raison ? J'avais du mal à le croire.

Une guerre s'annonçait. Et quoi qu'ait dit Akos, quoi que n'importe qui puisse en dire désormais, c'était moi et personne d'autre qui l'avait précipitée.

▲
▲

# :12
# CISI

– CETTE CYRA NOAVEK, demande Ast à Isae en retournant un petit caillou lisse dans sa main, y a-t-il une chance pour qu'elle accepte tes conditions ?

J'avais déjà remarqué qu'il ne pouvait pas rester sans bouger. Il faut toujours qu'il fasse tressauter sa jambe, qu'il mordille le bord de son peigne, qu'il triture quelque chose…

Je ris. L'idée que Cyra Noavek, qui a continué à se battre dans l'arène même après que son frère lui a arraché la peau du crâne, puisse livrer son pays à Thuvhé sans discuter, cette idée est totalement absurde.

– Désolé, je ne la connais pas, ajoute-t-il, un peu vexé.

– Pardon, je ne voulais pas me moquer de toi. C'est juste qu'elle se battrait contre un mur s'il se dressait contre elle.

– Je ne m'attendais pas à ce qu'elle se rende, confirme Isae.

Elle est assise à une petite table près du hublot. Le côté où nous nous trouvons est à l'opposé du soleil et on voit à l'extérieur les étoiles, l'espace et le ruban-flux, et non une image de Thuvhé. Sur cette toile de fond, Isae paraît plus petite et plus jeune que d'habitude.

– La reddition n'est pas dans la nature des Shotet. Le chef de l'Assemblée avait raison, ces gens sont… de la vermine. On croit que parce qu'ils sont peu nombreux, ils seront faciles à maîtriser. Mais il en arrive sans cesse d'autres.

Le mot « vermine » me glace. Ce n'est pas une façon de parler des gens, même de ses ennemis. Ce n'est pas non plus ainsi que parle Isae, même quand elle est en colère.

Elle se redresse et croise les mains.

– Je dois décider de ma prochaine action, déclare-t-elle. En partant du principe que la guerre va éclater.

Ast caresse le caillou avec son pouce. Je sais que c'est un bout de rocher de sa planète natale, l'un de ces coins perdus de la Bordure qui portent un numéro en guise de nom, dotés d'une atmosphère où on ne peut respirer qu'avec un *soufflant*, un mot d'argot pour désigner un appareil d'aide respiratoire au nom compliqué. Il m'a expliqué qu'il a passé une bonne partie de sa vie avec ce gros machin collé sur la figure. « On a intérêt à profiter de chaque instant », a-t-il conclu comme s'il l'avait déjà dit des dizaines de fois, comme si ce principe de vie était la seule ligne de conduite envisageable.

– Je pense qu'il faut frapper fort, reprend-il en cessant de tourner et retourner son caillou. C'est le seul moyen de te faire respecter par les Shotet. Discuter ne sert à rien, ce n'est même pas la peine de se fatiguer.

Isae baisse la tête comme si elle était déçue, mais je sais que c'est autre chose. C'est le poids du fardeau qu'elle a à porter. Elle mène une guerre personnelle, en plus de celle souhaitée par l'Assemblée, en plus de sa guerre contre le chagrin qui l'habite de manière presque palpable, et tout cela finit par lui faire dire et faire des choses qui ne lui ressemblent pas.

– Je pourrais frapper le centre de Voa, dit-elle. C'est là que sont regroupés la plupart des partisans des Noavek.

Le centre de Voa est l'endroit que nous avons traversé pour nous rendre à l'amphithéâtre. Elle ne peut pas… frapper le centre de Voa comme cela !

– Ça te débarrasserait des valets de Ryzek et ça constituerait un bon avertissement, approuve Ast. Bonne idée.

– Ce n'est pas une cible militaire, signalé-je.

– Des civils shotet, ça n'existe pas, objecte Ast. Pas vraiment. Ils savent tous comment tuer. Isae et moi, on est bien placés pour le savoir.

Le père d'Ast est mort dans le même raid que celui dans lequel Isae s'est fait attaquer et où elle a aussi perdu ses parents et des amis. Leur vaisseau, celui dans lequel elle a grandi, a été abordé par des séjourneurs shotet qui confondaient « ramassage » avec « pillage » et « meurtre ». Outre que cela les a liés d'une manière difficile à saisir pour moi, cela leur donne les mêmes préjugés.

– Quelle arme vas-tu utiliser ? lui demande-t-il. Une armée de fantassins ne serait pas une bonne stratégie, étant donné les compétences au combat du citoyen shotet moyen.

– Ce ne sont pas des « citoyens shotet », rectifie sèchement Isae, mais des rebelles qui s'opposent activement à ma gouvernance légitime.

– Je sais, répond Ast à voix basse.

Elle se mordille un doigt en enfonçant les dents dans sa chair, et je dois résister à l'envie de l'arrêter.

– Je dois encore en discuter avec le gouvernement pithar, mais nous allons nous servir de leur technologie. Ils disposent d'une arme qu'ils appellent « bombe anti-flux ». C'est… efficace. Si je visais l'amphithéâtre où Ori a été tuée, l'explosion s'étendrait en cercles concentriques et raserait tout le bâtiment.

Ma respiration est un peu hachée. C'est pour cela que je suis venue : pour empêcher Isae de commettre une erreur qu'elle regrettera, pour m'assurer que Thuvhé reste sur le bon chemin. Il faut que je la calme, que je les arrête tous les deux avant qu'ils se laissent entraîner par leur élan. Je projette mon don-flux en une vague déferlante qui les frappe tous les deux en même temps. Ast, qui semble réagir à chacune de mes tentatives, tressaille, tandis qu'Isae ne paraît rien remarquer. J'imagine l'eau de mon don-flux qui la libère du poids qu'elle porte et la fait flotter, avant de l'entraîner doucement tandis que la vague revient vers moi.

– Il y a des lois qui interdisent de frapper des cibles civiles, dis-je à mi-voix.

Isae me regarde les yeux mi-clos, comme si elle s'endormait. Sa lèvre inférieure est tachée de rouge.

– Il y a un campement militaire à la sortie de Voa, suggéré-je.

– Dont on n'est même pas sûrs qu'il soit occupé, objecte Ast. Voa est plongée dans le chaos le plus complet. Les soldats ont sûrement gagné la ville pour y restaurer l'ordre. En attaquant ce camp, il y a des chances pour qu'on ne touche que quelques tentes et deux ou trois baraquements.

Isae a recommencé à se mordiller l'index. Un éclair rouge me montre qu'elle saigne. Elle est toujours traversée par cette sauvagerie qui la portait juste avant qu'elle tue Ryzek, mais elle n'a pas de but vers lequel la canaliser. Ast lui donne une cible sur laquelle diriger cette énergie destructrice, mais à quel prix ? Des civils ? Des personnes âgées, des enfants, des opposants au régime, des renégats, des pauvres et des malades ?

Sans parler du coût qu'elle aurait à payer elle-même, en tant qu'ordonnatrice de ces destructions.

*Allez, Cisi, réfléchis.*

– Tuer des gens n'est pas la seule solution, dis-je. Les Shotet sont très attachés à certaines choses. Leur langue…

Je suffoque tandis que l'exaspération d'Ast s'enflamme et que mon don-flux, en réaction, me réduit au silence.

– Mais oui, bien sûr, gronde-t-il. Attaquons des idées plutôt que des cibles matérielles. Ça marche toujours, c'est bien connu.

Je projette mon don-flux dans une deuxième vague. Ce qu'il faut à Isae, c'est un peu de calme et de paix. Et quel que soit le lien qui les rapproche, Ast et elle, il ne peut pas lui apporter cela.

Moi, si.

– Chut, Ast, dit-elle en l'arrêtant d'une main. Je t'écoute, Cis.

J'attends que la sensation d'étranglement s'estompe. Pour cela, il faut non seulement qu'Ast se calme, mais aussi qu'il ait un peu honte de m'empêcher de parler. Ce n'est que quand il affiche un air raisonnablement penaud que je peux reprendre la parole.

– Tu as raison, acquiesce Isae avec des étincelles dans les yeux, ils sont très attachés à leur langue. On pourrait aussi frapper le vaisseau ! Ils viennent tout juste de revenir et il doit rester un équipage minimum à bord. Cela aurait un impact symbolique considérable, tout en limitant le nombre de victimes.

C'est plus violent que ce que j'avais en tête, mais déjà moins extrême que ce que réclamait Ast. On peut appeler ça une amélioration.

Ast fronce les sourcils, les yeux fixés sur un point quelque part à mi-distance, comme à son habitude. Comme il ne bouge plus depuis un moment, le scarabée volant qui l'accompagne de ses cliquetis et de ses pépiements s'est perché sur son épaule, et il remue les antennes de la même manière qu'Ast bouge ses yeux mécaniques, par à-coups.

– C'est un peu mou, objecte-t-il.

– Je préfère regretter une action un peu molle qu'une action trop dure, réplique Isae, dont le ton tranchant indique que le sujet est clos. Je vais contacter le général Then et m'assurer que les images du vaisseau shotet dont nous disposons ne datent pas d'une demi-saison.

Elle me sourit, avec une expression un peu trop féroce à mon goût. Cela signifie que l'Isae qui a tué Ryzek est encore là quelque part, prête à frapper de nouveau. Cela ne devrait pas m'inquiéter autant. Après tout, c'est bien ce qui m'a plu chez elle au début : sa vivacité, sa capacité à décider. Elle n'avait pas besoin qu'on veille sur elle, moi moins que quiconque. Pour rien au monde elle ne reconnaîtrait ce besoin aujourd'hui.

Mais quand on tombe amoureux de quelqu'un, on veut veiller sur cette personne. Et c'est ce que je vais faire.

On dîne tous les trois. Comme Ast réagit mal à mon don-flux, je dois tisser une relation avec lui, comme le font les autres : par tâtonnements. Alors je l'interroge sur son enfance sur le vaisseau avec Isae, et cela paraît le détendre. Il me raconte qu'il a essayé de lui apprendre à réparer les moteurs, comme lui-même l'avait appris de son père, mais qu'elle n'a jamais voulu faire autre chose que dévisser des boulons. De son côté, elle l'a persuadé une fois de l'accompagner à son cours d'étiquette, où il l'a tellement fait rire qu'elle a recraché son thé par le nez.

– Il y en a même une partie qui m'est ressortie par les *yeux* ! confirme-t-elle en riant.

Lentement mais sûrement, je décide que je vais m'immiscer entre eux. Pas pour les séparer, mais pour m'assurer qu'elle fasse ce qu'il faut, qu'elle suive la voie de la raison. Son message au général Then m'a paru assez posé, et la voilà qui rit en racontant des anecdotes de son passé, mais je ne suis toujours pas rassurée. Lorsqu'on a vu quelqu'un tuer un homme avec un couteau de cuisine, on a de quoi s'inquiéter.

Une fois la table débarrassée, Ast s'en va, et je me prépare à partir moi aussi, pour la laisser se reposer après les décisions de la journée. Mais alors que je me lève, elle me dit en me prenant la main :

– Ça t'ennuierait de rester un peu ?

– Pas du tout.

Elle perd toute son aisance, comme on ôterait ses vêtements, et fait les cent pas devant le hublot. J'essaie de l'aider mais, comme l'autre jour sur le chemin de la cellule de Ryzek, mon don-flux me trahit. Elle tire nerveusement sur ses cheveux.

– Mon don-flux aussi a ses désagréments, me dit-elle au bout de quelques allers-retours.

J'ai longtemps cru qu'il n'y avait rien de compliqué à voir les souvenirs des gens rien qu'en les touchant. Mais les choses ne sont pas si simples que cela. Elle doit vivre avec le passé, qui est toujours en train de la tirer par la manche, d'essayer de l'entraîner dans son mouvement.

– Depuis qu'Ori…

Elle s'arrête, avale sa salive, recommence.

– Je me retrouve coincée dans les souvenirs. Ça va lorsque ce sont de bons souvenirs, comme avec Ast, mais ce n'est pas toujours le cas, et ils s'infiltrent dans mes rêves…

Elle frémit et secoue la tête.

– On pourrait parler de quelque chose de plus agréable, jusqu'à ce que tu t'endormes.

– Je ne sais pas… Je ne suis pas sûre que ça marcherait, me répond-elle, sans cesser de secouer la tête. Je me demandais si… C'est idiot, mais…

– Je ferai tout ce qui peut t'aider.

– Je me demandais si tu pourrais me laisser entrer dans tes souvenirs, me dit-elle. Si je me servais de mon don-flux pour les voir, je trouverais peut-être un peu de répit, pour un petit moment.

– Oh.

J'hésite. Je n'ai pas tant de bons souvenirs que cela à lui proposer. Ceux qui remontent à mon enfance sont teintés de tristesse parce qu'ils aboutissent tous à l'enlèvement d'Eijeh et d'Akos et à la mort de mon père. Ceux de la période suivante, où j'essayais de tirer ma mère de son état de distraction permanente, n'ont rien de très emballant non plus. Ce n'est que quand j'ai retrouvé Ori que les choses ont commencé à s'alléger un peu, et cela, en partie parce que j'ai fait la connaissance d'Isae.

– Excuse-moi, je n'aurais pas dû te demander ça, me dit-elle. C'est une atteinte à ta vie privée.

– Non ! Non, ce n'est pas ça. Je me faisais juste la réflexion que la plupart de mes bons souvenirs sont liés à Ori et à toi, et je n'étais pas sûre que ça te ferait du bien.

– Oh.

Elle réfléchit.

– Non, ça… ça va.

Je vais m'asseoir sur mon lit, dont la couverture est encore toute lisse, bien bordée autour du matelas. Je le tapote et elle vient s'asseoir à côté de moi en se tournant pour me regarder.

– Laisse-moi deux secondes, dis-je.

Elle sourit.

– Deux secondes. J'adore cette expression typique de Hessa.

Puis je ferme les yeux pour me souvenir. Je ne cherche pas juste à me rappeler notre rencontre, ou mes sentiments lorsque nous sommes vraiment devenues amies… C'est plus une question de détails. L'odeur de l'air, l'intensité du froid, ce que je portais. Et ce n'est pas si facile. Comme j'allais encore au lycée, je portais mon uniforme les premières fois qu'on s'est vues, une épaisse tunique qui protégeait mes vêtements de la terre et des écorces et des tiges…

– Tu peux y aller, dis-je en me rappelant l'odeur que je sentais quand j'épluchais un fruit-salé, verte et acidulée.

Elle s'est déjà servie de son don-flux sur moi, quand on a commencé à se rapprocher, et je sais qu'elle va poser la main sur mon visage. Ses doigts sont froids, un peu moites, mais ils se réchauffent vite au contact de ma peau, et s'ancrent sur ma mâchoire. Puis on avance toutes les deux dans le passé.

*Je me tenais derrière une barrière de corde et un groupe de gens poussaient dans mon dos. Ça ne me gênait pas parce qu'ils me donnaient de la chaleur, un abri contre le froid et la neige. Je devais quand même replier les doigts dans mes moufles, mais je n'éprouvais plus cette morsure profonde qui fait mal aux dents.*

*Nous attendîmes longtemps l'apparition du vaisseau, qui descendit en ligne droite vers la plateforme d'atterrissage. C'était un vaisseau de taille modeste, une navette de transport de Hessa. Autour de moi, les gens étouffaient des exclamations de surprise en le reconnaissant à son métal cabossé, à ses évents de chauffage qui empêchaient les moteurs de geler. Pour ma part, j'y vis un message : « Je suis l'une des vôtres, une simple Thuvhésit. » De la manipulation.*

*Le vaisseau de Hessa se posa, la porte s'ouvrit et une femme en noir en sortit. Bien sûr, elle avait le visage couvert depuis le nez jusqu'au menton. Mais, contrairement à nous, elle ne portait pas de lunettes de protection, et je pus voir ses yeux sombres en amande, aux longs cils recourbés.*

*Tous lancèrent des acclamations. Sauf moi. J'étais trop occupée à me demander si j'avais des visions. C'étaient les yeux d'Ori. Je ne l'avais pas vue depuis des années, mais c'était elle.*

*Deux secondes plus tard, une autre femme sortit derrière elle ; la sœur de la chancelière, sans doute… si ce n'est que j'aurais pu jurer que je voyais double. C'était la même : même taille, même manteau, même foulard sur le bas du visage. Mêmes yeux qui scrutaient froidement la foule.*

*Les deux femmes se mirent en marche épaule contre épaule vers le bâtiment. Elles ne s'arrêtèrent pas pour serrer des mains, se contentant de saluer la foule, leurs yeux plissés signalant des sourires invisibles. La démarche de l'une était fluide, comme si elle avançait sur des roulettes. Celle de l'autre était sautillante et sa tête montait et descendait à chaque pas. Lorsqu'elles passèrent devant moi, ce fut plus fort que moi : je retirai mes lunettes de protection pour mieux voir leurs visages et me rendre compte s'il s'agissait ou non d'Ori.*

*Un regard croisa le mien. Elle trébucha, imperceptiblement. L'instant d'après, les deux femmes n'étaient plus là.*

*Plus tard ce jour-là, on frappa à ma porte.*

*Je vivais dans le dortoir voisin de l'hôpital, auquel il était relié par une passerelle. Parfois, j'appuyais le front contre la vitre et j'observais les champs de fleurs-des-glaces. Depuis ces bâtiments d'Osoc suspendus dans les airs tels des lustres, on ne distinguait que des taches de couleur au sol.*

*Mon logement était petit, encombré d'affaires rangées dans des caisses. Surtout du tissu. Le papier – et par conséquent les livres – était un luxe sur une planète où les arbres étaient rares. Mais nous fabriquions du tissu à partir des tiges de fleurs-des-glaces, que nous traitions avec de l'essence de fleur-de-pureté pour neutraliser ses effets. Nous le teintions dans toutes sortes de couleurs, pâles ou vives, claires ou foncées. Toutes sauf en gris, qui était la teinte prédominante de notre environnement. J'avais accroché du tissu devant les étagères pour cacher ce qu'elles contenaient ; j'en drapais les murs pour couvrir la peinture écaillée. Globalement, ma chambre était une cuisine. Je faisais mijoter des produits sur des petits brûleurs et l'air était souvent chargé de vapeur ou de fumée, selon les jours. Ces locaux n'étaient pas très propres, mais ils étaient bien chauffés.*

*En revanche, ils n'étaient pas adaptés aux invitées que je reçus ce jour-là. J'essuyai les mains sur mon tablier et ouvris la porte, le front en sueur. Un homme très grand et massif se tenait devant moi, l'air bourru.*

*– Leurs Altesses de la famille Benesit requièrent l'honneur de votre hospitalité, déclara-t-il.*

*Il n'était pas thuvhésit. Cela se voyait déjà au fait que son col de chemise n'était pas boutonné. Il était vêtu en gris clair. Ce devait être un membre de l'Assemblée, ce que confirmait son ton formel.*

*– Euh… fis-je, à court de mots.*

*Puis mon don-flux vint à la rescousse, l'attitude de l'homme se détendit, et je me sentis moins nerveuse.*

*– Bien sûr, repris-je. Elles sont les bienvenues chez moi. Tout comme vous.*

*Il eut un petit sourire.*

*– Merci, mademoiselle, mais mon travail à moi est de rester dehors, devant la porte.*

*Il inspecta mon logement pour s'assurer qu'il était sûr, scrutant le contenu de chaque pièce. Il alla jusqu'à passer la tête dans ma salle de bains, sans doute histoire de vérifier que personne ne se cachait dans ma douche armé d'un couteau. Puis il ressortit, adressa un signe de tête à quelqu'un dans le couloir, et elles apparurent : deux grandes femmes minces vêtues de robes noires boutonnées jusqu'au cou et munies de capuches, le bas du visage masqué par un voile. Je m'effaçai pour les laisser entrer, mais sans les saluer. Je ne pouvais que les fixer.*

*Puis l'une des deux se retourna pour fermer la porte et me sourit. Je le vis à la fossette qui creusa sa joue.*

*– Cisi, dit-elle.*

*Là, je sus avec certitude que c'était elle.*

*– Ori.*

*Et nous nous serrâmes dans les bras l'une de l'autre avec des petits rires.*

*Par-dessus l'épaule d'Ori, je vis sa sœur arpenter mon appartement, promenant ses doigts partout sur son passage. Elle s'arrêta devant l'étagère où j'exposais des photos de famille derrière un voile de mousseline, pour ne pas avoir à les regarder lorsque je craignais que ce soit douloureux.*

*Je m'écartai d'Ori, qui retira sa capuche et son foulard. Elle était exactement comme je m'y attendais : la même qu'avant, mais plus mûre et plus affirmée. Ses cheveux noirs décoiffés par la capuche, raides comme des baguettes, étaient noués en chignon sur sa nuque. Sa bouche, dont les coins remontaient déjà, dessina un sourire plus franc.*

*– Je n'arrive pas à croire…*

*« Je n'arrive pas à croire que tu sois la sœur de la chancelière, je n'arrive pas à croire que tu sois là », voilà ce que j'aurais voulu dire. Mais j'en étais incapable.*

*– Je suis désolée, me dit-elle en baissant les yeux. Si j'avais pu faire autrement…*

*« Comment as-tu pu me mentir depuis toujours ? », pensai-je, sans pouvoir le dire. Je ne pouvais rien dire du tout, en réalité.*

*Posant une main sur son coude, je l'incitai à entrer dans le salon, vers les coussins entassés autour d'un brûleur sur lequel de la tisane infusait dans une épaisse théière. J'étudiais les effets de l'infusion de fleur-des-glaces froide par opposition à l'infusion chaude.*

*– Mais où étais-tu ? demandai-je.*

*– Sur le vaisseau de l'Assemblée. C'est là qu'Isae… se faisait soigner.*

*Elle regarda sa sœur pour me signifier qu'elle me parlait d'elle. Celle-ci s'était assise sur la seule chaise de la pièce, non loin d'Ori. Elle garda les mains croisées sur ses genoux pendant deux secondes avant de lever les yeux au ciel et d'ôter son voile. Les balafres qui lui sillonnaient le visage étaient récentes, à en juger par leur couleur rouge vif.*

*Elles n'étaient pas belles. Les cicatrices le sont rarement.*

*– Je me remettais de ceci, pour être précise, déclara Isae en agitant la main devant son visage.*

*Je tentai un sourire.*

*– Ça n'a pas dû être facile.*

*Elle eut une petite moue ironique.*

*– Ainsi, tu es l'aînée des Kereseth. Tout le monde parle de toi, ces temps-ci. Les Kereseth : deux oracles, un traître et… enfin, celle qui devrait faire attention à ne pas trop s'approcher des couteaux. « Le premier enfant de la famille Kereseth succombera à la lame. » N'est-ce pas ton destin ?*

*Les mots se bousculaient dans ma gorge et m'étranglaient. « Mon frère n'est pas un traître. Je ferai attention aux couteaux si je veux. Sors de chez moi ! Pour qui tu te prends ? » Mais rien de tout cela ne sortit, bien sûr.*

*– Isae ! la rabroua Ori.*

*– Je ne devrais peut-être pas aborder des sujets désagréables sans qu'on me le demande, se défendit sa sœur, mais c'est ta réalité,*

*de même qu'il y a la réalité de qui je suis et de qui est Ori. Et j'aime bien affronter la réalité.*

*– Tu es grossière ! s'exclama Ori.*

*– Ça ne fait rien, dis-je, ma langue se dénouant enfin. J'ai vu pire.*

*Cela fit rire Isae, comme si elle comprenait ce que j'essayais de dire. Ce qui était peut-être le cas. Elle avait dû être éduquée par l'Assemblée, au moins pendant un temps. Là-bas, on savait manier le double sens.*

*– Ils t'adoreraient, sur le vaisseau de l'Assemblée, dit-elle à mi-voix.*

– De bons souvenirs, j'ai dit ! me lance Isae. Pas ceux où tu es en colère contre moi.

M'extrayant du passé, Isae me ramène brusquement sur le vaisseau de l'Assemblée et me tance en riant.

– Désolée ! C'est dur à maîtriser ! dis-je en gloussant.

– J'étais infecte. Comment as-tu pu avoir envie de devenir mon amie ?

Ses yeux brillent lorsqu'ils se reposent sur moi. Ils sont d'une jolie couleur, marron foncé avec quelque chose de chaud, comme de la terre fertile.

– Reviens dans ma tête, je vais te montrer.

*La première sensation fut l'odeur des épices. J'avais les mains enfouies dedans, plongées dans une boule de pâte grosse comme ma tête. Un nuage de farine vola autour de moi quand je la fis claquer sur le plan de travail. Je ne revenais pas souvent chez moi, mais c'était le Temps de l'Endormissement et je n'avais jamais manqué une Floraison à Hessa. J'étais de passage pour quelques jours.*

*Isae Benesit était assise à table, derrière moi. Elle avait refusé de se rendre au temple avec Ori, qui voulait demander quelque chose à l'oracle – à ma mère. Alors Ori l'avait déposée ici, comme elle l'aurait fait avec une gamine qui a besoin qu'on la surveille, même si elle savait qu'on ne s'appréciait pas beaucoup.*

*Une tasse de thé était posée devant elle. A priori, elle n'y avait pas touché depuis que je la lui avais servie une heure plus tôt.*

*Après avoir aplati la pâte, je la pliai sur elle-même et la fis de nouveau claquer sur le plan de travail.*

*– Tu reviens souvent ici ? me demanda-t-elle.*

*– Non.*

*Je ne m'attendais pas à répondre aussi sèchement. En principe, mon don ne m'y autorisait pas.*

*– Il y a une raison spéciale ?*

*Je m'interrompis. Je ne savais même pas si j'étais physiquement capable de répondre. La plupart du temps, même lorsqu'ils me posaient des questions, les gens n'avaient aucune envie de m'entendre parler de mes problèmes, ce qui me mettait dans l'impossibilité de les évoquer. Le chagrin avait le don de faire cela : mettre les gens mal à l'aise.*

*– Il y a trop d'ombres dans cette maison, dis-je en m'approchant prudemment du sujet.*

*– Ah, fit Isae.*

*Puis, à ma grande surprise, elle me demanda :*

*– Tu as envie d'en parler ?*

*Je ris.*

*– Pourquoi ? Tu as envie de m'écouter ?*

*Elle haussa les épaules.*

*– Aucune de nous deux ne m'a l'air très douée pour le bavardage, et, de toute façon, je n'ai pas de temps à perdre avec ça. Alors, ouais, je t'écoute.*

*Je plaquai brusquement la pâte sur le plan de travail en hochant la tête et je me léchai les doigts avant de les laver et de les essuyer. Puis je la conduisis au salon. Les épices et la levure du pain embaumaient toute la maison. J'avais des empreintes de doigts farineuses sur mon pantalon.*

*Je désignai un endroit du parquet, qui ne se distinguait en rien du reste du plancher un peu usé.*

*– Là, dis-je. C'est là qu'il est tombé.*

*Isae ne me demanda pas de qui je parlais. Elle connaissait l'histoire, comme tout le monde à Thuvhé. Non, elle s'accroupit près de l'endroit où mon père était mort et passa ses doigts sur le grain râpeux du bois.*

*Je restai un instant pétrifiée, avant de reprendre mon récit :*

*– Je suis restée près de son corps pendant des heures avant de nettoyer. Une partie de moi attendait que… je ne sais pas. Qu'il se réveille, peut-être. Ou que moi, je me réveille de ce cauchemar.*

*Je lâchai un petit bruit, entre le soupir et la plainte.*

*– Ensuite, il a fallu que je m'en occupe. Que j'enveloppe son corps dans un drap. Que je trouve un seau et que je le remplisse d'eau chaude. Que je trouve des serpillières. Imagine-toi devant une armoire, en train de te demander combien il faut de serpillières pour nettoyer le sang de ton père.*

*Ma gorge se serra, mais à cause des larmes, cette fois. Je n'avais plus jamais pleuré devant quelqu'un depuis l'apparition de mon donflux. Au point que cela me paraissait désormais exclu pour moi, tout autant que de poser des questions impolies ou de rire quand quelqu'un glissait sur du verglas.*

*Isae se mit à articuler silencieusement une prière. Pas une prière de réconfort ni une prière pour les morts, mais la bénédiction qu'on prononçait dans les endroits sacrés.*

*Isae estimait que l'endroit où mon père était mort était sacré.*

*Je m'agenouillai à côté d'elle. J'avais envie d'entendre sa voix prononcer les paroles de la prière. Sa main se replia sur la mienne, et ce fut très étrange de sentir le contact de cette personne que je ne connaissais pas, que je n'aimais même pas. Mais elle serra plus fort pour m'empêcher de la lâcher et acheva la prière à mi-voix.*

*Lorsqu'elle eut fini, je restai sans bouger.*

*– Je n'avais jamais pu dire cela à quelqu'un, avouai-je. Ça met les gens mal à l'aise.*

*– Il m'en faut plus que ça.*

Ses doigts frais glissent sur ma pommette, capturant mes larmes, et rabattent une mèche de mes cheveux derrière mon oreille.

– Ta définition de ce qu'est un bon souvenir mériterait d'être révisée, observe-t-elle doucement.

– Depuis plusieurs saisons, je ne pleure plus que quand je suis seule, dis-je. Personne n'a jamais été là pour me consoler, même pas ma propre mère. Les tragédies de ma vie sont trop difficiles à encaisser pour les autres. Toi, tu peux. Tu as encaissé tout ce que je t'ai dit.

Sa main est toujours sur mon oreille.

Elle glisse vers mes cheveux, enroule mes boucles autour de ses doigts.

Et je l'embrasse. Une fois, brièvement.

Puis plus fougueusement, et elle répond à mon baiser.

Et encore, comme si nous ne pouvions plus nous détacher l'une de l'autre.

Mes mains calleuses cherchent sa nuque et nous nous pressons l'une contre l'autre, ajustées l'une à l'autre, emmêlées l'une dans l'autre.

Et nous nous enfouissons le plus possible dans cette petite bulle de bonheur.

▲
▲

# :13
# AKOS

Les exilés les hébergèrent dans une chambre équipée de lits superposés. Ceux-ci étaient fixés par des rails métalliques dans une niche creusée directement dans le mur. Ce n'était pas censé durer, c'est du moins ce que leur promit celui qui leur montra leur installation.

Les lits n'étant pas assez larges pour y tenir à deux, il n'était pas question de partager. Cyra prit le plus haut parce qu'elle était agile, et Teka, qui l'était tout autant, choisit celui qui se trouvait juste en dessous. Sifa et Eijeh récupérèrent les deux du bas tandis qu'Akos se retrouvait pile au milieu. Entre deux Thuvhésit et deux Shotet. Comme si le destin avait laissé tomber les subtilités et décidé de le narguer ostensiblement.

Même si une plaque de métal le séparait du lit de Teka, il l'entendit se tourner et se retourner toute la nuit en froissant ses draps. Il fut réveillé par les mouvements d'une femme qui venait de sauter de son lit dans la rangée de couchages voisine. Quelque chose dans la courbure de ses jambes et sa façon de bouger lui parut familier.

Elle leva les yeux vers lui.

– Si je t'ai réveillé, c'est que je perds la main, déclara-t-elle d'une voix bourrue en enfilant son pantalon.

– Je te connais, dit-il en sautant à terre à son tour.

Le froid qui montait du sol lui fit crisper les orteils.

– J'étais là quand tu as gagné ta cuirasse. Je faisais partie des observateurs. Toi, tu es Kereseth.

Gagner sa cuirasse exigeait trois témoins. Akos avait mis longtemps à convaincre Vakrez Noavek d'accepter de les lui fournir. Vakrez avait accueilli par une moue de mépris l'idée que quelqu'un qui n'était pas né shotet puisse tuer un Carapaçonné. C'était Malan, l'époux de Vakrez, qui avait fini par vaincre ses réticences. « S'il échoue, il se passe quoi ? lui avait-il demandé. Tu prouves qu'un Thuvhésit n'est pas digne de porter une cuirasse. S'il réussit, cela montrera la qualité de l'entraînement que tu prodigues. Dans les deux cas, tu es gagnant. »

Et il avait conclu par un clin d'œil à Akos. Ce dernier avait le sentiment que Malan obtenait presque toujours gain de cause auprès de Vakrez.

– Ravie de voir que tu as trouvé ton chemin, reprit l'exilée. Ton histoire avec ce Carapaçonné n'était pas très orthodoxe.

D'un coup de menton, elle désigna son poignet, où il avait gravé la marque de la mort de l'animal avec la même assurance que s'il s'était agi d'un être humain. Un drôle de geste aux yeux des Shotet qui lui avaient accordé sa cuirasse. Suivant le conseil de Cyra, il avait quand même barré l'entaille d'une hachure.

Malgré le regard scrutateur de la femme, il ne couvrit pas la marque comme il l'aurait fait sous les yeux de sa famille. Mais il ne put s'empêcher de passer l'index sur celle qui témoignait de la mort de Vas Kuzar. Il n'avait toujours pas réussi à déterminer si elle représentait une victoire ou un crime.

– Silence, gronda Teka depuis la couchette supérieure.

Et elle balança son oreiller, qui atteignit le crâne de la femme.

Akos, qui s'était fait prêter des vêtements la veille par un exilé du même gabarit que lui, s'habilla et se passa le visage à l'eau fraîche pour se réveiller. Un filet coula sur sa nuque et le long de sa colonne vertébrale. Inutile de l'essuyer. Il faisait chaud dans les habitations ogranes.

Mais en prenant le chemin du réfectoire, il prit conscience que, pour la première fois depuis très longtemps, il n'avait personne sur le dos pour lui dire où il pouvait aller ou pas, ni pour l'obliger à se cacher. Alors il décida de continuer à marcher. Il passa devant le réfectoire, un vieux hangar réaménagé par les Shotet, et se dirigea vers la petite ville de Galo.

Il avait beau savoir que Galo abritait surtout des exilés, les Shotet s'étaient si bien intégrés qu'il avait du mal à les différencier des quelques Ograns. Il surprit quelques mots en shotet en passant devant un étal du marché et vit un vieux Shotet qui discutait âprement le prix d'un fruit ogran à l'aspect d'un cervelet, recouvert d'une sorte de poudre légèrement luisante. Et une femme secouait à sa fenêtre un tissu sur lequel était cousu le drapeau de Voa.

Les bâtiments en dur s'affaissaient sur leurs voisins et certains murs étaient déformés par le temps. Une partie des portes butaient les unes contre les autres en s'ouvrant, se battant pour l'emporter à l'entrée des boutiques. Des ruelles pas plus larges que les épaules d'Akos menaient à d'autres boutiques encore, enfouies derrière la première rangée.

Il y avait très peu d'enseignes. Il fallait passer la tête à l'intérieur des commerces pour savoir ce qu'on y vendait. Sans compter qu'une bonne partie des objets lui étaient inconnus. Mais il eut l'impression générale que les Ograns avaient un goût pour les choses petites et complexes.

Il se sentait un peu nerveux, comme s'il risquait de se faire arrêter et punir pour errer ainsi librement. *Tu n'es plus un captif*, se rappelait-il sans cesse. *Tu peux aller partout où tu veux*. Mais il avait du mal à le croire.

Soudain, il surprit dans l'air une odeur qui lui rappela

tellement celle de la fleur-de-jalousie qu'il ne put se retenir : il s'engouffra dans la ruelle d'où elle provenait, en marchant de biais pour ne pas érafler sa chemise au niveau des épaules sur la pierre humide. De la vapeur s'échappait d'une fenêtre devant lui. En regardant à travers les barreaux, il vit une vieille femme penchée sur sa cuisinière, en train de mélanger le contenu d'une casserole en fonte. Tout autour d'elle étaient suspendus des bouquets de plantes noués par de la ficelle, et des bocaux portant des étiquettes en caractères shotet s'entassaient partout où il y avait la place pour une étagère. Le petit espace surchargé contenait encore des couteaux, des bols mesureurs, des cuillères, des gants et des récipients remplis à ras bord.

La femme se retourna brusquement. Akos voulut se dérober à sa vue mais ne fut pas assez rapide. Leurs regards se croisèrent. Elle avait des yeux bleus, comme ceux de Teka, un nez busqué et la peau presque aussi pâle que celle d'Akos. Elle le héla en sifflant.

– Eh bien, entre, au point où tu en es. Tu n'auras qu'à m'aider.

Il courba la tête pour franchir la porte. Il se sentit surdimensionné dans la petite échoppe – si c'en était une – et même vis-à-vis de la femme. Elle était menue et ne lui arrivait qu'à la poitrine. Mais ses bras étaient encore étonnamment musclés vu son âge. Akos songea qu'il n'y avait pas de place pour les faibles sur cette planète. Si Cyra avait été là, il lui aurait bien demandé ce qu'il advenait des plus fragiles, mais il n'était pas sûr de vouloir connaître la réponse.

Il lui prit la cuillère des mains.

– Dans le sens des aiguilles d'une montre, lui précisa-t-elle. En raclant le fond. Et pas trop vite.

Il fit de son mieux. Il n'aimait pas le bruit que faisait la cuillère en métal sur le fond de la casserole. Mais comme il n'y avait pas une seule cuillère en bois en vue, il ne pouvait rien y changer. Les arbres d'ici essayaient sans doute de tuer tous ceux qui tentaient de les abattre.

– Comment t'appelles-tu ? lui demanda-t-elle rudement.

Elle s'était campée devant un plan de travail pas plus large que son bassin et hachait des feuilles qu'Akos ne connaissait pas. Mais pile sous son nez pendait un bouquet de feuilles de sendes. Où diable les avait-elle dénichées ? Elles ne poussaient sûrement pas sur Ogra.

– Je m'appelle Akos. Comment vous êtes-vous procuré des feuilles de sendes ?

– Elles sont importées. Qu'est-ce que tu crois ? Qu'il fait assez froid ici pour faire pousser des fleurs-des-glaces ?

– Je ne pense pas que la chaleur soit le plus gros obstacle, répliqua-t-il. L'absence de soleil, ça, c'est un vrai problème.

Elle grommela ce qui ressemblait à un assentiment.

– Comme les atterrissages sont risqués, les livraisons sont peu fréquentes, ajouta-t-elle. Mon nom ne t'intéresse pas ?

– Ce n'est pas cela, répondit-il. Je...

– Je m'appelle Zenka, le coupa-t-elle en riant. Inutile de t'en faire pour ça, je ne vais pas reprocher à quelqu'un de montrer davantage d'intérêt pour les plantes que pour moi. Ce serait parfaitement hypocrite. Moins vite, ou tu vas les massacrer, les pauvres, à ce rythme-là.

Akos baissa les yeux. Il avait accéléré sans s'en apercevoir.

– Vous arrive-t-il de recevoir des fleurs-de-silence ? demanda-t-il.

– Bah, je ne sais pas m'en servir, et ce n'est pas le genre de plante qu'on manipule à la légère.

– Oui, je sais ! dit-il en riant. Là d'où je viens, on les entoure d'un grillage pour éviter que les gens s'en approchent.

– Là d'où tu viens ? Où est-ce ?

Il se rendit compte trop tard qu'il ne tenait pas à se répandre sur sa nationalité thuvhésit devant une inconnue. Mais cela faisait bien longtemps qu'il n'avait pas rencontré quelqu'un qui ne savait pas à l'avance qui il était.

– Hessa, répondit-il, ne voyant pas comment contourner la question. Enfin, ce n'est plus chez moi, aujourd'hui.

– Si ça l'a jamais été, observa la femme. Après tout, Akos est un nom shotet.

– Il paraît, oui.

– Ainsi, tu t'y connais en fleurs-des-glaces.

– Mon père les cultivait. Et ma mère m'a aussi appris quelques rudiments. Mais je ne sais absolument pas ce qui pousse sur Ogra.

– La végétation ograne est féroce, répondit-elle avec un sourire un peu amusé. Elle se nourrit d'autres plantes, ou de chair, ou du flux, voire des trois à la fois. Si tu ne te méfies pas, elle peut t'arracher un bras ou te vider de l'intérieur. Faire la cueillette ici s'apparente à la chasse, avec en prime l'avantage de s'empoisonner presque à tous les coups dès qu'on s'aventure dans la forêt. Mais les plantes d'ici peuvent être utiles, pour peu qu'on arrive à les ramasser. Elles s'utilisent rarement crues. La cuisson atténue leur puissance.

– Qu'est-ce que vous préparez avec ?

– Ces derniers temps, je travaille à la mise au point d'un médicament qui neutraliserait le flux, pour ceux dont le don-flux est trop violent ici. Beaucoup de Shotet trouvent cela invivable. Je ne refuserais pas un peu d'aide, si ça t'amuse d'éplucher, de hacher et de râper.

Il sourit à son tour.

– Ça demande réflexion, mais je ne sais pas trop ce que je pourrais faire d'autre. Enfin, tant que je serai ici.

– Parce que tu ne comptes pas rester longtemps ?

Elle parlait de la durée de son séjour sur Ogra, mais il le comprit tout d'abord autrement. Combien de temps avait-il à vivre avant d'affronter son destin ? Un jour ? Une saison ? Dix ? Il avait la sensation d'être une créature des profondeurs marines qu'on remontait à la surface au bout d'un hameçon. Il ne pouvait que suivre le mouvement. La mort l'attendait à la surface, et il ne pouvait rien y faire.

– Mes projets n'ont plus beaucoup d'importance, répondit-il.

En entrant dans le réfectoire, les doigts encore tachés de vert après avoir ouvert des tiges de plantes ogranes pour Zenka, Akos trouva l'endroit à la fois trop calme et trop affairé. Tout le monde s'agitait sans but précis. Il cherchait Cyra des yeux quand Jorek vint à sa rencontre.

Ses bras maigres étaient nus sous sa chemise sans manches – qu'il avait dû arracher lui-même, à en juger par ses bords effilochés. Peut-être même avec les dents.

– Te voilà ! s'exclama-t-il. Où étais-tu passé ? Tout le monde est tombé sur la tête.

Akos se sentit si épuisé tout à coup qu'il aurait pu s'effondrer là, sur le sol du réfectoire, sur ce croûton de pain qui traînait par terre.

– Qu'est-ce qui se passe ?

– Le satellite ogran vient d'apporter un lot de nouvelles. Elles vont être diffusées sur les écrans d'un moment à l'autre. Apparemment, ça chauffe ! On ne sait pas grand-chose, mais ils sont allés chercher Cyra, et je ne pense pas que ce soit juste parce qu'Isae Benesit a décrété qu'elle nous gouvernait tous.

Akos repéra Cyra à l'autre bout de la salle, grâce à l'éclat de sa peau-d'argent. Elle était penchée vers Aza, l'une des chefs des exilés. Elle avait un air renfrogné, mais il savait que chez elle cela ne dénotait pas nécessairement de la colère. Sous l'effet de la colère, Cyra se transformait en statue. Sous l'effet de la terreur, elle riait. Et lorsqu'elle avait l'air renfrogné… ce n'était pas très clair pour lui.

Il se dirigeait vers elle quand les écrans – il y en avait quatre dans la salle, suspendus en grappe au centre du plafond tel un lustre – s'allumèrent. Cela commença par le fil d'informations habituel, puis le visage d'un homme apparut, un visage sillonné de rides, au teint pâle et à l'air grave. Il était maigre, de carrure étroite, mais ne donnait pas pour autant une impression de fragilité. Plutôt le contraire. Il semblait exploiter chaque fibre de lui-même pour la muer en force et en énergie, sans en laisser perdre une miette. Mais le plus surprenant, c'étaient les taches de rousseur qui saupoudraient son nez, caractéristique trop juvénile pour appartenir à un visage aussi âgé et aussi sévère.

Dans le réfectoire, tout le monde se tut.

« Je suis Lazmet Noavek, déclara l'homme. Souverain légitime de Shotet. »

# :14
# CYRA

Le visage de mon père est une étincelle.

Et tous mes souvenirs s'embrasent.

Les milliers de moments où ses yeux ont inspecté une pièce en passant sur moi sans s'arrêter.

Et son bras noueux, contracté, avec toutes ses rangées de malemarques. Et la veine qui palpitait en travers de son front lorsqu'on le contrariait. Voilà les images que j'ai gardées de lui, enfermées dans ma tête. Mais celles-là n'étaient pas les plus terribles.

Je ne l'ai jamais vu dans ses pires moments parce que je n'étais jamais conviée dans son bureau – une chance, je le sais maintenant, même si je le vivais alors comme une exclusion. Ryzek l'était. Tout jeune, il assistait déjà à des exécutions, à des interrogatoires et à des entraînements brutaux où les soldats étaient traités comme des marchandises. Plus tard, il dut participer, apprendre l'art d'infliger la douleur comme d'autres apprennent la musique ou les langues étrangères, et se bâtir une réputation aussi terrifiante que celle de mon père.

De sorte que les plus horribles souvenirs que j'ai de lui sont en réalité des images de Ryzek, ou de ma mère, lorsqu'ils étaient enfin libérés de sa présence. Les mains de ma mère, un peu tremblantes, qui retirent son collier, ou déboutonnent sa tunique.

Ryzek plaquant ses deux mains sur sa bouche pour étouffer le bruit des sanglots – même si moi, bien sûr, je n'étais pas dupe – ou hurlant sans raison sur Vas, à s'en briser la voix.

Et voilà que Lazmet Noavek en personne me dévisageait depuis l'écran suspendu au-dessus de ma tête. Je me forçai à me redresser. Il fixait une rétine, bien sûr, et non moi, mais j'eus l'impression qu'il me regardait dans les yeux pour la toute première fois, et je ne voulus pas faiblir sous le poids de ce regard. Il représentait ce qu'il y avait de pire chez Ryzek, mais je n'en continuais pas moins à rechercher son approbation. L'approbation de mon père.

*Qui n'est peut-être pas ton père,* dit une petite voix dans ma tête.

« Je suis Lazmet Noavek, souverain légitime de Shotet. »

Il semblait plus maigre que la dernière fois que je l'avais vu, et plus ridé, mais à part cela il n'avait pas changé. Il avait pris l'habitude de se raser la tête lorsqu'il avait commencé à perdre ses cheveux, et son crâne était lisse à part les os qui saillaient à angle aigu sur les côtés. Ses muscles déliés et la cuirasse qu'il portait même à cet instant ne parvenaient pas entièrement à cacher l'étroitesse de ses épaules. Il était hâlé, buriné par le grand air – il n'avait pas la peau mate comme moi, on voyait qu'il avait eu le teint pâle avant d'être brûlé par le soleil saison après saison –, et ses joues étaient mangées par une barbe de trois jours.

Seuls Ryzek et Vas étaient présents au moment de sa mort présumée, au cours d'un séjour. Ils se trouvaient en mission secrète, avec l'objectif de trouver et de capturer un oracle. Dès que mon père avait appris le destin de mon frère – *Le premier enfant de la famille Noavek sera renversé par la famille Benesit* –, ils s'étaient lancés tous les deux à la recherche d'une échappatoire. Chaque séjour leur donnait une nouvelle occasion de traquer un oracle. Mais cette fois-là, ils avaient été attaqués par un groupe armé régional et Lazmet avait été abattu, tandis que Ryzek et Vas étaient forcés de fuir. Son corps n'avait pas été retrouvé, mais nous n'avions aucune raison de soupçonner Ryzek de mentir. Jusqu'à aujourd'hui.

Maintenant, je me demandais si cette attaque avait même eu lieu. Où Lazmet avait-il pu passer toutes ces saisons ? Il ne s'était sûrement pas caché. Il n'aurait jamais renoncé au pouvoir de son plein gré. Il avait plutôt dû être emprisonné quelque part. Mais pourquoi revenait-il maintenant ?

Lazmet s'éclaircit la gorge, produisant comme un bruit d'éboulis sur le flanc d'une falaise.

« Quoi que vous ayez pu entendre de la bouche de la fillette qui a assassiné mon épouse et mon fils, il convient de l'ignorer. Nos lois de succession ne la désignent pas comme chef de Shotet. »

Tous les yeux se posèrent sur moi avant de se détourner en papillonnant. Je revis ma main zébrée d'ombres se crisper sur le bras de ma mère pour la repousser, et je frémis. Si je n'avais pas tué Ryzek, je ne pouvais pas me prétendre innocente de la mort de ma mère.

Plus jamais je ne pourrais me prétendre innocente.

« Je parle au nom du peuple Shotet, reprit Lazmet, un peuple qui, depuis des centaines de saisons, est méprisé, insulté et dénigré par les planètes-nations de l'Assemblée. Un peuple qui a su se fortifier en dépit de ces constantes rebuffades. Nous avons rempli un à un tous les critères d'intégration au sein de l'Assemblée. Nous avons élu domicile sur une planète, mais on a continué à nous ignorer. Nous avons constitué une armée puissante, mais on a continué à nous ignorer. Nous avons pu compter dans nos rangs une famille élue du destin, dont l'existence a été annoncée par tous les oracles du système solaire, mais on a *encore continué à nous ignorer*. Désormais, nous ne nous laisserons plus ignorer. »

Malgré la peur qu'il m'inspirait, je sentis quelque chose s'éveiller en moi. De la fierté à l'égard de mon peuple, de ma culture, de ma langue, et, oui, de ma nation, en laquelle je n'avais jamais cessé de croire, même si je n'approuvais pas les méthodes employées par ma famille pour établir sa légitimité. Alors même que je craignais les implications de ces paroles, elles me dynamisaient, et lorsque je regardai autour de moi, je constatai que tous éprouvaient la même chose. Ces gens étaient des exilés, des ennemis des Noavek, mais ils n'en restaient pas moins des Shotet.

« Nous rejetons les conditions de la chancelière Benesit, poursuivit Lazmet. Il ne peut exister de paix entre nous sans respect. En conséquence, la conduite la plus efficace est de lutter contre la "paix" qu'elle propose. Ce message est une déclaration de guerre contre la nation de Thuvhé, gouvernée par la chancelière Isae Benesit. Nous nous reverrons à l'occasion de ces combats, mademoiselle Benesit. Fin de la transmission. »

Puis tous les écrans basculèrent sur d'autres images qui montraient les sommets de Trella, si hauts que les volutes du brouillard s'y confondaient avec les nuages.

Tout autour de moi, un silence de plomb était tombé sur le réfectoire.

Nous étions en guerre.

– Cyra.

La voix d'Akos était réconfortante, avec son espèce de roulis familier. Quelles étaient les premières paroles qu'il m'avait dites ? Ah oui. Il m'expliquait son don : « J'interromps le flux. Dans toutes ses manifestations. »

Si l'on considérait ma vie comme une manifestation du flux – ce qu'elle était par certains côtés, un courant d'énergie qui traversait l'espace, rapide et éphémère –, on pouvait dire qu'il l'avait interrompu. Et je m'en portais bien mieux. Mais la question qui rôdait dans un coin de ma tête depuis notre premier baiser, qui consistait à savoir si c'était son destin qui liait Akos à moi, était de plus en plus pressante.

– C'était mon père, dis-je, avec un bruit de gorge entre l'éclat de rire et le hoquet.

– Un homme charmant, fit Akos. Peut-être un peu trop diplomate, non ?

Sa blague me permit de reprendre pied dans le présent. Après le grand silence qui avait précédé, la salle s'était mise à bouillonner de discussions. Teka s'était lancée dans un débat virulent avec Ettrek, pointant l'index sur le visage de son interlocuteur avec passion et manquant régulièrement de lui piquer le nez. Une main plaquée sur la bouche, Aza se tenait au milieu d'un petit groupe de personnes à l'air grave.

– Il va se passer quoi, maintenant ? me demanda Akos.

– Si je le savais ! dis-je en secouant la tête. Mais je ne sais même pas si toi et moi, on compte parmi les exilés. Ni si Lazmet considère les exilés comme des Shotet.

– Peut-être qu'on forme une catégorie à part, toi et moi.

Il avait dit cela avec une lueur d'espoir dans les yeux. Si je n'étais pas une exilée, si je n'étais même pas une Shotet, le fait de rester à mes côtés cessait de faire de lui un traître. La famille Noavek était tellement synonyme de shotet pour lui que cette brusque remise en cause de tout ce qui me définissait avait de quoi le séduire. Or, non seulement on ne pouvait pas me réduire ainsi, mais cela ne me convenait pas.

– Je reste une Shotet, affirmai-je.

Il parut d'abord surpris, au point de reculer. Mais sa réplique fut rapide, et ferme :

– Alors pourquoi doutes-tu de moi quand je te dis que je reste un Thuvhésit ?

Ce n'était pas comparable. Mais comment pouvais-je le lui expliquer ?

– Ce n'est pas le moment d'avoir cette discussion !

– C'est précisément le moment de l'avoir, insista-t-il en me touchant le bras avec, comme toujours, la légèreté d'une plume.

Comment peut-on envisager la direction que nous devons prendre, ce que nous devons faire, sans parler d'abord de qui nous sommes ?

Il n'avait pas tort. Akos avait l'art de mettre le doigt sur le cœur des choses. Sur ce plan, il était plus affûté que moi, même si j'étais celle qui avait la langue la plus acérée. Ses yeux gris au regard doux se plongèrent dans les miens, comme s'il n'avait pas remarqué qu'il y avait plus d'une centaine de personnes autour de nous.

Malheureusement, je n'avais pas sa capacité d'abstraction. J'étais incapable de penser au milieu de ce brouhaha. Je lui désignai la porte d'un signe du menton, et il me suivit après avoir hoché la tête. En sortant du réfectoire, nous débouchâmes dans une petite rue pavée, où régnait le silence. Par-dessus l'épaule d'Akos, je vis le village, sur lequel dansaient des petits points de lumière de toutes les couleurs. L'endroit paraissait presque douillet, pas du tout tel que j'avais imaginé Ogra.

– Tu demandes qui nous sommes, repris-je en levant les yeux vers lui. Je pense qu'il faut aller encore plus loin et se demander : sommes-nous un « nous » ?

– Comment cela ? demanda-t-il en s'enfiévrant tout à coup.

– Je veux dire, est-ce qu'on est ensemble ? Ou est-ce que je suis redevenue une espèce de… gardienne, si ce n'est que seul le destin te retient prisonnier désormais, et plus mon frère ?

– Ne fais pas semblant de croire que les choses sont simples. Ce n'est pas juste.

– Juste ? répétai-je en riant. Dans la vie que tu as vécue jusqu'ici, qu'est-ce qui a bien pu te faire croire que les choses pouvaient être « justes » ?

J'écartai les pieds pour m'ancrer davantage dans le sol, comme je l'aurais fait pour un entraînement au combat.

– Vas-y ! Dis-moi simplement si je corresponds à un choix ou pas. Je t'écoute.

*Allez, crache le morceau, Akos.*

Je connaissais déjà la réponse et j'étais prête à l'entendre. Je le voulais, même, parce que je me préparais à ce rejet depuis notre premier baiser. C'était la conséquence inévitable de ce que j'étais : un monstre, voué à détruire tous ceux qui croisaient mon chemin, en particulier s'ils étaient aussi gentils que lui.

– Je suis un Thuvhésit, Cyra, me dit-il lentement. Je ne me dresserais jamais contre mon pays et mon peuple si j'avais le sentiment d'avoir le choix.

Je fermai les yeux. Cela faisait mal, bien plus que je ne l'aurais cru.

– Mais ma mère disait toujours : « Soumets-toi à ton destin, car tout le reste n'est qu'illusion. » Il ne sert à rien de se battre contre la fatalité.

Je me forçai à rouvrir les yeux.

– Je ne veux pas être quelque chose à quoi tu te soumettes.

– Ce n'est pas ce que j'ai voulu dire.

Il tendit la main vers moi et je reculai. Pour une fois, je ne maudis pas la douleur qui s'enroulait autour de mes membres. Sans être un cadeau, ce qu'elle ne serait jamais, elle formait pour moi à cet instant une deuxième couche d'armure.

La tension qui s'empara soudain de tous ses muscles me rappela la façon dont il se raidissait dès qu'il apercevait Vas. C'était l'attitude qu'il prenait lorsqu'il essayait de se protéger de la douleur.

– Tu es la seule chose qui rende ma vie supportable, reprit-il. Mon seul point lumineux. Tu es… Avant de te connaître, je songeais à…

Je haussai les sourcils.

Il inspira une bouffée d'air et ses yeux gris parurent se voiler.

– Avant de te connaître, je ne comptais pas continuer à vivre après avoir sauvé mon frère. Je ne voulais pas servir la famille Noavek. Je ne voulais pas lui donner ma vie. Mais si c'est toi qu'il s'agit de servir… je me dis que, quel que soit le sens où on va, ça peut valoir le coup.

Adressé à n'importe qui d'autre, ce discours aurait pu paraître gentil. Ou en tout cas réaliste. On ne pouvait éviter son destin, toute la question était là. Le destin était le point de convergence de tous les chemins de vie possibles, et quand les oracles disaient « tous », cela signifiait « tous » sans exception. Alors, était-ce si grave de représenter quelque chose de positif dans le destin d'Akos qu'il redoutait tant ?

Pour n'importe qui d'autre, peut-être pas.

Mais je n'étais pas n'importe qui d'autre.

– Ce que tu es en train de me dire, c'est que, quitte à se faire couper la tête, c'est toujours mieux s'il y a un coussin sur le billot.

– C'est… (Il lâcha un grognement exaspéré.) C'est la pire manière d'interpréter ce que j'ai dit.

– Ah oui ? Eh bien, c'est la mienne ! rétorquai-je. Pardon si je n'ai pas envie d'être le lot de consolation auquel on a droit quand on a tout perdu. Je ne veux pas être une fatalité, même positive. Je veux être choisie. Qu'on me veuille.

– Tu crois que je ne te veux pas ? Je n'ai pas été assez clair là-dessus ? Je t'ai préférée à ma famille, Cyra, et cela n'avait rien à voir avec le destin !

Il était en colère, maintenant, au point qu'il postillonnait. Parfait. Je voulais la bagarre. Me battre, c'était dans mes cordes. Je m'étais entraînée à le faire dès que les choses se compliquaient. C'était ce qui me protégeait. Ce n'était pas une stratégie de fuite, parce que je n'avais jamais eu la possibilité de fuir ce qui me faisait du mal. Non, je ne me protégeais pas en me racontant que je n'allais pas prendre de coups, mais grâce à l'idée que je pourrais me relever autant de fois qu'il le faudrait.

– Comment peux-tu en être sûr ? répliquai-je. Dire oui quand on n'a pas le sentiment d'avoir le choix, ce n'est pas dire oui.

– Le problème ne vient pas de moi, mais de ta propre insécurité, me balança-t-il violement, à trois izits de mon visage. Comme tu considères que personne ne peut vouloir de toi, tu décrètes que je ne peux pas réellement te vouloir. Tu t'interdis quelque chose de positif parce que tu estimes que tu ne le mérites pas.

– Mais c'est justement parce que personne ne m'a jamais voulue que je ressens cela ! hurlai-je presque.

Ma montée en volume fit s'arrêter les passants, mais tant pis. C'était comme si Akos me frappait à répétition, chaque fois qu'il refusait de dire ce que je voulais qu'il dise : qu'il m'avait choisie, que c'était ce qu'il voulait, qu'il le savait, et que le destin n'avait rien à y voir.

Tout ce que je demandais, c'était qu'il me mente et que je puisse le croire. Mais je n'avais pas besoin d'être une oracle pour voir que, de tous les futurs possibles, il n'y en avait pas un seul qui permette une telle issue. Jamais je ne pourrais croire un mensonge. Et jamais Akos ne me mentirait.

– Je t'aime, dis-je. Mais, pour une fois dans ma vie, je veux que quelqu'un me désire. Et ce n'est pas ton cas. Tu ne le peux pas.

Je sentis l'atmosphère changer et nous nous écartâmes l'un de l'autre. Soudain, Akos parut perdu, comme s'il s'était trouvé jusque-là avec les bras chargés et que quelqu'un venait de partir en embarquant tout ce qu'il portait. J'éprouvais la même chose : la sensation d'avoir les mains vides.

– Je ne peux pas changer la réalité, déclara-t-il. Et tu ne peux pas me le reprocher.

– Je sais.

Il avait raison, et c'est pourquoi il ne rimait à rien de poursuivre cette discussion. J'avais lancé le débat en exigeant la sincérité, mais ce n'était pas lui qui devait faire preuve d'honnêteté. C'était moi.

Son destin était une réalité. Tant qu'il y serait soumis, il ne pourrait pas s'attacher à moi comme j'avais besoin qu'il le fasse. Et j'en avais besoin parce qu'il m'avait poussée à m'accorder à moi-même davantage de valeur. Et maintenant, nous étions pris tous les deux dans une toile, dans laquelle s'emmêlaient tout ensemble cause et effet, choix et destin.

– Alors tu vas rester ici parce que ton destin est de vivre à mes côtés, dis-je d'une voix sourde. Et moi, je vais rester ici pour aider les autres à décider comment s'y prendre avec mon père. Et toi et moi...

– ... on sera ce qu'on sera, compléta-t-il, d'une voix presque inaudible.

Mes yeux me piquaient.

– Bien. Il faut que je leur parle de Lazmet. Tu peux aller voir comment va Teka ?

Il hocha la tête. Je hochai la tête. Nous rentrâmes ensemble dans le réfectoire, où tout le monde était encore rassemblé autour des écrans, qui montraient maintenant les ondes de chaleur flottant sur les sables de Tepes.

▴
▴

# :15
# CYRA

LE DÉFAUT D'OGRA, décidai-je, était qu'il y faisait *noir*.

D'accord, c'était évident.

Mais ce n'était pas la même obscurité que sur les autres planètes, où il suffisait d'allumer la lumière pour tout voir dans une pièce. Ici, on avait beau fixer autant de lumières qu'on voulait sur ses vêtements ou sur un mur, l'obscurité s'infiltrait partout, dévorait tout.

Ainsi, même si toutes les personnes présentes dans l'abri anti-tempête – parmi lesquelles, d'après Jorek, se trouvaient les plus fiables et les plus capables des exilés – portaient quelque chose de luisant, et même si des lanternes pendaient du plafond au bout de longues chaînes, telles des plantes grimpantes, j'avais l'impression d'être environnée d'ombres.

Si j'avais été invitée à cette réunion, c'était grâce à Jorek. Bien que j'eusse plus ou moins endossé le rôle de chef quand le besoin s'était présenté, je n'avais pas vraiment gagné ma place parmi les exilés. Mais j'en connaissais plus sur les Noavek que tous les gens réunis dans cette pièce, ce qui me valait de me tenir à côté de Jorek, trop perturbée par ma discussion avec Akos pour être attentive à leurs chamailleries.

Je lui avais avoué que je l'aimais. Que je *l'aimais*. Qu'est-ce qui m'était passé par la tête ?

Jorek me donna un coup de coude. Il avait adopté avec enthousiasme les ornements voyants de la mode ograne, et les contours de sa veste étaient soulignés par des bandes de tissu de couleur éclatante de quatre izits de large. L'image résiduelle de ces bandes vert vif persista un moment après que je l'eus quitté des yeux pour me tourner vers Sifa et Eijeh Kereseth.

C'étaient des oracles, après tout. Un groupe de Shotet fidèle aux principes des destins ne pouvait que se montrer avide des moindres bribes de sagesse que des oracles pouvaient avoir à lui offrir.

– Pardon, dis-je après m'être éclairci la voix. Vous disiez ?

Aza me dévisagea d'un air de reproche. Quoi que j'aie manqué, ça devait être important.

– Je vous demandais si vous pouviez nous éclairer sur les risques que votre père s'en prenne à nous ici, sur Ogra.

C'était mon expertise concernant mon père qui m'avait permis d'être présente à cette réunion, et le moment était venu d'en faire la preuve. Je secouai la tête.

– Il ne commettrait pas l'erreur de se battre simultanément sur deux fronts, en particulier contre deux cibles aussi éloignées géographiquement l'une de l'autre. Je suis à peu près certaine qu'il ne vous estime pas dignes de son attention et qu'il choisira de se concentrer sur Thuvhé.

Je fis une grimace, moitié à cause de la douleur et moitié à cause de la maladresse de ma formulation. « Inutile de te précipiter pour te faire des ennemis », m'avait murmuré Akos à notre arrivée. Cela remontait à quelques jours à peine, et tout avait tellement changé depuis.

– C'est charmant, dit sèchement Aza. Merci de nous avoir exposé votre point de vue, mademoiselle Noavek.

– Il faut qu'on le tue.

Ces mots, sortis de ma bouche sans crier gare, résonnèrent comme un cri faible et désespéré. Tous se tournèrent vers moi, et je me réjouis que mes ombres-flux et la pénombre ograne soient là pour masquer que je rougissais.

– Il le faut, confirmai-je après réflexion. Lazmet constitue un danger plus grand pour les Shotet que ne le sera jamais la chancelière de Thuvhé.

– Pardonnez ma question, dit d'une voix un peu ironique un homme au visage sombre orné d'une barbiche qui se tenait non loin d'Aza. Êtes-vous en train de nous dire que nous devrions nous concentrer sur un seul homme plutôt que sur la déclaration de guerre de la chancelière ?

– Un seul homme ? lançai-je en sentant rapidement monter la colère. La chancelière de Thuvhé poursuit-elle des familles génération après génération pour les punir de la déloyauté d'un de leurs membres ? La chancelière de Thuvhé collectionne-t-elle des globes oculaires dans des bocaux ? Non. Thuvhé peut attendre. Le sort de Lazmet doit être réglé tout de suite.

– Comment osez-vous parler des horreurs commises par votre père sur un ton aussi cavalier ? me jeta l'homme en s'avançant à grands pas vers moi. Comment osez-vous même vous présenter ici…

Je m'avançai vers lui à mon tour, dans l'espace que les autres venaient de libérer en reculant. J'étais prête, prête à crier, prête à me battre. Je venais de voir mon père revenir d'entre les morts et je ne savais pas quoi faire des sentiments qui m'agitaient, hormis coller mon poing dans la figure de ce bonhomme à la barbiche impeccable.

– Ceci ne nous mène nulle part, dit une voix claire et posée sur ma droite.

C'était celle de notre oracle, bien sûr. Sifa s'interposa entre mon adversaire et moi, les mains glissées dans ses manches.

– Comportez-vous en adulte, je vous prie, dit-elle à l'homme. Et vous également, mademoiselle Noavek.

Je faillis riposter – je détestais qu'on me prenne de haut – mais je me contins en me rendant compte que cela ne ferait que me décrédibiliser.

– Pouvez-vous nous guider, oracle ? lui demanda Aza.

– Je n'en suis pas encore sûre. Les choses changent très vite.

– Vous pouvez peut-être nous dire simplement si nous devons concentrer notre énergie sur Lazmet Noavek ou sur Thuvhé.

Sifa glissa un coup d'œil dans ma direction.

– Thuvhé est la menace la plus grave.

– Et nous devons vous croire sur parole ? dis-je. Sans connaître vos desseins ?

– Adressez-vous à l'oracle avec respect, me réprimanda Aza.

– Sa mission consiste à œuvrer au meilleur avenir possible pour notre planète, rappelai-je. Mais pour qui ? Pour Thuvhé ou pour Shotet ? Et si c'est pour Shotet, cet avenir est-il le plus souhaitable pour les exilés ? Ou pour les partisans des Noavek ?

– Êtes-vous en train de laisser entendre que j'aurais privilégié Thuvhé jusqu'à présent ? s'indigna Sifa. Croyez-moi, mademoiselle Noavek, j'aurais pu cacher les destins des membres de votre famille et demander aux oracles d'en faire autant, si j'avais pensé que cela promettait un meilleur avenir à notre planète. Je n'en ai rien fait. Au contraire, j'ai laissé la vôtre exploiter son statut de famille élue du destin pour justifier sa prise de pouvoir. Si les Noavek ont pu accéder au trône, c'est parce que je ne suis pas intervenue, parce qu'il devait en être ainsi. Alors ne venez pas m'accuser de favoritisme !

Bon. Elle marquait un point.

– Néanmoins, si vous choisissez tous d'ignorer mon père, vous le regretterez, je peux vous l'assurer.

– Serait-ce une menace, mademoiselle Noavek ? me demanda l'homme à la barbiche.

Décidément, je n'arrivais pas à me faire comprendre.

– Non, c'est une fatalité ! Vous m'avez demandé de venir aujourd'hui pour vous parler de ma famille. C'est ce que j'ai fait.

Thuvhé prendra peut-être des vies à Shotet, mais Lazmet lui prendra son âme.

Je pouvais presque les sentir lever les yeux au ciel intérieurement. J'aurais sans doute dû m'exprimer plus sobrement, mais au moins j'étais sincère. Il n'est pas évident d'expliquer à des gens qui craignent pour leur vie que la mort n'est pas ce qui peut leur arriver de pire. Le pire était Lazmet Noavek.

# 16:
# AKOS

– TU DORS ENCORE ? demanda Jorek.

Curieusement, son visage se trouvait juste au niveau de celui d'Akos, alors que le lit de ce dernier – pour ne pas dire son trou dans le mur – se trouvait très en hauteur. Jorek se tenait sans doute debout sur une couchette inférieure.

Non, Akos ne dormait pas. Il avait été réveillé un bon moment auparavant par la clameur générale de tous ceux qui se levaient pour se rendre au réfectoire. Simplement, lui ne s'était pas levé. Parce que ça voulait dire s'asperger d'eau la figure et la nuque, dompter ses cheveux d'un coup de peigne, se changer, manger, toutes choses… qui ne le tentaient pas pour l'instant.

– Et alors ? répliqua-t-il à Jorek. Est-ce que par hasard je manque à un devoir vital qu'on aurait oublié de me signaler ?

– Je ne pense pas, admit son ami après réflexion. Mais Cyra a passé la matinée à s'accrocher avec les exilés, et je m'attendais à te trouver avec elle, vu que vous êtes quasiment mariés.

Cette remarque réveilla le sentiment de culpabilité d'Akos. On pouvait dire que le seul devoir qui lui restait consistait à apaiser la douleur de Cyra. Or il se montrait assez inefficace sur ce point ces derniers temps, alors même que les effets du don-flux de Cyra étaient plus forts ici.

– Comment veux-tu que je me lève si tu me bloques le passage ? grommela-t-il.

Jorek lui répondit par un sourire éclatant et sauta de son perchoir. Akos bascula les jambes dans le vide et se laissa tomber lourdement à pieds joints.

– Ils ne veulent toujours pas s'en prendre à Lazmet ? demanda-t-il.

– *Nous* continuons à penser que Thuvhé représente une menace plus sérieuse, sur laquelle on ferait mieux de concentrer toute notre énergie. Sans compter qu'on ne sait pas du tout comment franchir le rempart de soldats dont Lazmet s'est certainement entouré. Ni même où il se trouve.

– Eh bien il suffit de chercher un rempart de soldats, répliqua Akos. Ça ne doit pas courir les rues.

Jorek le dévisagea avec une grimace.

– Tu n'as pas l'air en forme ce matin, Kereseth.

Akos fourra ses pieds dans ses chaussures en grognant. *Débarbouillage, coup de peigne, petit déjeuner,* récapitula-t-il. Puis il se dirigea vers les lavabos qui trônaient au milieu de la pièce et se colla la tête sous un robinet. Prenant appui des deux mains sur le rebord, il fixa son reflet dans le miroir avec un soupir. Effectivement, il avait une sale tête. Encore plus pâle que d'habitude, avec des cernes et, au coin de l'œil et de la mâchoire, des traces de contusions datant de son combat contre Vas. Ses taches de rousseur ressortaient partout sur son nez comme des marques de varicelle. Il passa les doigts dans ses cheveux deux ou trois fois pour les aplatir et effleura son bleu à la mâchoire.

Il revit le poing de Vas s'abattre sur lui.

Akos sentit son estomac se révulser comme s'il allait vomir.

– Ça va ? lui demanda Jorek.

– Oui, oui. Bon, je vais préparer un sédatif pour Cyra.

– OK.

Mais le front de Jorek restait plissé par l'inquiétude.

Akos frappa avant d'entrer dans la boutique de Zenka. Elle était penchée sur son plan de travail, plongeant dans la chair pulpeuse d'un fruit ogran ce qui ressemblait à un croisement entre une cuillère et un couteau. À chacun de ses coups, le fruit émettait une lumière clignotante, comme une lanterne défaillante.

– N'en fais pas trop non plus, disait-elle au fruit. Tu as eu une bonne et longue vie.

– On ne peut pas lui reprocher de s'y accrocher, observa Akos.

Elle se contenta de lui glisser un coup d'œil en haussant les sourcils, sans manifester de surprise.

– Il a déjà perdu, répliqua-t-elle. C'est un liek. Tant qu'il est accroché à sa branche, il chauffe dès qu'on le touche et brûle tous ceux qui essaient de le cueillir, même à travers des gants. S'il est là, c'est que celui qui l'a récolté a déjà payé le prix de sa victoire.

– Et nous devons tous accepter le destin qui est le nôtre ?

– Qu'est-ce que c'est que cette question ? On croirait entendre un mystique ogran.

Elle leva les yeux au ciel, indiquant assez clairement l'opinion qu'elle avait des mystiques ograns.

– Ou comme ma mère, renchérit-il. L'oracle. Peut-être que je deviens comme elle.

– Ah ça, c'est vrai, on finit tous par devenir comme nos parents, fit Zenka en poignardant de nouveau le fruit. Qu'est-ce que tu veux, Kereseth ?

– Une petite place pour préparer un sédatif. Et… la possibilité de me servir dans vos ingrédients.

– Tu ne veux pas la lune, en plus ?

– Ogra a une lune ?

– Oui, mais si petite qu'elle pourrait presque tenir dans un bocal.

Zenka posa le fruit et l'ustensile avec lequel elle extrayait sa chair.

– Je suis prêt à travailler pour mériter le privilège d'utiliser votre local. Au cas où ça ne serait pas clair.

– Très bien. Mais s'il s'avère que tu es un paresseux ou un incapable, je me réserve le droit de révoquer ce privilège à tout moment.

– Marché conclu.

Elle lui attribua la tâche de moudre les dents d'une plante carnivore particulièrement féroce.

– Réduites en poudre, ces dents favorisent la circulation sanguine, précisa-t-elle.

Akos eut quelques difficultés à s'acquitter de sa mission, mais de longues saisons de pratique lui avaient donné des doigts habiles.

Un peu plus tard, Zenka prit une poignée de graines pour lui montrer comment elles luisaient. Penché sur ses mains pour observer ce qu'elle lui montrait, Akos se sentit redevenir un enfant, mais la sensation fut si douloureuse qu'il dut s'interrompre pour reprendre son souffle.

Les seuls repères temporels dont on disposait sur Ogra étaient le déclin de la bioluminescence qui représentait l'unique source de lumière naturelle, ainsi que les orages qui survenaient chaque soir. Akos n'aurait pas su dire combien de temps il avait passé à écraser des dents avant que Zenka l'autorise à s'atteler à la préparation du sédatif. Puis elle se tint derrière son épaule pour le regarder peser ses ingrédients. Il avait apporté avec lui un peu de fleur-de-silence, mais ses réserves s'épuisaient. Zenka alla fouiller dans son cellier et revint avec un bocal.

– Je croyais que vous n'aviez pas de fleur-de-silence ? s'étonna Akos.

– J'ai juste dit que je ne savais pas m'en servir. Et puis, on ne s'amuse pas à crier sur les toits qu'on a un poison dangereux sur ses étagères.

– Ce n'est pas faux, admit-il en se remettant au travail.

▲
▲

# 17:

# AKOS

Bientôt, Akos prit l'habitude de se rendre à la boutique de Zenka tôt le matin, alors que les autres dormaient encore. Sauf Cyra, dont le lit était déjà vide, ses couvertures en boule comme si elle les avait repoussées pendant son sommeil. À supposer qu'elle ait dormi. Akos soupçonnait son don-flux de ne pas lui laisser beaucoup de répit. Il lui préparait des sédatifs, mais il les réussissait moins bien qu'à Voa. Il avait du mal à se concentrer.

En arrivant chez Zenka, il la trouvait toujours en plein travail. Elle n'était pas très bavarde et se bornait à lui dire quoi mélanger, trancher ou peler, avant de choisir un ingrédient ogran pour lui en expliquer l'usage. Un jour, c'était la chair d'un fruit qui ne poussait qu'au cours des mois les plus chauds. Malgré son aspect inoffensif, à peine avait-il détecté une présence chargée en flux – par exemple, celle d'un individu – qu'il lui poussait des piquants. Une autre fois, Zenka montra à Akos comment ôter les ailes d'un coléoptère mort sans faire gicler de poison.

Mais, le plus souvent, le travail d'Akos était d'intérêt purement pratique. Il passa deux matinées de suite à peindre des paniers tressés avec un produit destiné à préserver la fraîcheur de leur contenu, paniers qui étaient ensuite achetés par les cueilleurs ograns pour transporter leur déjeuner. Akos n'avait toujours pas compris comment les gens savaient qu'il était midi, sur cette planète où le soleil ne brillait jamais.

Il s'était attendu à souffrir de cette absence de soleil à un moment ou à un autre. Et en effet, il en prenait conscience de temps en temps, de même qu'il remarquait la température de l'air. Mais elle ne lui pesait pas davantage que la chaleur. C'était juste l'une de ces choses qui venaient lui chatouiller l'esprit et susciter de nouvelles questions.

Lorsqu'elle ne lui disait pas ce qu'il avait à faire, Zenka se taisait. Un jour, cependant, elle lui posa la question qu'il attendait depuis le début :

– Comment t'es-tu retrouvé au milieu des Shotet, si tu as grandi à Hessa ?

Akos manqua se taillader un doigt et força les traits de son visage à rester neutres.

– J'étais un ennemi de Ryzek Noavek. Un prisonnier.

Zenka eut un petit rire.

– Tu parles d'une réponse. On est tous des ennemis de la famille Noavek, ici. On a tous été enlevés, emprisonnés, mutilés, torturés. Une vraie colonie d'éclopés.

Ses dents grincèrent comme si elle contenait une envie de mordre.

– Cela te rapproche encore plus des Shotet, de t'être fait un ennemi d'un Noavek.

– Je n'arrive toujours pas à comprendre pourquoi tout le monde voudrait qu'il y ait quelque chose de spécial à être shotet. Je suis né à Thuvhé, donc je suis thuvhésit. Les choses ne peuvent-elles pas être aussi simples pour vous ?

Après un silence, il ajouta :

– Et si vous me servez l'éternel baratin sur la langue de la révélation, je massacre ces convultias.

– Shotet ou autre, les choses sont toujours plus compliquées que cela, dit Zenka avec une étrange douceur qu'il ne lui avait jamais entendue jusque-là. Pour toi, être thuvhésit se limite à être né d'un côté donné d'une frontière ?

– Non, mais…

– Nous, les Shotet, n'avons pas toujours eu une planète. Le ruban-flux était notre chez-nous, bien plus que n'importe quel bout de rocher. Notre vaisseau, aussi. Mais en tant que peuple, nous sommes peut-être plus attachés à notre identité que d'autres parce que nous avons toujours dû lutter pour ne pas disparaître. Si nous nous battons pour toi, pour ton appartenance à notre peuple, c'est parce que nous nous battons pour notre propre existence. Renoncer à la première reviendrait un peu à renoncer à la seconde.

Durant un instant, Akos eut l'impression de se trouver à l'intérieur des mots de Zenka. Isae lui avait dit quelque chose de semblable quelques semaines plus tôt. Elle avait plaqué sa main froide sur son visage en lui disant qu'il appartenait aux Thuvhésit, et non aux Shotet. Mais cette prise de position avait été ébranlée par la mort d'Ori. Il en allait tout autrement des Shotet, qui avaient fait de lui l'un des leurs sans le connaître, sans même avoir besoin de lui demander son avis. Il leur avait suffi de savoir qu'il avait du sang shotet dans les veines, ne serait-ce que quelques gouttes.

Il inspira vivement en réalisant qu'il avait bloqué sa respiration.

– Viens, lui dit Zenka. Je vais te montrer quelque chose.

Elle sortit de la boutique – sans la fermer, et en laissant tout sur le feu – pour entrer dans la maison voisine. Lorsque Akos eut franchi la porte, celle-ci se rabattit en lui frappant les fesses, ce qui le fit sursauter. Ils se trouvaient visiblement dans la demeure de Zenka, qui était une réplique de sa boutique, tout aussi encombrée, avec ses bocaux remplis d'ingrédients et ses bouquets d'herbes suspendus au plafond bas. Un lit défait occupait un angle, et contre le mur opposé se trouvait un bureau sur lequel était posé un épais livre ouvert.

Zenka prit le livre sans le fermer et le lui tendit. La page qu'Akos avait sous les yeux montrait le croquis d'une plante, des racines jusqu'à la fleur. À côté, dans la petite écriture serrée de Zenka, figuraient des mots en caractères shotet qu'il ne savait pas déchiffrer. Il n'avait pas eu le temps d'en apprendre plus de quelques-uns.

– Qu'est-ce que c'est ? demanda-t-il.

– C'est mon herbier. Je garde une trace de toutes les plantes que je trouve. J'ai commencé quand j'étais jeune. Parfois, on peut les faire sécher et les fixer sur la page, mais le plus souvent, je les dessine. Et comme je l'ai fait au cours de chaque séjour, il répertorie des plantes de toutes les planètes. Il y a même un saule doux – on en trouve en nombre très limité sur les sommets de Trella. Il n'a pas une grande utilité médicinale mais il sent bon. C'est bien d'en mettre dans les chaussures.

Akos sourit et tourna la page. Sur la suivante, il découvrit une plante ograne qu'il connaissait. Elle produisait un fruit qui ressemblait à un visage joufflu, et ses racines, bien plus grosses que la plante elle-même, s'enfonçaient loin dans la terre, en ligne droite.

– Ça, c'est un voma, précisa Zenka. Son jus est l'un des agents fortifiants les plus puissants qui existent, encore plus efficace que le harva ou le sendes de ton pays. Toi aussi, tu devrais tenir un journal comme celui-ci. Les deux planètes que tu connais sont considérées comme ayant les végétations les plus intéressantes de toute le système solaire. Tu devrais garder une trace de tes découvertes. Attends.

Elle lui reprit le livre, le posa et se mit à fouiller dans une pile d'ouvrages à côté du bureau. Ne trouvant pas ce qu'elle cherchait, elle s'accroupit près du lit et tira de sous le matelas d'autres ouvrages rangés dans une caisse. Elle en choisit un rouge, à peu près de la taille de la main d'Akos, et le lui offrit.

C'était un objet tout simple, et, pourtant, il frémit d'angoisse en promenant les doigts sur la couverture. Pendant longtemps, il n'avait même pas osé posséder quoi que ce soit, de crainte de le perdre. Mais dans ce livre… chaque page représentait un endroit où il pourrait aller, un chose qu'il pourrait voir. Cela aurait dû être excitant, toutes ces nouvelles possibilités, cette liberté totale. Mais c'était suffocant.

– Il est vierge. À toi de le remplir. Comme ça, tu auras autre chose à faire que te morfondre.

– Je ne me morfonds pas, protesta-t-il en fronçant les sourcils.

– Tu te morfonds tellement que tu ne t'en rends même plus compte, répliqua-t-elle en riant. Mais aujourd'hui, tu es encore plus abattu que d'habitude.

Il ouvrit la bouche pour se justifier, mais elle l'arrêta d'un geste.

– Je ne te demande rien. Je constate, c'est tout.

Il posa la main à plat sur la couverture de l'herbier. Il voulait le remplir. Ou plutôt, il aurait voulu en avoir envie. Il aurait voulu se rappeler ce que c'était que d'avoir des buts dans la vie, comme avant son enlèvement. Ou même après, quand il était résolu à sauver Eijeh, rentrer chez lui, aider Cyra. Mais tout l'espace qui avait été occupé par du feu, l'espace qui connaissait le désir, l'élan, la persévérance, cet espace était vide. La flamme était éteinte.

Lorsqu'il ne trimait pas chez Zenka, Akos passait son temps avec Jorek, généralement autour d'un repas, parce que Jorek semblait passer sa vie à table. Pas nécessairement pour manger, mais pour tenir salon. Il pouvait y rester des heures, à raconter des histoires et à en réclamer aux autres, à jouer de la batterie avec des petites cuillères, à mettre en boîte tous ceux qui entraient. Mais au bout de deux jours, Akos se rendit compte qu'entre les blagues, la batterie et les histoires, se glissaient d'autres échanges, sur Ogra, ou sur Voa, ou sur l'Assemblée. C'était la manière que Jorek avait trouvée pour glaner des renseignements : en se rendant disponible pour écouter les gens.

Sa compagnie était confortable pour Akos parce qu'il ne lui demandait rien, même pas son attention. Il semblait tout à fait conscient que son bavardage incessant apaisait son ami, même si Akos ne lui donnait rien en retour. Celui-ci attendait le moment où Jorek perdrait patience à force de le voir « se morfondre », comme disait Zenka. Mais jusqu'ici, il tenait bon.

– Dis donc, Kereseth, tu m'as donné une super idée, lui annonça-t-il en posant son plateau sur la table à côté de celui d'Akos.

– Je ne vois pas comment c'est possible. Ça fait plusieurs saisons que je n'en ai pas eu une seule.

– En principe, je devrais te contredire. Mais le fait est que tu as voulu hisser Cyra Noavek hors d'un amphithéâtre bondé en balançant une corde au milieu de la horde. (Il attendit qu'Akos réagisse à la rime, ce que fit ce dernier en lâchant un grognement.) Donc oui, je veux bien croire que les idées ne sont pas ton fort. Cela dit, tu en as quand même déclenché une !

– Eh bien, je t'écoute.

– Tu as dit que, pour localiser Lazmet, il fallait chercher un « rempart de soldats ». Alors j'ai envoyé un message à ma mère, qui a observé une concentration anormalement élevée de soldats autour du manoir des Noavek. Et elle a pensé qu'on devrait peut-être y envoyer l'un des nôtres pour essayer de glaner des infos.

Puis il haussa les sourcils, une, deux, trois fois.

– Et devine qui part pour Voa ?

Akos sentit le poids qui pesait sur son estomac s'alourdir encore, si c'était possible.

– Tu t'en vas ?

– Ouais, dit Jorek en retrouvant en partie son sérieux. Grâce au nom que je porte, je suis peut-être le seul exilé qui ait ses entrées auprès de Vakrez Noavek.

– C'est vrai. Et puis tu vas revoir ta mère.

– En effet. Mais je reviendrai, ajouta-il en décochant un petit coup de coude à Akos. Cette guerre ne va quand même pas durer éternellement.

Akos s'abstint de signaler que les guerres ne finissaient généralement par s'arrêter qu'après avoir fait trop de morts.

– C'est une bonne idée, admit-il. Tu pars quand ?

Jorek haussa les épaules.

– D'ici une semaine environ. Je dois attendre le départ d'une navette ograne. Tu sais qu'ils exportent des insectes morts sur Othyr ? Cette planète est vraiment super bizarre.

Zenka avait appris à Akos que les premiers produits d'exportation d'Ogra étaient divers poisons et excrétions, à destination d'Othyr. Si certains servaient à la fabrication de médicaments, la majorité entrait dans la composition de toutes sortes de futilités : crèmes pour le visage, cosmétiques, produits pour stations thermales. Ces pratiques lui faisaient lever les yeux au ciel.

– Voilà l'oracle, chuchota Jorek. Désolé, il est trop tard pour te défiler.

Akos soupira.

– Tu m'évites, ces derniers temps, déclara Sifa d'un ton neutre en s'asseyant lourdement en face de lui.

La première réaction d'Akos fut de nier, mais cela ne marchait jamais avec sa mère. Lorsqu'elle avait décidé qu'elle savait quelque chose, il était inutile de chercher à la faire changer d'avis, qu'elle ait raison ou tort. « Être une oracle ne veut pas dire que tu sais tout », avait-il parfois envie de lui rappeler. Mais cette phrase lui paraissait un peu puérile.

– C'est parce que tu passes ton temps avec Eijeh, à distribuer des prophéties pleines de sagesse aux exilés, lui répondit-il. Et je n'ai plus aucune envie de l'écouter. Ni lui ni les prophéties. Ni la sagesse en général.

Jorek étouffa un rire en plongeant le nez dans son assiette.

– Les exilés nous ont donné l'usage d'un petit appartement qui fait office de temple, dit Sifa, mais ils sont trop intimidés pour venir aussi régulièrement que je l'espérais, et on ne peut pas dire que nous soyons très occupés. Quant à Eijeh, eh bien… je l'ai persuadé de repartir de zéro avec moi, comme si nous venions de faire connaissance. Tu pourrais essayer d'en faire autant.

Elle remua la bouillie grumeleuse qu'il y avait dans son bol, aussi pensivement qu'il est possible de touiller de la bouillie.

– Je ne suis pas très fort pour jouer à faire semblant, répliqua Akos assez sèchement.

– Moi non plus, dit-elle. Mais je suis un peu avantagée par le fait d'avoir vu des versions de l'avenir où le lien entre lui et moi était réellement rompu. Soit parce qu'il se faisait enlever plus jeune, soit parce que sa mémoire avait été totalement effacée.

Akos se fit la remarque qu'une grande part de l'identité de sa mère était liée à sa fonction d'oracle. Son don-flux l'avait totalement engloutie, jusqu'à la définir presque tout entière. Il avait du mal à ne pas le lui reprocher, même s'il ne pouvait pas imaginer ce que c'était de devoir vivre avec un don si intrusif, si permanent qu'il modifiait le regard qu'on portait sur chaque aspect de sa propre existence. Pour lui, c'était tout le contraire. Il en oubliait même parfois l'existence de son don-flux.

– Reste, s'il te plaît, lui demanda-t-elle en posant sa main sur la sienne.

– Quoi ? Je n'avais pas l'intention de…

À cet instant, Eijeh vint poser son assiette à côté de celle de Sifa. Elle ne contenait que quelques fruits. Akos revit son frère en train de se goinfrer de tout ce qu'il pouvait trouver dans la cuisine, ou de se couper deux épaisses tranches de pain en sortant de table. Décidément, les choses avaient bien changé.

La main de Sifa se replia sur la sienne.

– Je vais avoir besoin de ton aide dans quelques instants, lui dit-elle.

Au même moment, ses yeux et ceux d'Eijeh se perdirent dans le vague.

Puis ils se mirent à hurler tous les deux.

# 18:
# EIJEH

CELA RESTE ÉTRANGE de ne plus sentir battre le cœur de l'autre, mais nous nous y habituons. On peut même dire qu'il est plus facile de n'avoir qu'un seul corps à prendre en charge.

Mais quand nous nous réveillons en pleine nuit dans un trou creusé dans un mur ogran, nous ressentons un certain sentiment de solitude.

Et quand nous voyons Akos, nous ne pouvons jamais dire si c'est un ennemi ou un frère. Dans des recoins de notre tête traînent des souvenirs flous dans lesquels nous nous poursuivons dans les champs, où nous rions à table, alors que d'autres nous le montrent comme un catalyseur de problèmes, un facteur d'imprévisibilité dans un programme qui doit rester prévisible.

Le fait est qu'il a précipité notre chute en incitant Cyra à la trahison, en facilitant son évasion et en la poussant vers les renégats et les exilés. Mais il a accompli tout cela pour nous autant que contre nous, et ces deux forces contraires se maintiennent toujours en tension. Nous arrivons de mieux en mieux à maintenir les choses en tension ; deux histoires, deux noms, deux esprits. « Nous » devient de plus en plus « je ».

Nous sommes en train de l'observer du coin de l'œil. Sa main est recouverte par celle de l'oracle, une assiette est posée devant lui pour combler son appétit, lorsque l'évènement se produit.

Nous sentons une brusque secousse, comme si un crochet s'arrimait à l'une de nos côtes et tirait, sans pitié. Mais ce n'est pas sur la cage thoracique de ce corps-ci que l'on tire. C'est sur celle de notre être combiné, le Eijeh et le Ryzek, le Shotet et le Thuvhésit, le *tout* de nous.

Soudain nous sommes un vaisseau. Pas un petit vaisseau de transport ni un flotteur individuel mais un vaisseau de guerre, long et étroit, au toit et au ventre fuselés mais aux flancs irréguliers comme les parois d'une falaise. Nous descendons en traversant une épaisse couche de nuages, blancs, froids et vaporeux. Lorsque nous en sortons, le sol au loin sous nos pieds est globalement pâle, lui aussi, vaste étendue de blanc virant au beige, à l'or et au brun à mesure qu'il se réchauffe vers l'équateur.

Puis nous ne sommes plus un vaisseau mais un enfant, un petit enfant, qui se tient au bord d'un toit plat recouvert de terre battue. Nous appelons notre père tandis que la forme sombre descend en projetant son ombre sur la ville. Une ville patchwork qu'une partie de nous reconnaît : Voa.

« C'est le vaisseau de séjour ? » demandons-nous à notre père alors qu'il nous rejoint.

« Non », répond-il.

Et de nouveau, nous disparaissons.

Nous ne sommes plus un enfant mais un mécanicien vêtu d'une combinaison avec des pièces aux genoux. Un outil coincé entre les dents, nous cherchons une pièce à deux mains dans un tableau de bord. Une pression au niveau de l'abdomen et des cuisses nous signale que nous nous trouvons dans un harnais, suspendu à un ancrage fiché plus haut sur une paroi métallique. Une partie de nous nous suggère aimablement que nous nous trouvons sur le vaisseau de séjour, occupé à effectuer une réparation.

Une ombre nous recouvre et nous penchons la tête en arrière pour découvrir le ventre lisse d'un vaisseau qui vient de surgir. Son nom y est peint dans une langue inconnue de nous, indéchiffrable, mais nous savons que ce vaisseau n'est pas un vaisseau shotet.

Nous sommes une femme coiffée d'un foulard bien serré autour de son cou, et nous courons vers le vaisseau de séjour en tenant un enfant fermement par la main. Nous portons un sac lourd sur l'épaule ; il est mou, chargé de vêtements, mais le coin d'un livre nous rentre dans les flancs à chaque pas.

« Viens, disons-nous à l'enfant. Dépêche-toi, nous serons à l'abri sur le vaisseau. »

Nous sommes une femme plus jeune qui se tient à la porte de l'aire de chargement, un écran à la main, tandis que des gens se bousculent et se battent pour entrer dans le vaisseau. Nous nous tenons à une poignée fixée sur la paroi pour ne pas nous faire emporter par la foule. Nous crions à un jeune homme qui est derrière nous :

« On a combien d'évacués pour l'instant ? »

« Des centaines ! »

Nous levons les yeux vers le gros vaisseau sombre qui plane au-dessus de nous. Un jeu de portes coulissantes s'ouvre sous sa coque, puis un deuxième, et une énorme plaque de métal s'écarte pour révéler une écoutille ouverte. Ce vaisseau est venu planer au-dessus du vaisseau de séjour, lui-même perché sur une île de métal de l'autre côté de la mer qui baigne Voa, pour nous permettre de le réparer d'ici le prochain séjour.

« Ils déploient des vaisseaux ? » demandons-nous, tout en sachant que l'homme qui est derrière nous n'a pas la réponse.

Quelque chose tombe du rectangle ouvert, quelque chose de gros, de lourd, qui brille au soleil.

Puis vient la lumière, étincelante, aveuglante.

Nous sommes redevenus l'enfant sur le toit, fixant la lumière vive, brûlante qui se drape autour du vaisseau de séjour en émettant des rayons aussi puissants que ceux du soleil. Mais ceux-là sont sinueux, comme des racines, comme des veines, comme les doigts sombres qui se repliaient sur le visage de la traîtresse Cyra Noavek lorsqu'elle a tué notre souverain.

Cette clarté s'étend au-dessus de l'océan, soulevant des vagues qui se précipitent en gigantesques rouleaux sur les côtes de Voa. Elle projette sa brûlure à travers les nuages, aussi haut que l'atmosphère, semble-t-il. C'est un mur de lumière qui s'effondre d'un seul coup, comme deux mains qui frappent l'une dans l'autre.

Puis vient le vent, si fort qu'il rugit dans nos oreilles et les fait tinter, si fort qu'il nous fait tomber et nous entraîne sur plusieurs mètres. Il se jette sur nous et nous perdons connaissance.

# 19: CYRA

Je me tenais dans le réfectoire, au milieu des exilés shotet qui se pressaient devant les écrans. Ennemis, amis, amants, inconnus, tous étaient là, épaule contre épaule, à regarder le vaisseau de séjour se faire déchiqueter.

Il représentait des centaines de choses, ce vaisseau : notre histoire, notre liberté, un véhicule sacré, un lieu de travail, un symbole, un projet, une issue.

Une maison.

Tandis que les images passaient et repassaient, je me revis dans nos appartements sur le vaisseau, en train de vider les placards de ma mère de ses vêtements et de ses chaussures, pour la plupart trop petits et trop délicats pour moi. J'étais tombée sur ses secrets, glissés dans des poches et des boîtes à chaussures : des lettres d'amour de mon père, du temps où il était un homme plus doux, des étiquettes de flacons de médicaments contre la douleur et d'emballages de drogues qu'elle prenait pour s'évader, le rouge à lèvres d'une autre femme sur un foulard, révélant une liaison.

L'histoire de sa vie imparfaite, racontée par des taches et des bouts de papier.

Puis j'avais rempli cet espace avec ma propre histoire : ma

cuisinière pleine de taches, les cuirasses qui luisaient sous les lumières accrochées au-dessus de mon lit, et les multiples rangées de films montrant des images d'autres mondes, leurs danses, leurs combats, leur architecture et leur nourriture. Ce n'étaient pas de simples objets, mais des moyens de fuir lorsque la douleur me rendait la vie trop difficile dans mon propre corps. Une consolation dans mon désespoir.

C'était aussi l'endroit où j'étais tombée amoureuse.

Au quatrième visionnage, je sentis des doigts frôler les miens. Je reculai instinctivement, de peur de faire mal à cette personne en lui transférant mon don-flux, mais la main trouva la mienne, insistante. En tournant la tête, je vis Teka à côté de moi, les yeux pleins de larmes. Peut-être recherchait-elle la douleur, à moins qu'elle n'ait voulu me réconforter. Toujours est-il que je laissai ma main dans la sienne, tout en veillant à contenir mon don-flux le plus possible.

Ce contact ne dura que quelques instants, mais il nous suffit.

Il nous permit de regarder les images une fois encore, et sans détourner les yeux.

Plus tard, j'enfouis le visage dans mon oreiller pour pleurer.

Akos vint se pelotonner contre moi dans la couchette, et je le laissai faire.

– Je leur ai dit d'évacuer. C'est ma faute s'il y avait autant de monde sur ce vaisseau…

– Tu as voulu les aider. C'est tout ce que tu as fait.

Cela n'avait rien de rassurant. Ce n'est pas ce qu'on essaie de faire qui compte, mais le résultat. Qui, ici, était la mort de centaines de personnes. Toutes ces pertes relevaient de ma responsabilité.

Dans un monde juste, j'aurais marqué chacune de ces vies sur mon bras, pour les porter sur moi pour toujours. Mais il n'y avait pas assez de place pour elles toutes sur ma peau.

Quand je me remis à pleurer, Akos me serra plus fort, pour que je puisse sentir les battements de son cœur.

Je m'endormis avec la sensation du tissu humide contre ma joue.

# :20
# CISI

– Opération confirmée, code 05032011.

Il y a des moments que l'on range dans un petit dossier dans son esprit parce que l'on sait qu'ils sont importants, et les paroles dites par Isae pour lancer l'attaque sur Voa en font partie. Elles les prononce distinctement, en articulant chaque consonne, et sans hésitation. Quand elle a terminé, elle se recule du bureau où elle a parlé au général Then, se lève et s'en va en repoussant doucement la main que lui tend Ast.

Il n'y a pas longtemps à attendre avant que la bombe anti-flux fournie par Pitha s'envole vers Voa à bord d'un vaisseau spécialement conçu à cet effet. Son équipage est pithar. Mais, selon les lois de Thuvhé, c'est le général, commandant des forces armées thuvhésit, qui appuiera sur le bouton.

J'imagine les portes de l'écoutille qui s'ouvrent sur son ordre, et l'arme – longue et étroite, aux arêtes anguleuses – qui tombe, tombe, tombe. Il y a de la poésie dans cette image, dans le sens où la poésie peut avoir un aspect brut, cruel et étrange, comme cet instant.

Isae, Ast et moi suivons l'événement depuis ses appartements. Le vaisseau de l'Assemblée fait face au soleil, de sorte que ses parois sont opaques et nous montrent une image de Shissa dans les tourbillons de neige. Régulièrement, des petits flocons se collent aux rétines qui ont capturé ces images, et celles-ci sont presque toujours floues, montrant de vagues taches blanches sur le ciel de nuit. Mais dans les intervalles, je vois des bâtiments suspendus aux nuages comme des gouttes d'eau figées dans le temps. Shissa n'est pas ma ville, mais c'est celle où j'ai étudié, où je me suis construit une vie loin de ma mère et de ses prophéties permanentes, et elle m'est chère.

C'est Shissa que je suis en train de regarder lorsque les informations tombent sur les écrans, et j'ai seulement le temps de voir dans un éclair une image de la destruction du vaisseau de séjour avant de fermer les yeux. Isae étouffe un cri perçant.

– Qu'est-ce qui se passe ? demande Ast.

J'oubliais qu'aucun scarabée volant ne peut l'aider à savoir ce qui se déroule sur l'écran.

– Il y avait des gens tout autour, tu as vu ? me dit Isae. Pourquoi y avait-il des gens autour ?

Je monte le son à temps pour entendre :

« D'après les premières informations, il y avait des centaines de Shotet autour du véhicule, s'apprêtant à évacuer la ville… »

J'éteins l'écran.

– Des… bégaie Isae. Des *centaines*… ?

Ast secoue la tête.

– Arrête, Isae. Ça reste minime.

– Minime, dis-je.

Je n'arrive pas à aller plus loin. Le général Then parlait d'un nombre de victimes potentielles compris entre trente et quarante. Pas des *centaines*.

– Ouais, insiste Ast en me toisant. Minime comparé à ce que ça aurait pu être. C'est bien pour ça que tu as suggéré le vaisseau de séjour.

Les mots se bousculent dans ma tête : *des centaines, des hommes, des femmes, des enfants, des vieux, des jeunes, des adultes, gentils, cruels, paniqués, des gens des gens des gens…* mais j'arrête net cette litanie, comme si je claquais des mains pour écraser un insecte. Après les tragédies qui m'ont empoisonné l'esprit, je suis devenue particulièrement forte à ce jeu-là. Il me permet de survivre.

Je ne réponds pas à Ast. J'en ai assez de la manière dont il me provoque. Je retiens mon don-flux de toutes mes forces, dans l'espoir qu'Isae se sentira moins bien et qu'elle lui demandera de se calmer.

Elle est campée face aux tourbillons de neige qui s'affichent de nouveau sur la paroi, les bras croisés. Les constructions de Shissa présentes sur les images s'illuminent en vert, en mauve et en rose. Elles me rappellent les boules que nous achetions au marché de Hessa au début de la saison des plantations, et que nous suspendions à nos fenêtres en guise de porte-bonheur.

Je vois les épaules d'Isae trembler, frissonner, même. Elle plaque vivement sa main sur la paroi pour se retenir.

Ast et moi restons là sans bouger, soucieux de la réconforter, même si je suis sûre que lui non plus ne sait pas comment s'y prendre.

Le dos voûté, Isae se tourne, de sorte que je peux voir son visage.

Elle *rit.*

– Tous ces… gens.

Elle suffoque, pliée en deux.

– Renversés comme des quilles !

Ast reste la bouche ouverte, horrifié. Mais je comprends ce qui se passe.

– Isae, dis-je, respire à fond.

– Tous ces…

Elle plie les genoux et s'affale lentement. Sa main glisse le long de la vitre en la faisant grincer.

Je vais à la salle de bains tremper une serviette dans l'eau froide et je reviens en laissant couler de l'eau partout. Isae, recroquevillée contre la paroi, rie et pleure à la fois.

Je pose la serviette sur sa nuque et je passe la main dans son dos. Ast semble enfin se ressaisir – un peu tard à mon goût, mais après tout, il ne voit pas ce qui se passe –, et siffle pour appeler Pasha et se laisser guider par ses cliquetis. Il s'agenouille à côté de nous, muet mais présent.

– Tous ces gens… gémit-elle.

Je guette la réaction d'Ast tout en déployant mon don-flux comme un drapeau pour nous en envelopper tous les trois. Pour une fois, il ne proteste pas.

– Elle me manque, murmure-t-elle plus tard, tandis que nous contemplons toutes les deux le ruban-flux, assises devant un hublot.

Je lui prends la main pour la presser contre ma joue et lui montre un souvenir d'Ori, endormie à la table de notre cuisine, affalée sur une fleur-de-glace. Elle a une tache d'encre étalée sur la figure. Mon père sirote son thé en la regardant d'un air attendri et ma mère fait claquer sa langue avec réprobation tandis que ses yeux sourient.

Mon père se penche pour glisser les bras autour d'elle et la porte au salon. Je regarde les longues jambes d'Ori rebondir au rythme de ses pas.

« C'est vrai qu'on appelle le salon "la chambre d'Ori", observe ma mère. Ce n'est pas pour rien. »

Isae et moi ressortons doucement du souvenir. Sa main est toujours prise entre ma paume et ma joue, et elle me sourit.

*Je lui permets de tenir,* me dis-je. *Mais que se passera-t-il quand je n'y arriverai plus ?*

▲

▲

# 2

**Kyerta.** *Nom ogran.*
Ce qui a été écrasé pour prendre une autre forme.

# :21
# CISI

La descente sur Ogra manque de me tuer.

Cela m'a coûté de la sueur – et un usage mesuré de mon don-flux – mais j'ai réussi à convaincre Isae de me laisser rencontrer les exilés shotet pour engager des pourparlers de paix.

« On peut œuvrer ensemble pour vaincre Lazmet. Les exilés ne sont pas nos ennemis. Leurs objectifs vont dans le même sens que les nôtres. »

Mes paroles ont mis un moment à faire leur chemin et, encore aujourd'hui, Isae reste sceptique. Mais, au moins, elle a accepté de me laisser aller prendre la température.

Sept jours après l'attaque sur Voa, elle me réserve une place sur un vaisseau qui transporte de la nourriture vers Ogra. Je m'assieds sur un siège coincé entre une énorme caisse de fruits produits par un labo othyrien et un réfrigérateur rempli de viande de Trella. L'équipage est trellien. Ne parlant pas leur langue, je ne peux pas communiquer avec eux. Et comme le trellien a un rythme très monotone, je ne peux même pas me distraire en écoutant sa musique. Ils me sourient à intervalles réguliers pour me montrer que je ne les dérange pas, mais ce n'est pas une surprise. Je ne dérange jamais personne, même si l'équipage n'a pas bien compris pourquoi.

Puis le capitaine du vaisseau, un homme robuste aux cuisses et aux épaules épaisses, avec une touffe de poils qui dépasse du col de sa chemise, me dit dans un othyrien heurté :

– Ceinture ! Maintenant !

Quelque part, ça tombe bien que personne ne m'ait dit ce qui m'attendait, parce que je les aurais sans doute persuadés de faire demi-tour.

Toutes les lumières du vaisseau s'éteignent en même temps, puis je hurle et il fait tout noir et je hurle encore. Je ne peux plus respirer et je suis certaine, à ce moment-là, que le vaisseau tombe à court d'oxygène et que je vais mourir là, à côté d'un réfrigérateur. Je m'agrippe si fort aux courroies qui me maintiennent dans mon fauteuil que j'ai des fourmis dans les doigts, à moins que ce ne soit l'effet de la peur. Ma dernière pensée est que je n'ai jamais pu vraiment parler à maman depuis la mort de papa.

Puis les lumières reviennent, la gravité me saisit, et tout l'équipage me dévisage comme si un troisième œil m'avait poussé sur le front. Ils rient, et j'essaie d'en faire autant, mais je suis surtout occupée à recommencer à respirer.

Peu après, je pose le pied sur le sol ogran.

Une Ograne du nom d'Yssa me conduit auprès des exilés à bord d'un petit bateau qui fend comme un couteau l'eau zébrée de lumière. Elle parle othyrien comme si elle comptait des petits pois, lâchant les mots un à un. Mais comme c'est la seule langue que nous ayons en commun, nous échangeons des bribes de propos décousus jusqu'à ce que nous regagnions la terre ferme.

Je la suis dans des ruelles au sol inégal, dans une petite ville où les Shotet vivent côte à côte avec les Ograns. Yssa me montre un étal de pierres polies qui lui plaisent, l'épicerie où elle fait ses courses, les toutes petites poupées gravées qui lui donnaient des cauchemars la nuit, quand elle était petite. Elle ne m'explique pas comment on peut savoir que c'est la « nuit » ici. Les bracelets luisants qu'elle porte au poignet s'entrechoquent à chacun de ses gestes.

– Lequel est votre frère ? me demande-t-elle.

– Il est très grand, avec le teint pâle, comme vous. Il est arrivé avec Cyra Noavek.

– Oh, le Lourd, dit-elle.

– Lourd ? Euh, non, il est plutôt mince.

– Non, non, je ne parle pas de son corps. Il porte un poids. Je ne connais pas le mot.

– Oh.

Je n'avais jamais pensé à mon frère sous cet angle. L'homme grand et redoutable qui, à la force des poings, a réussi à sortir de l'hôpital de Shissa et à entrer dans la prison d'un amphithéâtre, ne m'avait jamais paru alourdi par quoi que ce soit. Je l'aurais plutôt vu comme plus rapide et plus léger que tous ceux qui l'entourent. Mais c'est peut-être parce que je ne peux pas le regarder objectivement. Le fait de ne pas connaître quelqu'un peut parfois permettre de le considérer avec une lucidité particulière, celle dont Yssa vient de faire preuve.

– Je vais vous conduire là où ils se retrouvent. Il y sera peut-être.

– Je vous remercie.

Elle me mène jusqu'à un entrepôt aux murs couverts de fissures. Il y a un écriteau au-dessus de la porte, orné de caractères que je ne déchiffre pas. On dirait du shotet.

On entre, et l'endroit présente en effet toutes les caractéristiques que l'on m'a appris à considérer comme shotet. Les tables ont été repoussées contre les murs et les gens sont assis soit autour, soit dessus, dans un cercle approximatif.

À notre entrée, ils sont en train de tambouriner sur les tables dans un grondement de tonnerre, si fort qu'au début je n'arrive pas à me concentrer sur autre chose.

Cyra Noavek, les cheveux noués en une longue queue

de cheval, se précipite sur une espèce de géant. Elle est puissante et gracieuse, comme un couteau lancé par une main habile. L'homme – et il doit vraiment être très costaud pour qu'une femme de la stature de Cyra paraisse frêle à côté de lui – la saisit, la soulève par-dessus son épaule et la projette dans les airs.

J'étouffe un cri tandis qu'elle retombe sur le sol. Il a beau être recouvert de matelas, ça doit faire mal. Mais déjà elle roule sur elle-même comme si elle était en caoutchouc, le sourire aux lèvres, les yeux luisants d'une lueur de férocité que je reconnais. C'est le regard qu'elle a posé sur son frère juste avant qu'il lui écorche le crâne. Le même que celui qu'avait Isae juste avant de le tuer.

Elle se jette de nouveau sur l'homme avec un hurlement, et la foule rugit.

Le combat se poursuit ainsi un moment, Cyra gagnant à vue d'œil en détermination. Mais c'est sa rapidité qui semble déstabiliser son adversaire ; il ne sait plus où donner de la tête, ni comment parer cette avalanche d'assauts, même s'ils font peu de dégâts. Il la bloque alors qu'elle essaie de le plaquer au sol, mais elle s'enroule autour de lui tel un collier. Elle serre les jambes autour de son cou et il étouffe.

Finalement, il lui donne un petit coup sur la jambe et elle le libère en se laissant glisser au sol. L'assistance rugit de plus belle. Cyra va boire de l'eau à un robinet près de la fenêtre.

– Ils font ça tout le temps, maintenant, me dit Yssa. Je ne sais pas trop quel est le but. Peut-être qu'ils comptent vaincre les Thuvhésit un par un ?

Cyra me repère depuis le bout de la pièce. La lueur qui brillait dans ses yeux s'éteint.

Elle vient vers moi et, au fur et à mesure, je distingue des contusions et des égratignures sur ses bras, sans doute dues à d'autres combats. Yssa se rapproche, glissant devant moi une épaule protectrice.

– On m'a demandé d'assurer la sécurité de Mlle Kereseth,

m'informe-t-elle. Je vous saurais gré de ne pas me compliquer la tâche.

Cyra pile à deux pas de nous et, pendant deux secondes, j'ai l'impression qu'elle va me cracher dessus. Au lieu de quoi elle me demande sèchement :

– Qu'est-ce que tu fais là ?

Puis elle ajoute, en levant la main comme pour m'arrêter :

– Et ne me fais pas le coup de ton foutu don-flux. Je ne tiens pas du tout à être réconfortée.

C'est si automatique chez moi que je ne m'étais même pas rendu compte que c'est effectivement ce que je faisais. Ses ombres-flux ont regagné leur place sous sa peau et la couvrent d'un labyrinthe de lignes noires. Elle serre les dents.

– Je suis venue pour…

Je m'interromps. Je ne veux pas me dévoiler.

– Je suis venue voir ma famille, d'accord ?

– Tu n'es pas la bienvenue ici. La déclaration de guerre aurait-elle échappé à ton attention ?

Je regrette – et ce n'est pas la première fois – de ne pas pouvoir m'appliquer mon don-flux à moi-même. Manque de chance, je ne peux rien faire pour dénouer la boule que j'ai dans la gorge, ni pour apaiser le poids de ma culpabilité. J'ai aidé Isae à sélectionner sa cible. Avant d'arriver ici, je m'étais convaincue d'avoir fait ce qu'il fallait, compte tenu des possibilités qui s'offraient à moi. N'ai-je pas réussi à dissuader Isae d'attaquer frontalement Voa ? J'en ai sauvé, des vies, rien que grâce à ma capacité de persuasion et mon don-flux.

Mais voilà que je me retrouve entourée de gens qui ont perdu des amis, de la famille. Un lieu qui leur était cher, peut-être même un lieu sacré. Comment pourrais-je continuer à croire que j'ai fait quelque chose de bien ? Comment pourrais-je croire que ce peuple est différent du mien, qu'il a plus mérité que nous la violence et le deuil ?

Je ne peux pas. Je n'y crois pas.

Mais je ferai ce que j'ai à faire, comme tout le monde.

– Dis-moi juste où je peux trouver Akos.

Elle a une moue de mépris.

– Akos. Tu veux dire mon fidèle serviteur, résolu à mourir pour moi ?

Elle ferme les yeux quelques secondes.

– Ouais, je sais où le trouver. C'est juste au bout de la rue.

# :22
# CYRA

TOUT ME FAISAIT MAL, mais ça me laissait indifférente.

Enfin non, parce que personne n'aime souffrir. C'est de l'instinct de conservation. Mais pour autant que mon esprit rationnel fût capable de prendre le dessus sur mon état physique, j'acceptais la douleur et la laissais me jeter dans une activité frénétique. J'étais trempée de sueur, épuisée, et j'en demandais encore. Tout pourvu que cela me rende la vie plus tolérable dans la peau d'un être brûlant qui se tordait de douleur.

Je n'avais pas envie de conduire Cisi Kereseth à l'endroit qu'Akos avait choisi comme refuge au lendemain de l'attaque, la boutique de la vieille herboriste au fond de la ruelle de Galo. Il y avait trop de lui là-bas, dans les casseroles bouillonnantes et le cliquetis du couteau sur la planche.

Alors que je sortais du réfectoire avec Cisi et Yssa, une jeune femme aux épais cheveux courts et bouclés cracha par terre à mes pieds.

– Oruzo, me siffla-t-elle.

La traduction littérale était « image miroir », mais le mot qualifiait une personne qui en était devenue une autre, ou qui lui ressemblait au point qu'on ne pouvait plus les distinguer. Depuis l'attaque sur Voa, beaucoup d'exilés s'étaient mis à m'appeler ainsi : *oruzo*, celle qui avait succédé à Ryzek et à Lazmet. C'était une façon de m'attribuer la responsabilité de toutes les vies perdues au cours de l'évacuation ratée, à cause de ma stupidité. Si je ne leur avais pas envoyé ce message leur demandant de se rassembler sur le vaisseau de séjour…

Mais on ne pouvait pas revenir sur le passé.

Je marchais trop vite pour Yssa et Cisi, afin de ne pas avoir à leur parler. Cisi avait choisi de suivre *cette femme*, celle qui avait détruit ma demeure, et je ne l'oublierais jamais.

Je trouvai Akos voûté au-dessus d'une casserole, un doigt dans sa mixture – sans doute un sédatif, car ce qu'il considérait comme son devoir envers moi était devenu sa seule motivation. Il lécha son index pour goûter sa potion et jura, fort, en thuvhésit.

– Tu t'es encore trompé ? lui demanda la femme.

Elle était assise sur un tabouret, occupée à peler je ne sais quel ingrédient qu'elle laissait tomber au fur et à mesure dans une bassine à ses pieds.

– C'est tout ce que je sais faire, et même ça, je n'y arrive pas, gronda-t-il.

Il rougit en me voyant.

– Oh. Salut.

– Je viens pour… Ta sœur est là.

Je m'écartai pour qu'il puisse voir Cisi. Ils restèrent un long moment sans bouger ni parler. Puis il éteignit le brûleur et vint la serrer contre lui. Elle l'étreignit à son tour.

– Qu'est-ce que tu fais là ? lui demanda-t-il doucement.

– Je suis venue entamer des négociations de paix avec les exilés.

Je ricanai. Non seulement sa mission était absurde – comment aurions-nous pu engager des négociations avec une nation qui avait *détruit le vaisseau de séjour* ? – mais, en plus, elle m'avait menti.

– Désolée, me dit-elle par-dessus son épaule. J'ai cru que tu allais me frapper, et je me suis rabattue sur l'excuse la plus facile pour expliquer ma présence ici.

– Cyra ne te frapperait jamais, intervint Akos.

La façon dont il l'avait dit, sans une hésitation, me serra le cœur. Il n'y avait que lui pour avoir une si haute opinion de moi.

– Si vous avez l'intention de continuer à discuter, allez faire ça ailleurs, intervint la vieille femme en se levant. Ma boutique est trop petite, et ma patience trop limitée pour vos bêtises.

– Désolé d'avoir gâché vos ingrédients, Zenka, lui dit Akos.

– Tes échecs m'en apprennent aussi long que tes succès, lui assura-t-elle, avec une certaine douceur.

Puis elle tourna vers moi son visage ridé et me toisa.

– Mademoiselle Noavek, me dit-elle en guise de salutation tandis que je me repliais vers la sortie.

Je répondis par un hochement de tête avant de m'éclipser.

La ruelle n'étant pas assez large pour y avancer à deux de front, nous la reprîmes donc à la queue leu leu, avec Yssa en tête et Akos fermant la marche. Par-dessus l'épaule d'Yssa, je vis que Sifa et Eijeh étaient au bout de l'allée, dans la rue en terre battue. Sifa faisait semblant de s'intéresser à des petits poissons luisants qui nageaient dans de grands cylindres pleins d'eau à un étal, mais je ne fus pas dupe. Elle nous attendait.

Eijeh nous jeta un coup d'œil nerveux. Ses cheveux avaient poussé et commençaient à rebiquer derrière ses oreilles. Un mince ruban cousu sur son épaule diffusait une légère lueur bleutée.

Je savais que je n'avais pas ma place dans cette réunion de famille improvisée – sans doute orchestrée par les deux oracles, si, comme je le pensais, la présence de Sifa et d'Eijeh n'était pas le fruit du hasard.

Je continuai à marcher pour m'éloigner et me fondre dans l'obscurité, mais Akos me connaissait trop bien. Sans crier gare, je sentis sa main au creux de mes reins. Aussi bref fût-il, ce contact suffit à me faire frissonner.

*Recommence,* pensai-je.

*Ne me refais jamais ça,* pensai-je au même moment.

– Désolé, me dit-il tout bas en shotet. Mais… tu ne veux pas rester ?

Derrière lui, Cisi et Sifa s'étreignirent. La main de Sifa caressait les boucles de Cisi avec une tendresse qui me rappela ma propre mère.

Les yeux gris d'Akos – au milieu de son visage plus creusé que jamais – m'imploraient de rester. Je m'étais efforcée de m'éloigner de lui au cours de la semaine qui s'était écoulée depuis l'attaque, refusant globalement le réconfort qu'il m'offrait à l'exception de ses sédatifs. Je ne pouvais plus m'autoriser à rester proche de lui en sachant qu'il ne restait à mes côtés que par fatalisme. Mais il avait le don d'affaiblir mes défenses. Il l'avait toujours eu.

– D'accord, cédai-je.

– J'espérais que tu viendrais, disait Sifa à Cisi.

Celle-ci fixait Eijeh, qui se mordillait les doigts, à distance des autres. Il gardait la posture et les gestes de mon frère défunt. C'était… déroutant.

– Eijeh pensait que c'était probable, poursuivit-elle. Il est encore novice, mais ses intuitions sont puissantes. Nous avons donc choisi de faciliter une voie en particulier.

– Ah, donc vous l'admettez, dis-je en croisant les bras pour cacher que je serrais les poings.

Les doigts d'Akos effleurèrent mon coude, chassant la douleur. Je m'interdis de le regarder.

– Oui, me répondit Sifa.

Ses cheveux formaient une cascade de boucles au sommet de son crâne, maintenues en place par une épingle à chapeau dont l'extrémité était décorée de petits bijoux à l'éclat rose pâle.

– Viens, Eijeh, nous sommes attendus ailleurs.

– Probablement, nuança Eijeh.

– Probablement, admit Sifa.

– Vous ne me donnez vraiment pas envie de fréquenter des oracles, dis-je.

Les lèvres d'Akos se retroussèrent dans un petit sourire.

– Oh, quel dommage, répliqua platement Eijeh. Et quelle perte pour nous.

Je le dévisageai. Je n'avais jamais entendu Eijeh Kereseth manier l'ironie, et encore moins à mes dépens.

Mais à cet instant, un spectacle menaçant m'empêcha de riposter : la silhouette d'un vaisseau de transport ogran posé un peu plus loin. Ses contours étaient délimités par des tubes de lumière blanche mais l'obscurité environnante, en les aplatissant, donnait à l'engin l'apparence d'une tête d'animal. Ses ailes repliées vers l'arrière dessinaient des oreilles, un conduit d'aération situé sous le fuselage avant devenait une bouche et sa queue formait une unique corne.

Un Ogran vêtu d'une combinaison de pilote en descendit et s'approcha de nous. Sa peau était brun foncé et ses yeux étaient iridescents, comme des écailles de poisson. Ils captaient toute la lumière avant de la renvoyer en lui donnant un éclat argenté. Certainement une manifestation de son don-flux, même si je ne pouvais pas deviner sa nature.

Quelque part sur ma droite, Yssa lâcha entre ses dents ce qui ressemblait à un juron ogran.

▲
▲

# 23:
# AKOS

Akos essaya d'affiner sa perception du vaisseau ogran dans le noir, mais c'était difficile. À son arrivée sur la planète, il croyait que le ciel était toujours semblable, mais c'était faux : il pouvait être tantôt noir de velours, tantôt noir usé, et parfois bleu noir. Là, le vaisseau était presque englouti par un ciel plus noir que noir, à part les lumières qui servaient à tracer ses contours.

Yssa fit un pas en avant.

– Bonjour, Pary.

Son ton n'était pas exactement froid, de même qu'il n'était jamais réellement chaleureux. Mais quelque chose avait changé dans son attitude.

– Yssa, dit l'Ogran. Je ne m'attendais pas à te voir ici.

– J'ai été envoyée auprès des Shotet comme ambassadrice de notre peuple et tu t'étonnes de me trouver parmi eux ?

Il y avait visiblement quelque chose entre eux, ce qu'attestait une trop grande familiarité dans leurs échanges. Des ex-amants, peut-être ?

– Je voulais dire ici, avec… deux oracles de Thuvhé, expliqua le dénommé Pary. Mais c'est peut-être idiot de ma part.

Akos sentit Cyra s'agiter à côté de lui. De fait, elle était déjà en train d'ouvrir la bouche.

– Merci de nous faire part du motif de votre venue, dit-elle au pilote. Nous sommes en pleine réunion familiale.

– Mademoiselle Noavek. Vous êtes exactement telle que je l'imaginais, déclara Pary avec un grand sourire. Le motif de ma venue concerne l'oracle d'Ogra. Je suis chargé de vous conduire à elle. Elle réside de l'autre côté de la planète, en bordure des terres sauvages. Nous devons donc partir tout de suite pour y être en temps voulu.

*Ben voyons,* songea Akos, écœuré. Sa mère et Eijeh étaient venus au village – où ils ne mettaient jamais les pieds – précisément pour cette raison. Il détestait l'idée de tous ces fils du destin qui s'emmêlaient. Les seules autres circonstances où il avait eu cette sensation, c'était quand son père avait été assassiné et quand il avait tué Vas…

Le visage de Vas lui apparut, luisant de sueur, une contusion au coin de l'œil à la suite d'une de ses éternelles bagarres.

– Et si nous refusons ? demanda Cyra.

– Cela manquerait de sagesse, répondit Pary. La loi ograne exige que les convocations de l'oracle soient honorées. Et en tant qu'exilés shotet, vous vous êtes engagés à vous plier à nos lois sous peine de perdre votre statut de réfugié.

Cyra glissa un coup d'œil à Akos.

– Les oracles… soupira-t-il avec un haussement d'épaules.

Il n'y avait pas grand-chose à ajouter.

L'INTÉRIEUR DU VAISSEAU était tout à fait étonnant.

Il était vivant, d'une façon qu'Akos n'aurait jamais crue possible. La structure était métallique, mais des plantes poussaient partout, les unes dans des cloches de verre, les autres à l'air libre. Il en identifia deux ou trois grâce aux enseignements de Zenka, même s'il ne les connaissait que sous forme desséchée, dessinée ou hachée. L'une de celles qui étaient sous cloche avait l'apparence d'un globe parfait jusqu'à ce que ses épais pétales dentelés s'ouvrent pour révéler les mêmes dents qu'il avait appris à réduire en poudre. Elle fit mine de le mordre sur son passage.

Cisi alla droit à une autre plante – une grimpante fleurie qui s'enroulait autour d'une poutrelle du vaisseau –, comme attirée par un aimant. Une vrille vert sombre s'avança vers son doigt et s'entortilla doucement autour de celui-ci. Akos se hâta de venir frapper la plante pour lui faire lâcher prise.

– Si j'ai bien compris, expliqua-t-il à sa sœur, elles commencent par se montrer sympas, et ensuite ça dégénère. Si tu ne t'occupes pas d'elles, en principe, elles devraient laisser tomber.

– Toutes les plantes d'ici essaient de tuer les gens ? demanda-t-elle.

– Presque toutes, oui. À part quelques-unes qui essaient de les amadouer pour qu'ils les défendent contre les autres plantes.

– Vous remarquerez qu'il n'y a presque pas d'animaux sur Ogra, signala Pary en passant à côté d'eux. C'est dû au fait que nos plantes sont aussi développées. Nous avons une grande variété d'espèces d'insectes pour favoriser la propagation de la végétation, mais les humains sont les seules créatures à sang chaud à arpenter cette planète.

Pary prit place dans le fauteuil du capitaine. Akos n'avait repéré à bord ni copilote, ni second ; rien que Pary et une armada de boutons, de manettes et de leviers. Yssa s'installa à côté de lui. Le cockpit était assez large pour qu'ils y tiennent tous, assis sur des bancs équipés de courroies. Au vu de ce que savait Akos de la tendance de la planète à riposter à tout, partout, il n'était pas sûr qu'elles suffiraient à les protéger. Mais personne ne lui demanda son avis.

L'oracle a-t-elle précisé *pourquoi* elle voulait qu'on nous traîne jusqu'à elle ? demanda Cyra en bouclant sa ceinture.

Lorsqu'elle eut fini, elle se pencha – par pur réflexe, apparemment – pour aider Cisi à côté d'elle à en faire autant. Akos s'assit de l'autre côté, sur sa gauche, à l'extrémité du banc.

– Je ne me serais pas permis de lui demander, répondit Pary.

– L'oracle n'est pas très...

Yssa s'interrompit pour chercher le mot en othyrien et, ne le trouvant pas, poursuivit en shotet :

– Comment dites-vous « directe » ?

Akos répéta le mot en othyrien à Cisi.

– Ce n'est pas la fonction de l'oracle de répondre à des questions de ce genre, intervint Sifa. Nous n'avons qu'une mission : protéger la galaxie. Faire le tri des informations insignifiantes que les autres trouvent essentielles ne rentre pas dans nos attributions.

– Oh, vous voulez parler d'informations telles que « Toi, mon plus jeune fils, tu vas te faire enlever aujourd'hui » ? fit Cyra d'un ton cinglant. Ou « Cyra, Isae Benesit s'apprête à assassiner votre frère. Si vous avez une dernière chose à lui dire, c'est le moment ou jamais ».

Akos agrippa sa propre cuisse pour se calmer. Il aurait voulu demander à Cyra de ne pas exploiter sa douleur à lui comme arme contre sa propre mère ; il aurait voulu dire à sa mère que Cyra n'avait pas tort. Mais il se sentait si écrasé par la fatalité qu'il ne prit même pas la peine d'essayer.

– Vous exigez de l'oracle ograne des réponses que vous aurez obtenues d'ici ce soir, riposta Sifa. Vous êtes en colère parce qu'on ne vous dit pas exactement ce que vous voulez savoir à la minute où vous voulez le savoir. Cette vie qui ne comble pas instantanément chacun de vos besoins doit vous paraître terriblement frustrante !

– À vrai dire, oui ! admit Cyra en riant.

Akos se fit la remarque qu'elle était ainsi depuis l'attaque sur le vaisseau de séjour : toujours prête à se battre, de n'importe quelle manière, contre n'importe qui. Cyra avait toujours été ombrageuse, et il aimait cela chez elle. Mais là, c'était différent, comme si elle passait son temps à se jeter contre un mur dans l'espoir qu'un de ces jours, il finirait par la briser.

– Silence sur le pont ! leur lança Pary. Je ne peux pas me concentrer au milieu de vos chamailleries.

Yssa se lança avec lui dans les préparatifs de décollage, et leur façon de faire fit comprendre à Akos qu'ils avaient déjà accompli ces gestes ensemble des centaines de fois. Leurs bras croisés, l'un blanc et moucheté de taches de rousseur sur l'autre mat et uni, sans se gêner, révélaient une chorégraphie de la familiarité.

Le vaisseau s'éleva du sol en vacillant et en frémissant. Les moteurs rugirent, et les plantes tressautèrent et s'agitèrent comme sous l'action du vent. Akos regarda la plante grimpante resserrer son étreinte sur la poutrelle. Celle qui se trouvait sous cloche s'enroula sur elle-même en diffusant une vive lueur orangée.

– Nous allons survoler l'orage pour éviter les dégâts, annonça Pary tandis qu'ils montaient en flèche. Ça va secouer.

Malgré le danger, Akos était curieux. Ils se cachaient de « l'orage » à chaque alerte depuis leur arrivée sur Ogra ; presque quotidiennement, semblait-il. Mais il n'avait toujours pas eu droit à une description du phénomène qui fût digne de ce nom.

Le vaisseau n'offrait pas une expérience de vol aussi calme que les vaisseaux shotet. Il était pris de secousses et de tremblements, et paraissait lent. Mais ils prirent suffisamment de hauteur pour qu'Akos distingue les petites taches luisantes dessinées par les villages, puis la grosse flaque lumineuse de Pokgo, la capitale d'Ogra, dentelée par des constructions de hauteurs variées.

Le vaisseau poursuivit sa montée en virant, s'éloignant de la civilisation ograne pour se diriger vers la sombre étendue des forêts du Sud. Comme partout ailleurs, on y devinait toutes sortes de choses luisantes, mais celles-ci étaient recouvertes par une épaisse végétation et, à cette distance, il était difficile de voir autre chose que le néant.

Le vaisseau sursauta et Akos saisit instinctivement la main de Cyra. Il ne réalisa pas qu'il la serrait mais ce fut sans doute le cas, car elle se mit à rire. La vue dégagée sur la surface d'Ogra dont ils avaient bénéficié jusque-là avait été remplacée par d'épais tourbillons de nuages. Soudain, devant eux, la lumière et la couleur fusionnèrent, et il repensa au jour où il avait traversé le ruban-flux sur le vaisseau de séjour.

Un éclair bleu perça la couche de nuages et la tête d'Akos fut agitée dans tous les sens, si fort que ses dents s'entrechoquèrent. Un nouvel éclair, jaune celui-là, parut jaillir juste à côté d'eux. Pary et Yssa se criaient des choses en ogran. Un bruit de renvoi derrière Akos lui signala que quelqu'un – probablement Eijeh, qui avait toujours eu le mal des transports – était en train de vomir.

Akos regarda Ogra aspirer toutes les lueurs colorées que la planète arborait si fièrement avant de les rejeter en bloc, avec une implacable brutalité. Comme Pary l'avait promis, ils volaient pile au-dessus de l'orage, qui les bousculait sans toucher le vaisseau. Mêlée aux secousses permanentes que subissait la tête d'Akos, l'odeur acide du vomi lui donna mal au cœur à son tour. Même Cyra, qui, en temps normal, adorait tout ce qui collait une trouille bleue aux autres, paraissait avoir son compte, serrant les dents alors même qu'il veillait à neutraliser son don-flux.

Après un temps qui parut très long, Pary annonça enfin qu'ils allaient se poser. À côté d'Akos, Cyra lâcha un soupir de soulagement. Le vaisseau piqua vers le bas, en direction d'une partie de la forêt qui ne semblait rien présenter de particulier.

Mais à mesure qu'ils descendaient, les arbres parurent s'écarter pour laisser place à un groupe de bâtiments. Ceux-ci étaient éclairés par des étangs d'eau luisante – sans doute saturée par la même bactérie que les canaux de Galo. C'étaient de petites constructions en bois aux hauts toits pointus, reliées par des chemins qui tranchaient sur le fond sombre. Des taches de lumière bougeaient partout dans un ballet imprévisible, dessinant comme des trajectoires d'insectes en vol.

Le vaisseau se posa sur une piste protégée par un mur de pierre.

Ils étaient arrivés au temple d'Ogra.

# :24
# CYRA

JE ME PENCHAI POUR TOUCHER le sol sous nos pas. Il était fait d'une pierre plate, lisse et blanche – une couleur inhabituelle à Ogra. Cet endroit regorgeait de choses luisantes qui peuplaient les jardins et les bassins, et qui voletaient dans les airs.

Pary nous conduisit vers l'une des constructions les plus grandes. Comme nous nous étions posés au pied d'une colline, je savais qu'il nous faudrait grimper, car je supposai que l'oracle résidait au sommet. L'air était doux après l'odeur de panique et de vomi qui flottait dans le vaisseau – plus jamais on ne me ferait voyager pendant un orage ogran –, et je le savourai en pressant le pas derrière Pary, suivie par les autres.

Alors que nous traversions l'un des jardins – la plupart des plantes étaient protégées par un grillage souple traversé par le flux –, la voix d'Yssa s'éleva derrière moi, chargée de peur contenue.

– Pary.

En me retournant, je vis qu'un coléoptère presque aussi gros que ma main rampait sur la joue d'Akos. Ses ailes étaient marquées de motifs bleu vif et ses antennes luminescentes s'agitaient, inquisitrices. Il y avait un autre insecte sur son cou et un troisième sur son bras.

– Ne bougez pas, lui intima Yssa. Les autres, reculez.

– Merde, fit Pary.

– J'en déduis que ces insectes sont venimeux, dit Akos.

Sa pomme d'Adam monta et redescendit sèchement.

– Très, confirma Yssa. On en garde quelques-uns ici parce qu'ils sont particulièrement brillants.

– Et ils se tiennent à distance de tout ce qui véhicule le flux, ajouta Pary. Les gens, par exemple. Enfin, *normalement*.

Akos ferma les yeux.

Les sourcils froncés, je fis un pas vers lui. Pary voulut m'arrêter en m'attrapant par le bras, mais la douleur lui fit aussitôt lâcher prise. Lentement, je m'approchai d'Akos jusqu'à me retrouver en face de lui, assez près pour sentir son haleine sur ma tempe et compter les taches de rousseur sur ses paupières. Je levai la main au-dessus du coléoptère posé sur sa joue et, pour la première fois de ma vie, j'envisageai mon don-flux comme quelque chose de protecteur et non de nuisible.

Une unique vrille noire enveloppée autour de mes doigts se déroula – sur mon ordre – sur mon *ordre* ! – et toucha l'insecte. La lumière intérieure du coléoptère s'embrasa et il s'envola vivement, suivi par les deux autres. Akos rouvrit les yeux. Nous nous fixâmes, toujours à quelques izits l'un de l'autre.

– Ça va ?

Il acquiesça d'un hochement de tête.

– Reste tout près de moi, dis-je. Mais ne me touche pas, ou tu nous changerais tous les deux en aimants à insectes venimeux.

En me retournant, je croisai le regard de Sifa. Elle m'observait avec un drôle d'air, presque comme si je venais de la frapper. Dans mon dos, je sentis Akos pincer ma chemise entre deux doigts pour avancer juste derrière moi.

– Eh bien, quelle aventure ! commenta Eijeh.

Tout à fait le genre de remarque que Ryzek aurait pu faire.

– La ferme, rétorquai-je par réflexe.

Les constructions du haut de la colline comprenaient de grandes et belles pièces aux surfaces imposantes, aux meubles recouverts de tissus de protection. Des variations de teintes formaient des motifs sur les lattes des planchers, et les dallages étaient ornés de dessins géométriques aux tons verts apaisants et roses assourdis.

L'air tiède flottait avec légèreté dans les espaces que nous traversions. La plupart des cloisons étaient amovibles. Mais Pary poursuivit son chemin.

Il nous mena jusqu'à un petit groupe de logements où nous passerions la nuit.

– Comme l'oracle souhaite vous voir tous séparément, ce sera un peu long, nous prévint-il. Mais c'est paisible, ici. Profitez de l'occasion pour vous reposer.

– Qui doit passer en premier ? demandai-je.

– L'estimée consœur de l'oracle, Sifa Kereseth, bien sûr, répondit Pary en inclinant la tête à l'intention de la mère d'Akos.

– C'est un honneur pour moi, dit celle-ci.

Et ils s'éloignèrent tous les deux.

– Y a-t-il quelque chose qu'on devrait savoir ? demandai-je à Yssa. Vous avez vécu ici, si je ne me trompe. Vous semblez en savoir autant sur cet endroit que Pary.

– En effet. On travaillait ici tous les deux, avant que je sois envoyée comme ambassadrice auprès des exilés.

Elle passa au shotet pour ajouter :

– Je crains de n'avoir rien de très utile à vous révéler, si ce n'est que l'oracle est une personne bien plus importante qu'elle n'en a l'air. Si elle veut vous voir séparément, c'est parce qu'elle a quelque chose de particulier à dire à chacun de vous.

Akos traduisit ce qu'elle venait de dire à sa sœur en thuvhésit avec un léger décalage. Je n'avais jamais vu cette expression sur le visage de Cisi : elle n'était pas exactement effrayée, mais tendue, comme si elle se préparait à affronter une épreuve.

Je ne pensais pas souvent au destin de Cisi, mais j'y songeai à cet instant.

*Le premier enfant de la famille Kereseth succombera à la lame.*

Les petites bâtisses que Pary nous avait indiquées comme nos logements étaient disposées en cercle autour d'un jardin. Toutes les cloisons étant ouvertes, les allées et venues étaient faciles à surveiller. Sifa n'était pas encore revenue de son entrevue avec l'oracle quand Pary vint chercher Eijeh. Ce dernier me donnait de plus en plus l'impression que je me retrouvais en présence de Ryzek.

Akos vint me rejoindre dans le jardin, après s'être assuré de l'absence de coléoptères tueurs. Il n'en resta pas moins prudemment à mes côtés, plus près qu'à son habitude.

– Que va-t-elle nous raconter, à ton avis ? lui demandai-je.

Il soupira.

– Je ne sais pas, avoua-t-il. J'ai renoncé à essayer de deviner ce que vont dire les oracles.

– J'ai l'impression que tu les as assez entendus comme ça, fis-je en riant.

– Tu peux le dire.

Il s'approcha encore, jusqu'à coller sa poitrine contre mon dos et son nez dans mes cheveux. Je sentis son souffle sur ma nuque. Il m'aurait suffi d'un pas pour m'éloigner. Il ne me retenait pas. Il me touchait à peine, en réalité.

Mais je n'avais aucune envie de bouger.

– J'en ai assez de tout, me dit-il. Tout le temps.

Il soupira de nouveau, lourdement.

– Et surtout, j'en ai assez de ne pas être près de toi.

Je me surpris à me laisser aller en arrière pour m'appuyer contre lui. Son corps fit comme un mur de chaleur, descendant tout le long de ma colonne vertébrale. Il posa les mains sur mes hanches et glissa ses doigts sous ma chemise, juste assez pour soulager ma douleur. *Qu'ils y viennent, ces foutus coléoptères tueurs,* pensai-je en sentant un baiser dans mon cou, juste derrière mon oreille.

En cédant, je faisais le choix de souffrir, et je le savais. Le destin d'Akos ne lui permettait pas de me choisir. Et même autrement, je voyais bien que le puits sans fond de son chagrin ne le laisserait rien choisir du tout. Mais je n'en pouvais plus de ne suivre que la voie de la raison.

Il posa ses lèvres au creux de mon cou, en prenant son temps, et goûta du bout de la langue ma peau qui devait être salée par la transpiration. Je levai la main pour enfouir mes doigts dans ses cheveux, le maintenant un moment contre moi, avant de me tordre le cou pour me tourner vers lui. Nos bouches entrèrent en collision et nos dents se heurtèrent. En temps normal, nous nous serions reculés en riant, mais ni lui ni moi n'étions d'humeur rieuse. Je m'agrippai à ses cheveux et la pression de ses mains sur mes hanches augmenta, jusqu'à m'amener au seuil d'une délicieuse douleur.

Depuis que le vaisseau de séjour avait été détruit et que les illusions sur lesquelles reposait notre relation s'étaient envolées, je me noyais dans la rage. Mais cette fois, je me noyai dans le désir qu'Akos éveillait en moi, dans l'acte de m'enfouir en lui, de m'emparer de lui partout où mes mains trouvaient une prise. « Désire-moi, lui répétais-je à chaque mouvement de mes doigts. Choisis-moi. Désire-moi. »

Je reculai un bref instant, juste pour le regarder. La ligne droite de son nez et sa nuée de taches de rousseur. Sa peau avait le ton du grès, de la poudre que les gens se mettent pour ne pas briller, des enveloppes dans lesquelles ma mère glissait son courrier. Ses yeux, de la même couleur que les orages roulant sur Voa, fixaient les miens avec insistance, avec appréhension, comme s'il craignait encore que je fasse machine arrière. Je comprenais. Moi aussi, j'avais peur de faire machine arrière. Alors je me pressai de nouveau contre lui, pour ne pas m'en laisser l'occasion.

En titubant, nous gagnâmes l'une des chambres et ôtâmes nos chaussures. Je tirai un rideau du côté qui donnait sur le jardin, mais, en toute franchise, je me moquais qu'on puisse nous voir.

Je voulais juste prendre, et prendre encore, tout ce qu'il voudrait bien me donner, sachant que c'était peut-être la dernière fois que je me l'autorisais.

▲

▲

# :25
# CISI

COMME SON NOM LE LAISSE IMAGINER, la Salle des prophéties où j'ai rendez-vous avec l'oracle d'Ogra est vaste et imposante. Cela ne me surprend pas, car c'est aussi le cas de celle du temple de Hessa, où j'allais souvent rendre visite à ma mère.

Cependant, il y a moins de couleurs ici. Les murs sont lambrissés de bois sombre, sur lequel sont gravés des motifs élégants qui semblent représenter des plantes ogranes. On dirait presque qu'elles se tordent et mordent juste devant moi. Le haut des murs est percé de fenêtres aux vitres non teintées qui doivent être éclairées de l'extérieur, car elles luisent d'une lumière qui ressemble à la faible lumière naturelle d'Ogra. La salle elle-même est longue et étroite, décorée de sculptures disposées tous les quelques mètres. Certaines sont aussi finement taillées que les gravures sur les murs tandis que d'autres sont grossières et grotesques, mais toutes expriment quelque chose de menaçant. Comme beaucoup de choses sur cette planète.

L'oracle elle-même se tient devant l'un de ces ornements, une grande sculpture constituée de plaques de métal enroulées les unes autour des autres qui s'élèvent vers le plafond en décrivant un arc. Toutes les plaques ont une face polie et l'autre brute, et sont fixées entre elles par des boulons gros comme mes poings.

L'oracle a les mains croisées devant elle. Elle est pieds nus et vêtue d'une longue robe d'oracle d'un bleu profond. Elle est plus robuste que ma mère, et plus petite. Elle me glisse un regard et me sourit.

– Cisi Kereseth, dit-elle. Mon nom est Vara. Approchez, venez me voir.

Je réponds à son sourire et je vais me camper à côté d'elle. Je contemple la sculpture par pure politesse. Je ne suis pas très bonne critique d'art.

– Cet objet a été créé il y a environ trente saisons, lorsque la ville de Pokgo a commencé à se développer. Certains trouvaient que nous étions en train de perdre ce qu'ils appelaient « l'humilité ograne ». La croyance traditionnelle ograne est que notre planète a pour rôle de nous donner des leçons d'humilité, en nous rappelant que nous ne pouvons pas tout surmonter et qu'il y a des choses que nous ne devrions pas essayer de contrôler.

Elle m'observe avec attention, et je ne sais pas trop comment interpréter ce regard. Mon instinct me pousse à l'apaiser. J'essaie l'eau, ma texture la plus efficace, mais je m'aperçois vite que cela a peu d'effet sur elle. Qu'est-ce qui peut faire du bien aux Ograns ? Voyons… Le vent, la chaleur d'un feu, le moelleux d'une couverture… Je passe en revue plusieurs sensations avant d'en trouver une qui me semble convenir : celle du verre frais sous la main.

Vara lève un sourcil.

– Je me suis souvent demandé ce que ça faisait, me dit-elle. Ce doit être assez grisant de posséder votre don. Les gens succombent si facilement à son influence.

– Je suis désolée ! dis-je. Je ne voulais pas…

Vara lève les yeux au ciel.

– Allons, petite. Vous pouvez peut-être leurrer ceux qui ne vous connaissent pas, mais, comme tous les oracles de ma génération, j'ai des visions de vous depuis votre naissance. Je sais que votre maîtrise de ce don-flux est très supérieure à la moyenne.

Je sais aussi que vous l'exploitez avec les meilleures intentions du monde, même quand vous vous en servez contre les gens. Mais parlons un peu d'Isae Benesit.

La manière dont elle vient de me percer à jour me rend nerveuse, et tout ce que j'aurais pu dire pour ma défense reste coincé dans ma gorge. Je dois me contenter de hocher la tête pour lui montrer que je l'ai entendue.

– Vous tenez vraiment à elle ? me demande-t-elle. Ou vous essayez juste de la manipuler pour parvenir à vos fins ?

– *Mes* fins ? dis-je d'une voix étranglée.

– Oui, je sais, vous faites toujours ce qui vous paraît être pour le mieux. Mais dans la mesure où vous prenez des décisions unilatérales sur l'avenir de cette galaxie, cela en fait *vos* fins et celles de personne d'autre.

Il me déplaît d'envisager mon action auprès d'Isae comme de la manipulation. Les choses ne sont pas aussi simples. Si Vara savait à quel point je m'inquiète parfois pour elle ! Avec quelle facilité elle a tué Ryzek et ordonné l'attaque sur des innocents à Voa ! Comme son regard devient sauvage lorsqu'elle se laisse submerger par la colère, et comme elle paraît stable lorsque je la sors de cet état. Elle a besoin de moi.

Ce qui me ramène à la question initiale de Vara, à savoir si je tiens à elle.

– Oui, je tiens à elle. Je l'aime. Et je m'inquiète pour elle, aussi. Dans un monde juste, elle aurait de l'espace pour vivre son chagrin. Mais nous n'avons pas vraiment le temps de la laisser réfléchir à ce qu'elle éprouve, pas avec une guerre sur les bras.

Vara pince ses lèvres ridées.

– Vous avez peut-être raison. Si c'est le cas, je vous recommande de prendre garde à un homme que j'ai vu dans plusieurs de vos futurs : Ast, le fils du mécanicien.

– Il perçoit les dons-flux, n'est-ce pas ? Il semble toujours savoir quand je me sers du mien, même quand je fais très attention.

– On dirait, oui, me confirme Vara. Et il se méfie de plus en plus de vous. J'ai aussi l'impression qu'il supporte de moins en moins de voir qu'Isae, de son côté, ne se méfie pas du tout.

– Merci de me mettre en garde.

– Soyez prudente, petite, me répète Vara en prenant ma main. Elle la presse fort. Un peu trop fort. Elle a de grandes pupilles, comme la plupart des Ograns, à cause du manque général de lumière, mais je distingue néanmoins le cercle vert de ses iris.

– Et ne faites pas confiance aux Othyriens, ajoute-t-elle en me pressant la main encore plus fort. Ne la laissez pas dire oui. Quoi que vous fassiez.

Même si je ne sais pas trop de quoi elle parle, je hoche la tête en voyant qu'elle attend mon acquiescement.

▲
▲

# :26
# AKOS

Il était déjà tard dans la nuit quand l'oracle demanda à le voir – ou plutôt à *les* voir, car elle voulut recevoir Cyra en même temps que lui.

Ils s'étaient endormis tous les deux ensemble, emmêlés, baignés dans la douce lueur des plantes du jardin qui filtrait à travers le rideau. Il avait senti la fraîcheur de sa peau-d'argent sur sa poitrine lorsqu'elle avait insisté pour y poser la tête afin de sentir les battements de son cœur.

Il ne comprenait pas ce qui l'avait pris d'attirer Cyra contre lui dans le jardin. Il savait pourtant que c'était totalement égoïste, alors qu'il ne pouvait pas lui donner ce qu'elle voulait et qu'elle insistait pour qu'ils gardent leurs distances. Il aurait sûrement mieux fait de l'écouter, voire de rompre tout bonnement avec elle, puisqu'il n'échapperait jamais à son destin. Jamais ils n'auraient la preuve que leur relation aurait pris la même tournure si Akos n'avait pas eu pour ligne d'horizon la mort au service de la famille Noavek.

Mais son désir pour elle avait transpercé la brume qui troublait son esprit depuis quelques semaines, et il s'était senti trop soulagé de ressentir quelque chose pour avoir le courage d'étouffer cette sensation.

Et il avait continué à la désirer tandis qu'ils se rapprochaient malgré eux. Comme s'il ne pouvait pas se rassasier d'elle et ne le pourrait jamais.

Faute de pouvoir lui prendre la main en marchant – cela ne ferait qu'attirer les coléoptères et il ne tenait pas à se retrouver de nouveau avec une de ces bestioles sur la figure –, il restait tout près d'elle, assez pour sentir sa chaleur. Les ombres-flux de Cyra se déplaçaient à toute vitesse, filant le long de sa gorge et disparaissant sous son col, et il regretta de ne pas pouvoir faire plus pour elle que ce médiocre sédatif qu'il lui avait donné avant leur départ.

Parvenu à la bâtisse qui surplombait la colline, Pary les conduisit, non pas dans la grande salle vivement éclairée, mais au niveau inférieur, au parquet grinçant et au plafond dangereusement bas. Akos dut baisser la tête pour franchir la porte et se retrouva dans ce qui ressemblait à une cuisine. Une femme légèrement plus âgée que sa propre mère se tenait là, les mains plongées dans de la pâte. Elle avait des cheveux gris courts et bouclés, et des taches de rousseur sur les bras.

Elle sourit à leur entrée, avec une chaleur qu'Akos avait appris à ne pas attendre des oracles. Ceux-ci lui avaient toujours parus déconnectés et durs, y compris l'oracle en déclin de Thuvhé, au temps de son vivant.

– Cyra, Akos, bienvenue, leur dit-elle. Je vous en prie, asseyez-vous.

Elle leur désigna le banc qui se trouvait en face d'elle, de l'autre côté de la table. Akos s'exécuta tandis que Cyra restait debout, les bras croisés.

– Vous sentiriez-vous plus à l'aise avec les mains occupées ? demanda-t-elle à Akos. Je sais que vous avez un certain goût pour la préparation des élixirs. Il y a tout ce qu'il faut, ici.

– Non, merci, dit-il en rougissant.

– Vous avez un nom ? demanda Cyra avec sa brusquerie habituelle. Ou doit-on vous appeler « oracle » ?

– Oh, pardonnez ma grossièreté. Je m'appelle Vara. Il m'arrive d'oublier que les gens que je connais ne me connaissent pas toujours. Y a-t-il quoi que ce soit que je puisse faire pour apaiser cette hostilité, mon enfant ? Ou préférez-vous rester ainsi ?

La petite fossette qui creusa la joue de Cyra trahit qu'elle réprimait un sourire.

– Entendu, je vais m'asseoir, céda-t-elle. Mais n'en tirez pas trop de conclusions.

– Je ne me le permettrais pas, dit Vara tandis que Cyra prenait place sur le banc à côté d'Akos.

Même assis, ils restaient tous deux plus grands que Vara, qui était petite et large de hanches. Quelque chose chez elle était familier à Akos.

– Auriez-vous un lien de parenté avec Yssa ? lui demanda-t-il.

– Vous avez un très bon sens de l'observation, jeune homme. C'est ma fille. Le fruit d'une… accointance assez tardive. Elle a hérité de la carrure de son père. Grande avec de longs membres. Le reste lui vient de moi.

Elle arracha à la pâte un petit morceau qui atterrit dans sa bouche.

– Bien, reprit-elle après l'avoir avalé. Vous devez vous étonner que je ne porte pas ma robe d'apparat et que je ne vous reçoive pas dans la Salle des prophéties, comme tout oracle qui se respecte.

– Je me suis posé la question, en effet, admit Akos.

– Je n'en attendais pas moins de la part d'un fils d'oracle, répondit Vara en continuant à sourire cordialement. Eh bien, j'espère que cela restera entre nous, mais je déteste cette salle. Je m'y sens toute petite. Même chose pour la robe ! Elle a été confectionnée pour l'oracle précédent, qui était bien plus grand que moi ! Et puis, étant donné la nature de ce que j'ai à vous dire, j'ai pensé que cet environnement plus confortable conviendrait peut-être mieux.

Akos eut la sensation d'être brusquement trempé dans l'eau froide. *Étant donné la nature de ce que j'ai à vous dire* ?

– Au moins, on sait déjà que ce n'est pas une bonne nouvelle, fit sèchement Cyra.

Chez elle, le recours au sarcasme était généralement le signe qu'elle était terrifiée. La façon dont sa main se crispa sur le bord du banc confirma cette hypothèse.

Vara soupira.

– Oh, c'est souvent le cas de la vérité, chère petite. Ce que j'ai pour vous aujourd'hui est quelque chose qu'on appelle *kyerta*. Connaissez-vous ce mot ?

Cyra et Akos firent non de la tête.

– Non, bien sûr, reprit l'oracle avec un rire qui évoquait un mince filet d'eau. Qui parle ogran en dehors des Ograns ? Voyez-vous, on présente les oracles comme des gens qui ne révèlent que le futur, et c'est en effet ce que nous faisons le plus souvent.

Prenant un gros cylindre métallique sur une étagère derrière elle, elle s'en servit pour étaler sa pâte.

– C'est le passé qui génère le futur. Souvent, il reste caché et modèle nos vies sans que nous le sachions. Mais parfois, il doit se frayer un chemin jusque dans le présent pour modifier ce qui va suivre.

Elle sépara la pâte en trois tronçons qu'elle roula entre ses mains jusqu'à obtenir de longues baguettes, qu'elle entreprit de tresser.

– Le kyerta, poursuivit-elle, c'est la révélation qui va faire basculer votre monde sur son axe. C'est une vérité profonde qui, une fois révélée, modifie inéluctablement votre futur, même si elle porte sur un événement qui a déjà eu lieu et qui, logiquement, ne devrait plus rien changer.

Elle acheva de tresser la pâte et la mit de côté avec un soupir. Puis elle s'assit en face de ses hôtes en s'essuyant les mains et se pencha en avant, en appui sur ses bras croisés. Elle avait les doigts saupoudrés de farine bise, les ongles rongés jusqu'au sang.

– Dans votre cas, le kyerta prend la forme de vos noms. Vous avez vécu respectivement sous l'identité d'Akos Kereseth et de Cyra Noavek, alors que vous êtes en réalité Akos Noavek et Cyra Kereseth.

Elle se redressa en se détachant de la table.

Akos n'arrivait plus à respirer.

Cyra éclata de rire.

# 27: CYRA

Je plaquai une main sur ma bouche pour faire taire le rire qui m'échappait, un horrible rire forcé qui n'exprimait aucune joie.

Cyra Kereseth.

Ce n'était pas la première fois que ce nom prenait forme dans ma tête. J'y avais rêvé une ou deux fois, remplaçant mon nom par celui d'Akos, quelque part dans un futur idéal où l'on se mariait. Selon l'usage shotet, celui qui avait une position sociale inférieure adoptait le nom de l'autre. Mais on pouvait toujours faire une exception pour que je me débarrasse du mien. Le nom de Cyra Kereseth représentait pour moi un symbole de liberté, en même temps qu'une douce fiction au goût sucré.

Mais Vara ne voulait pas dire que je m'appellerais Cyra Kereseth par l'opération d'un lointain mariage hypothétique. Elle voulait dire que je m'appelais *déjà* Cyra Kereseth.

J'aurais pu me laisser convaincre que je n'étais pas Cyra Noavek. J'avais des soupçons depuis que mon frère m'avait dit que nous n'avions pas le même sang, peut-être même depuis que j'avais essayé en vain d'ouvrir la serrure à empreinte génétique qui fermait ses appartements. Quant à croire que j'appartenais à la famille qui avait donné à Akos son cœur tendre et sa connaissance des fleurs-des-glaces… c'était une autre affaire.

Je n'osai pas le regarder, de peur de ce que je verrais.

J'ôtai ma main de mon visage.

– Pardon ? dis-je en étouffant un nouveau rire. *Pardon ?*

– Sifa vous raconterait cette histoire mieux que moi, reprit Vara. Malheureusement, c'est à moi que cette tâche incombe, car c'est le futur d'Ogra qui est en jeu. Akos, lorsque vous êtes né chez Ylira et Lazmet Noavek, Sifa n'a distingué que de sombres chemins devant vous. Et de même, pour vous, Cyra, lorsque vous êtes née chez Sifa elle-même et Aoseh Kereseth. Elle était au désespoir pour chacun de vous.

« Puis il se produisit quelque chose qui n'était pas arrivé depuis longtemps : une nouvelle possibilité se fit jour. Si l'oracle permutait vos chemins, si elle intervertissait vos places, cela ouvrait d'autres perspectives, dont quelques-unes – très peu, certes, mais néanmoins – ne vous menaient pas à votre perte. Alors elle contacta Ylira Noavek, qu'elle n'avait jamais rencontrée et ne rencontrerait jamais plus, pour lui proposer cette solution. Par chance, Lazmet n'avait pas encore vu l'enfant. Une chance également que les lignées de vos deux familles aient été suffisamment métissées pour que toutes les combinaisons de traits et toutes les carnations soient plausibles.

« Les deux femmes se donnèrent rendez-vous juste derrière la Traverse, dans l'étendue d'herbe-plume qui sépare Shotet de Thuvhé, et échangèrent leurs enfants pour offrir à chacun une chance d'échapper à ses chemins les plus sombres, dit Vara d'un ton définitif.

« On fit croire à Lazmet qu'on s'était trompé en lui communiquant le sexe de l'enfant. Le messager qui lui avait porté la nouvelle fut exécuté, mais Lazmet accepta Cyra comme sa fille, et tout se déroula comme Sifa l'avait espéré.

Je m'imaginais la scène, ma petite silhouette de bébé emmaillotée passant dans les mains d'Ylira Noavek, avec l'herbe-plume qui se balançait autour de nous. Un brusque accès de colère m'extirpa de cette vision. Je me penchai en avant sur la table, un doigt pointé sur l'oracle.

– Vous me dites que ma mère m'a abandonnée pour que je sois élevée par des monstres, et je suis censée faire quoi ? Dire merci parce que c'était pour mon bien ?

– Je n'ai pas à vous dire ce que vous devez ressentir, me répondit Vara avec un regard rempli de douceur. Seulement ce qui s'est passé.

J'avais l'impression d'être une bouilloire, remplie de colère et d'hystérie irrépressibles, prête à déborder. J'aurais voulu secouer l'oracle pour chasser cette douceur de son regard. Mais surtout, j'aurais voulu bouger pour échapper à la douleur qui courait maintenant sur chaque izit carré de ma peau, la couvrant de plaques noires.

Lorsque j'osai enfin regarder Akos, je vis que son visage était figé comme celui d'une statue. Il était si parfaitement immobile que c'en était inquiétant.

– Je suppose que je n'ai pas besoin d'attirer votre attention sur le point positif de tout ceci, reprit Vara. Vos destins.

– Nos destins, répétai-je mécaniquement. Qu'est-ce qu'ils ont ?

– Ce n'est pas par hasard que les destins ne nomment pas les gens. *Le deuxième enfant de la famille Noavek franchira la Traverse. Le troisième enfant de la famille Kereseth mourra au service de la famille Noavek.* Ma chère petite, vous êtes la troisième enfant de la famille Kereseth. Et j'ai le sentiment que votre destin s'est déjà accompli.

Dans un geste théâtral, je posai deux doigts sur mon poignet pour faire semblant de me prendre le pouls.

– Oh ! Suis-je bête je ne me suis même pas rendu compte que j'étais « morte au service de… »

Je m'interrompis.

Non, ce n'était pas possible…

Dans la prison souterraine où il nous avait enfermés, mon frère avait essayé de me forcer à torturer Akos. Pour le protéger, j'avais rappelé tout mon don-flux en moi, en comptant sur ma force pour me maintenir en vie. Mais cette force m'avait trahie – juste assez longtemps pour que l'on puisse parler de mort. L'espace d'un instant, mon cœur avait cessé de battre, avant de repartir.

J'étais morte pour la famille Noavek. J'étais morte pour Akos.

Je le fixai avec stupéfaction. Ce sort qu'il redoutait tant, par lequel il s'était laissé définir depuis le jour où il l'avait appris de la bouche de mon frère... c'était le *mien*.

Et il s'était déjà accompli.

# 28: AKOS

TOUS LES ASPECTS qui le définissaient
– Traître désigné par le destin, Kereseth, *Thuvhésit* –
Venaient de s'envoler.

IL N'AVAIT PAS PRONONCÉ un mot depuis que l'oracle les avait invités à partager une tasse de thé avec elle et que Cyra avait refusé. À vrai dire, il n'avait plus de mots. Il ne savait même plus dans quelle langue il devait parler. Les caractéristiques par lesquelles il avait toujours défini ces langues – le thuvhésit : langue de sa famille et de son peuple ; l'othyrien : langue des étrangers ; le shotet : langue de ses ennemis – ne s'appliquaient plus.

Cyra sembla deviner qu'il était incapable de parler. Peut-être ne comprenait-elle pas pourquoi, et comment le pourrait-elle ? Son visage s'était illuminé comme une bougie à la révélation de Vara. Et elle était émotionnellement élastique, capable de sortir d'un accès de rage aussi vite qu'elle y était entrée. Mais même si elle ne comprenait pas Akos, elle respectait ses réactions.

Elle s'était contentée de lui toucher l'épaule, prudemment, en lui disant :

– Je sais. Moi non plus, je ne voulais pas avoir le même sang qu'eux.

Tout était dit. Elle partageait son histoire avec les Noavek, et lui partageait leur sang. Difficile de dire ce qui était le pire.

Cette nuit-là, il ne dormit pas. Il arpenta les chemins qui entouraient le temple, sans même chercher à éviter les plantes dangereuses qui poussaient partout ni les coléoptères dont une seule morsure suffirait à le tuer. La plupart de ces plantes lui étaient inconnues, mais il passa un moment à chercher celles qu'il connaissait, rien que pour essayer de penser à autre chose.

Les coléoptères ne faisaient que passer, sauf un, un petit, qui s'était perché sur sa main et remuait ses ailes illuminées en agitant ses antennes. Akos s'était assis sur un rocher pour l'observer.

Curieusement, cet insecte lui rappela le Carapaçonné qu'il avait tué pour mériter sa cuirasse. Il se promenait dans les champs qui entouraient Voa lorsqu'un troupeau était apparu. Il avait mis un moment à avoir la certitude que les Carapaçonnés ne l'attaqueraient pas. C'était le flux qui les rendait fous. Akos, au contraire, représentait un soulagement pour eux, comme il l'était pour Cyra. Peut-être ce coléoptère ressentait-il la même chose, et se tenait-il à l'écart de ceux qui véhiculaient le flux parce que cette énergie était trop violente à supporter. Le motif qui figurait sur son dos ressemblait à une tache d'encre, qui n'évoquait rien de particulier. Il s'illuminait par moments d'une teinte bleu-vert, une teinte apaisante.

Au bout d'un moment, Akos ne fut plus dérangé par le chatouillement de ses petites pattes, ni par la menace de ses mandibules proéminentes.

C'était comme si la révélation de l'oracle se dépliait de plus en plus, telle une feuille de papier froissée. Elle lui montra d'abord tout ce qu'il n'était plus. Puis ce qu'il était désormais : un Shotet. Un *Noavek*.

L'homme qui lui avait tout pris – son père, sa famille, la sécurité – était en réalité son frère.

Et Lazmet, l'homme qui avait façonné Ryzek, était son père.

Toujours vivant, si inquiétant pour Cyra – l'inébranlable, l'irréductible Cyra – qu'elle paniquait rien qu'à la vue de son visage.

– Qu'est-ce que je fais, maintenant ? demanda-t-il au coléoptère.

– J'ai peur qu'il ne vous réponde pas, dit la voix de Pary derrière lui. Mais je ne prétends pas comprendre le don-flux des autres.

Akos fit volte-face. Par chance, l'insecte ne broncha pas.

– Ne venez pas plus près. Les coléoptères tueurs, tout ça...

– On dirait qu'ils vous aiment bien, dit Pary. Quoi que vous soyez, vous êtes un mélange tout à fait étrange.

Akos acquiesça d'un hochement de tête. Voilà une affirmation qui était indéniable.

Pary se campa en face de lui – à distance prudente –, les mains dans les poches.

– Elle a dû vous annoncer quelque chose de difficile à accepter.

Akos n'était pas certain que « difficile » soit le mot exact. Le coléoptère passa de son pouce à sa manche en faisant cliqueter bruyamment ses mandibules. Il n'y avait plus qu'à espérer que ce n'était pas chez lui le signe annonciateur d'une attaque. Mais Akos n'avait pas le sentiment que l'insecte avait des intentions hostiles.

– Beaucoup de gens à travers la galaxie pensent que les oracles sont élitistes, reprit Pary. Qu'ils n'accordent d'importance qu'aux destins et, donc, à un petit nombre de familles. C'est considéré comme un étalage inutile de favoritisme par ceux qui ne comprennent pas le fonctionnement des destins et qui ignorent que ces destins ne laissent aucun choix aux oracles. Les élus du destin, eux, savent qu'il en va autrement.

La lueur orangée d'une fleur du jardin se refléta en scintillant dans les yeux de Pary.

– Le destin est une cage, reprit-il. Libéré de cette cage, on peut choisir, faire ce qu'on veut, aller où on veut. Dans un sens, c'est enfin l'occasion de découvrir qui on est.

Akos avait été trop obnubilé par l'identité des membres de sa famille pour s'intéresser aux destins, même s'il savait que c'était la direction suivie par les pensées de Cyra. Il aurait peut-être dû se réjouir de ne plus être condamné à mourir au service de ses ennemis, mais cette idée était si ancrée en lui qu'il avait du mal à s'adapter. Comme si, depuis le temps, il ne savait plus comment vivre sans ce poids, comme s'il devenait tout à coup trop léger et qu'il risquait de s'envoler.

Quant à son vrai destin, *Le deuxième enfant de la famille Noavek franchira la Traverse*, eh bien, c'était fait. Il avait traversé l'étendue d'herbe-plume qui séparait Thuvhé de Shotet, et même plus d'une fois. Son destin s'était déjà accompli. Pary avait raison : il était désormais libre de choisir ce qu'il voulait. De faire ce qu'il voulait.

De partir.

Là où il avait envie. Là où il avait *besoin* d'aller.

Une décision était en train de se former dans sa tête lorsqu'il entendit un cri, aigu et grinçant. Un gémissement s'y joignit, suivi d'une plainte sourde. Trois voix qui s'élevaient pour exprimer la douleur. Trois oracles.

Akos avait appris à interpréter de tels cris : une nouvelle attaque.

Le coléoptère s'envola de son poignet tandis qu'il s'élançait vers le sommet de la colline jusqu'à la chambre où dormait son frère. Tirant vivement les rideaux, Akos découvrit Eijeh assis sur son lit, marmonnant des propos inaudibles, les doigts agrippant ses cheveux. Akos ne l'avait pas vu aussi chiffonné depuis longtemps, avec sa chemise tirebouchonnée autour de la taille et la moitié de son visage marquée par les plis de l'oreiller.

Akos hésita à l'entrée de la pièce. Pourquoi était-il venu là au lieu d'aller voir sa mère ? Les aspects d'Eijeh qu'il s'était obstiné à sauver étaient perdus à jamais, et Akos venait d'apprendre qu'ils n'étaient même pas de la même famille. Qu'est-ce qui pouvait encore le retenir ?

Eijeh leva la tête et plongea ses yeux dans les siens.

– Notre père. Il les a attaqués.

– Tu t'embrouilles, Eijeh… Notre père est…

– Lazmet, compléta Eijeh en se balançant d'avant en arrière tout en gardant la tête entre ses mains. Il a attaqué Shissa.

– Combien de morts ?

Akos toucha l'épaule d'Eijeh et son frère – son *frère ?* – se déroba.

– Ne me touche pas, j'ai besoin de voir…

– Combien ? insista Akos, même si, au fond, cela ne changeait rien qu'il y en ait une poignée, plusieurs dizaines ou…

– Des centaines. Il pleut du verre.

Puis Eijeh éclata en sanglots. Akos s'assit au bord du lit.

Non, cela ne changeait rien. Son chemin restait le même.

# :29
# EIJEH

« TU DOIS TROUVER DES ANCRAGES, nous a dit Sifa. Sinon les visions prendront le dessus. Tu te feras piéger dans les innombrables possibilités et tu ne pourras pas vivre une vraie vie. »

« Serait-ce si gênant ? avons-nous demandé. D'avoir mille vies différentes au lieu d'une seule ? »

Elle nous a observés en plissant les yeux, cette femme qui est tout à la fois notre mère, une oracle et une étrangère. Nous avons ordonné la mort de son mari, et nous avons nous aussi subi le deuil de cet homme. Comme c'est étrange d'être responsable d'autant de douleur, tout en ayant souffert en conséquence directe de cette responsabilité. Et plus nos identités fusionnent, plus nous ressentons profondément les contradictions inhérentes à notre être. Mais nous ne pouvons rien y faire ; les contradictions sont là, il n'y avait plus qu'à les accepter.

« D'où que te vienne ton identité, nous a-t-elle dit aussi, tu as été fait tel que tu es dans un but donné. Et ce n'est pas pour devenir le réceptacle des expériences d'autres gens, mais pour vivre les tiennes. »

Nous avons haussé les épaules, et c'est alors que l'image a surgi.

Nous sommes dans le corps d'un homme, petit et trapu, qui pousse un chariot rempli de livres. L'air sent le papier et la poussière, et des rayonnages s'élèvent haut au-dessus de sa tête. Il pose un épais volume sur un plateau qui dépasse de l'étagère et tape un code sur un appareil qu'il porte sur lui. Le plateau file vers l'emplacement du livre, en hauteur, un peu sur la gauche.

Il soupire et gagne le bout de l'allée pour regarder par la fenêtre. La ville – que nous reconnaissons comme étant Shissa, à Thuvhé – est pleine de constructions qui flottent si loin du sol que, de là-haut, les champs de fleurs-des-glaces n'apparaissent que comme des taches de couleur sur la neige. Les bâtiments semblent suspendus aux nuages. En face se trouve une structure en verre en forme de losange à plusieurs étages, éclairée de l'intérieur, qui luit d'une lueur verte dans la nuit. Sur sa gauche, il y a un gigantesque bâtiment illuminé d'une lumière laiteuse, comme la terre recouverte de neige en dessous de lui.

Nous connaissons cette ville. Elle est magnifique.

Nous ne sommes plus un homme. Nous sommes une femme, petite et grelottante, vêtue d'une cuirasse rigide de Shotet.

– Quelle idée de vivre dans un pays pareil ! dit-elle à l'homme qui l'accompagne et qui claque bruyamment des dents.

– C'est pour les fleurs-des-glaces, répond-il en haussant les épaules.

Elle plie ses doigts pour les désengourdir.

– Chut… dit-il.

Devant eux, une soldate shotet colle l'oreille contre une porte. Puis elle recule en leur faisant signe d'avancer. On projette un gros cylindre en métal à plusieurs reprises sur la porte pour l'ouvrir. La serrure finit par tomber en cliquetant sur le ciment. Derrière cette porte se trouve une sorte de salle de contrôle, comme le poste de commandement d'un vaisseau.

Un cri transperce l'air. Nous nous ruons à l'intérieur.

Nous nous tenons devant une fenêtre, une main posée à plat sur la vitre froide tandis que l'autre tire le rideau. Au-dessus de la ville de Shissa, un amas de bâtiments géants plane au-dessus de nous. Depuis notre enfance, ces bâtiments nous rassurent, la nuit. Un ciel sans constructions nous semble nu et vide, et nous n'aimons pas voyager.

Ces bâtiments restent immobiles même sous les vents les plus violents. C'est grâce à la technologie pithare qu'on les stabilise depuis des petites tours au sol, près des champs de fleurs-des-glaces. Nous ne comprenons pas comment ça marche. Nous sommes un ouvrier agricole. Nous avons encore aux pieds nos bottes de travail – aux semelles munies de crampons pour marcher sur les plaques de glace – et nos épaules sont endolories à force de transporter du matériel toute la journée.

Sous nos yeux, l'hôpital – un cube rouge lumineux suspendu au-dessus de nous – bouge.

Frémit.

Et tombe.

Il tombe, arrachant un cri de nos poumons. Il tombe lentement, tel un objet lâché dans un seau d'eau, même si cela ne se peut pas. Dans sa chute, il fait jaillir autour de lui des gerbes de flocons blancs. Puis il percute le sol.

Nous sommes un enfant dans un lit d'hôpital. Notre corps est petit et mince. Nos cheveux nous collent à la nuque ; il fait chaud, ici. Les garde-corps du lit sont relevés, comme si nous n'étions pas assez grand pour éviter de tomber du lit en dormant.

Soudain le lit est violemment secoué, et nous nous agrippons aux garde-corps dans un sursaut. Sauf que ce n'est pas le lit qui bouge… c'est le sol ! Il disparaît sous nos pieds. Toute la ville disparaît en glissant derrière la fenêtre et nous nous retenons au garde-corps, les mâchoires serrées…

Puis nous hurlons…

Nous – la femme shotet – courons en tirant sur les courroies de notre cuirasse. Elles sont trop serrées et nous rentrent dans les côtes, ce qui nous ralentit.

Le bruit des bâtiments qui tombent ne ressemble à rien de ce que nous ayons jamais entendu. Les craquements, les fracassements, les cris, les plaintes, les lamentations, et l'appel d'air qui les accompagne, tout cela est assourdissant. Les mains plaquées sur les oreilles, nous continuons à courir vers le vaisseau de transport de troupes, vers la sécurité.

Nous voyons une forme sombre se jeter du toit de l'hôpital.

Nous avons les genoux enfoncés dans la neige. L'homme qui était avec nous tout à l'heure crie quelque chose que nous n'entendons pas. Nos joues sont brûlantes. Surpris, nous réalisons que le visage de la femme shotet est couvert de larmes.

C'est la riposte ordonnée par Lazmet Noavek. Mais elle s'apparente plutôt à un cauchemar.

– Vite ! crie l'autre soldat. Il faut partir !

Mais comment partir, avec tous ces gens qui ont besoin d'aide ?

Comment continuer, avec toutes ces vies perdues ?

Comment continuer ?

# :30
# CYRA

Le soir, Akos sortit se promener dans le jardin et je me retrouvai seule. L'humidité de l'air ogran rendait mon visage moite et je voulus me rafraîchir. Je gagnai la salle de bains et tournai le robinet en posant mon front sur le mur carrelé. Mon don-flux me piquait, me brûlait. La douleur était toujours plus violente dans mes doigts que dans le reste de mon corps. Les ombres se rassemblaient à mes extrémités comme si elles cherchaient à s'échapper.

Je m'aspergeai le visage et m'essuyai sur ma chemise. *Cyra Kereseth*, pensai-je, pour tester mon nom. J'avais la sensation qu'il ne m'allait pas, comme un vêtement qui ne m'appartiendrait pas. Mais ma présence dans cette chambre, avec ses couvertures qui gisaient en vrac sur le lit où Akos et moi étions enchevêtrés un peu plus tôt, paraissait tout aussi hors de propos. Je n'étais plus celle qui s'était trouvée allongée là, avec lui, l'oreille posée sur sa poitrine.

Soudain, j'eus besoin de sortir, de bouger. Pour ne pas risquer de tomber sur Akos, je partis vers le vaisseau de Pary, qui était posé de l'autre côté de la colline, du côté opposé au jardin. L'écoutille s'ouvrit d'une simple pression sur un bouton et les lumières intérieures me guidèrent jusqu'à un siège au milieu des plantes ogranes.

J'étais assise là, la tête entre les mains, devant une plante qui ressemblait à une bouche géante, quand l'écoutille se rouvrit. Je relevai la tête, certaine de voir Akos et que nous pourrions enfin parler de ce que nous venions d'apprendre. Mais ce n'était pas lui.

C'était Sifa.

Elle ne referma pas l'écoutille et on continuait à entendre le bourdonnement des insectes et le murmure du vent tandis qu'elle me fixait, immobile. La douleur qui m'assaillit à sa vue, à l'idée du monde auquel elle m'avait livrée bébé, me coupa le souffle. Je me tins sans bouger pour la surmonter. Sans un tressaillement, sans un tremblement, sans un gémissement. Sans rien qui appelât la consolation. Je ne voulais pas lui montrer le mal qu'elle était capable de me faire.

– Vous avez parlé avec Vara, me dit-elle.

Je me redressai en rejetant ma tresse par-dessus mon épaule.

– Oui, à ce propos, je vous remercie, répondis-je en réprimant une grimace alors qu'une ombre-flux me traversait le visage. Rien de tel que d'apprendre de la bouche d'une inconnue qu'on a été abandonnée.

– Il faut que vous sachiez…

Mais j'étais déjà debout, les bottes plantées sur le plancher grillagé, une ligne lumineuse passant entre mes pieds.

– Oui, je vous en prie, dites-moi ce que je dois savoir, ripostai-je. Vous préférez me parler de ce que vous avez ressenti en livrant votre fille à une famille de monstres et en mentant à votre fils pendant toute sa vie ? Ou du fait que vous avez agi pour le bien de Thuvhé, ou de Shotet, ou de ce foutu flux ? Parce que c'est tout ce qui m'intéresse : savoir combien ça a été dur pour *vous*.

Je me sentais gigantesque, tout à coup, comme une montagne de muscles. Sifa n'était pas frêle – il y avait une certaine force noueuse chez elle –, mais elle n'était pas large d'épaules et de hanches comme moi. J'aurais pu la jeter à terre d'un seul coup de poing, et une partie de moi l'aurait fait volontiers. La partie

Noavek, peut-être. Celle qui n'aurait pas existé si elle m'avait gardée en sécurité auprès d'elle au lieu de m'échanger contre un autre.

Elle était restée près de l'écoutille, se détachant à contre-jour sur la piste qui se trouvait derrière elle. Ses cheveux formaient une masse d'un côté de sa tête, comme si elle ne s'était pas coiffée depuis plusieurs jours. Elle paraissait épuisée. Mais je m'en contrefichais.

– Qu'avez-vous vu ? Qu'avez-vous vu dans notre avenir qui ait pu vous pousser à nous échanger ? Qu'est-ce qui pouvait être assez horrible pour qu'il vaille encore mieux me confier aux Noavek ?

Elle ferma les yeux et son expression me fit frémir.

– Cela, je ne vous le dirai pas, me répondit-elle en rouvrant les yeux. Je préfère que vous me haïssiez plutôt que de vous apprendre ce que je vous ai vus devenir, Akos et vous. J'ai choisi la meilleure voie pour vous deux, celle qui offrait le plus grand potentiel.

– Vous n'aviez pas le droit de choisir mon chemin à ma place, dis-je d'une voix sourde.

– Je le referais s'il le fallait.

J'avais de nouveau envie de la frapper.

– Allez-vous-en.

– Cyra…

– Non. Vous pouviez peut-être décider de notre relation lorsque j'étais bébé, mais c'est un pouvoir que vous avez perdu.

Je me levai, et sa posture se modifia tandis que je m'approchai d'elle pour gagner l'écoutille. Bizarrement, elle parut s'affaler en prenant appui contre le chambranle, la tête baissée, les cheveux retombant devant son visage.

Puis sa voix s'éleva, dans un cri à glacer le sang.

Je compris qu'elle avait une nouvelle vision. Quelque chose d'horrible.

Au début, je me contentai d'écouter sa voix qui raclait l'intérieur de ma tête, en restant debout devant elle. Puis je m'accroupis tandis qu'elle se laissait glisser par terre, répugnant à lui donner du réconfort, mais ne pouvant me résoudre à partir sans savoir ce qu'elle voyait.

Elle mit longtemps à se calmer. Elle cessa de crier avec un bruit étouffé, comme si on la bâillonnait. Sachant que les questions directes donnaient rarement des résultats productifs avec Sifa, j'attendis en silence, recroquevillée dans le noir. Mes ombres-flux me brûlaient le ventre. Derrière moi, la plante-bouche claquait des mâchoires avec un bruit cassant.

Le temps que Sifa se mette à parler, j'avais des fourmis dans les jambes.

– Shissa a été attaquée, déclara-t-elle, le souffle court. Sur ordre de Lazmet Noavek.

Ma première pensée, dont j'eus honte après coup, fut : « Et alors ? »

Thuvhé avait frappé en premier. Aussi alarmant que cela puisse être d'imaginer des forces armées sous les ordres de mon père, nous étions en guerre. Les deux camps souffrent dans une guerre.

Mais je n'avais pas oublié ce que j'avais ressenti lorsque le vaisseau de séjour s'était disloqué dans le ciel de Voa. Où que se trouvât Akos, il allait éprouver la même chose que moi. Et malgré ma colère à l'égard de nos ennemis, je ne pouvais pas souhaiter cela à quelqu'un que j'aimais.

Je quittai Sifa, la femme dont je partageais le sang et qui m'avait abandonnée. Je n'avais aucun réconfort à lui apporter, ni aucun désir de le faire. Je courus sur le chemin en pierres blanches jusqu'au jardin, mais Akos n'y était pas, et les coléoptères y bourdonnaient sans être dérangés par personne. Alors je courus à la chambre où nous avions dormi. Le lit était vide.

J'allai de chambre en chambre, vérifiant le lit de Cisi au passage – vide aussi. Mais dans la chambre qu'avait occupée Sifa, je tombai sur Yssa. Ses cheveux roux étaient collés sur ses joues, comme si elle sortait du bain.

– Je suis désolée, me dit-elle.

– Pour quoi ? Pour l'attaque ?

Pourquoi me dire cela, à moi ?

– Quelle attaque ?

Donc, elle n'était pas au courant.

– Plus tard, répondis-je en secouant la tête avec impatience. De quoi êtes-vous désolée, Yssa ? Il faut que je trouve Akos.

– Justement. Il est parti.

Je crus que j'allais prendre feu, comme ces lianes mortelles des forêts d'Ogra qui s'embrasent au moindre contact.

– Pary vient de partir avec Akos et Cisi. Ils ont prévu de quitter Ogra sur le même vaisseau que Jorek Kuzar, en partance pour Voa au lever du jour.

– Ils n'ont pas laissé de message, dis-je.

Ce n'était pas une question.

– Désolée de ne pas pouvoir vous en dire plus. Pary ne m'a parlé de rien. Je sais que vous devez être un peu perdue...

Je n'étais pas perdue. Si j'avais été normale, si j'avais grandi avec un autre nom, peut-être l'aurais-je été...

Akos avait été délivré de son destin et de son obligation envers moi. Pourquoi aurait-il éprouvé le besoin de laisser un message d'adieu, ou simplement d'explication, au Fléau de Ryzek ? Ça aurait été trop attentionné pour quelqu'un comme moi.

Je m'assis lourdement sur le coffre qui se trouvait au pied du lit de Sifa. Mes ombres-flux filaient sur ma peau comme d'épais ruisseaux.

Il était parti.

Et je me retrouvais seule, comme avant.

# 3

▲

▲

**Oruzo.** *Nom shotet.*
Une réplique, comme un reflet dans un miroir.

# :31
# CYRA

UN FILET DE SUEUR COULA jusqu'au coin de ma bouche. J'en léchai le sel et m'élançai en courant. C'était un pari osé, mais j'espérais surprendre mon adversaire par une attaque en force.

Il était grand et maigre. Il s'agissait d'Ettrek, celui qui m'avait appelée « Fléau de Ryzek » à mon arrivée dans l'abri anti-tempête, et qui s'obstinait à m'appeler ainsi chaque fois qu'il me voyait. Dans l'immédiat, il se limitait à des bras, des jambes et une densité musculaire. Je me ruai sur lui en plaçant mon coude dans l'axe de son ventre.

L'école de l'esprit – elmetahak – aurait désapprouvé une telle prise de risque. « On ne doit prendre de risque qu'en l'absence d'autre solution disponible », recommandaient les enseignements. Dans le cas présent, ils avaient raison : j'avais mal évalué mes chances.

L'avant-bras d'Ettrek s'abattit tel une poutre sur ma poitrine et mon épaule, me projetant à terre sur le dos. Tout autour de moi, le public rugit de plaisir.

– Saigne, oruzo ! cracha quelqu'un dans le public.

Ce cri m'en rappela d'autres. Je me revis agenouillée sur l'estrade de l'arène, un couteau sous la gorge. Mon frère, penché sur moi avec un mélange de rage et de peur dans les yeux. Mon peuple qui m'accusait de trahison et qui réclamait mon sang en chantant. Je sentis des picotements sur mon crâne à l'emplacement de la peau-d'argent.

Même ici, sur Ogra, ils continuaient à réclamer mon sang en fredonnant. À leurs yeux, je restais une Noavek, et un bon Noavek était un Noavek mort.

Je levai les yeux vers Ettrek, qui s'apprêtait à m'asséner le coup de grâce. Je savais à qui j'avais affaire. Il m'appelait son alliée, me combattait pour le plaisir, mais au fond de son cœur, il avait envie de me voir souffrir.

Alors je glissai ma main derrière sa tête, avec la tendresse d'une amante, et l'attirai à moi. « Vas-y, fais-moi mal », disait mon geste. Ettrek tressaillit avec un mouvement de recul, comme si mon contact était venimeux – ce qu'il était – et tomba en arrière, déséquilibré. Je rampai sur lui pour l'immobiliser et levai le bras pour projeter mon coude dans sa figure… avant d'arrêter mon geste en haussant les sourcils.

– OK, OK, je me rends, me dit-il.

La foule le hua. Ils en avaient assez de me voir gagner. Assez de voir gagner les Noavek.

Le fait que le sang de Lazmet ne coulait pas dans mes veines, que je puisse même ne pas être techniquement une Shotet, n'y aurait rien changé pour eux.

Cela changeait-il quelque chose pour moi ?

PLUS TARD, QUAND LES CHEFS des exilés shotet me demandèrent de représenter mon peuple auprès du gouvernement ogran – sans savoir, bien sûr, que je n'étais pas une Shotet –, je repensai à ce que j'avais ressenti, allongée sur le dos, devant ces gens qui ne me souhaitaient que douleur et défaite.

Ils me haïssaient. Ils me rejetaient. Ils ne voulaient pas de moi pour les représenter.

– La plus conservatrice des deux chefs ograns est très

respectueuse de la loi, et vous êtes l'héritière légitime du trône, me confia Aza, l'une des responsables des exilés, avec une nuance de résignation dans la voix.

– On a besoin de ton aide, Cyra, ajouta Teka.

Je l'observai, avec ses cheveux blond pâle ramollis par l'humidité ograne et un cerne violacé sous son œil unique, et, tout à coup, les Shotet cessèrent d'être cette foule anonyme qui m'avait déjà encerclée plusieurs fois. Les Shotet, c'était elle. Et Jorek. Et même Yma. Des gens qui, comme moi, avaient été foulés aux pieds par les puissants. Des gens qui avaient besoin de ce petit geste de ma part pour se défendre.

Et je leur devais cela. C'était moi qui leur avais dit d'évacuer. Moi qui avais dévoilé par mégarde que les exilés se trouvaient sur Ogra. J'étais porteuse de l'héritage des Noavek, même si leur sang ne coulait pas dans mes veines. Je leur devais bien cela, après ce que je leur avais fait.

– Entendu.

– J'AI L'AIR RIDICULE, déclarai-je à mon reflet.

Ou à Teka, qui se tenait derrière moi, les bras croisés, mordant la fossette qui lui creusait la joue.

Je portais une tunique à épaulettes, cintrée et croisée, qui me descendait jusqu'aux chevilles. Tous les ourlets étaient cousus avec du fil lumineux, ce qui me donnait l'impression de ressembler davantage à un vaisseau ogran qu'à une personne. Le col, taillé dans un tissu luisant, éclairait mon visage par en dessous, renforçant encore l'aspect cauchemardesque des ombres-flux qui couraient sur ma peau.

Elles étaient devenues permanentes. Le peu de contrôle que j'avais réussi à garder sur mon don-flux à mon arrivée avait disparu, comme si Akos l'avait emporté avec lui.

– Aza voulait être sûre que tu aies l'allure d'une reine, même si tu n'en es pas réellement une, justifia Teka. Voilà qui est fait.

De toute façon, tout le monde a l'air ridicule ici. Comme ça, tu seras parfaitement intégrée.

Elle se désigna d'un geste. Elle était vêtue comme moi, si ce n'est que sa tunique était grise – pour s'harmoniser à son teint, avait précisé la couturière ograne – et ne lui arrivait qu'aux genoux. Elle portait un pantalon assorti et ses cheveux étaient noués dans un chignon bien lissé. Les miens formaient une tresse épaisse et noueuse ramenée sur mon épaule, du côté opposé à la peau-d'argent.

Nous nous préparions pour une réunion avec les représentants d'Ogra à Pokgo, la capitale. Ils nous avaient conviés à discuter de la « requête » – qui ressemblait plus à une exigence – émise par le gouvernement de Thuvhé, leur demandant d'expulser les exilés shotet à la suite de l'attaque sur Shissa.

Je m'en voulais. Si Thuvhé avait pu faire cette demande à Ogra, c'était uniquement parce que j'avais révélé notre localisation à Isae. Mes ombres-flux étaient épaisses et rapides, et cette tenue serrée n'arrangeait rien. Mais je ne pouvais pas nier qu'elle mettait ma haute taille joliment en valeur.

– Tu ne te maquilles pas du tout ? demandai-je à Teka. Tu pourrais peut-être mettre quelque chose sur ton œil, non ?

– Chaque fois que j'essaie, c'est la catastrophe.

– Je peux le faire, si tu veux. Ma mère m'a appris quand j'étais petite.

– Bon. Mais évite de me dégommer avec ton don-flux, me fit-elle d'un ton bourru.

Dans une boutique de Galo, j'avais déniché un petit crayon noir avec lequel souligner la ligne de mes cils. J'avais essayé de marchander avec la vendeuse ograne, mais elle avait fait semblant de ne pas comprendre mon accent, et j'avais fini par l'acheter à son prix de départ. J'enlevai le capuchon et me tins en face de Teka en me penchant. Faute de pouvoir m'appuyer sur elle, je me maintins le poignet avec l'autre main pour ne pas trembler.

– On peut en parler, tu sais ? me dit-elle soudain. Du fait qu'il ait disparu comme ça. Sans dire au revoir. On peut en parler, si tu… Enfin, si ça peut te faire du bien.

« Sans dire au revoir. » Il avait décidé que je n'étais même pas digne de cette politesse élémentaire.

Je serrai les dents.

– Non. On ne peut pas.

Si j'avais commencé à en parler, je me serais mise à crier, et cette tunique me serrait trop les côtes pour cela. Pour la même raison, j'évitais Sifa et Eijeh – toujours ensemble, maintenant, et consultés à longueur de journée par les exilés à propos de l'avenir. L'idée m'était insupportable.

Par petites touches légères, avec des pauses lorsque mon don-flux montait comme une marée, je cernai de noir l'œil de Teka en estompant le trait avec l'autre extrémité du crayon. Au début de notre relation, elle m'aurait étranglée plutôt que de me laisser l'approcher d'aussi près.

Elle l'aurait certainement nié, mais c'était le signe que ses sentiments envers moi s'adoucissaient, comme les miens vis-à-vis d'elle depuis déjà quelques temps.

Un cœur aimant était un cadeau précieux, qu'il soit offert avec plaisir ou avec réticence, et j'étais bien décidée à ne plus jamais prendre cela à la légère.

Son œil se rouvrit, d'un bleu rendu encore plus brillant par le trait de crayon. Elle portait sur son autre œil ce qu'elle appelait son « bandeau fantaisie ». Noir et tout propre, celui-ci tenait grâce à un ruban au lieu de l'élastique habituel.

– Voilà, fis-je. Presque sans douleur.

Elle s'examina dans le miroir.

– Presque, admit-elle.

Et comme elle ne fit rien pour effacer le crayon noir, je sus que le résultat lui plaisait.

J'ESSAYAIS DE NE PAS PENSER à Akos, ni de rêver de lui, ni d'imaginer les conversations que nous aurions pu avoir sur ce que j'étais en train de vivre. J'avais déjà du mal à contenir ma rage contre Thuvhé ; je n'avais pas besoin d'en rajouter.

Mais pendant le vol pour Pokgo, je cédai à un petit moment de faiblesse avant de me sermonner.

Tandis que le vaisseau glissait entre de hauts bâtiments – plus hauts que tous ceux de Voa, si grands qu'ils auraient pu frôler le ventre des structures de Shissa qui étaient tombées –, j'imaginais l'étonnement qui se serait peint sur son visage s'il avait vu cela.

Et je lui aurais dit quelque chose comme : « Les Ograns ont autorisé la préservation d'un certain pourcentage d'arbres lorsqu'ils ont construit Pokgo. C'est pour ça qu'on a l'impression de survoler une forêt. »

Il aurait souri, amusé par cette information que j'avais glanée comme tant d'autres.

*Arrête*, me dis-je en chassant les larmes d'un battement de paupières. J'avais mal aux genoux, aux hanches, aux coudes et aux épaules, mal dans toutes mes articulations. Je ne pouvais pas me laisser aller.

J'avais du travail.

Notre vaisseau s'arrima à un bâtiment qui se trouvait non loin du centre de Pokgo, où les constructions étaient si rapprochées que je pouvais voir les bureaux et les espaces de vie d'inconnus, jusque dans le détail de leur décoration. Les Ograns ayant le goût de l'excès, les pièces avaient tendance à être surchargées d'objets, appréciés soit pour leur valeur affective, soit pour la finesse de leur exécution.

À l'ouverture de l'écoutille, le vent froid me fit frissonner. À en juger par la chute de la température, nous étions en altitude. Depuis la station d'amarrage, quelqu'un guida jusqu'à notre écoutille une passerelle motorisée, qui n'offrait ni rambarde, ni aucun garde-fou. Le capitaine ogran, un homme trapu qui arborait une bedaine conséquente, l'emprunta avec la grâce d'un danseur. Yssa le suivit. Je lui emboîtai le pas en me forçant à regarder droit devant moi, me concentrant sur la porte ouverte.

Si Akos avait été là, je lui aurais tenu la main en laissant flotter mon bras derrière moi comme une étole.

Mais comme il n'était pas là, je parcourus seule la passerelle.

LES OGRANS ÉTAIENT GOUVERNÉS par deux personnes, une femme et un *sema*, le mot shotet qui décrit les individus qui ne sont ni homme ni femme. Je savais que la planète comptait deux principales factions politiques, dont l'une était favorable au progrès et l'autre pas. Toutes les deux saisons, chacune des deux présentait un candidat et ils dirigeaient ensemble en faisant des compromis. Il me semblait tout à fait impossible qu'un tel système pût fonctionner, mais c'était apparemment le cas, puisqu'il en était ainsi depuis déjà deux cents saisons.

La femme – qui s'était présentée sous le nom de Lusha en m'agrippant le bras – était plus grande et plus charpentée que moi, avec la peau nettement plus sombre que la mienne. Le trait de crayon légèrement chatoyant tracé le long de ses cils illuminait ses yeux par le haut, et cela lui allait bien. Son collègue sema, qui se présenta sous le nom de Rokha, avait des cheveux ras couleur sable, le visage saupoudré de taches de rousseur et une bouche délicate, dont les lèvres avançaient dans une petite moue.

– Vous êtes Cyra Noavek ? me demanda Rokha alors que nous attendions tous ensemble le début de la réunion.

Lusha s'était mise à discuter avec Yssa et Aza, et son rire généreux emplissait ma tête d'une joie qui m'était devenue étrangère.

– C'est ce qu'on dit, répliquai-je.

– Je ne vous voyais pas aussi grande, me dit Rokha en riant. Mais j'imagine que tout le monde paraît petit à côté de Ryzek Noavek.

– Paraissait, rectifiai-je.

J'avais réagi spontanément comme pour corriger une erreur grammaticale, avec l'intention sincère d'aider quelqu'un qui ne maîtrisait pas parfaitement le shotet. Mais Rokha prit un air gêné en réalisant son manque de tact.

– Toutes mes excuses. Votre perte est très récente.

– Je ne dirais pas que j'ai perdu grand-chose.

Rokha haussa un sourcil. Ses paupières parsemées de taches de rousseur me firent penser à Akos et un réseau d'ombres-flux passa sur mon orbite, m'arrachant une grimace.

– Je n'arrive pas à savoir si vous plaisantez ou si vous êtes sérieuse, m'avoua Rokha.

– Cela devrait vous plaire, répliquai-je d'un ton aigre. Ne dit-on pas que les Ograns adorent le mystère ?

Rokha me regarda curieusement, de plus en plus perplexe, tandis que Lusha annonçait le début de la réunion.

– PARLONS FRANC, dit Lusha.

Rokha réprima un rire ironique et Lusha lui jeta un petit regard en plissant le nez dans une moue un peu puérile. Des deux dirigeants, j'avais compris que c'était elle qui représentait les conservateurs. Elle avait tendance à pontifier et à faire des manières. Je réprimai un rire à mon tour tandis que Rokha, en face de moi, m'adressait un clin d'œil. Nous étions installés sur des tabourets autour d'une table assez basse. Le lourd tissu dont j'étais vêtue du cou jusqu'aux chevilles s'étalait autour de moi, rehaussé par des coutures au fil scintillant.

– Bien, commença Aza. Pour parler clairement, nous sommes extrêmement surpris qu'Ogra puisse même envisager de nous expulser après tant d'années de cohabitation pacifique sur cette planète.

– Nous ne l'envisagerions pas si la pression venait uniquement de Thuvhé, répondit Lusha en soupirant. Mais la chancelière a obtenu le soutien de l'Assemblée et cherche à conclure de solides alliances. D'après nos renseignements, elle est en route pour Othyr en ce moment même.

Je glissai un coup d'œil vers Teka. À son expression, je vis qu'elle était aussi inquiète que moi. Si Thuvhé passait un accord avec Othyr, nous avions déjà perdu cette guerre.

Personne ne pouvait se dresser contre Othyr, encore moins avec une cause aussi insignifiante que la volonté d'empêcher l'élimination totale des Shotet.

À ma connaissance, Othyr avait toujours été la planète la plus prospère et la plus puissante de la galaxie. Sa richesse reposait à l'origine sur ses ressources naturelles. Mais avec le temps les Othyriens s'étaient tournés vers des activités plus sophistiquées que l'exploitation minière et l'agriculture. Ils développaient désormais toutes les nouvelles technologies et misaient sur la recherche scientifique. La presque totalité des avancées accomplies dans les domaines de la médecine, des voyages dans l'espace et de l'industrie alimentaire venait d'Othyr. Toute planète qui romprait ses relations avec Othyr perdrait l'accès à tous les aspects de la vie moderne qui faisaient partie du quotidien – y compris celui des Shotet. Aucun gouvernement ne s'y risquerait.

– Pourquoi l'Assemblée soutient-elle Thuvhé au lieu de rester neutre, comme elle l'a toujours fait par le passé ? demanda Teka. Pourquoi ne s'en tient-elle pas à la dénomination de « discorde civile », comme elle l'a fait pendant plus de dix saisons ?

– L'Assemblée a perçu notre vulnérabilité, dit Aza. Elle considère visiblement ceci comme une opération de nettoyage, l'occasion de se débarrasser de la racaille shotet en la faisant exploser dans l'espace, pour le dire clairement.

Je validais pleinement la colère d'Aza, qui faisait écho à la mienne.

– Cette interprétation est peut-être un peu exagérée, tempéra Lusha. L'Assemblée ne s'engagerait pas dans un conflit à moins d'estimer que…

– Dans ce cas, la coupa Aza d'une voix tremblante, expliquez-moi pourquoi cette attaque contre des innocents qui s'apprêtaient à fuir sur le vaisseau de séjour n'a pas été présentée comme un crime de guerre, contrairement à celle qui a frappé des innocents à Shissa. Ne serait-ce pas parce que les enfants thuvhésit sont considérés comme des innocents mais pas les enfants shotet ? Ne serait-ce pas parce que le peuple thuvhésit est considéré comme productif, alors que le peuple shotet n'est qu'une bande de pillards brutaux ?

– Je croyais que vous dénonciez les actions de Lazmet Noavek contre Thuvhé, intervint Rokha d'une voix dure. N'avez-vous pas publié une déclaration condamnant cette attaque dès que vous en avez eu connaissance ?

– Tout à fait, et je maintiens cette déclaration, confirma Aza. Lazmet Noavek a recruté une armée constituée de partisans de son fils défunt. Nous n'avons rien à voir avec ses actions contre Shissa, et nous ne pourrions jamais nous rendre coupables d'actes aussi odieux. Mais il n'en demeure pas moins que Thuvhé mérite d'être punie pour ce qu'elle a fait.

Je n'avais pas besoin d'être rodée à ce genre de réunion pour savoir que ça tournait mal. Le mode de communication privilégié par les Ograns revenait à cogner sur un clou avec un marteau, et il n'en allait pas autrement des Shotet. À vrai dire, nos deux cultures avaient de nombreux points communs : nous admirions la ténacité, nous envahissions les planètes qui nous défiaient, nous révérions les oracles…

Si je parvenais à leur montrer combien nous étions semblables, peut-être accepteraient-ils de nous aider.

– Pourquoi nous détestent-ils ? demandai-je d'un ton perplexe en penchant la tête sur le côté.

– Comment cela, « pourquoi » ? s'impatienta Aza. Ils nous ont toujours détestés ! C'est une haine sans fondement, sans raison… !

– La haine n'est jamais gratuite, objecta Teka. Ils nous détestent parce que nous suivons le ruban-flux et honorons les oracles. Ils nous prennent pour des arriérés.

– Oracles qui, en annonçant les destins des membres de la famille Noavek, ont affirmé le rôle des Shotet dans la galaxie, ajoutai-je. Mais l'Assemblée ne les a pas écoutés. Elle a refusé de nous accorder la souveraineté. Son but est de limiter le pouvoir des oracles, certainement pas de l'amplifier en reconnaissant les destins. Alors ils nous détestent, parce que nous vénérons précisément ceux qu'ils voudraient dépouiller de leur pouvoir.

– Voilà une affirmation qui ne manque pas d'audace, intervint Lusha. On pourrait même se demander si déclarer que l'Assemblée cherche à priver les oracles de leur pouvoir ne relève pas de la trahison.

– La seule trahison que je considère comme telle est la déloyauté envers les oracles. Et je ne me suis jamais rendue coupable d'un tel crime. Malheureusement, on ne peut pas en dire autant des autorités shotet actuelles.

– Il y a deux saisons, Ogra était au bord de la guerre parce que l'Assemblée voulait révéler au public les destins des familles élues du destin, rappela Aza. J'ai lu les rapports. Vous, Lusha, vous avez été particulièrement indignée par cette décision.

– Je ne voyais pas pourquoi il aurait fallu rompre avec la tradition, répondit Lusha d'un ton raide.

– Le fait de déclarer publiquement les destins sans raison particulière s'est soldé par l'enlèvement d'un de nos oracles et a finalement abouti à la guerre qui nous frappe aujourd'hui, observa Teka. C'est l'Assemblée elle-même qui a semé les germes de ce conflit en défiant les oracles. Et maintenant, ils nous en font le reproche et veulent nous écraser ?

Je ne savais pas si ses arguments portaient. Je n'avais pas de talent pour déchiffrer les expressions. Mais elle persista :

– L'Assemblée se sent menacée par toutes les planètes qui respectent les destins. Cela a commencé avec nous, mais n'espérez pas que les choses en resteront là. Tepes, Zold, Essander, Ogra – toutes les planètes fidèles aux destins sont pareillement menacées. Et si l'Assemblée peut nous traiter d'arriérés et nous déclarer la guerre pour se débarrasser de nous, rien ne l'empêche d'en faire autant avec vous. Si nous voulons maintenir son pouvoir dans des limites raisonnables, nous avons intérêt à nous montrer tous solidaires.

J'essayai de décoder le langage corporel de Lusha et Rokha – là-dessus, je pouvais me vanter d'avoir quelques compétences –, mais c'était difficile en en sachant aussi peu sur la culture ograne. Rokha avait les mains jointes sagement sur la table, tandis que Lusha croisait les bras. C'est rarement très bon signe, quelle que soit la culture.

Je m'éclaircis la gorge.

– Avant que nous en arrivions là, j'ai une idée.

Tout le monde se tourna vers moi. Teka pinça les lèvres.

– J'ai eu l'occasion de rencontrer Isae Benesit, la chancelière de Thuvhé, dis-je. Elle a passé plusieurs jours parmi les renégats shotet lors de son passage à Voa. Et elle s'est contentée d'envoyer une représentante sur Ogra pour évoquer l'éventualité d'une alliance. Elle sait que nous ne partageons pas la position de Lazmet Noavek. Ce ne sont pas les Shotet qui lui posent problème, mais leur gouvernement. Et, sur ce point, nous sommes d'accord avec elle.

– Vous commencez par dire que c'est l'Assemblée qui mène cette guerre, avant d'affirmer que c'est seulement Isae Benesit, observa Lusah. Il faudrait savoir !

– Ce sont les deux. L'Assemblée se sert d'Isae Benesit pour rester dans la légalité. Ils n'agiront pas sans raison. Tant que Thuvhé ne nous attaque pas, l'Assemblée ne dispose d'aucun intermédiaire pour se charger de cette guerre et il n'y a pas de conflit qui tienne. Si nous apaisons Isae, l'Assemblée suivra. Or le seul moyen d'apaiser Isae est de détrôner Lazmet Noavek.

– Laisse-moi deviner, fit Teka. Tu vas nous dire qu'il faut le tuer ?

Ne sachant pas trop quoi répondre, je préférai m'abstenir.

– Ah, les Noavek, reprit-elle. Toujours prêts à verser le sang.

– Je me refuse à échafauder une solution compliquée juste par peur de me salir les mains, répliquai-je sèchement. Je n'ai pas cessé de vous supplier de prendre Lazmet Noavek au sérieux depuis sa première apparition sur les écrans de la galaxie. Il est puissant et tient presque tout Shotet dans son poing. Lui mort, nous pourrions prendre la tête de notre peuple et négocier la paix. Tant qu'il sera vivant, toute paix sera impossible.

Je me rendis compte que je me tenais assise comme ma mère : le dos droit, les mains et les chevilles croisées. Même si elle n'était pas ma mère biologique, il y avait plus d'elle en moi que de l'oracle qui m'avait échangée par souci des destins. Je restais une Noavek. Ce n'était pas toujours une consolation, mais dans ce cas précis, où la force était requise, cet héritage avait ses avantages.

– Je pense que nous tenons là une solution qui convient à tous, approuva Rokha en hochant la tête à plusieurs reprises. Mademoiselle Noavek, comme il s'agit de votre proposition, nous allons mettre en place un canal sécurisé pour que vous la transmettiez vous-même à la chancelière Benesit. Parallèlement, nous ouvrirons des discussions – Shotet et Ograns confondus – avec Tepes, Zold et Essander, ne serait-ce que pour étudier les différentes possibilités. Votre avis, Lusha ?

– Nous parlons de *discussions* uniquement, précisa Lusha en tapant plusieurs fois de l'index sur la table. De discussions secrètes. Nous ne voudrions pas laisser croire à l'Assemblée que nous nourrissons des projets de rébellion.

– Nous pouvons envoyer nos émissaires par le biais des vaisseaux de livraison qui quittent l'atmosphère de la planète, suggéra Aza. L'Assemblée se préoccupe assez peu d'Ogra en règle générale. Elle ne contrôlera pas les registres de vol.

– Parfait, approuva Lusha. Bien, je crois que nous sommes d'accord. Mademoiselle Noavek, nous organiserons une communication entre vous et la chancelière de Thuvhé dans le courant de la semaine.

Je sentis battre mon pouls au bout de mes doigts. Il me fallait du temps, plus de temps qu'on ne pouvait m'en donner. Et même alors, pouvais-je vraiment planifier l'assassinat de mon propre père ? Avais-je la moindre chance de réussir, étant donné ce qui s'était passé quand je m'en étais prise à la vie de Ryzek ?

*Si tu ne peux pas le faire, personne ne le peut,* me raisonnai-je. *Si tu ne peux pas le faire, on est tous fichus. Tu n'as rien à perdre à essayer.*

Lorsque je me levai à la fin de la réunion, je tenais fermement sur mes jambes. Même si je me sentais tout sauf ferme.

▲

▲

# :32
# CYRA

Teka et moi regagnâmes le petit logement que nous avait assigné Aza. C'était une pièce unique, comprenant une cuisinière deux fois plus petite que celle dont je disposais sur le vaisseau de séjour – je me rappelai ses éclaboussures permanentes avec un pincement aigu de nostalgie – et une salle de bains dans laquelle on ne pouvait pas tenir à deux. Mais il y avait un petit bureau où je m'installais pour lire jusque tard le soir, lorsque Teka voulait éteindre. Elle avait posé dans un coin une boîte remplie d'outils, de câbles et de composants électroniques, et occupait son temps libre à la fabrication de petits objets : des petits véhicules à roues télécommandés, ou un élément de décoration à suspendre qui étincelait au moindre courant d'air.

Dès qu'on eut passé la porte, elle retira sa tunique et la jeta sur le lit, manches retournées. Je fus plus soigneuse avec la mienne, dont je défis minutieusement chaque bouton métallique, renforcé par du fil lumineux. C'était de la belle ouvrage. J'espérais qu'on me laisserait la garder.

Teka s'était approchée de mon bureau et promenait les doigts sur le livre que j'avais laissé ouvert dessus, accompagné d'un carnet.

– *La famille Kereseth est l'une des plus anciennes familles élues par le destin,* lut-elle, *peut-être même la première, bien que ses membres ne se soient jamais beaucoup investis dans la défense de cette thèse. Leurs destins les guident rarement, pour ne pas dire jamais, vers des positions de pouvoir, mais plutôt vers le sacrifice ou, plus mystérieux encore, vers des destins en apparence insignifiants.* Tu traduis ça de l'ogran ? me demanda-t-elle en fronçant les sourcils.

– J'aime bien les langues étrangères, fis-je avec un haussement d'épaules.

– Et tu *parles* ogran ?

– J'essaie de l'apprendre. Certains linguistes disent que c'est l'un des langues les plus poétiques parce qu'elle est basée sur un système de rimes. Personnellement, les rimes ne me fascinent pas et je préfère le shotet pour la poésie, mais…

Teka me dévisageait fixement.

– J'aime bien me lancer des défis, achevai-je. Quoi, qu'est-ce qu'il y a ?

– Tu es vraiment bizarre.

– Tu viens de fabriquer une petite machine qui émet des pépiements. Quand je te demande à quoi ça sert, tu me réponds : « À faire des pépiements. » Et c'est moi qui suis bizarre ?

Elle eut un petit sourire.

– Un point partout.

Ses yeux se posèrent de nouveau sur le livre. Je savais qu'elle allait me demander pourquoi je traduisais ce passage sur la famille Kereseth, et elle savait peut-être que je le savais, parce qu'elle ne me posa pas la question. J'y répondis néanmoins.

– Ce n'est pas ce que tu crois, dis-je. Je ne m'informe pas sur eux à cause de lui. C'est…

Je n'avais répété à personne ce que Vara m'avait appris. J'avais la sensation que mon appartenance à la famille Kereseth était un secret qui ne devait pas être révélé. D'ailleurs, seul le nom de Noavek me rendait utile aux exilés. Sans lui, je m'exposais à ce qu'ils décident de se débarrasser de ma présence.

Cela dit, j'avais commis des crimes plus graves aux yeux

de Teka que de porter le mauvais nom, et cela ne l'empêchait pas d'être toujours à mes côtés.

Par le passé, l'idée de faire confiance à quelqu'un m'aurait terrifiée. À cet instant, cette peur avait disparu.

– L'oracle m'a dit quelque chose, avouai-je.

Et je lui racontai mon histoire.

– BREF, SI JE COMPRENDS BIEN, ça ne te fait rien *du tout* qu'Akos ait été attiré par quelqu'un qui a les mêmes gènes que la fille qu'il a toujours prise pour sa sœur. Et les mêmes gènes que sa mère.

Allongée par terre, Teka cassait avec ses ongles les coquilles d'une espèce de noix ograne, rôtie pour être débarrassée de ses caractéristiques toxiques, bien sûr.

– Je vais te le répéter une dernière fois, soupirai-je. Lui et moi n'avons pas de lien de parenté. Aucun. Zéro !

J'étais assise par terre, adossée au lit, les bras autour de mes genoux repliés.

– Si tu le dis. Enfin, au moins, comme ça, tu n'es pas en train de préparer un parricide.

– Tu fais vraiment une fixation sur ces histoires de liens du sang. Mais le fait qu'on ne soit pas biologiquement de la même famille n'empêche pas Lazmet d'être mon père. Et je dis cela alors que j'aurais vraiment préféré qu'il ne le soit pas.

– D'accord, d'accord, céda Teka. À ce propos, si tu as moins d'une semaine avant de parler à Isae, on devrait sans doute se mettre à réfléchir sérieusement à ce projet d'assassinat.

– « On » ? C'est moi qui ai postulé pour cette mission absurde, pas toi.

– Mais tu vas clairement avoir besoin de mon aide. Pour commencer, comment comptes-tu te rendre sur Thuvhé ?

– Je sais piloter un vaisseau.

– Dans l'atmosphère d'Ogra ? Ça m'étonnerait.

– Bon, d'accord, j'ai besoin d'un pilote. Et d'un vaisseau.

– Et tu dois d'abord découvrir où se trouve Lazmet. Et t'introduire auprès de lui sans te faire repérer. Et décider comment tu vas le tuer. Et ensuite, il te restera encore à ressortir de là.

Teka se redressa et balança la noix décortiquée dans sa bouche. Elle la cala dans sa joue avant de reprendre :

– Regarde les choses en face : tu as besoin d'aide. Et ce n'est pas toi qui vas trouver des volontaires. Au cas où tu ne l'aurais pas remarqué, tu n'as pas une super cote auprès des exilés.

– Ah bon, tu crois ?

– Que veux-tu, ils ne sont pas bien malins. Je vais te trouver les gens qu'il te faut. Ils m'ont à la bonne, moi.

– On se demande pourquoi.

Elle me visa avec sa coquille de noix, qui m'atteignit à la figure. Et je me sentis mieux que je ne l'avais été depuis des mois.

PLUS TARD CE SOIR-LÀ, après des heures de discussion en boucle sur le projet d'assassinat, Teka s'endormit tout habillée. Je ramassai les coquilles de noix – il y en avait partout – et m'assis devant le livre sur les familles élues par le destin pour reprendre ma traduction.

La vue du mot « Kereseth », écrit en ogran, éveilla des picotements dans mes yeux. Mon stylo à la main, je m'essuyai les yeux et le nez toutes les cinq secondes.

J'avais soutenu à Teka que je traduisais ce passage pour en apprendre davantage sur ma propre famille et que cela n'avait rien à voir avec Akos.

La triste vérité était que j'étais toujours amoureuse de lui.

# :33
# AKOS

De nombreuses saisons auparavant, après l'avoir battu, les soldats de Ryzek Noavek l'avaient traîné dans la ville de Voa, suivi par son frère terrorisé. L'air tiède chargé de poussière l'avait fait tousser. Et il avait été étourdi par tout ce monde, par tous ces gens munis d'armes qu'ils trituraient machinalement en parlant, qui riaient bruyamment autour des étals de nourriture.

Mais aujourd'hui, la main posée sur le manche du couteau glissé à sa taille dans un fourreau, il traversait Voa sans y faire attention. Il s'était couvert le nez et la bouche d'un petit foulard et s'était coupé les cheveux à ras, pour éviter d'être reconnu. Mais les risques étaient minimes. La plupart de ceux qu'il croisait étaient trop absorbés par leurs affaires pour lui accorder davantage qu'un bref coup d'œil.

La foule avait déserté la ville. Les passants marchaient la tête baissée en serrant leurs sacs contre eux. Des soldats arpentaient les rues dans leurs cuirasses marquées du sceau des Noavek, même dans les faubourgs les plus pauvres, comme celui où le petit vaisseau de transport d'Akos avait atterri. La moitié des portes des petites échoppes étaient condamnées ou protégées par de lourdes chaînes. La ville avait visiblement subi des pillages après la mort de Ryzek, ce qui n'avait rien de très surprenant, mais la situation paraissait désormais sous contrôle. Trop de contrôle, avec Lazmet sur le trône.

Akos commençait à bien se repérer dans Voa, au moins dans la partie de la ville où vivait Jorek. Elle était organisée en cercles concentriques autour du manoir des Noavek, et Jorek habitait avec sa mère Ara et son oncle dans l'un des cercles intermédiaires, un endroit idéal pour passer inaperçu. Les logements s'y entassaient dans un labyrinthe impénétrable, tous avec leur style propre et leur porte à un emplacement différent. Deux fois déjà depuis le matin, Akos était tombé dans une impasse et avait dû revenir à son point de départ.

Ara l'avait envoyé au marché acheter de la farine pour faire du pain, mais il en revenait bredouille. L'un des étals du marché disposait d'un fil d'informations et il en avait profité pour regarder s'il y avait des nouvelles d'Ogra.

Il avait quitté la planète sans rien dire à Cyra parce qu'il savait qu'elle le haïrait pour cela. C'était le but. Si elle le haïssait, elle ne chercherait pas à le retrouver. Elle supposerait qu'il était reparti pour Thuvhé et les choses en resteraient là.

Akos devait constamment se forcer à détacher son attention de ce qui l'entourait pour se concentrer sur son trajet. Il suivit une file de gens si longue qu'il dut parcourir trois cents mètres pour découvrir la raison de leur attente : une officine délabrée surmontée d'une enseigne indiquant « Services médicaux ». Un dispensaire. Au bout d'une impasse, deux gamins se battaient pour une bouteille.

Beaucoup de gens avaient été blessés au cours de l'attaque et les produits de soin les plus courants, comme l'antiseptique ou la peau-d'argent, se faisaient rares. Les derniers temps, il y avait toujours du monde qui faisait la queue devant les centres de soins dans l'espoir de s'approvisionner. D'autres achetaient au marché noir des « traitements » qui se révélaient, au mieux, totalement inefficaces et, au pire, nocifs. Par chance, Ara et les siens s'en étaient sortis indemnes.

Akos aperçut le mur couvert de graffitis aux couleurs vives qui lui servait de repère visuel. La plupart des signes lui restaient inintelligibles, mais il identifia au milieu le sceau des Noavek. S'étant assuré que personne ne l'observait, il frappa à la porte en bois qui se trouvait tout de suite après et entra. Il entendait toujours les deux gamins se bagarrer dans l'allée voisine.

Comme beaucoup de maisons shotet, celle du frère d'Ara était remplie d'un bric-à-brac récupéré ici et là. Les poignées des tiroirs de la cuisine étaient constituées d'éléments pris sur un flotteur, tandis que les boutons du four étaient des crochets venant de petits soldats robots avec lesquels jouaient souvent les jeunes Shotet.

Ara, drapée dans un châle violet, était assise avec son fils devant la table basse qui occupait le fond de la pièce. Jorek s'était laissé pousser la barbe, qui n'était pas très fournie, et portait une cuirasse marquée sous l'épaule du sceau des Noavek. Malgré son air fatigué, il accueillit Akos avec un sourire.

– Désolé, madame Kuzar, je n'ai pas trouvé de farine, dit Akos. Et il n'y a pas de nouvelles d'Ogra. Je suppose que c'est dû à l'efficacité de la propagande des Noavek.

– Cette manie de m'appeler madame Kuzar était touchante au début, fit sèchement Ara, mais devient franchement inquiétante. Assieds-toi. Tu as besoin de manger quelque chose.

– Pardon, marmonna Akos en prenant place en face de Jorek.

Il fit glisser son foulard autour de son cou et passa une main dans ses cheveux ras, dont la sensation l'étonnait encore. Ils étaient un peu hérissés à l'arrière.

– Comment ça se passe au manoir ? demanda-t-il à son ami.

– Calme plat. J'ai vu passer la tête de Lazmet aujourd'hui. Sa garde rapprochée est concentrée autour des pièces sécurisées de Ryzek. Tu sais, celles dont Cyra n'a pas pu ouvrir la porte. Et j'ai vu Lazmet sortir par le portail de derrière tout à l'heure.

Akos classa cette information dans un coin de sa tête,

en l'ajoutant à tout ce qu'il avait pu glaner sur Lazmet depuis son arrivée à Voa, ce qui ne le menait pas très loin. Dans l'esprit des gens, Lazmet était plus un mythe qu'un homme, et ce qu'ils racontaient sur lui ressemblait plus à des légendes ou des contes qu'à des faits.

– Au moins, moi, je n'ai pas été envoyé me battre à Thuvhé ni rien, reprit Jorek. Je ne le ferais pas, bien sûr, mais…

Il s'interrompit en secouant la tête.

– Désolé d'avoir parlé de ça.

Glissant la main dans sa poche, Akos en tira un bout de pétale de fleur-de-silence séché. Il en consommait trop ces derniers temps, et il ne tarderait pas à être à court. Mais les tensions qui lui crispaient les épaules et la mâchoire lui donnaient des migraines, et il lui fallait avoir l'esprit clair pour penser, s'il voulait affronter la suite.

Il était venu à Voa pour tuer Lazmet Noavek. Et ce ne serait pas facile.

– Il y a une chose dont je dois te parler, déclara-t-il.

– Je me demandais quand tu te déciderais, dit Jorek.

Ara posa une assiette devant Akos. Elle ne contenait pas grand-chose : un petit pain, sans doute un peu rassis, une tranche de viande séchée et du fruit-sel au vinaigre. Puis elle se frotta les mains pour en ôter les miettes et se rassit à côté de son fils.

– Ce que veut dire Jorek, dit-elle en donnant une tape à son fils pour le rabrouer, c'est que, même si nous sommes toujours heureux de te voir, nous savons que tu ne fais pas les choses au hasard. Et traverser la galaxie n'est pas une partie de plaisir.

Jorek se frotta la joue.

– Tout le monde ne peut pas attendre les bras croisés à Ogra, répliqua Akos. Il faut bien qu'il y ait des gens prêts à se salir les mains.

– Ceux qui peuvent rester à l'abri ont raison de le faire, observa Ara.

– Je devais me salir les mains, insista Akos en secouant la tête. Appelons cela… le destin.

– Moi, j'appelle cela un choix, dit Jorek. Mais pas un choix très malin.

– Oui, comme de quitter celle qu'on aime – ainsi que sa mère et son frère – sans un mot d'explication, renchérit Ara avec un claquement de langue réprobateur.

– Ma mère et mon frère n'ont pas besoin que je leur laisse un mot pour savoir où je me trouve, répliqua Akos, sur la défensive. Et entre Cyra et moi, c'est comme ça que ça se passe. Elle a manigancé pendant des semaines pour me faire quitter Voa sans rien me dire. Je ne vois pas la différence.

– Il n'y en a pas, admit Ara. Mais ce n'est pas une raison.

– Pas la peine de lui faire de reproches, maman, dit Jorek. Il se les fait lui-même depuis qu'il est né.

– Faites-moi tous les reproches que vous voudrez. D'autant que je vais faire une demande à Jorek qui ne va pas vous plaire.

Le bras de son ami se glissa à travers la table comme un serpent, et il piqua un morceau de viande dans son assiette.

– Je veux que tu m'aides à entrer dans le manoir des Noavek.

Jorek s'étrangla sur sa bouchée de viande, obligeant sa mère à lui taper dans le dos.

– Et que comptes-tu faire, une fois à l'intérieur ? demanda Ara, les yeux plissés par la méfiance.

– Il vaut mieux pour vous que vous ne le sachiez pas.

– Écoute, Akos, lui dit Jorek après avoir avalé sa bouchée. Tu peux me croire, même toi, élève de Cyra Noavek, tu n'es pas de taille face à Lazmet Noavek. Il n'y a pas un gramme de morale chez lui. Je ne pense même pas qu'il sache ce que c'est. S'il te trouve, il te transformera en ragoût.

– Il ne me tuera pas.

– À cause de ton physique ravageur ? ricana Jorek.

– Non, parce que je suis son fils.

Ara et Jorek le fixèrent en silence.
Akos poussa son assiette vers Jorek.
– Tu veux mon pain ?

▲
▲

# :34
# AKOS

AKOS SE DÉBARRASSA DE LA LOURDE TUNIQUE qui le dissimulait en la jetant dans une impasse. À partir de là, elle ne ferait que le ralentir, et il était déjà protégé par l'obscurité de la nuit.

Il longea le plus silencieusement possible le haut mur qui fermait l'arrière du manoir des Noavek. Il se revoyait en train de fixer ce mur du temps où il était prisonnier et qu'il apprenait à Cyra à préparer des sédatifs. Ça avait été son plan d'évasion : suivre les passages secrets, libérer Eijeh et prendre le portail de derrière en se servant du code que Cyra lui avait laissé voir par inadvertance.

Il aurait pu entrer en mettant les doigts dans le mécanisme de verrouillage pour neutraliser le flux et le désactiver, mais ça lui paraissait plus risqué. Les gardes changeaient trop souvent. Il préféra attendre à côté de la porte que Jorek vienne lui ouvrir.

Il lui avait fallu beaucoup d'énergie pour convaincre Jorek d'accepter. Et pas seulement Jorek mais surtout Ara. Ils se doutaient de ce qu'il était venu faire, bien sûr, et ils ne voulaient pas qu'il prenne un tel risque. Pour eux, c'était une provocation, ou de la bêtise, pour ne pas dire un signe de déséquilibre mental.

Au final, c'est le souvenir de ce qu'Akos avait fait pour lui qui avait décidé Jorek à accepter. La bague qu'Akos portait à une chaîne pendue à son cou et la marque qu'il avait au bras témoignaient de la dette que Jorek avait envers lui. Et elle était grosse.

La lourde porte s'entrouvrit, laissant entrevoir la silhouette d'un homme : des bottes, une cuirasse, quelques poils de barbe et un regard sombre et vif.

Jorek lui fit signe d'entrer d'un mouvement rapide de la tête, et Akos poussa la porte juste assez pour se faufiler à l'intérieur. Elle se referma derrière lui avec un léger déclic, et il sut qu'il ne pouvait plus revenir en arrière. Alors il suivit son ami, tout en se demandant s'il n'avait pas totalement perdu la raison.

Comme convenu, Jorek le conduisit jusqu'à la cuisine. À tâtons, Akos trouva le panneau mural qui donnait sur les passages secrets du manoir et le poussa. Il fut aussitôt assailli par une odeur familière de renfermé, qui fit remonter des souvenirs en bloc. Il se revit marchant dans ce couloir, terrifié et rempli d'un espoir fou, avec les pointes des chaussures d'Eijeh qui butaient sur ses talons derrière lui. Il se rappela la petite flaque de chaleur dans son ventre tandis qu'il suivait Cyra maquillée pour la fête du Séjour – petite flaque qui lui disait qu'elle l'attirait, quoi qu'il fasse pour le nier.

Et après l'attirance était venu l'amour… jusqu'à ce qu'il la quitte.

Jorek lui donna une brève accolade avant de le laisser s'éloigner seul dans le passage sombre.

Il s'arrêta à un carrefour et chercha à l'aveuglette les symboles que Cyra lui avait montrés : une croix pour une impasse, un cercle dont partait une flèche montante pour signaler la présence d'un escalier menant vers le haut, ou une flèche descendante si l'escalier menait vers le bas, un chiffre pour indiquer l'étage.

C'était le chemin qu'il avait suivi pour aller libérer Eijeh. Il lui suffisait de retourner dans cette aile du manoir pour se retrouver à proximité des pièces verrouillées par empreinte génétique, le système qui avait fait perdre leurs moyens aux renégats lorsqu'ils avaient tenté d'assassiner Ryzek. Le sang de Cyra n'avait pas ouvert la porte, mais le sang d'Akos le ferait. Du moins si Vara avait dit la vérité.

Akos parvint à la sortie qu'il avait empruntée pour aller libérer Eijeh. Il savait qu'il était en train de déclencher les capteurs qui avaient fait capoter sa tentative en ce jour fatal, mais cela n'avait pas beaucoup d'importance. Il ne cherchait pas à passer inaperçu. Il laissa même le panneau ouvert derrière lui avant de franchir avec un petit frisson la porte qui avait été celle de la chambre de son frère.

Même dans le noir, cette partie de la maison était imposante : du bois sombre, presque noir, au sol et sur les murs, des lanternes remplies de fenzu, qui dormaient tranquillement en attendant le jour, des vases et des sculptures, en métal aux teintes chaudes, en pierre striée de veines de couleurs ou en verre gravé. Il ne pouvait pas s'imaginer enfant en train de se promener dans ces salles, effleurant les lambris du bout des doigts. Il n'aurait sans doute pas eu le droit de courir, ni de toucher les murs, ni de s'affaler en riant sur son frère, ni de rien faire de ce qui avait donné sa saveur et sa chaleur à son enfance.

Il arriva devant la porte dont il était presque sûr qu'elle donnait sur la chambre de Ryzek et leva la main. Ses doigts tremblaient.

Il glissa la main dans la serrure et grimaça tandis que le mécanisme lui piquait le doigt pour aspirer une goutte de son sang.

Il y eut un déclic, puis la porte s'ouvrit.

S'il avait gardé le moindre doute sur le fait d'être un Noavek, il n'en avait plus.

▴
▴

# 35: CYRA

Ce n'était peut-être pas une très bonne idée de la part de Teka de m'entreprendre pendant le petit déjeuner, avant que mon cerveau se soit mis en marche.

J'étais voûtée sur mon bol de céréales, observant Eijeh. Il était assis deux tables plus loin, devant un bol, lui aussi. Mais il se comportait bizarrement. Il enfonçait sa cuillère dans ses céréales pour en extraire les plus sombres, qu'il alignait au bord de son plateau. La première fois que j'avais vu Eijeh, plusieurs saisons auparavant, entrant dans la Salle d'armes en traînant les pieds derrière son frère, il était grand et bien nourri. Sans être gros, il paraissait costaud. Mais le nouvel Eijeh avait les joues creuses et mangeait son petit déjeuner du bout des lèvres.

– Qu'est-ce que tu as à fixer Kereseth comme ça ? me fit Teka.

Elle se dressait devant moi, me bouchant partiellement la vue sur l'oracle montant. Mais je gardai les yeux sur Eijeh, qui continuait à donner des coups de cuillère mécaniques dans son bol.

– Ma mère m'a raconté une fois qu'elle grondait souvent Ryzek parce qu'il était difficile. Il ne mangeait pratiquement que des fruits. Elle pouvait lui proposer n'importe quoi, il ne pouvait pas s'empêcher de chipoter. Elle espérait que ça lui passerait en grandissant, mais… j'ai l'impression qu'il n'a jamais vraiment changé, conclus-je avec un haussement d'épaules.

– Ah, OK. Un Ogran t'a refilé du venin de xofra, c'est ça ? Il paraît que ça embrouille le cerveau.

– Non, laisse tomber, ce n'est rien, dis-je en levant les yeux vers elle. Tu sais que, quant tu te tiens comme ça, tu as l'air encore plus petite ?

– Oh, toi, ça va. Suis-moi, plutôt. Je les ai trouvés, tes volontaires, ajouta-t-elle en chuchotant.

Je me levai en soupirant. Je n'avais pas pris la peine de nouer les lacets de mes bottes, qui battaient sur le carrelage à chacun de mes pas. Teka me conduisit à une table du fond, où étaient assises deux personnes : Yssa et Ettrek, l'homme au crâne surmonté d'un chignon que j'avais combattu en duel quelques semaines plus tôt.

– Salut, le Fléau ! me lança-t-il.

Il avait un type de visage qui ne permettait pas de lui donner d'âge. Il était débarrassé des rondeurs de la jeunesse, mais il avait la peau lisse et ses yeux bruns pétillaient de malice.

Je ne l'aimais pas.

– Pas lui, dis-je à Teka. Je ne travaille pas avec cet abruti.

– Mon nom, c'est « Ettrek », fit-il avec un grand sourire.

– Attends, me répondit Teka, ce n'est pas comme si on croulait sous les candidatures. Ettrek connaît des gens à Voa qui nous trouveront tout ce dont on pourra avoir besoin, y compris un endroit où nous planquer.

– Et toi ? demandai-je à Yssa en la tutoyant spontanément. Tu es ograne. Qu'est-ce qui peut te pousser à te fourrer là-dedans ?

– Je suis une bonne pilote. Quant à mes motivations, ça fait maintenant plusieurs saisons que je suis avec des gens qui ont vu leur vie brisée par Lazmet Noavek. Si je peux faire quelque chose pour le renverser, je le ferai.

Je les observai tous les trois : Teka, avec ses cheveux blonds qui frisottaient dans l'humidité ograne et son bandeau sur l'œil,

Yssa, qui portait des bracelets lumineux jusqu'aux coudes et dont les yeux luisaient étrangement, soulignés d'un trait de crayon phosphorescent, et Ettrek, qui me regardait en écarquillant les yeux comme un idiot. C'était ça, l'équipage avec lequel je marcherais triomphalement sur Voa ?

Bon, c'était ça ou rien.

– D'accord, fis-je. Quand partons-nous ?

– Je vais regarder le planning des décollages, me répondit Teka, mais il vaudrait mieux que ce soit cette semaine. Il faut plusieurs jours de vol pour atteindre Urek. Une fois qu'on aura traversé l'atmosphère, je pourrai envoyer un message à Jorek pour en savoir plus sur la situation à Voa. Et Ettrek pourra joindre ses contacts. D'ici, c'est impossible.

– Entendu, approuvai-je.

– Une minute, dit Ettrek. C'est toi le chef ? Qu'est-ce qui justifie que tu prennes la tête de cette mission ?

– Je suis meilleure que toi. En tout.

Teka leva les yeux au ciel.

– Elle connaît la cible, Trek. Tu veux débarquer sur Voa pour aller tuer un homme que tu ne comprends pas et dont tu ne sais rien ?

– Euh, non merci.

– On a quelques jours devant nous, reprit Teka. Moi, je vais commencer à préparer le vaisseau. Il me faudra peut-être un nouveau compresseur de gravité, et on doit prévoir de la nourriture.

– Et peut-être quelques couteaux de cuisine, dis-je en pensant à la façon dont Isae avait tué mon frère.

Teka fronça le nez, se rappelant sans doute la même chose.

– Par ailleurs, il se peut qu'on ne revienne pas, alors… faites vos adieux à vos amis, ajoutai-je en haussant les épaules.

– Tu débordes d'optimisme, dis donc, commenta Ettrek.

– Tu t'imaginais quoi ? Qu'organiser un assassinat allait me mettre en joie ? Dans ce cas, désolée de te décevoir.

Je sortis mon couteau et me penchai en le pointant sur lui.

– Ah, et au fait : si tu m'appelles « le Fléau » encore une fois, je te fais bouffer ton chignon.

Ettrek s'humecta les lèvres sans quitter la lame des yeux.

– OK, Cyra, dit-il enfin.

▲
▲

# 36:
# CISI

J'AI L'IMPRESSION D'OBSERVER notre descente de très loin à travers les épais nuages d'Othyr, tandis que nous flottons dans l'espace et que mon regard embrasse toute la planète. Ce flottement, c'est ce que je ressens depuis qu'Akos et moi nous sommes séparés, à mi-chemin entre Ogra et Thuvhé. Il n'a pas voulu m'accompagner au siège de l'Assemblée, ce que je comprends. Alors je me suis arrêtée sur un vague avant-poste lunaire pour trouver une place à bord d'un cargo en lui laissant le vaisseau individuel pour rentrer à Hessa. À vrai dire, je suis un peu jalouse. Moi aussi, je voudrais m'affairer dans notre cuisine bien chauffée et raviver les pierres-ardentes dans le poêle du jardin.

Ast vient se camper à côté de moi, les bras croisés.

C'est un vaisseau luxueux, les cargos de l'Assemblée étant généralement réservés aux chanceliers, aux régents et aux souverains. Il est fait d'un métal si pâle qu'il paraît presque blanc. Tout à l'heure, j'ai trébuché, et la main que j'ai plaquée sur la paroi pour me retenir a laissé une marque. Qui sur ce vaisseau a pour tâche d'en frotter les parois ? Mystère.

Ast et moi portons des tenues strictes, du moins aussi strictes que nous ayons pu nous résoudre à le faire pour Isae. Je suis en gris clair, vêtue d'une robe à manches longues – pour avoir l'air thuvhésit, sans doute, les Othyriens n'ayant pas notre manie de tout boutonner jusqu'au cou. Ast a mis une chemise. Son scarabée volette autour de sa tête en sifflant et en cliquetant pour l'aider à se localiser.

– Isae a recommencé, me dit-il. Va arranger ça.

– Je ne peux pas agir sur elle à longueur de temps. C'est épuisant.

Depuis l'attaque sur Shissa, Isae n'arrête pas de passer en revue sur son écran chaque personne morte dans le raid en me noyant sous les infos. « Shep Uldoth, trente-quatre ans. Père de deux enfants, Cisi. Sa femme est morte aussi et les enfants sont orphelins. » J'ai beau lui répéter qu'elle ne peut pas revenir indéfiniment sur ces victimes, elle n'arrive pas à passer à autre chose. Elle dit qu'elle aime bien la colère qu'elle éprouve à faire défiler tous ces noms. Que cela lui rappelle ce qu'elle a à faire.

J'ai surtout l'impression qu'elle n'en peut plus de pleurer la mort d'Ori et qu'elle ressent le besoin de se concentrer sur autre chose, mais je garde cela pour moi.

– Je me fiche un peu que ça t'épuise, me répond fraîchement Ast. Ça ne l'épuise pas, elle, peut-être ? Elle a plus besoin de repos que toi, je te signale.

Je l'insulterais volontiers, si mon don-flux me laissait faire. Mais je dois me contenter de l'ignorer.

Le vaisseau sort de la couche de nuages et je ne peux pas m'empêcher de m'approcher de la paroi de verre. Je n'étais jamais venue sur Othyr.

La plus grande partie de la surface de la planète est recouverte de villes. Deux grands parcs regroupent la faune et la flore – qui n'ont pas grand intérêt, ce pourquoi les Othyriens s'en préoccupent peu –, mais tout le reste n'est que verre, pierre et métal. Beaucoup de bâtiments sont reliés entre eux par des passerelles en verre, et d'élégants petits flotteurs, bien plus jolis que ceux de Thuvhé, entrent et sortent en flèche de tuyaux métalliques qui régulent la circulation.

Compte tenu de cette suractivité technologique, j'ai du mal à m'expliquer ce qui rend Othyr si agréable. C'est peut-être simplement à cause du grand ciel bleu, du soleil qui embrase les bâtiments de teintes dorées, vertes, bleues et orange. Ce sont peut-être les petits parcs bien soignés qui arborent des arbres et des fleurs de toutes les couleurs, en provenance de toutes les planètes. En tout cas, il y a quelque chose de plaisant dans toute cette activité, une impression d'affairement joyeux.

Je prends le couloir en croisant les mains devant moi pour ne pas toucher les murs. Isae est assise dans la salle d'attente, perchée au bord d'un canapé gris. On voit Othyr par la paroi vitrée qui va du sol au plafond, mais elle n'y jette même pas un coup d'œil. Son regard reste fixé sur la tablette qu'elle tient entre ses mains.

– Arthe Semenes. Cinquante ans. Elle rendait visite à son fils à l'hôpital, où il venait de se faire opérer. Ils sont morts tous les deux.

Elle secoue la tête.

– Un hôpital, Cisi. Pourquoi fallait-il qu'ils ciblent un hôpital ?

– Parce que Lazmet Noavek est un monstre. On le savait déjà, et désormais on ne risque plus de l'oublier.

Je remplis la pièce d'eau apaisante. Je la laisse lécher les chevilles d'Isae, lui frôler les orteils.

– Il n'est pas le seul responsable, objecte-t-elle. Tous les Shotet qui l'ont suivi et qui l'ont laissé faire sont coupables.

– On est en train de se poser, dis-je.

Elle n'a pas tort, mais sa véhémence me rend nerveuse. Je m'imagine dans l'eau jusqu'à la taille, glissant mes doigts à travers le poids doux de l'eau.

– Quand a lieu la rencontre ?

– Ce soir autour du dîner. Apparemment, ils n'aiment pas les réunions de travail trop austères.

– Évidemment, commente-t-elle. Pourquoi laisser leurs interlocuteurs se concentrer sur les vrais problèmes ? C'est tellement mieux de les éblouir pour les persuader de leur faire faire ce qu'ils veulent.

– Tout à fait.

Elle semble avoir retrouvé en partie ses esprits. Elle se lève, referme sa tablette et traverse la petite pièce pour venir se camper en face de moi.

– Ast s'en est encore pris à toi ? me demande-t-elle en me caressant la joue. Il semblait contrarié en partant. Je ne comprends pas pourquoi il se défoule sur toi.

Faute de pouvoir m'exprimer plus clairement, je hausse les épaules.

– Je vais en rediscuter avec lui, me promet-elle. Je te fais confiance et il devrait en faire autant, même s'il n'aime pas ton don-flux. Ce n'est pas comme si tu t'en servais sur moi à mon insu.

Je souris. Tant mieux si c'est ce qu'elle croit.

# 37: AKOS

La pièce sentait le fruit. Akos laissa la porte se refermer derrière lui et respira l'odeur douce-amère en découvrant qu'il n'était pas dans la chambre de Ryzek, mais dans un bureau. L'odeur provenait d'une sorte de pelure verte et desséchée qui traînait sur la table de travail. À côté, il y avait un écran en veille posé sur un paquet de feuilles. Un peu partout il y avait aussi des piles de livres, dont il ne déchiffrait pas les titres, sauf ceux en othyrien, qui étaient tous des ouvrages d'histoire.

Le tapis était épais et moelleux. On y voyait des empreintes de pas qui partaient dans toutes les directions, et qui donnaient l'impression d'une présence récente. Un petit arbre poussait dans un pot dans un coin de la pièce. Un arbre natif des forêts du Nord, aux feuilles saines et robustes, au tronc de la même couleur foncée que le plancher.

Akos ressentit une sorte de pression dans la tête, comme un début de migraine. Choisissant de l'ignorer, il s'approcha de la carte affichée au mur derrière le bureau. La planète y était baptisée Urek et non Thuvhé, ce qui indiquait qu'il s'agissait d'une carte d'origine shotet. Le tracé était précis, soigneux, et les lignes qui marquaient les limites des zones explorées par les Shotet s'estompaient sur les bords. Ces régions étaient plus vastes qu'Akos ne l'aurait cru. Il n'avait jamais vraiment réalisé qu'avant de devenir des ramasseurs et des guerriers, les Shotet avaient été des explorateurs.

Il ressentit de nouveau la pression dans sa tête et s'immobilisa. Il avait entendu quelque chose. Un mouvement, peut-être, des pas dans une autre pièce, à un autre étage.

Non, pas un mouvement… Un souffle. Une expiration.

Akos sortit sa lame en faisant volte-face, le bras tendu. Derrière lui, appuyé contre le mur, se tenait un homme mince, de haute taille, au visage buriné.

Lazmet Noavek.

– Mon don-flux ne marche pas sur toi, constata Lazmet.

Akos avait la bouche sèche.

– Aucun don-flux ne marche sur moi, se força-t-il à répondre.

Les premières paroles qu'il ait dites à son *père*.

Lazmet s'écarta du mur. Lui aussi avait une lame-flux, qu'il fit tenir en équilibre sur la pointe au milieu de sa paume avant de la faire virevolter et de la rattraper par le manche. Voilà donc d'où venait la manie de Ryzek.

– Est-ce ce qui t'a permis d'arriver jusqu'ici ? demanda-t-il à Akos.

Ce dernier fit non d'un signe de tête. Lazmet s'approcha et Akos se déplaça sur le côté pour maintenir la distance entre eux. Il avait le sentiment de se retrouver de nouveau dans l'arène, engagé dans un combat à mort. Si ce n'est qu'il était bien moins préparé à ce combat-ci qu'il l'avait été pour affronter Vas ou Suzao.

Il n'aurait jamais dû venir. Il le savait, maintenant. Il suffisait de regarder Lazmet : calme, légèrement amusé, avec ce vide au fond des yeux… Il y avait vraiment quelque chose d'anormal chez lui. Quelque chose qu'Akos ne comprenait pas.

– Alors je dois reconnaître ma perplexité, dit Lazmet, car je suis le seul à pouvoir ouvrir cette porte. Je sais donc que, si quelqu'un a pu t'introduire dans ce manoir, il n'a pas pu te faire arriver jusqu'ici.

– C'est mon sang qui m'a fait entrer.

Lazmet plissa les yeux et s'approcha encore. Akos, qui n'avait plus de place pour reculer, se déporta de nouveau sur le côté. Lazmet regarda sa lame-flux d'un air intrigué, surpris sans doute de ne pas voir apparaître les vrilles noires du flux.

– Lorsque ma cadette a grandi, reprit-il à mi-voix, j'ai commencé à me demander si elle était vraiment ma fille. J'ai pensé que, peut-être, sa mère m'avait été infidèle. Mais je vois maintenant que ce ne fut pas le cas. Ce n'était simplement pas notre enfant.

Akos n'en revenait pas qu'il ne soit pas plus secoué par sa déduction. Ou au moins *surpris*.

– Quel est ton nom ? demanda Lazmet en faisant tourner sa lame-flux comme une toupie.

– Akos.

– C'est un beau nom shotet. Je suppose que c'est ma femme qui l'a choisi pour toi.

– Je l'ignore. Je ne l'ai jamais vue.

Lazmet s'approcha encore davantage, puis se jeta sur lui. Akos s'y était préparé. Il s'y attendait, à sa manière de s'adosser au mur. Mais il n'avait pas prévu une telle vivacité. Déjà, Lazmet l'avait saisi et lui tordait le bras si fort qu'il lui fit lâcher sa lame. Puis les réflexes acquis à force d'entraînement prirent le relais et il fit semblant de céder pour frapper Lazmet au côté. Celui-ci émit un grognement, mais sans desserrer sa prise, et Akos lui balança un violent coup de pied dans le genou.

Cette fois, Lazmet le lâcha en vacillant légèrement. Mais aussitôt il se redressa et le plaqua contre le mur en lui collant sa lame sous la gorge. Akos s'immobilisa. Il était presque sûr que Lazmet ne le tuerait pas, pas avant d'avoir obtenu une explication. Mais rien ne l'empêchait de le taillader entre-temps.

– C'est dommage que tu ne l'aies pas connue, dit Lazmet d'un ton anodin. C'était une femme remarquable.

Levant la main gauche, il passa son index le long du nez d'Akos, puis sur sa pommette.

– Tu me ressembles. Grand mais trop étroit, avec ces satanées taches de rousseur. De quelle couleur sont tes yeux ?

– Gris, dit Akos.

Il ne put s'empêcher d'ajouter « monsieur » à la fin de sa phrase, sans trop savoir pourquoi. Peut-être à cause du couteau qu'il sentait sous sa gorge, et de la force de l'homme qui le plaquait contre le mur et qu'il sentait vibrer dans les os de son adversaire comme le flux lui-même.

– Tu dois tenir cela de ma mère, dit Lazmet. Mon oncle a écrit des poèmes d'amour sur les yeux couleur d'orage de son épouse. Ma mère les a tués tous les deux. Mais je suis sûr que tu connais déjà cette histoire. Il paraît qu'elle est très populaire à Shotet.

– J'en ai entendu parler, en effet, dit Akos en prenant sur lui pour parler d'une voix ferme.

Lazmet le relâcha, mais sans s'éloigner, et Akos dut renoncer à plonger pour récupérer sa lame tombée au sol.

– Sais-tu si mon fils est mort ?

Puis, après une pause, il précisa :

– Enfin, je veux dire mon *autre* fils.

– Oui, il est mort. Son corps flotte dans l'espace.

– Des funérailles honorables, approuva Lazmet en faisant de nouveau tournoyer sa lame. Et toi ? Es-tu ici pour me tuer ? Sais-tu que c'est presque une tradition familiale ? Comme je te l'ai dit, ma mère a tué ses frères et sœurs. Ma fille supposée a tué son frère. Lui en revanche n'a pas eu les tripes de me tuer. Il s'est contenté de me garder prisonnier dans une cellule pendant plusieurs saisons. Mais je vois que tu arbores des marques. Peut-être n'es-tu pas aussi faible que lui.

Akos plaqua la main sur son avant-bras pour couvrir ses

malemarques. Ce réflexe sembla dérouter Lazmet, qui pencha la tête sur le côté d'un air intrigué.

Akos n'était plus très sûr de la réponse à sa question. La réaction de Cyra en voyant réapparaître son père, et tout ce qu'il avait entendu sur Lazmet depuis, lui disait qu'il devait mourir. Mais au fond de lui-même, Akos n'avait jamais été sûr d'être capable de le tuer, et il ne l'était toujours pas. Quoi qu'il en soit, jamais il ne l'avouerait.

– Non, je ne suis pas venu pour vous tuer.

– Alors pourquoi ? Tu as pris de grands risques, je suppose que ce n'est pas pour rien.

– Vous... Vous êtes le dernier parent que j'ai.

– Est-ce cela, ta raison ? Si oui, elle est stupide. Qu'est-ce que le sang, au fond ? Une simple substance, comme l'eau ou la sciure.

– Pour moi, c'est plus que cela, dit Akos. C'est... cette langue que je parle. C'est le destin.

– Ah !

Lazmet sourit, et il y avait quelque chose de mauvais dans ce sourire.

– Ainsi, tu sais maintenant que le destin si terriblement ordinaire de la petite Cyra est en réalité le tien. *Le deuxième enfant de la famille Noavek franchira la Traverse.* Et, poursuivit-il en haussant les sourcils, je suppose que tu n'as jamais eu de raison de traverser l'étendue d'herbe-plume qui nous sépare de nos ennemis thuvhésit.

Lazmet l'analysait, tirait des conclusions. Elles étaient erronées, mais Akos ne voyait pas de raison de le détromper. En tout cas pas dans l'immédiat. Moins Lazmet en savait, mieux cela valait.

– Tu as un accent du peuple, poursuivit celui-ci. Peut-être espères-tu que je vais t'envoyer à Thuvhé avec mon armée dans je ne sais quelle noble entreprise, et que je te ferai faire un bond dans l'échelle sociale.

Akos demeura sans expression, mais la simple idée de marcher sur Thuvhé et de faire la guerre rien que pour s'élever socialement lui donnait la nausée.

– Le fait que je décide de t'aider ou non dans cette voie dépend sans doute de ce que tu peux m'apporter. Je sais déjà que tu es capable de tuer, ce qui est un bon début. Tu n'imagines pas le mal que j'ai eu à apprendre à Ryzek à ôter des vies. La première fois, il a même vomi. C'était répugnant. Et ma femme m'a interdit de faire de même avec Cyra. Bien qu'il semble finalement qu'elle ait de meilleures dispositions pour cela.

Akos le fixa en battant des paupières. Qu'aurait-il pu dire à un homme qui se demandait tout haut si sa vie valait la peine d'être épargnée ?

– Tu sembles avoir quelques rudiments de combat, bien qu'assez médiocres. Et tu as de l'audace. Mais tu manques de prudence au mieux, et d'intelligence au pire.

Lazmet se tapota le menton du bout de sa lame.

– Ton don-flux m'intrigue. Il a quelque chose de… dérangeant. Maintenant, parle-moi de ces marques.

La partie de la tête d'Akos qui paraissait jusque-là avoir calé comme un moteur noyé se décida enfin à se remettre en marche.

– Vous pensez découvrir des choses sur moi en apprenant qui j'ai tué et comment ? Et vous ? Dois-je vous juger sur le fait que votre fils au caractère pourtant si faible a réussi à vous maintenir en captivité pendant plusieurs saisons ?

Lazmet plissa les yeux.

– Ma femme a incité son fils à gagner la loyauté de quelques soldats occupant des positions stratégiques, répliqua-t-il. Quant à moi, la capacité à gagner les cœurs n'a jamais été mon fort, j'en conviens. Ces soldats ont veillé sur ma captivité dans le plus grand secret – et à distance prudente, pour ne pas subir mon don-flux. Mais le désordre qui a suivi la disparition de mon fils a provoqué des défaillances dont j'ai profité pour m'évader.

Tous mes gardes sont morts à ce jour. J'ai mis leurs globes oculaires dans un bocal pour me rappeler ma propre faiblesse. Car c'est elle, en effet, qui a causé ma perte, et non le talent de mon fils.

Il recula d'un pas.

– Maintenant, dis-moi le nom de ceux que tu portes sur ton bras.

– Non.

– Tu commences à m'ennuyer. Et crois-moi ce n'est pas une bonne idée. Même sans mon don-flux, je n'aurais aucun mal à te tuer.

– La dernière vie que j'ai prise était celle de Vas Kuzar.

– Impressionnant, fit Lazmet. Tu n'ignores pas, bien sûr, que je peux chercher les détails de sa mort dans le registre de l'arène et trouver sous quel nom tu t'es battu ?

Il s'approcha de nouveau et amena sa lame entre eux.

– Tu dois aussi te douter que derrière cette porte t'attend une cohorte de gardes. Si tu tentes de quitter cette maison, tu mourras. Et compte tenu de la façon dont tu as pénétré dans cette pièce, en pleine nuit, avec un couteau, je n'ai pas l'intention de te laisser la moindre liberté entre ces murs. Ce qui veut dire que tu vas être emprisonné ici, et que j'aurai tout le temps de découvrir ce que j'ai besoin de savoir sur toi.

– Je suis bien conscient de tout cela. Mais je n'ai pas combattu Vas dans l'arène. Je l'ai tué dans la confusion qui a suivi la mort de votre fils. Vous n'en trouverez aucune trace nulle part.

– Et tu as plus d'une marque sur le bras, ajouta Lazmet. Je me réjouis que tu ne sois pas un parfait imbécile. Félicitations, Akos Noavek. Tu n'as rien d'ennuyeux.

Avant qu'Akos ait pu faire un geste, Lazmet se jeta en avant pour ouvrir la porte, et des gardes armés affluèrent dans le petit bureau.

– Emmenez-le dans la chambre sécurisée, leur ordonna

Lazmet. Mais ne lui faites pas de mal pour le plaisir. Nous sommes du même sang.

Akos sortit en silence. Lazmet le suivit d'un regard inexpressif jusqu'au bout du couloir.

▲
▲

# 38: CYRA

Je dus quitter la sécurité relative du refuge shotet de Galo pour regagner Pokgo, la capitale, pour mon entretien avec Isae Benesit. Celui auquel je m'étais engagée auprès des chefs ograns, contre leur promesse de reporter leur décision sur notre expulsion. En d'autres termes, le futur immédiat des exilés shotet reposait sur mes épaules.

Aucune pression là-dedans.

À Pokgo, dans la forêt située aux abords de la ville, se dressait une haute tour aménagée dans le tronc d'un arbre géant, seul endroit d'où l'on pouvait émettre des messages vers les autres planètes. Pendant le vol, je harcelai l'assistant d'Yssa pour savoir comment c'était possible, pourquoi là et nulle part ailleurs, mais tout ce qu'il put me dire était qu'il existait un « point faible » à cet endroit dans l'atmosphère d'Ogra.

– C'est le terme scientifique ? Un « point faible » ?

– Bien sûr que non, répliqua-t-il d'un ton moqueur. Vous trouvez que j'ai la tête d'un spécialiste en questions atmosphériques ?

– Vous avez la tête de quelqu'un qui vit ici et qui réfléchit. Comment se fait-il que vous ne soyez pas plus curieux ?

Comme il n'avait pas non plus de réponse à cette question, je m'éloignai pour visiter le vaisseau, m'arrêtant pour examiner chaque plante isolée derrière sa paroi de verre. Il y avait un drôle de fruit dont la forme évoquait un cerveau et qui pendait lourdement sur de solides tiges rampantes, un bouquet de feuilles mauves en forme de bec bordées de deux rangées de dents, un champignon minuscule en forme d'étoile qui luisait d'une lumière mauve elle aussi, et qui adhérait à la peau pour en aspirer les nutriments dès qu'on le touchait. Je me demandai si, au fin fond des jungles d'Ogra, il existait encore des plantes inconnues. Tout semblait possible sur cette planète inexplorée, bourrée de formes de vie aussi grotesques que féroces.

Nous parvînmes à destination dans la journée et le vaisseau se posa sur une plateforme d'atterrissage calée entre deux énormes branches. En sortant du vaisseau, je m'arrêtai pour fixer l'arbre géant, avec sa tour nichée dans son tronc creux. Je n'avais jamais vu d'arbre aussi gros. Il avait un diamètre aussi large que les bâtiments les plus hauts de Voa, qui avaient été construites par des mains d'hommes et non par la simple vibration de la nature, dont certains disaient qu'elle venait du flux.

Je traversai la passerelle qui menait de la plateforme à la tour. Elle oscilla légèrement sous mon poids, et seuls deux câbles m'empêchaient de basculer dans le vide. Je dus me forcer à continuer, la bouche de plus en plus sèche à chaque pas. L'assistant de Lusha me glissa un sourire complice en s'arrêtant en face du garde de l'entrée.

Pour accéder à la salle des transmissions, je dus me soumettre à une fouille succincte – la garde semblait redouter de me toucher et je ne fis rien pour la rassurer –, avant de grimper plusieurs étages. Je m'arrêtai tout en haut pour tamponner avec ma manche mon front humide de sueur, et j'entrai sur les pas de l'assistant.

La salle des transmissions était en effervescence. Il y avait des gens debout devant des écrans de contrôle ou penchés sur des tableaux couverts de boutons et d'interrupteurs, d'autres occupés à retirer des pelotes de duvet du tapis qui occupait le milieu de la pièce. Des rétines fixes, ressemblant à des globes oculaires, pendaient du plafond au bout de longues tiges. Le tapis était sombre et uni. Je supposai qu'il servait à absorber le son. Nous étions tout en haut de la tour et les fenêtres donnaient sur le faîte de l'arbre, dont les énormes feuilles – plus grandes que moi – battaient contre le carreau. Elles étaient violettes, presque noires, prises dans des lianes couvertes de mousse.

– Ah, vous voilà, me dit un sema aux cheveux longs, qui tenait à la main ce qui ressemblait à un lambeau de nuage.

C'était plutôt le genre de chose qu'on dit à quelqu'un qu'on connait, ce qui n'était pas le cas. Un peu étonnée, j'attendis une explication.

– Je ne savais pas si vous saviez vous maquiller, reprit-il-elle en othyrien. Mais un peu de poudre matifiante suffira, je pense. Parfait.

Il-elle tapota mon visage avec une houppette, produisant un nuage de poudre qui me fit éternuer. Puis il-elle me tendit un miroir pour que je puisse valider le résultat.

– Merci.

– Maintenant, placez-vous sur cette croix. On est en train de contacter le vaisseau de l'Assemblée.

– Bien, dis-je.

C'était une façon de parler. Je m'apprêtais à m'adresser à une femme qui m'estimait complice de la mort de sa sœur jumelle, quand même. Et j'allais lui demander de coopérer ? D'accepter un compromis ?

Ça n'allait pas bien se passer.

Néanmoins, je gagnai docilement la petite croix tracée sur le tapis avec du ruban adhésif lumineux et levai la tête vers les rétines. Quelqu'un appuya plusieurs fois sur un bouton pour les faire descendre au niveau de mes yeux. Un écran s'abaissa en face de moi pour me montrer Isae Benesit lorsqu'elle surgirait. Dans l'immédiat, il ne montrait qu'une surface vierge.

Peu après, l'assistant de Lusha annonça qu'ils avaient établi la connexion et qu'ils étaient prêts pour la transmission. Il fit le décompte en othyrien et l'image du visage scarifié d'Isae Benesit apparut en clignotant devant moi. La douleur se mit à courir sur mes mains, plus violente encore dans mes doigts, qui me paraissaient sur le point de se briser. Je chassai mes larmes d'un battement de paupières.

Pendant quelques instants, elle me fixa, et je la fixai en retour.

Elle semblait souffrante. Elle avait maigri et je voyais que ses cernes avaient foncé, même sous la couche de maquillage qu'elle devait porter.

Mais même au-delà de ces signes flagrants, quelque chose n'allait pas. Il y avait une lueur sauvage dans ses yeux, qui donnait l'impression qu'elle était sur le point de se désintégrer.

C'était la femme qui avait tué des centaines de gens parmi les miens ; une coquille vide, au regard qui ne cherchait qu'à fuir.

– Chancelière Benesit, dis-je enfin, les mâchoires crispées.

– Mademoiselle Noavek, répliqua-t-elle d'un ton formel et saccadé qui n'était pas vraiment le sien. Je suppose que je ne suis pas censée vous appeler « altesse », votre propre peuple n'étant pas parvenu à un accord sur ce point.

Je jugeai inutile de lui dire que même les exilés ne voulaient pas de moi comme chef ; qu'ils me qualifiaient d'*oruzo*, de « réplique » ; qu'ils me tenaient pour responsable de la mort de tous ceux qu'*elle* avait tués ; que je n'étais là que pour essayer de réparer certaines de mes erreurs. Mais je sentais ces vérités palpiter en moi comme un deuxième cœur. Je n'avais rien d'une souveraine, en effet.

– Mon peuple est divisé, comme vous le sauriez si vous lui accordiez un tant soit peu de respect. Quant à ma légitimité, je suis l'un des deux prétendants au trône de Shotet. Mais si vous préférez traiter avec l'autre, je vous en prie.

Elle m'observa un moment, presque comme si elle soupesait

cette éventualité. Mais la résignation se lisait sur son visage. Malgré toute sa haine envers moi, j'étais le seul membre de la famille Noavek qui puisse offrir à nos deux nations une chance de paix.

Je me redressai, enhardie par cette certitude.

Isae s'éclaircit la gorge et déclara :

– J'ai accepté le principe de cette discussion parce que l'on m'a assuré que vous aviez une proposition constructive à me faire. Je vous suggère de me l'exposer avant que je décide que vous me faites perdre mon temps.

– Je ne suis pas venue vous supplier, ripostai-je. Si vous préférez vous entêter dans vos projets destructeurs, je n'ai pas réellement d'arguments pour vous en empêcher. Alors…

– *Mes* projets destructeurs ? répéta-t-elle avec un rire sans joie, suivi d'un éclat de rire plus long. Des centaines de mes concitoyens…

– … ont été tués par mon père et ses partisans, complétai-je d'une voix forte. Pas par moi, ni par aucun des Shotet qui vivent ici.

– Et à sa place, qu'auriez-vous fait au juste ? Vous oubliez que je vous ai rencontrée, Cyra Noavek. Je connais votre art de la diplomatie.

– J'aurais sélectionné une cible militaire, dans le respect des lois qui régissent la galaxie. Et à *votre* place j'aurais d'abord essayé de négocier des accords de paix raisonnables, au lieu de frapper des centaines de réfugiés en fuite avec de l'armement pithar de pointe…

– J'ignorais la présence de réfugiés à bord, me dit-elle d'une voix soudain assourdie.

Je me rappelai alors avoir déjà songé qu'elle me faisait penser à du schiste, dont elle avait la dureté et le tranchant. À cet instant, elle en avait aussi la friabilité. Elle fut prise d'un frisson, avant de poursuivre comme si de rien n'était :

– Je vous ai proposé des conditions de reddition, si vous vous souvenez bien. Vous les avez rejetées.

– Ce que vous proposiez, répliquai-je d'une voix tremblante de rage, était insultant et irrespectueux. Vous saviez parfaitement que c'était inacceptable.

Je fixais la rétine plutôt que l'image d'Isae sur l'écran, mais je continuais à distinguer du coin de l'œil son expression de marbre.

– Votre proposition, mademoiselle Noavek ?

– Je vous demande de revenir sur votre requête auprès des Ograns de nous expulser de leur planète, ce qui contraindrait des ennemis de longue date de Lazmet Noavek à regagner une zone de guerre. En contrepartie, je vous propose de l'éliminer.

– Pourquoi ne suis-je pas étonnée que votre solution passe par le meurtre ? demanda-t-elle sèchement.

– L'originalité de cette insulte est assez stupéfiante, dis-je. Sans Lazmet à leur tête, nous aurons tôt fait de vaincre sa faction de soldats. Les exilés pourraient ainsi prendre le contrôle de Shotet et nous pourrions négocier un traité de paix au lieu de nous entretuer.

Elle ferma les yeux. Je m'aperçus soudain que, tout comme moi, elle s'était donné beaucoup de mal pour paraître plus que son âge. Elle portait une veste noire, de coupe traditionnelle hessane, dont les boutons traversaient sa poitrine en diagonale pour monter de côté sur son col haut. Ses cheveux étaient pris dans un chignon serré qui accusait les arêtes de son visage. Ses cicatrices aussi donnaient à son expression une maturité supérieure à celle des gens de notre âge. Elles témoignaient qu'elle avait survécu à quelque chose, subi quelque chose qu'elle n'aurait jamais dû connaître. Mais malgré tout cela, elle était jeune. Elle était jeune et elle souhaitait que tout ceci s'arrête.

Même si elle ne parvenait jamais à comprendre ce qu'elle nous avait fait, à moi et à mon peuple, nous avions cela en commun : la volonté que cela s'arrête.

– Je dois agir, me répondit-elle en rouvrant les yeux. Mes conseillers, mon peuple, mes alliés l'exigent.

– Je vous demande juste de me laisser un peu de temps, dis-je. Quelques semaines.

Elle secoua la tête.

– L'hôpital de Shissa s'est écrasé. Des gens qui avaient besoin d'aide, des gens qui…

Les mots s'étranglèrent dans sa gorge.

– Ce n'est pas moi qui ai fait cela, répétai-je. Ce n'est pas nous.

Je réalisai aussitôt après que ce n'était peut-être pas le moment d'insister sur mon innocence, et qu'un peu de commisération aurait pu me faire gagner davantage de points.

*Elle a détruit le vaisseau de séjour. Elle nous a attaqués. Elle mérite notre colère.*

Mais peut-être la clémence serait-elle préférable ?

– Une semaine, me dit-elle. Cela vous laisse trois jours à partir de votre voyage d'Ogra à Thuvhé.

– Une semaine ? Pour aller d'Ogra à Thuvhé, programmer un assassinat et le mettre à exécution ? Êtes-vous folle ?

– Voilà mon offre, mademoiselle Noavek, répondit-elle simplement. Je vous recommande de l'accepter.

Si j'avais été plus douce, plus bienveillante, peut-être se serait-elle montrée plus généreuse. Mais j'étais comme j'étais.

– Très bien. Je vous enverrai un message quand ce sera fait.

Et je sortis du cadre.

▲
▲

# :39
# CISI

Les Othyriens ont les mains douces. C'est la première chose que je remarque.

Leurs corps aussi semblent doux. La femme qui nous accueille dans les appartements très élégants où nous serons logés pendant ce court séjour a les hanches et les cuisses plus rondes que la moyenne des femmes thuvhésit. Je trouve que ça ne manque pas de charme. Et je me demande quel effet ça fait de toucher un corps aussi moelleux.

À en juger par le regard qu'elle me retourne, cette femme se pose la même question que moi. Je n'ai pas l'allure d'une fille de Hessa, où la plupart des gens travaillent dans la culture des fleurs-des-glaces ou dans des métiers physiques, ce qui les rend minces et musclés. Je suis plutôt bâtie comme les gens de Shissa, où j'ai fait mes études : étroite, avec des réserves de gras autour de la taille. « Pour les mois d'hiver », précisaient souvent les gens en plaisantant.

Beaucoup d'entre eux sont morts aujourd'hui.

L'Othyrienne nous indique d'une voix veloutée où nous irons dîner et quelle tenue nous devrions porter. En entendant cela, je manque d'échanger un regard-qui-tue avec Ast avant de me rappeler qu'il ne peut pas le voir – par ailleurs, il est vraiment peu probable qu'il ait envie d'établir ce genre de complicité avec moi.

Quoi qu'il en soit, je mets ma robe la plus habillée pour la soirée. Le seul vêtement habillé que je possède, en réalité. Elle est de style hessan, ce qui veut dire que le haut, boutonné depuis l'épaule jusqu'aux côtes, s'apparente à une tunique militaire. Elle est ajustée jusqu'à la taille avant de s'évaser en plis plus généreux jusqu'au sol.

Dans l'entrée, Ast se bagarre avec ses boutons de manchette. Ils sont en verre, petits et glissants. Je ne prends pas la peine de réfléchir en lui prenant le poignet pour l'aider. Mais je m'étonne qu'il me laisse faire.

– Elle m'a dit qu'elle me trouvait trop dur avec toi, me déclare-t-il rudement.

Sans cesser de cliqueter, le scarabée qui le guide décrit un cercle rapide autour de ma tête et de mes épaules, assez près pour effleurer mes vêtements avec ses petites pattes.

– Vraiment, dis-je en prenant son autre poignet.

– Mais franchement…

Tout à coup, il saisit ma main et la serre fort. Trop fort. En se penchant si près que je sens quelque chose d'un peu âcre dans son haleine.

– … Franchement, Cisi, je ne crois pas. Ce que je pense, moi, c'est que tu es trop maligne, trop impliquée, et trop… *douce.*

J'achève de boutonner ses manchettes et je m'éloigne sans lui répondre. Il n'y a pas grand-chose à dire.

Isae attend près de la porte où l'Othyrienne nous a donné rendez-vous. Elle se retourne et sa vue me fait un choc, comme si je m'étais heurtée dessus. Ses paupières sont ourlées d'un trait noir parfait, ses lèvres teintées de rose pâle. Ses cheveux plaqués sur son crâne brillent comme du verre poli. Elle est habillée à la mode d'Osoc, avec un justaucorps bleu foncé sur lequel elle a drapé un vêtement ample qui laisse deviner les courbes de ses hanches.

– Waouh !

Elle lève brièvement les yeux au ciel, tout en me signalant d'un geste tranchant de l'index les balafres qui lui sillonnent le visage. Bien sûr, je les remarque, chaque fois que je la regarde. Mais pour moi, elles n'enlèvent rien à sa beauté. Ce sont juste des signes distinctifs, comme des taches de naissance, des taches de rousseur. Je me penche pour poser mes lèvres sur celle qui passe au-dessus de ses sourcils.

– Je maintiens : waouh !

– En revanche, toi, Ast, dit-elle en se tournant vers lui, tu n'as jamais eu l'air aussi mal à l'aise.

– Eh bien, mon apparence traduit parfaitement ce que je ressens, réplique-t-il d'un ton raide.

La porte s'ouvre en coulissant devant nous, révélant la présence de l'Othyrienne. J'ai oublié son prénom. La plupart des prénoms othyriens comprennent au moins trois syllabes, ce qui fait que je les oublie instantanément.

Nous la suivons jusqu'à un flotteur qui plane au bord du perron. Il n'est pas comme ceux de chez nous. On dirait plus une sorte d'estrade entourée d'une barrière qu'un vrai véhicule. On monte dessus et la femme – Cardenzia ? un nom qui finit par « zia », je crois – nous pilote, à savoir qu'elle appuie sur un bouton et que nous filons aussitôt vers une destination préenregistrée. Sans trembler, sans vibrer, le flotteur glisse au-dessus de parcs impeccables et de bâtiments étincelants. Il nous emporte au-dessus d'une couche de nuages effilochés, puis s'arrête au bord d'un quai de chargement – je ne sais pas comment l'appeler autrement, bien que je n'aie jamais vu de quai de chargement aussi chic de toute ma vie. Il est entouré de rambardes à cause de sa hauteur, et le sol est dallé de carrelage noir réfléchissant, qui ne donne pas du tout l'impression d'être destiné à accueillir toute la journée de lourds véhicules spatiaux.

Cardenzia, comme j'ai décidé de l'appeler, traverse le quai désert et nous guide dans un labyrinthe de larges couloirs, ornés de portraits d'anciens responsables politiques et de drapeaux des provinces othyriennes. Au bout de l'un de ces couloirs, des portiers gantés de noir nous ouvrent une porte dorée à double battant.

Moi qui croyais que plus aucune extravagance othyrienne ne pouvait m'étonner, je dois m'arrêter sur le seuil de la pièce, prise d'admiration. Un jardin y a été aménagé. Les derniers rayons du soleil pénètrent par des lucarnes au-dessus de nos têtes et projettent leurs rayons orangés sur des lianes aux feuilles sombres, qui s'enroulent autour des pieds de chaise et rampent le long de la table. Des arbres s'élèvent en rang le long d'un mur. Leurs feuilles sont bleues et violettes, striées de veines plus claires. Des rubans de lumière pendent du plafond, les « rubans » eux-mêmes étant presque invisibles et créant l'illusion d'orbes luisants, figés en l'air telles des myriades de gouttes de pluie.

Une femme vient à notre rencontre. Le cercle en or posé sur sa tête indique qu'elle fait partie des chefs du gouvernement d'Othyr. Fidèle à mon habitude, j'oublie immédiatement son nom. Un homme arrive derrière elle, coiffé du même cercle d'or, suivi d'un autre. Tous trois ont une peau sans défaut, des cheveux parfaits et des dents éclatantes. Les poils de barbe des hommes semblent avoir été dessinés avec un pinceau très fin.

– Bienvenue sur Othyr ! nous dit la femme en souriant de son sourire étincelant. Chancelière Benesit, c'est un plaisir de vous rencontrer enfin. Est-ce votre première visite sur notre belle planète ?

– Oui, en effet. Merci de nous recevoir, conseillère Harth. Je vous présente mes consultants, Cisi Kereseth et Ast.

– Ast, sans nom de famille ? demande la conseillère Harth.

– Pas besoin de noms de famille dans la Bordure, répond Ast. Ce n'est pas comme si on avait besoin de s'y retrouver dans les dynasties, Votre Grâce.

– La Bordure ! brame l'un des hommes. Comme c'est exotique ! Cela doit vous changer d'être ici !

– Une assiette qui brille reste une assiette.

C'est bien la première fois qu'Ast me plaît.

– Je suis le conseiller Sharva, déclare l'homme le plus petit.

Il a les cheveux noirs, une moustache qui remonte en s'enroulant sur elle-même et un long nez, parfaitement droit, à l'arête étroite.

– Et voici le conseiller Chezel, ajoute-t-il. Nous sommes tous les trois en charge de la coopération interplanétaire.

Bien. Nous sommes donc censés les appeler par leurs noms de famille, ce qui fait de ce rendez-vous une réunion officielle plus qu'une simple rencontre informelle.

– Et vous, Cisi ? Venez-vous également de la Bordure ?

Une femme munie des mêmes gants noirs que les portiers nous sert des petits verres d'une boisson que je ne connais pas. L'odeur est acidulée et un peu âcre. J'attends que les Othyriens boivent pour voir comment ils s'y prennent : ils sirotent délicatement, par petites gorgées. Les verres, qui portent des motifs gravés, sont juste assez grands pour être tenus entre deux doigts.

– Non, dis-je. Je viens de Hessa, sur Thuvhé.

– Kereseth, avez-vous dit ? me demande la conseillère Harth. Où ai-je déjà entendu ce nom ?

– Je suis d'une famille élue du destin, et ma mère est l'oracle en place de Thuvhé.

Tout le monde se tait. Même la femme au plateau – vide, à présent – s'arrête pour me dévisager avant de ressortir. Je sais que les Othyriens ne vénèrent pas les oracles, mais je ne me doutais pas qu'en avoir un dans sa famille pouvait représenter un tel scandale.

– Oh, reprend Harth, la bouche pincée. Vous avez dû avoir… une éducation très intéressante.

Je souris, bien que les battements de mon cœur s'accélèrent. Pas de panique. Si quelqu'un peut faire aimer la fille d'une oracle à ces gens, c'est bien moi.

– Parler avec ma mère revient toujours un peu à essayer d'attraper un poisson. Elle m'est chère, bien sûr, mais c'est toujours un soulagement pour moi de discuter avec des gens qui ne sont pas allergiques à la clarté.

Chezel rit, et je fais glisser sur eux tous une sensation fluide comme de la soie. Je serais surprise que ça ne marche pas. Les Othyriens m'énervent, mais ce ne sont pas des gens compliqués. Ils ne se méfient pas des personnes comme moi, à la voix douce et au titre de « consultant ».

– J'en déduis que vous n'êtes pas une fanatique, dit Chezel. Tant mieux. Je n'avais pas très envie de m'entendre expliquer que nous devrions accroître le pouvoir des oracles au lieu de le réguler.

Je lui dirais bien d'aller se faire voir. Je lui dirais bien que la décision de rendre public mon destin, qui est de mourir poignardée ou découpée en rondelles, a fait de ma vie un cauchemar, et que la politique de transparence de l'Assemblée a causé l'enlèvement de mes frères et la mort de mon père. Mais mon don-flux m'en empêche et je n'essaie pas vraiment de passer outre. Ils me veulent douce et docile, et c'est ainsi que je serai.

Et si Ast me foudroie du regard pendant toute l'entrevue, eh bien, je n'aurai qu'à l'ignorer aussi.

– On peut dire que vous avez surgi de nulle part, très chère, dit Harth à Isae. Où votre famille vous cachait-elle ?

– Sur un vaisseau pirate.

Harth rit d'un rire cristallin.

Chezel s'approche de moi et je décèle leur stratégie : Sharva s'est tourné vers Ast, Harth se charge d'Isae et Chezel s'occupe de moi. Ils nous isolent pour nous empêcher de faire front commun. Dans quel but, je ne sais pas.

– Que pensez-vous d'Othyr, jusqu'ici ? me demande Chezel.

Je sirote ma boisson.

– C'est... très bien conçu.

– Que voulez-vous dire ?

– L'idée est visiblement d'éblouir, et l'objectif est atteint. Je viens d'un endroit où la beauté est moins visible. Mes yeux sont entraînés à la chercher. Mais ici, je suppose que je peux les laisser se reposer.

– J'avoue que je ne suis jamais allé sur Thuvhé. Y fait-il aussi froid qu'on le dit ?

– Beaucoup plus. Surtout à Hessa, d'où je viens.

– Ah, Hessa. *Le cœur de Thuvhé.* N'est-ce pas ainsi qu'on l'appelle ?

Il a dit cela, « le cœur de Thuvhé », dans un thuvhésit laborieux mais sans erreur.

Je souris.

– Vous devez connaître la citation en entier ?

Il fait non de la tête.

Je complète :

– « *Hessa est un pays de rustres analphabètes, bafouilleurs et dépenaillés, qui se lavent les mains en crachant dedans. Et pourtant, c'est le cœur de Thuvhé.* »

Après une pause, Chezel éclate d'un gros rire. J'en profite pour tourner la tête vers Isae et tenter de capter des bribes de sa conversation avec Harth. Celle-ci lui exprime ses condoléances pour l'attaque sur Shissa, et lui demande des précisions.

– Et trouvez-vous cette description exacte ? me demande Chezel.

– Oh, je ne sais pas, fais-je d'un ton léger. Il nous arrive quand même de nous laver les mains avec de l'eau, pendant les mois les plus chauds.

Chezel rit de nouveau, et j'essaie une fois encore de surprendre les propos de Harth, mais elle parle trop bas, presque en murmurant. Je me donne tant de mal à essayer de l'entendre que j'en oublie de faire agir mon don-flux. En conséquence, je finis par sentir la tension monter de manière palpable dans cette salle, comme une température que je serais la seule à percevoir.

– Ma question était : diriez-vous que Thuvhé est une planète sous-développée ? reprend Chezel en durcissant le ton. Après tout, vous êtes la fille d'une oracle.

– Je ne suis pas sûre de saisir le rapport, dis-je avec une certaine difficulté.

S'il devient plus hostile, je n'arriverai bientôt plus du tout à parler. Je resterai plantée là, à ouvrir et fermer la bouche comme un poisson.

– Je veux simplement dire que les oracles sont des vestiges du passé et non le reflet de notre présent. Les Othyriens bâtissent eux-mêmes leur avenir. Leur position résulte de leurs efforts, et non de la possession d'un destin.

– Aucun de vos confrères conseillers n'appartient à une famille élue ?

Le coin externe de son œil gauche est agité d'un tic.

– Au contraire. Notre représentant à l'Assemblée, qui est un cousin de la conseillère Harth, est issu d'une branche de sa famille « élue du destin », comme on dit. Le destin de cet homme n'est pas une garantie de ses compétences ni de son adéquation à sa tâche, mais les traditions mettent du temps à s'éteindre.

Je hoche la tête. Cette fois, j'ai compris. La conseillère Harth voudrait être au pouvoir, mais celui-ci a été confié à son cousin, et elle met cela sur le compte de son destin. Il se peut qu'elle ait raison, comme il se peut aussi qu'il ait l'étoffe d'assumer cette fonction, je ne le saurai jamais. Quoi qu'il en soit, elle est jalouse, et on dirait bien que Chezel l'est aussi.

– Cela a dû être difficile pour elle, dis-je. De voir la position d'influence à laquelle elle aspirait revenir à un autre membre de sa famille.

– Il y a encore tout le temps pour que chacun reçoive ce qu'il mérite.

Une cloche sonne à l'autre bout de la pièce, nous signalant qu'il est l'heure de passer à table. Des cartons portant les noms des convives sont disposés à côté des assiettes dorées. Harth est placée entre moi et Isae, mais celle-ci, en souriant, échange le carton de la conseillère avec le mien. Puis elle prend ma main en enlaçant mes doigts. Ce geste fait clairement passer le message que nous sommes ensemble, mais sert aussi de prétexte pour modifier nos places. Je joue le jeu en baissant les yeux avec un sourire timide.

Nous nous asseyons au milieu des feuilles, avec des lumières qui dansent au-dessus de nos têtes. Entrant par une porte masquée par une cascade de lierre au fond de la pièce, une file de serviteurs apportent les plats. Leurs gestes sont si parfaitement synchronisés qu'ils ont l'air de danser.

– Chancelière, j'ai oublié de vous demander si vous ou vos consultants souhaitiez profiter de votre séjour pour bénéficier de la qualité des médecins d'Othyr, dit Harth. Nous proposons des examens à titre gracieux à tous nos distingués visiteurs.

Elle a débité toute sa tirade à Isae comme si j'étais transparente.

– Aussi médiocres que soient les médecins de Thuvhé, nous déclinerons votre proposition, merci, réplique sèchement Isae.

Son accent commence à transparaître sous la diction acquise, et je sais qu'elle a horreur de ça. Je dédouble ma concentration pour envoyer de l'eau vers elle et draper les autres de soie et de dentelle. Je dois vraiment insister pour faire baisser la tension qui règne dans la pièce, mais je finis par y parvenir. Ast se tourne un instant vers moi.

– Je ne sais pas si Isae – pardon, la chancelière Benesit, rectifié-je en rougissant, fidèle à mon rôle –, je ne sais pas si la chancelière Benesit vous l'a dit, conseillère Harth, mais j'ai fait des études de pharmacie avant de devenir consultante de son Altesse, et je ne suis pas mauvaise pour élaborer des préparations à base de fleur-des-glaces.

– Vraiment, dit Harth du ton de quelqu'un qui s'ennuie. C'est passionnant.

– J'ai fait des recherches sur leur composition chimique, expliqué-je.

Ce faisant, je l'enveloppe, elle en particulier, d'un lourd tissu de brocart. Elle semble en avoir besoin plus que les autres.

– Je suis certaine que cela pourrait être utile à Othyr, qui dépend beaucoup des actifs les plus puissants des fleurs-des-glaces, continué-je.

– Oui, enchaîne Isae. Je suppose que vous n'avez pas réussi à en faire pousser ici, sur Othyr.

– À vrai dire, non, admet Harth. Il semble qu'elles ne poussent nulle part ailleurs que sur votre planète. C'est très curieux.

– Ah, Thuvhé est une drôle de petite planète, en perpétuel changement, dis-je. Nous sommes d'ailleurs honorés de l'intérêt que vous lui manifestez.

Isae me glisse un regard en coin, comme si elle se demandait où je veux en venir. Je laisse ma remarque en suspens, de manière un peu inconfortable, entre Harth et moi.

– Bien sûr, me répond cette dernière. Nous serions ravis de vous apporter notre soutien.

– Que voulez-vous dire par là ? demande Ast.

Et pour une fois, je me félicite de sa présence. Lui peut poser les questions que mon don-flux bloque dans ma gorge.

– Désolé, ajoute-t-il en s'accoudant sur la table. Les bonnes manières ne sont pas mon fort. Quand je veux savoir quelque chose, je demande, c'est tout.

– Une qualité extrêmement louable, l'approuve Harth. (C'est sans doute une pique contre moi, et ça fait mal.) Nous comptions demander à la chancelière Benesit de nous faire part de ses besoins pour son combat contre Shotet. Nous avons beaucoup de ressources à notre disposition.

Ast se tourne vers Isae et hausse les épaules.

– On parle d'armes, là.

– Ast, le réprimande-t-elle. Nous n'avons pas encore décidé si c'était nécessaire.

– Oh, on peut tergiverser autant qu'on veut, réplique-t-il. Mais au final, on sera bien obligés de riposter. Pitha nous a donné une bombe anti-flux et une deuxième ne serait pas de trop. Et de meilleurs vaisseaux, aussi. Ceux de Thuvhé sont lents et dépassés… au point qu'on ne peut même pas transporter cette fichue bombe.

Cela fait rire Harth. Chezel et Sharva l'imitent.

– Eh bien, dit Chezel, ces demandes me semblent assez simples à satisfaire, non, conseillère ?

– En effet, acquiesce-t-elle avec un sourire. Nous serons heureux de vous accorder ce que vous nous demandez, si cela convient à la chancelière Benesit.

– Je préférerais que mes consultants abordent les choses avec plus de délicatesse, répond Isae, mais j'admets que Thuvhé a besoin de se protéger. Une nouvelle arme longue distance nous serait très utile – en dernier recours, bien sûr –, car elle nous éviterait de devoir combattre au sol et dans les airs. Les redoutables qualités guerrières des Shotet sont connues de tous. Par ailleurs, il est vrai qu'aucun de nos vaisseaux n'est équipé pour accueillir une telle arme.

– Alors c'est entendu, dit Chezel en prenant son verre.

J'ai la gorge nouée. Je lutte pour produire un son, n'importe lequel. Finalement, la seule réaction qui me vient à l'esprit est de taper du poing sur la table. Je presse la main d'Isae, suffisamment fort pour faire craquer ses articulations.

– Un instant, s'il vous plaît. Malheureusement, le don-flux de Cisi ne lui permet pas toujours de parler librement, et elle a visiblement quelque chose à dire.

– Merci, dis-je enfin. Je me… pose une question.

– Nous vous écoutons, très chère, répond Harth.

Je n'aime pas son ton. Il me donne l'impression que je ne mesure pas plus d'un izit.

– Mon père m'a appris à ne pas me fier à un accord plus avantageux pour l'un que pour l'autre. Je ne peux pas formuler précisément ma question, mais je crois que je me fais comprendre.

– C'est une bonne remarque, commente Isae. Que demande Othyr en contrepartie de sa générosité ?

– La défaite d'un fléau galactique n'est-elle pas une récompense en soi ? demande Harth.

Je secoue la tête.

– Il n'y a pas de précédent pour un tel niveau de coopération entre nous, dit Isae. Nous maintenons une relation équilibrée parce que nos planètes dépendent l'une de l'autre pour le bien de nos deux peuples, mais…

– Mais nous nous trouvons souvent d'avis divergents sur certaines questions, en effet, achève Harth.

– En particulier, déclare Sharva, dans la décision de révéler au public les destins des familles élues.

Il n'avait pas encore pris la parole. Sa voix est grondante, mais sans épaisseur ni nuances.

– Oui, dit platement Isae. Une décision qui a affecté ma planète de manière disproportionnée, car nous comptons, non pas une, mais trois familles élues.

– Néanmoins, reprend Sharva, Othyr ne renie pas sa position, et souhaite demander davantage de contrôle sur les faits et gestes des oracles.

Ast s'adosse à sa chaise, le visage neutre. Mais il ne me semble pas avoir d'objection. Je suis toujours partie du principe que c'est mon don-flux qui lui déplaît, mais c'est peut-être aussi le fait que j'ai une mère oracle. Peut-être partage-t-il le point de vue des Othyriens sur le sujet.

– En échange de vos armes, vous souhaitez donc que Thuvhé vous soutienne, dis-je.

Je comprends maintenant ce que voulait dire l'oracle Vara : « Ne faites pas confiance aux Othyriens. Ne la laissez pas dire oui. Quoi que vous fassiez. » C'est forcément de cela qu'elle parlait : d'une promesse de soutien.

– Nous espérons que notre soutien à Thuvhé pourrait vous faire reconsidérer votre position sur les oracles, confirme Sharva. Nous savons que Thuvhé n'est pas une planète démesurément attachée aux destins et que, comme nous, elle aimerait se tourner vers le futur de cette galaxie et lui donner toutes les chances de réussite.

– Quel type de contrôle sur les oracles envisagez-vous ?

– Nous voudrions simplement être informés de leurs sujets de discussion et des projets qu'ils élaborent à partir des différents futurs qui se présentent à eux. Nous souhaitons connaître leurs décisions. Nous souhaitons avoir accès aux informations qu'ils détiennent.

Je me sens… calme. Un peu comme quand Akos me tient la main et que le flux cesse de remuer autour de moi. Ces dernières semaines, j'ai vu ma propre mère le manipuler pour lui faire tuer un homme, simplement pour se débarrasser de cet homme. Et elle a laissé mourir ma plus vieille amie alors qu'elle aurait sans doute pu la sauver. Elle dit avoir fait ces choix pour défendre l'intérêt général. Mais si nous n'étions pas d'accord sur la définition de l'intérêt général ? Doit-on lui laisser le droit d'en décider seule, sans personne pour contrôler ses actes ?

Même l'avertissement de Vara est une forme de manipulation. Quel futur défend-elle ? Travaille-t-elle dans mon intérêt ? Ou dans celui de Thuvhé ? Ou d'Ogra ? Ou des oracles ? « Ne la laissez pas dire oui. » Dois-je l'écouter ?

Je me mordille l'intérieur de la joue.

– Qui aurait accès à ces informations ? demande Isae. Tous ceux qui le souhaiteraient ? Pour de nombreuses personnes de ma planète, la révélation des destins au grand public n'a rien donné de bon.

– Ce serait limité à l'Assemblée, bien sûr, répond Harth. Nous ne voulons mettre personne en danger.

Isae hoche la tête, lentement.

– J'aimerais disposer d'un peu de temps pour discuter avec mes consultants, dit Isae. Si cela ne vous dérange pas.

– Bien sûr. Maintenant, mangeons et passons à des sujets plus légers. Nous pourrons reparler de tout ceci demain matin, quand vous aurez pris une décision.

Isae incline la tête en signe d'acquiescement.

# :40
# CISI

– Je ne vois même pas ce qu'il y a à discuter, dit Ast.

Nous sommes dans les appartements d'Isae sur Othyr. Ast se tient contre un mur de lumière – une baie vitrée si large et si propre qu'on ne la voit même pas. Le soleil se couche derrière les bâtiments de verre d'Othyr et la lumière, en se réfractant à l'infini, fait scintiller la ville de mille feux orange. Juste avant qu'on entre, Ast a défait ses boutons de manchette, qui battent sur ses poignets à chacun de ses gestes.

Je soupire en me frottant les tempes. Ast a beau se présenter comme un ouvrier sans éducation du fin fond de la Bordure, il est tout sauf idiot : il sait qu'il ne s'agit pas d'un banal échange entre du soutien logistique et une promesse. Nous en sommes au point critique qui va déterminer quelle nation nous serons dans le futur. Ennemie d'Othyr, ou ennemie des oracles.

Et il reste la question des armes.

– Je viens de promettre à Cyra Noavek de lui laisser un peu de temps avant de faire pression sur Ogra pour qu'ils expulsent les exilés, lui rappelle Isae. Et soudain tu me demandes de laisser tomber la voie de la diplomatie pour choisir celle de l'agression. Voilà ce dont nous devons discuter.

– Parce que Shotet a choisi la diplomatie à Shissa, peut-être ?

La tension est telle que je ne peux pas parler. Je la perçois comme de l'humidité dans une serre, qui me remplit la bouche. J'essaie de la contrer par une pression maladroite de mon donflux, déversant partout la sensation de l'eau comme si je vidais un seau. Ast tord la bouche dans une moue de dégoût, et je me tempère.

– Si on met de côté la question des armes pour l'instant, signalé-je doucement, il reste celle des oracles.

– Si Othyr veut surveiller les faits et gestes des oracles, moi, je m'en contrefous, réplique Ast. En quoi ça nous dérange ?

– C'est précisément le problème : qu'Othyr les surveille, et personne d'autre, lui répond Isae. Tu ne connais pas ces gens aussi bien que moi. Othyr exerce déjà un pouvoir considérable sur l'Assemblée. Si les informations obtenues grâce à la surveillance des oracles sont réservées à celle-ci, cela revient à transférer le pouvoir que les oracles ont sur les destins aux mains d'Othyr. Ce qui ne fait que remplacer un problème par un autre.

– Tu louvoies, dit Ast. Tu as toujours fonctionné comme ça. Tu ne veux jamais agir tant que tu n'as pas la certitude des conséquences.

J'ouvre la bouche, mais rien ne sort : pas une parole, pas un son. Isae est trop concentrée sur Ast pour s'apercevoir que je suis en train de me débattre. « Ne la laissez pas dire oui », répète la voix de Vara dans ma tête. Et comment suis-je censée l'en empêcher, alors que je ne peux même pas parler ?

– Je t'ai demandé de venir parce que j'ai pensé que tu m'aiderais à rester honnête avec moi-même, dit Isae à Ast. Mais tu dois reconnaître que tu n'as aucune expérience de ce genre de situation.

– C'est justement ce qui me permet d'y voir plus clair et de démêler les choses pour toi, dit-il en se rapprochant d'elle.

*De l'eau, de l'eau !*

Je me rappelle la fois où je me suis laissée couler dans le

bassin d'eau chaude du temple, quand ma mère m'a appris à nager. La légère pression de l'eau autour de ma tête était si agréable ! Une pression tout en douceur.

– C'est vrai que je n'y connais rien en politique, admet Ast, plus calmement. Mais je connais les Shotet, Isae. Et toi aussi.

Il effleure le tournevis qu'il porte à la ceinture comme si c'était un couteau.

– Ils m'ont pris ma famille et ils t'ont pris la tienne. Après avoir promis un ramassage paisible, ils se sont livrés au pillage et au meurtre. Voilà à qui on a affaire.

Il lui tend les mains, paumes vers le haut. Elle pose les siennes dessus et il lui presse doucement les doigts.

– Tu as promis à Cyra Noavek de lui laisser une semaine avant d'agir. Mais tu n'as pas précisé de quel type d'action tu parlais.

Il a créé une sorte de bulle autour d'eux, dont je suis exclue.

– Si elle n'arrive pas à tuer Lazmet Noavek, reprend-il, tu devras agir, et l'expulsion des exilés shotet ne suffira pas. Pense à tous ces noms. Ces noms que tu récites.

Elle cligne des yeux pour chasser les larmes.

– Tant de gens…

– Oui. Beaucoup trop. Ça ne doit plus se reproduire, Isae. Tu ne peux pas le permettre.

Je bous de colère. Il exploite son chagrin, la peine qu'elle éprouve pour la perte subie par Thuvhé et pour celle qu'elle a vécue elle-même. Elle a mal depuis la mort d'Ori. Elle se noie dans la douleur. Et il en tire profit.

– Il nous faut des armes plus puissantes, ajoute-t-il. On ne peut pas se lancer dans une guerre terrestre contre les Shotet, ou on y passera tous. Je sais qu'apporter ton soutien à Othyr pourrait mener à une situation inconfortable pour toi. Mais tu n'auras même pas l'occasion de mener ce combat-là si tu ne gagnes pas celui-ci contre Shotet.

Je la vois hocher la tête tandis que je quitte la pièce. Je dois faire quelque chose. Et puisque mon don-flux ne me laisse pas parler, je vais devoir m'y prendre autrement.

ENTRER EN CONTACT AVEC OGRA ne présente pas de difficultés. Il me suffit de trouver Cardenzia. J'attends que le soir se change en nuit pour aller la voir. Doucement, en lui touchant le bras, je lui explique que ma mère se trouve sur Ogra pour y rendre visite à leur oracle et que je veux m'assurer qu'elle va bien. Avec un large sourire, je l'enveloppe d'un tissu doux et fluide, le genre qui glisse sur la peau.

J'ai dû m'améliorer à force de pratiquer, parce qu'elle se détend aussitôt et me conduit à la tour de communications. Son code de sécurité me donne accès au satellite, et je l'inonde de ma gratitude avec une nouvelle caresse de tissu.

Je m'assieds dans le fauteuil des transmissions, qui est en métal avec un dossier rigide pour empêcher les gens de remuer pendant qu'ils envoient leurs messages. La salle est remplie de techniciens, mais ce n'est pas gênant, ils ne parlent pas thuvhésit. Les Othyriens apprennent des langues plus courantes, comme le pithar ou le trellien, pas notre langue soyeuse balayée par le souffle du vent.

– Ceci est un message pour Cyra Noavek, dis-je à la rétine qui capte mon visage et ma voix. Isae Benesit envisage une action offensive. Othyr tente de placer ses pions contre les oracles, et vient de réclamer le soutien de Thuvhé en échange d'armement. Isae… Isae est en deuil. Elle est aux abois, comme nous tous. Mais au plus profond d'elle-même, je pense qu'elle ne pourra plus jamais se fier à la parole d'un Shotet.

Je baisse les yeux.

– Vous ne pouvez pas échouer. Tuez Lazmet Noavek. N'échouez pas. Transmission terminée.

Je tape sur l'écran qui se trouve devant moi pour commencer à compresser l'enregistrement et le faire tenir dans le dossier le plus petit possible. Le vaisseau satellite ogran livre les données sur sa planète une fois par jour ; Cyra devrait donc recevoir mon message dès demain, si elle le reçoit un jour.

– Qu'est-ce que tu fabriques ?

C'est la voix d'Ast.

Je me lève en m'appuyant des deux mains sur le dossier du fauteuil pour les empêcher de trembler. Je ne sais pas quel pourcentage du message il a entendu.

Je me tourne vers lui en époussetant ma jupe. Il est essouflé, comme s'il était venu en courant. Le scarabée décrit un cercle rapide autour de sa tête avant de couvrir le périmètre de la salle et de décrire un nouveau cercle serré autour de moi.

Ses yeux sont fixes et posés dans le vague, comme toujours, mais son front est plissé.

– On aurait vraiment dit que tu transmettais à nos *ennemis* des informations confidentielles sur les négociations de Thuvhé avec Othyr.

Sa voix tremble de rage. Je dois faire attention.

– Tu...

Je n'arrive pas à aller plus loin. Sa colère est trop violente et mon don-flux trop fort. Je lutte contre lui, j'essaie de forcer les muscles de ma gorge et de ma bouche. Dans ma tête, il y a un chapelet de jurons silencieux. Pourquoi ce don, pourquoi maintenant, pourquoi...

– Supprimez ce message ! crie-t-il à une technicienne. Il contient des informations secrètes qui ne doivent pas être divulguées.

La technicienne nous regarde tour à tour.

– Désolée, dit-elle. Je ne sais pas de quoi il s'agit, mais je ne souhaite pas m'en mêler.

Une tape sur l'écran, une pression sur un bouton, et mon message, mon dernier appel désespéré à Cyra, est parti.

Je cherche une texture que je n'ai pas encore essayée sur lui. Les pulls et les couvertures n'ont jamais marché. Les tissus fins sont une perte de temps. L'eau n'agit pas sur lui. Je regrette de ne pas en savoir plus sur la Bordure, ou sur le vaisseau sur lequel il a vécu, pour cerner ce qui le calmerait.

– Tu essaies de la contrôler avec ce pouvoir maléfique que tu appelles « don-flux ». Et voilà que tu la trahis auprès de ceux contre qui elle se bat ?

« Toi aussi, tu essaies de la contrôler. Elle pourrait les combattre sans détruire leur ville », voudrais-je lui dire.

Il donne un ordre au scarabée dans une langue que je ne connais pas, et l'insecte-robot se pose sur mon épaule en émettant un sifflement aigu. Ast suit le son et me saisit par le bras. Je recule vivement, mais il tient bon.

– Hé ! intervient un autre technicien. Lâchez-la ou j'appelle la sécurité !

Ast me libère et je sors dans le couloir d'un pas vacillant, assez secouée. En courant à moitié, je file à la chambre d'Isae, contiguë à la mienne. Je m'apprête à frapper quand je vois qu'elle a déjà éteint. Elle dort.

Je veux lui parler avant qu'il le fasse. Trouver une manière de lui expliquer mon geste qui présente la réaction d'Ast comme irrationnelle et paranoïaque. Si je parle à Isae en premier, je pourrai peut-être, peut-être saper les arguments d'Ast...

J'ai besoin de réfléchir à la situation. Finalement, je regagne ma chambre en prenant soin de fermer ma porte à clé.

J'entre dans ma petite salle de bains pour me rafraîchir, et je bois directement au robinet. De l'eau me coule dans l'oreille. Une fois désaltérée, je prends une serviette à l'aveugle pour la presser sur mon visage. C'est alors qu'il me semble entendre quelque chose. Un déclic.

Quand je retire la serviette de mon visage, Ast est debout derrière moi.

– Tu sais ce que les fils de mécanicien apprennent à faire, entre autres choses ? me dit-il à mi-voix. À crocheter les serrures.

Je m'étouffe. Mon don-flux se moque que je sois en danger ; il se moque de ma survie. Il m'étrangle, m'empêche de crier. Je veux attraper le verre posé sur le rebord du lavabo pour le briser et faire du bruit. Tandis que je me jette en avant pour m'en saisir, Ast se jette sur moi. Un éclat métallique brille dans son poing.

Il est fort. Sa main est assez grande pour bloquer mes deux poignets. À tâtons, il trouve mes épaules. Je lâche le verre, qui ne se brise pas. Il me soulève sur la pointe des pieds et je plante mes dents dans son bras. Je mords de toutes mes forces, jusqu'à ce qu'il grogne de douleur et que sa peau se déchire.

Une douleur brûlante s'étend sur mon flanc. Ma chemise, humide, colle à mes côtes. Dans le miroir, je vois un rouge vibrant s'étaler sur moi, comme il s'est étalé autour de la tête de mon père. C'est la couleur des fleurs-de-silence, des robes de la fête de la Floraison et du dôme en verre du temple de Hessa. Rouge, la couleur de Thuvhé.

Il m'a poignardée.

Ça y est. *Le premier enfant de la famille Kereseth succombera à la lame.*

Mon destin s'accomplit, enfin.

Ast me lâche en gémissant et du sang coule de la morsure en demi-lune qu'il a sur le bras. Je m'affale lourdement par terre. Je n'ai pas émis un son. Je tends la main vers le verre qui m'a échappé des mains, tandis qu'Ast essaie d'arrêter le flot de sang qui coule de son bras.

Je vais m'évanouir. Mais pas tout de suite. Je lève le verre et, rassemblant les forces qu'il me reste, je le projette sur les dalles en pierre de la salle de bains. Il se brise en mille morceaux.

# 4

▲

▲

**Ogra.** *Nom ogran.* L'obscurité vivante.

# :41
# AKOS

PERSONNE NE LUI AVAIT APPORTÉ à manger.

Pour une cellule, celle-ci était luxueuse : un lit au matelas moelleux garni d'une couverture chaude, une baignoire et une douche dans la salle de bains, un tapis épais sur le parquet. Au fond, c'était juste une chambre équipée d'une serrure sophistiquée, qu'Akos ne doutait pas de pouvoir ouvrir pour peu qu'il y passe un peu de temps. Encore lui faudrait-il affronter ensuite toute une maisonnée de soldats.

Il buvait au robinet lorsqu'il avait soif, mais n'avait toujours rien mangé, et il n'était pas idiot au point de penser qu'il pouvait s'agir d'un oubli. Si Lazmet avait voulu qu'il soit nourri, il l'aurait été. Il essayait d'affaiblir son don-flux.

Le lendemain matin, un peu après son réveil, la porte s'ouvrit enfin. Akos était à la fenêtre, en train de se demander ce qu'il risquait en sautant pour s'évader. Non, ce serait stupide. Au pire, il se briserait les deux jambes. Au mieux, il serait rattrapé par une dizaine de soldats même s'il parvenait à se relever et à s'enfuir.

Un homme grand au visage balafré et une femme de petite taille aux cheveux blancs entrèrent dans la chambre. Le premier était Vakrez Noavek, commandant de l'armée shotet, qui avait veillé à l'éducation militaire d'Akos. La femme lui disait quelque chose, mais il ne le connaissait pas.

– Je ne comprends pas, déclara Vakrez Noavek en fixant Akos, les yeux plissés.

– Réveille-toi un peu, Vakrez, lui lança la femme avec impatience. Il n'y a que les Noavek pour être aussi grands. C'est le fils de Lazmet, c'est évident !

– Bonjour, commandant, dit Akos à Vakrez avec un petit hochement de tête.

– Je vais dire à Lazmet comment tu t'appelles et d'où tu viens, tu sais, lui signala Vakrez. Et je ne vois pas à quoi ça t'a servi de t'évader si c'était pour revenir.

– Ça m'a donné du temps.

– Ainsi, vous vous connaissez, dit la femme en s'asseyant sur une chaise près de la cheminée.

Akos avait envisagé de grimper par le conduit mais, après inspection, avait exclu cette possibilité. Il était trop étroit pour lui.

– C'était un soldat. Et pas un bon, fit Vakrez avec un grognement.

– Je suis Yma Zetsyvis, déclara la femme. Je ne pense pas que nous ayons été présentés officiellement.

Akos fronça les sourcils. Il connaissait ce nom. Son mari et sa fille avaient tous deux été soumis au don-flux de Cyra avant de mourir, et elle était restée collée aux basques de Ryzek par la suite.

– Que faites-vous au manoir ? leur demanda-t-il. Je vous croyais tous les deux loyaux à Ryzek. Et maintenant… quoi ? Vous vous attachez à son père avant même que son cadavre ait refroidi ?

– Je suis loyal à ma famille, répliqua Vakrez.

– Pourquoi ? questionna Akos. La mère de Lazmet n'a-t-elle pas tué la vôtre ?

Il se tut un instant avant d'ajouter :

– D'ailleurs, vous ne devriez même pas exister. Je pensais qu'elle avait tué tout le monde, ses cousins compris.

– Vakrez sait se rendre utile, répondit Yma en rejetant une mèche de cheveux blancs par-dessus son épaule. Cela lui donne le droit de vivre. C'est ainsi que raisonnent les Noavek. C'est aussi pourquoi nous sommes encore en vie, toi et moi.

Vakrez la foudroya du regard.

– En quoi pouvez-vous bien être utile à un homme tel que Lazmet Noavek, commandant ?

Akos n'avait pas pu s'empêcher de finir sa phrase en citant le grade de Vakrez. Il était habitué à voir en lui un guerrier en cuirasse, un symbole d'autorité. Quelqu'un qui inspirait la crainte.

– Je lis dans les cœurs, admit Vakrez, mal à l'aise. La fidélité, et d'autres choses. C'est compliqué à expliquer.

– Et vous ? demanda Akos à Yma.

– Il lit dans les cœurs et moi, je les déchire, dit Yma en examinant ses ongles. Nous avons été envoyés pour t'évaluer.

– Tends ta main, ordonna Vakrez. Je n'ai pas que cela à faire aujourd'hui.

La faim faisait gargouiller le ventre d'Akos, mais il ne sentait pas le bourdonnement du flux, signe que son don ne s'était pas encore éteint. Il obéit, et Vakrez, le saisissant par le poignet, le tira vers lui sans ménagement. Le front plissé, il fixa les yeux d'Akos en lui serrant le poignet. Sa main était tiède et rêche.

– Rien, dit-il. Il va encore devoir jeûner. Et peut-être se faire rosser une fois ou deux, si Lazmet s'impatiente.

– Je lui ai dit qu'il était trop tôt. Mais il n'écoute rien, bien sûr.

– Il n'écoute que ceux qu'il respecte. Et il ne respecte que lui-même.

Yma se releva en lissant sa jupe. Vêtue de gris clair, elle dessinait une colonne pâle sur le bois noir du manoir des Noavek. Akos ne savait pas trop quoi penser d'elle, de la façon dont ses yeux s'attardaient sur lui, dont ses lèvres se plissaient lorsqu'elle l'observait. Comme si elle avait envie de lui dire quelque chose sans vraiment savoir quoi.

– Repose-toi, jeune homme, lui dit-elle. Tu risques d'en avoir besoin.

Il n'avait pas mangé depuis des jours.

Vakrez passait le voir régulièrement, pour vérifier si son don-flux cédait. Mais il tenait bon, même alors qu'Akos gardait à peine la force de rester assis au coin du feu et d'attiser les flammes lorsqu'elles s'éteignaient.

C'était là qu'il était lorsque Yma revint. Elle était vêtue d'une robe bleue aussi claire que ses yeux, artistiquement drapée autour de son corps mince. L'effet conjugué de ses cheveux clairs, de sa peau claire et de ce tissu clair la faisait presque luire dans la pénombre. Il ne s'était pas levé pour allumer et la seule lumière de la pièce provenait du feu.

Elle s'assit sur une chaise à côté de lui en croisant les mains devant elle. Elle lui parut moins sûre d'elle que lors de sa première visite, se balançant légèrement d'avant en arrière tout en s'emmêlant les doigts. Elle se mit à parler sans le regarder :

– Il m'a enlevée à ma famille quand mon don-flux s'est déclaré.

Il ne faisait pas de doute que le « il » en question était Lazmet.

– Je vivais avec ma sœur et ma mère. J'étais d'une famille modeste, une moins que rien. Il m'a habillée, nourrie, vaccinée. Rien que pour cela, je lui aurais dit oui. Mais on ne dit pas non à Lazmet Noavek, si l'on ne veut pas finir…

Elle eut un léger frisson.

– Le fait qu'il m'ait séparée de ma famille m'a protégée quand ils se sont dressés contre lui, si l'on peut appeler cela ainsi. Ma sœur Zosita enseignait les langues étrangères en secret.

Yma rit doucement.

– Imagine cela. Devenir un ennemi public simplement parce qu'on *enseigne* quelque chose.

Akos la regarda à la dérobée.

– Je n'ai pas la mémoire des visages, dit-il, mais est-ce qu'on ne s'est pas déjà vus quelque part ? En dehors de votre visite de l'autre jour, bien sûr.

– Tu connais ma nièce, Teka, répondit-elle, toujours sans se tourner vers lui.

– Oh.

– Franchement, je m'étonne que Mlle Noavek ne t'ait pas parlé de moi. Sans doute est-elle plus digne de confiance que je ne l'aurais cru. Elle m'a percée à jour juste avant d'abattre son frère. C'est moi qui ai empoisonné Ryzek avant leur confrontation dans l'amphithéâtre.

– Cyra vous a « percée à jour » ? En tant qu'espionne, vous voulez dire ?

– Si l'on veut. Je dois ma position privilégiée au fait que je peux influencer les sentiments des gens en ma faveur si je demeure auprès d'eux, et faire mon œuvre lentement, subtilement. Voilà pourquoi Ryzek m'a gardée à ses côtés même lorsque toute ma famille était contre lui. Mais c'est plus difficile avec Lazmet. Son cœur… est étrangement déconnecté de tout et de tous. Malgré tous mes efforts, je n'arrive pas à le faire bouger d'un izit, ni dans un sens ni dans l'autre.

Elle se tourna enfin vers lui et il vit que ses lèvres étaient gercées, comme si elle avait la manie de les mordiller. Elle avait aussi la peau à vif autour des ongles. Visiblement, essayer de contrôler Lazmet l'épuisait.

– Tu m'as plutôt l'air d'être quelqu'un de bien. En dépit de ton affection pour Mlle Noavek. Mais je ne mets ma confiance en personne. Je ne te l'accorderais pas même en dernier recours.

Fouillant dans les replis de son vêtement, elle en sortit une petite bourse, du genre de celles qui servaient aux gens chics pour y ranger leurs jetons de l'Assemblée, la monnaie galactique, que les Shotet utilisaient rarement. Elle la lui tendit, et la bouche d'Akos s'emplit de salive dès qu'il l'ouvrit.

Elle lui avait apporté de la viande séchée. Et du pain.

– Nous devons trouver un juste milieu, précisa-t-elle. Tu ne peux pas être en pleine santé, cela éveillerait ses soupçons. Mais tu as besoin de ton don-flux. Qui est en miettes, dans l'immédiat.

Akos dut faire appel à toute sa volonté pour ne pas fourrer tout le contenu de la bourse dans sa bouche d'un seul coup.

– Je te dirai ce que je sais de lui, lorsque je viendrai ici. Je t'apprendrai à lui faire croire que j'agis sur ton cœur, pour que tu puisses faire semblant en sa présence. Je sais très bien comment on fait semblant.

– Pourquoi faites-vous cela ?

– Tu es la seule personne que je connaisse qu'il ne puisse pas contrôler avec son don-flux. Ce qui signifie que tu es le seul à pouvoir le tuer.

Les yeux écarquillés, elle lui saisit le bras avant qu'il ait pu porter une seule bouchée à ses lèvres.

– Je veux ta parole que tu t'investiras. Il ne peut pas y avoir de demi-mesures. Tu feras tout ce que je dis, exactement comme je le dis, même si cela t'horrifie.

Akos avait trop besoin de manger pour réfléchir aux implications ; et il n'avait pas vraiment le choix.

– Oui, dit-il.

– Ta parole, insista-t-elle sans lâcher son bras.

– Vous l'avez. Je ferai ce qu'il faudra pour le tuer.

Elle retira sa main.

– Bien, dit-elle.

Et elle se perdit dans la contemplation du feu pendant qu'il s'empiffrait.

# :42
# CYRA

CEUX QUI VENDAIENT LEURS PRODUITS sur des carrioles dans la grand-rue de Galo étaient en train de remballer. Je m'arrêtai pour regarder la marchande de statuettes en verre soufflé – qui étaient assez petites pour tenir debout sur une main – les envelopper avec amour dans du tissu avant de les ranger dans une boîte. Les orages n'allaient pas tarder, mais je ne les verrais pas, cette fois.

Je repris mon chemin vers l'aire de stationnement des vaisseaux où Teka avait laissé le sien en réparation. Je passai devant un homme qui agita de la viande séchée devant mon visage, puis un sema vendant des pousses qui tentaient de mordre tous ceux qui s'en approchaient. L'animation de cette ville me manquerait. Elle me rappelait les rues de Voa, sans le poids de la crainte que je ressentais là-bas.

J'avais dépassé les dernières carrioles, croulant sous les paniers de noix grillées de toutes sortes et de toutes provenances, quand je vis un homme accroupi au milieu de la rue, la tête entre les mains. Sa chemise, tendue sur ses épaules, laissait voir ses vertèbres. Je ne reconnus Eijeh qu'après l'avoir rejoint. Là, j'eus un mouvement de recul, et je suspendis le geste de poser ma main sur son épaule.

– Hé, Kereseth ? Ça ne va pas ?

Il sursauta en entendant son nom, mais ne répondit pas.

– Eijeh.

Son nom restait difficile à prononcer pour moi. Il comprenait la seule suite voyelles-consonne thuvhésit sur laquelle je butais encore. J'avais beau savoir qu'Eijeh Kereseth était mon frère, je savais aussi, avec tout autant de certitude, qu'aucun lien fraternel ne nous lierait jamais. Et comment cela serait-il possible si je n'étais même pas capable de prononcer son nom ?

Il leva la tête, les yeux noyés de larmes. Cette vision-là, au moins, m'était familière. Eijeh avait toujours eu la larme facile, contrairement à mon frère.

– Qu'est-ce qui se passe ? Tu ne te sens pas bien ?

– Non, me répondit-il avec effort. Non, nous nous sommes perdus. Dans le futur. Je le savais. Je savais que c'était la pire issue, mais il fallait que je voie. Il fallait que je sache…

– Viens, dis-je. Allons retrouver ta mère. Je suis sûre qu'elle peut t'aider.

Je ne pouvais pas le toucher. Pas sur Ogra, où mon don-flux était encore plus violent qu'ailleurs. Alors j'empoignai la manche de sa chemise pour l'obliger à se relever. Il se redressa en vacillant, tout en essuyant ses yeux avec le dos de sa main.

– Tu sais, ma mère me disait toujours que ceux qui cherchent la douleur…

– La trouvent toujours, oui, je sais, coupa-t-il.

Je fronçai les sourcils.

Seul Ryzek aurait pu savoir cela.

Encore un souvenir qu'il avait transmis à Eijeh.

Pendant qu'il se séchait les yeux, je vis que ses ongles étaient rongés et ses cuticules arrachées jusqu'au sang. Cela aussi, c'était un tic de mon frère. Pouvait-on vraiment attraper un tic par le biais d'un transfert de souvenir ?

Tenant sa manche pincée entre mes doigts, je le tirai vers

le logement temporaire que les Ograns avaient mis à leur disposition, à Sifa et lui. Comme il accueillait des *oracles*, il était plus agréable et mieux situé – en plein centre-ville – que celui que je partageais avec Teka. Je le reconnus au drapeau accroché à sa fenêtre, sur lequel était cousue une fleur rouge.

Pour gagner l'appartement, on entrait par une porte étroite et grinçante coincée entre deux boutiques. Elle avait été peinte tant de fois que les endroits écaillés révélaient plusieurs couleurs : orange, rouge, vert. La dernière couche était bleu foncé. J'entrai et tirai Eijeh dans l'escalier. En haut, la porte était entrouverte. Sifa était assise en tailleur dans le salon – il était orné de tissus drapés, les uns épais et moelleux, les autres fins et vaporeux. Elle était pieds nus, les yeux fermés. L'image même d'une mystique.

Ma mère.

Je ne lui avais pas parlé depuis le matin de ma rencontre avec Vara. Je l'évitais, à vrai dire, faisant semblant de croire que la révélation sur mes origines ne changeait strictement rien. Ma mère restait Ylira Noavek, mon père, Lazmet Noavek, mon frère, Ryzek Noavek. Reconnaître la vérité revenait à accorder du pouvoir à cette nouvelle famille. Et cela, je ne pouvais pas l'admettre.

Je ne l'admettrais pas.

Je frappai en poussant la porte, et Sifa se tourna vers nous.

– Que s'est-il passé ? demanda-t-elle en se levant, les yeux sur le visage sillonné de larmes d'Eijeh.

– Je n'ai pas… Je n'ai pas fait ce que tu m'avais dit, bredouilla-t-il en s'essuyant de nouveau les yeux. Je ne me suis pas ancré. C'était…

Je les coupai avant qu'ils puissent se perdre dans leurs bizarreries d'oracles, comme ils semblaient le faire dès qu'ils étaient ensemble.

– Es-tu Ryzek ? demandai-je à Eijeh.

Ils me dévisagèrent tous les deux d'un air perplexe.

– Tout à l'heure, tu as dit « nous ». « Nous nous sommes perdus dans le futur. »

– Je ne sais pas de quoi tu parles.

Je fis un pas vers lui.

– Ah non ? Alors, cela n'avait rien à voir avec le délire de mon égocentrique de frère qui avait coutume de parler de lui-même en employant le « nous » de majesté ?

Eijeh se mit à secouer la tête.

– Ce n'est pas mon frère qui ronge tes ongles, ni qui picore du bout des lèvres, ni qui fait tournoyer ton couteau et se rappelle des souvenirs de notre mère ?

Je savais que je parlais trop fort, peut-être assez pour qu'on m'entende à travers les murs, mais je m'en moquais. J'avais vu mon frère mort. J'avais jeté son corps dans l'espace. J'avais nettoyé son sang par terre. J'avais étouffé ma colère, ma peine, ma pitié.

Mes ombres-flux couraient sur mes bras, se glissaient sous l'ourlet de ma chemise, s'enroulaient autour de mes doigts.

– Ryzek ? C'est toi ?

– Pas exactement, me répondit-il.

– Quoi, alors ?

– Nous sommes un « nous ». Une partie de nous est Eijeh et l'autre est Ryzek.

– Tu étais…

Je ne trouvais pas les mots pour exprimer ce que je ressentais.

– Tu étais en partie Ryzek pendant tout ce temps, et tu ne m'as rien dit ?

– Après m'être fait assassiner ? répliqua-t-il. Ne m'approche pas, avec ton don-flux. Et tu te demandes pourquoi les gens ne t'aiment pas ?

Les ombres rampaient sur et sous ma peau, s'étirant vers lui, brûlant d'être partagées.

– Oh, non, je ne me suis jamais rien demandé de tel. Quant à vous, ajoutai-je en me tournant vers Sifa, comme toujours, ça n'a pas l'air de vous étonner. Vous saviez depuis le début qu'il y avait un espion parmi nous…

– Il n'a aucune raison de nous espionner. Il veut juste qu'on le laisse en paix.

– Il y a moins d'un cycle, Eijeh a assassiné Orieve Benesit sous l'influence de mon frère pour lui permettre de rester au pouvoir, dis-je d'un ton sourd. Et aujourd'hui, je devrais croire qu'il veut juste avoir la paix ?

– Tant que le corps de Ryzek vivait, nous étions piégés dans son enveloppe physique, m'expliqua Eijeh – ou Ryzek, comme on voudra. Sans son corps, nous sommes libres. Nous le serions sans ces foutues visions.

Je ne pus m'empêcher de rire.

– Ces foutues visions ! Toi, Ryzek, tu as torturé Eijeh en échangeant en partie vos souvenirs pour t'approprier ces visions, si je me souviens bien ! Et maintenant, tu t'en plains ? Ha ! C'est le comble !

– Les visions sont une malédiction, me répondit-il d'un air crispé. Elles nous projettent sans cesse dans la vie des autres, la souffrance des autres…

Tout s'embrouillait dans ma tête. Je n'avais jamais songé que Ryzek – quelle que fût la forme sous laquelle il existait maintenant – puisse ne pas vouloir du pouvoir qui lui revenait. Mais en repensant au Ryzek que j'avais connu, celui qui me couvrait les oreilles dans les couloirs sombres pour m'épargner les cris des victimes de mon père, qui me portait sur son dos au milieu de la foule pour monter dans le vaisseau de séjour, cela ne me semblait pas si étrange, au fond.

Mais ce n'était pas normal pour autant. Ni Ryzek Noavek ni Eijeh Kereseth ne méritaient d'être dédouanés des crimes ignobles qu'ils avaient commis.

– Eh bien, prépare-toi à découvrir d'autres choses qui te jetteront dans les souffrances des autres, parce que tu viens avec moi sur Urek, dis-je.

– Non, nous n'irons pas.

Je me penchai vers lui, si près que nous respirions le même air, et levai les deux mains devant son visage. Mes ombres-flux étaient devenues si denses que je n'avais aucun mal à exposer mon pouvoir dans toute son horreur. Les vrilles noires serpentaient sur et sous la surface de ma peau, dessinant sur moi à la fois une tache et un voile de protection. La douleur hurlait dans chaque izit de mon corps. Mais le fait d'avoir un but m'avait toujours aidée à supporter la souffrance.

– Viens avec moi, répétai-je dans un murmure rauque. Ou je te tue, tout de suite, de mes mains. Tu as peut-être une partie des talents de Ryzek mais ton corps est celui d'Eijeh Kereseth, et il n'est pas de taille contre moi, ni à la course à pied, ni au combat, ni même dans un fichu duel de volontés.

– Des menaces, fit-il d'un ton grinçant. J'aurais voulu pouvoir dire qu'elles étaient indignes de toi, mais cela n'a jamais été le cas, n'est-ce pas ?

– Je préfère les voir comme des promesses, dis-je en souriant de toutes mes dents.

– Et à quoi cela t'avancerait-il que nous venions ?

– Je dois faire quelque chose qui requiert une excellente connaissance des habitudes de Lazmet Noavek, et, de ce point de vue, ton cerveau est une mine.

Il ouvrit la bouche pour objecter, mais Sifa ne lui en laissa pas le temps.

– Il t'accompagnera, dit-elle. Et moi aussi. Nous en avons terminé ici.

J'aurais voulu protester, mais la voix de la logique me fit renoncer. Cela ne pouvait pas me faire de mal d'avoir, non pas un, mais deux oracles pour m'aider dans mon projet d'assassinat. Même si l'un hébergeait l'esprit de mon frère malfaisant et si l'autre était ma mère biologique qui m'avait abandonnée.

Oui, c'était une situation aberrante.

Mais une bonne partie de la galaxie l'était aussi.

# 43:
# AKOS

– NOTRE PROBLÈME LE PLUS PRESSANT est Vakrez, déclara Yma.

Allongé par terre devant la cheminée, Akos entendit son estomac gargouiller. Il avait eu un malaise un peu plus tôt en sortant de la salle de bains et, au lieu de se lever à l'arrivée d'Yma, il s'était contenté de passer de la position assise à couchée. Elle lui tendit une bourse pleine de nourriture, qu'il prit avec beaucoup moins d'empressement que la première fois. L'expérience lui avait appris qu'un demi-repas était presque pire que pas de repas du tout.

Néanmoins, il mangea, mais en s'obligeant à prendre son temps, cette fois, pour savourer chaque bouchée.

– Tu ne contrôles pas ton don-flux ?

– Non. Je ne l'ai jamais vraiment considéré comme quelque chose de contrôlable.

– C'est possible, pourtant, dit Yma. J'étais avec Ryzek lorsqu'il a ordonné qu'on t'affame pour t'enlever ton pouvoir. Il n'était pas sûr que cela marcherait, mais c'est toujours la première chose à faire lorsqu'on souhaite neutraliser le don de quelqu'un.

– Ça marche, confirma Akos. C'est comme ça que j'ai pu subir le don de Cyra.

Ce souvenir fit surgir dans sa gorge une sensation de vive chaleur, qu'il étouffa.

– Eh bien, reprit Yma, si on peut désactiver ton don-flux, c'est sans doute que tu peux le maîtriser davantage.

– Ah oui ? fit-il, intéressé. Et comment ?

– Je t'ai dit que j'étais d'origine modeste. Eh bien, une chose que les Shotet semblent comprendre alors que cela échappe au reste de la galaxie est que les gens modestes ont autant de valeur que les autres. Nous aussi, nous avons une histoire très ancienne, des arbres généalogiques, des recettes de famille... des secrets.

Elle croisa les jambes dans l'autre sens et remit sa jupe en place. Le feu crépita dans la cheminée.

– Au fil des générations, nous nous sommes transmis des exercices qui nous aident à contrôler nos dons-flux. Pour certains, il est clair qu'ils sont inefficaces. Mais je peux te les apprendre, si tu me promets de t'entraîner. Ainsi tu pourrais neutraliser ton don-flux le temps de laisser Vakrez lire dans ton cœur, avant de le laisser reprendre toute sa puissance pour résister à Lazmet lorsque le besoin se présentera.

– Que veut Lazmet exactement ? Que vous a-t-il demandé de me faire ?

– Il m'appelle la Change-Cœur. La manière dont j'agis est trop compliquée pour être expliquée avec des mots, mais petit à petit je peux modifier les valeurs d'une personne. Je prends les sentiments bruts que je trouve – l'amour de quelqu'un pour sa famille, ses amis, son amant – et je les modifie de façon à conduire la personne vers une autre destination.

– C'est parfaitement terrifiant, commenta Akos en fermant les yeux.

– Il veut que je change ton cœur en sa faveur. Lève-toi. Tu me fais perdre mon temps, et je n'en ai pas beaucoup.

– Peux pas. J'ai mal à la tête.

– Je m'en moque !

– Essayez de passer plusieurs jours presque sans manger ! riposta-t-il.

– Merci, je connais. Tout le monde n'a pas grandi chez les riches, monsieur Kereseth. Nous sommes quelques-uns à avoir une certaine habitude de la faiblesse et des douleurs liées à la faim. Debout.

N'ayant plus grand-chose à répliquer, Akos se redressa en position assise. Un voile noir passa devant ses yeux. Puis il se tourna vers elle.

– C'est mieux, approuva Yma. Maintenant, nous devons parler de la comédie que tu dois jouer. La prochaine fois que tu te tiendras devant Vakrez, il s'attendra à observer un certain changement. Tu dois le conforter dans son erreur.

– Et comment ?

– Fais-lui croire que ta détermination faiblit. Ça ne devrait pas être trop difficile. Donne-lui quelque chose, une information qu'il recherche, et qui ne compromet pas ta mission. Et tout d'abord, dis-moi quelle est ta mission.

– Pourquoi ? demanda Akos, sourcils froncés. Vous la connaissez, ma foutue mission, non ?

– Tu devrais te la répéter à chaque seconde de ta vie, si tu ne veux pas nous mener à notre perte ! Dis-moi quelle est ta mission !

– Le tuer. Ma mission est de le tuer.

– Ta mission est-elle de te montrer loyal envers ta famille, tes amis, ta nation ?

– Non ! répondit-il en la foudroyant du regard.

– Bien. Maintenant, passons à cet exercice.

Elle le fit asseoir sur une chaise et lui demanda de fermer les yeux.

– Trouve une image qui représente ton don-flux. Comme le tien te coupe du flux, tu pourrais le voir comme un mur, ou une cuirasse, quelque chose comme ça.

Akos n'avait jamais beaucoup réfléchi au pouvoir qui vivait en lui, essentiellement parce que ce qu'il ressentait ressemblait plus à une absence qu'à une présence. Mais il essaya de l'envisager comme une cuirasse, comme Yma l'avait suggéré. Il se rappela la première fois qu'il en avait enfilé une – le genre ordinaire, en matière synthétique –, lorsqu'il avait commencé son entraînement au camp militaire shotet. Le poids l'avait étonné, mais il l'avait trouvé plutôt rassurant.

– Pense à son aspect jusque dans les petits détails. En quelle matière est cette cuirasse ? Est-elle faite de plusieurs pièces assemblées, ou bien d'une seule ? De quelle couleur est-elle ?

Il se sentait bête, à choisir des couleurs comme s'il était chez le tailleur au lieu d'essayer d'organiser un meurtre. Mais il obéit, décidant qu'elle était bleu foncé parce que c'était la couleur de sa cuirasse shotet, et constituée de plusieurs pièces pour la même raison. Il revit les bosses et les éraflures de cette cuirasse, signes qu'il en avait fait bon usage. Et les doigts habiles de Cyra qui serraient les courroies la première fois qu'il l'avait mise.

– Quelle est sa texture ? demanda Yma. Est-elle lisse ou rêche ? Rigide ou flexible ? Froide ou tiède ?

Akos répondit à Yma par un froncement de nez, mais sans rouvrir les yeux. La cuirasse était lisse, rigide et tiède, comme la fourrure de kutyah qu'il portait autrefois pour se protéger du froid. Le souvenir de ce vieux manteau, avec son nom écrit sur l'étiquette pour qu'il ne le confonde pas avec celui de Cisi, souleva en lui une vague de nostalgie presque douloureuse.

– Garde à l'esprit l'image la plus nette possible. Je vais te toucher dans trois... deux... une seconde.

Les doigts froids d'Yma lui pressèrent le poignet. Il s'efforça de rappeler l'image de sa cuirasse shotet, mais c'était difficile avec tous ces souvenirs qui se mélangeaient : Cisi essayant de glisser ses longs bras dans son manteau d'enfant, Cyra le tenant par l'épaule tout en tirant rudement sur les courroies de la cuirasse.

– Tu n'es pas concentré, lui dit Yma. Je n'ai pas le temps de te faire travailler, tu vas devoir t'entraîner de ton côté. Teste différentes images, sans oublier de t'imposer un minimum de discipline.

– Je suis discipliné, riposta-t-il en ouvrant les yeux.

– Il est facile de l'être lorsqu'on est bien nourri et en bonne santé, répliqua-t-elle. Mais tu dois apprendre à le rester alors que ton cerveau est à peine en état de fonctionner. Essaie encore.

Ce qu'il fit, en imaginant cette fois le manteau de kutyah qu'il portait à Thuvhé, et qui était aussi une sorte de cuirasse, contre le froid, celle-là. Il ressentit le petit chatouillis familier dans la nuque, à la couture entre le manteau lui-même et la capuche. Il testa cette image encore deux fois avant qu'Yma consulte la montre délicate qu'elle portait au poignet et annonce qu'elle devait partir.

– Entraîne-toi. Vakrez viendra te voir tout à l'heure et tu devras déjà être capable de faire semblant.

– Je dois être capable de maîtriser ce truc *tout à l'heure* ? s'exclama-t-il.

– D'où tiens-tu cette idée que la vie va te faire des cadeaux ? grommela-t-elle. Personne ne nous a promis la facilité, le confort ou la justice, rien que la souffrance et la mort.

Et sur ces mots elle sortit.

*Ses discours sont presque aussi encourageants que les tiens,* déclara-t-il en imaginant qu'il s'adressait à Cyra.

Il essaya de pratiquer ce qu'Yma lui avait appris. Vraiment. Seulement, comme il n'arrivait pas à concentrer son esprit sur une chose pendant plus de deux minutes d'affilée, il n'avançait pas beaucoup.

Il fit le tour de la pièce en s'arrêtant pour regarder à travers les lamelles des stores, qui étaient du même bois sombre que le parquet. *Des barreaux de prison plutôt élégants,* songea-t-il.

Depuis la mort de son père, Akos n'avait jamais beaucoup pensé à lui. Lorsque des souvenirs remontaient à la surface, il les percevait comme une intrusion et ramenait aussitôt son attention sur sa grande mission : sauver Eijeh comme il le lui avait promis. Mais ici, affamé et désorienté, ces pensées étaient plus difficiles à chasser. Les grands gestes désordonnés d'Aoseh, qui avait tendance à renverser les objets ou à frapper les gens par inadvertance, son odeur de feuilles brûlées et d'essence pour tracteur, l'unique fois où il avait crié sur Akos à cause d'une mauvaise note, avant de fondre en larmes en se rendant compte qu'il avait fait pleurer son petit dernier.

Aoseh était un homme qui vivait ses émotions dans le désordre et la démesure, et Akos avait toujours su qu'il était aimé. Cependant, il s'était demandé plus d'une fois pourquoi il ressemblait si peu à son père. Akos était renfermé, y compris sur des sujets qui n'exigeaient nullement le secret. En fait, cet instinct qui le poussait vers la retenue l'apparentait davantage aux Noavek.

Cyra, en revanche, bouillonnante d'énergie, d'opinions, et même de colère, ressemblait beaucoup plus à Aoseh.

Peut-être était-ce pour cela qu'il avait eu tant de mal à ne pas s'attacher à elle.

Vakrez s'éclaircit la gorge, et Akos se demanda depuis combien de temps il était là. Il fixa le commandant pendant quelques secondes avant de s'asseoir lourdement sur son lit. Il s'était fixé l'objectif de trouver une meilleure image pour son don-flux, et n'y était pas parvenu. Maintenant, Vakrez allait découvrir qu'il reprenait des forces et il commencerait à se méfier.

*Merde,* pensa-t-il. Yma avait suggéré l'idée d'une cuirasse, d'un mur – d'une barrière de protection entre Akos et le monde. Lorsqu'elle les avait exprimées, ces idées ne l'avaient pas convaincu. Mais que pouvait-il trouver d'autre ?

– Ça va, Kereseth ? lui demanda Vakrez.

– Comment va votre mari ? lança Akos, histoire de gagner du temps.

– Euh… Malan ? Il va bien, répondit Vakrez d'un air soupçonneux. Pourquoi ?

– Comme ça. Je l'ai toujours bien aimé, c'est tout, dit Akos en haussant les épaules.

De la glace pourrait-elle être une barrière de protection ? Il connaissait bien la glace. Mais c'était un élément qui inspirait la méfiance, à Thuvhé, et non quelque chose de protecteur.

– C'est vrai, il est plus sympathique que moi, grommela Vakrez. Tout le monde aime bien Malan.

– Il sait que vous êtes là ?

Une sorte d'enveloppe métallique, peut-être ? Comme une nacelle de sauvetage ou un flotteur ? Non, ces objets ne lui étaient pas assez familiers.

– Bien sûr, ricana Vakrez. Il m'a même demandé de ne pas être trop méchant avec toi. Il pense que ça pourrait t'aider à t'ouvrir.

– Je ne pensais pas que vous aviez besoin de cela, dit Akos en s'assombrissant. Si j'ai bien compris, il vous suffit de fouiner dans mon cœur, que ça me plaise ou non ?

– Certes. Mais si tu ne masques pas tes émotions, cela les rend plus faciles à interpréter. Tends ton bras, et qu'on en finisse.

Akos remonta sa manche, révélant les marques bleues qu'il avait tatouées sur sa peau selon le rituel shotet. La deuxième comportait une hachure, et signalait la perte du Carapaçonné qu'il avait tué pour monter dans l'échelle sociale.

Il se surprit à retourner mentalement sur les lieux où il l'avait fait. Dans les champs voisins de l'étendue d'herbe-plume, là où les fleurs sauvages étaient fragiles et poudreuses et où les Carapaçonnés s'étaient réfugiés à bonne distance des éléments conducteurs du flux. En croisant celui qu'il allait tuer, il avait perçu combien l'absence de flux en lui soulageait la créature.

Soudain, Akos retrouva l'affinité qu'il avait éprouvée alors avec le Carapaçonné. Il s'imagina dans la peau du monstre, avec trop de pattes et des flancs cuirassés. Ses yeux, sombres et étincelants, étaient abrités sous une excroissance osseuse.

Puis, dans une espèce de violent sursaut, il s'imagina que cette arête osseuse s'ouvrait en deux. Et, à la même seconde, il sentit que le flux se mettait à circuler en lui en vibrant dans ses os.

Vakrez, les yeux fermés, hocha la tête, et Akos se concentra sur le fait de garder cette « blessure » ouverte.

– Yma m'avait dit qu'elle exploiterait son don pour t'inciter à réfléchir sur ta relation à ton père – je parle de Kereseth, pas de Noavek, dit Vakrez. Je vois qu'elle a réussi.

Akos battit des paupières. Yma lui aurait-elle fait quelque chose lors de son passage, pour lui faire penser à Aoseh ? Ou s'agissait-il d'une simple coïncidence ? Quoi qu'il en soit, ça tombait bien.

– Tu n'as pas l'air en forme, observa Vakrez.

– C'est souvent comme ça, quand on vous enferme et qu'on vous prive de nourriture pendant des jours, riposta sèchement Akos.

– C'est un fait, admit Vakrez en pinçant les lèvres.

– Pourquoi faites-vous tout ce qu'il dit ?

– Tout le monde fait tout ce qu'il dit.

– Non, certains décident de cesser de se conduire en lâches et s'en vont. Mais vous… vous restez. Et vous continuez à faire du mal aux gens.

Vakrez s'éclaircit la gorge.

– Je lui ferai part de tes progrès.

– Avant ou après vous être prosterné devant lui pour lui baiser les pieds ?

À sa grande surprise, Vakrez sortit sans riposter.

Lazmet était assis à une table près du feu lorsque Akos fut escorté dans ses appartements. Toute simple, la pièce ressemblait à celle qu'il avait ouverte en arrivant au manoir : lambris de bois sombre qui reflétaient la lumière mouvante des fenzu, tissus soyeux de couleurs foncées, tapis épais devant la cheminée, bibliothèques remplies de livres dans toutes les langues. Un endroit confortable.

Lazmet était en train de manger. De l'oiseau-mort rôti aromatisé à l'herbe-plume, accompagné de fenzu frits. L'herbe-plume était grillée afin de supprimer ses propriétés hallucinogènes et de n'en garder que l'arôme épicé.

L'estomac d'Akos gronda. Il ne devait pas être si compliqué de saisir une poignée de nourriture sur la table et de l'enfourner. Ça vaudrait la peine, ne serait-ce que pour goûter autre chose que des conserves au vinaigre ou des aliments séchés ou fades. Cela faisait si longtemps…

– Vous avez décidé de me torturer en me mettant de la nourriture sous le nez pendant que vous mangez ? Vous ne trouvez pas ça un peu puéril ? parvint-il à dire après avoir avalé sa salive.

Akos savait que cet homme n'était pas réellement son père. Pas comme Aoseh Kereseth l'avait été. Son *vrai* père lui avait appris à boutonner son manteau, à piloter un flotteur, à recoudre la semelle d'une botte qui se décollait. Aoseh l'appelait « Tout-Petit », avant de savoir qu'Akos finirait par être le plus grand de la famille, et il était mort en se battant pour le défendre, même s'il savait que c'était peine perdue.

Lazmet se contenta de le scruter comme s'il voulait le démonter et le remonter entièrement. Comme si Akos n'était qu'une créature à disséquer en cours de sciences pour en comprendre le fonctionnement.

– Je voulais observer comment tu réagirais devant de la nourriture, fit-il en haussant les épaules. Et savoir si tu es un homme ou un animal.

– Vous avez fait intervenir Yma Zetsyvis avec l'objectif explicite de me changer. Quelle importance, ce qu'était cet « avant », du moment que vous contrôlez l'« après » ?

– Je suis naturellement curieux.

– Vous êtes naturellement sadique.

– Un sadique prend plaisir à voir souffrir les autres, rectifia Lazmet en levant l'index. Ce n'est pas mon cas. Je suis un étudiant. Je trouve de la satisfaction à apprendre, non à faire souffrir gratuitement.

Il était pieds nus, et ses orteils disparaissaient dans l'épais tapis.

Il couvrit son assiette avec la serviette posée sur ses genoux, se leva et s'éloigna de la table. Akos s'aperçut qu'il avait moins de mal à contrôler l'envie de se jeter sur la nourriture maintenant qu'il ne la voyait plus.

Yma lui avait recommandé de faire comme si sa détermination flanchait. C'était précisément son but lors de cette rencontre : prouver à Lazmet que sa méthode fonctionnait, mais assez subtilement pour ne pas éveiller ses soupçons.

Yma l'avait aidé à retrouver son chemin. Depuis que la mort de Ryzek lui avait ôté tout espoir de sauver Eijeh, il avait erré sans but. Il lui manquait une cause, une mission, un plan. Mais Yma l'avait aidé à retrouver le point de concentration qu'il avait maintenu exclusivement sur son frère depuis son arrivée à Shotet. Il devait tuer Lazmet. Rien d'autre ne comptait.

Il avait trahi Thuvhé. Il avait abandonné Cyra. Il avait perdu son nom, son destin, son identité. Quand ce serait fini, il n'aurait nulle part où aller. Il ne pouvait pas échouer.

– Ainsi, il paraît que tu es thuvhésit, lui dit Lazmet. Pourtant, j'ai toujours pensé que cette histoire de langue de la révélation était une légende. Ou du moins qu'elle était très exagérée.

– Elle ne l'est pas, rectifia Akos. Je comprends des mots alors que je n'en connaissais pas l'existence.

– Il y a une question que je me suis toujours posée. S'il nous manque un mot pour désigner quelque chose, peut-on vraiment savoir ce que c'est ? Est-ce que cette chose continue à vivre en nous sans prendre de forme précise, ou est-ce qu'elle disparaît entièrement de notre conscience ?

Il prit son verre, qui contenait une boisson rouge sombre, et y but une gorgée.

– Tu es peut-être l'un des rares à le savoir, mais tu ne sembles pas capable de me répondre.

– Autrement dit, vous me prenez pour un imbécile.

– Je pense que tu t'es programmé pour survivre et qu'il te reste peu d'énergie pour autre chose, répondit Lazmet. Si tu n'avais pas eu à lutter pour survivre, tu aurais pu devenir quelqu'un d'intéressant. Mais on ne refait pas l'histoire.

*La seule raison qui me pousse à vouloir être intéressant à tes yeux,* songea Akos, *est d'éviter de me faire tuer.*

– Il existe un mot en ogran, dit-il : *kyerta*. C'est une vérité qui change le cours d'une vie. C'est ce qui m'a amené ici. La découverte du lien qui nous unit, vous et moi.

– Un lien ? Parce que j'ai couché avec une femme et qu'elle t'a remis à une oracle ? Tout le monde dans cette foutue galaxie a des parents, figure-toi. Je ne vois pas en quoi c'est un exploit.

– Dans ce cas, pourquoi vous êtes-vous intéressé à la couleur de mes yeux ? Et pourquoi m'avez-vous fait venir ici pour me parler ?

Lazmet ne répondit pas.

– Pourquoi avez-vous pris la peine, poursuivit Akos en avançant d'un pas, de faire de Ryzek un meurtrier ?

– On réserve le mot « meurtrier » à ceux dont on désapprouve les actes, objecta Lazmet. Pour les autres, on parle de guerrier, de soldat, de combattant de la liberté. J'ai appris à mon fils à se battre pour son peuple.

– Pourquoi ? insista Akos. Qu'en avez-vous à faire de son peuple ? De votre peuple ?

– Nous valons mieux que les autres, répondit Lazmet en reposant son verre violemment sur la table et en se levant. Nous explorions les confins de la galaxie alors qu'ils n'avaient même pas encore de noms pour se désigner eux-mêmes. Nous savons ce qui est précieux, ce qui est fascinant, ce qui est important, alors qu'eux jettent tout cela aux orties. Nous sommes plus forts, plus résistants, plus débrouillards qu'eux – et ils ont réussi je ne sais comment à nous maintenir à genoux depuis qu'ils connaissent notre existence. Nous ne resterons plus à genoux, car ils ne méritent pas de se dresser au-dessus de nous.

– Je vois que vous dites « nous » en parlant des Shotet, observa Akos.

– Toi, je suis certain que tu as des idéaux, fit Lazmet avec un certain mépris. Moi, c'est autre chose qui me fait avancer.

– Quoi ? La cruauté ? La curiosité ?

– Je veux. Je veux, et je m'emparerai de tout ce que je peux obtenir. Toi y compris.

Lazmet s'approcha d'Akos. Celui-ci ne s'était pas rendu compte jusque-là qu'il était plus grand que son père. Pas de beaucoup, Lazmet dépassant déjà d'une tête la plupart des gens, mais assez pour que cela se voie.

Akos s'imagina à la place du Carapaçonné, et s'éviscéra pour la dixième fois de la journée. Il n'avait pas cessé de s'entraîner depuis que Vakrez l'avait quitté la veille, dormant à peine et pratiquant le plus possible. Désormais, il savait neutraliser son don-flux en un clin d'œil, et le ranimer tout aussi rapidement. Pour le moment, l'exercice lui prenait toute son énergie, mais il s'améliorait.

Il sentit la pression du don-flux de Lazmet sur son esprit et y céda. C'était une drôle de sensation, comme si quelqu'un agitait un fil de fer dans sa tête pour toucher délicatement le point de son cerveau qui commandait ses mouvements. Ses doigts tressautèrent, puis tambourinèrent les uns sur les autres, sans qu'il le leur ait ordonné. La bouche de Lazmet frémit lorsqu'il s'en aperçut, et Akos sentit le fil de fer se retirer.

– Vakrez m'a fait un rapport fascinant sur l'état de ton cerveau. Akos. Je ne l'ai jamais vu s'étonner autant du fonctionnement de quelqu'un. Il dit que tu vas dans la bonne direction.

– Allez vous faire foutre.

Lazmet eut un petit sourire.

– Tu devrais t'asseoir, lui dit-il. Je suis sûr que tu es fatigué.

Il traversa le salon pour aller s'installer dans un fauteuil devant la cheminée, en replongeant ses orteils dans le profond tapis.

Après une hésitation, Akos le suivit et vint se camper devant le feu. Oui, il était fatigué, mais il n'allait pas renoncer aux petites rébellions qu'il pouvait encore s'offrir. Au lieu de s'asseoir, il s'appuya à la tablette de la cheminée et se mit à fixer le feu. Quelqu'un avait saupoudré les bûches d'un produit qui bleuissait l'extrémité des flammes.

– Tu as grandi auprès d'une oracle, reprit Lazmet. Sais-tu que j'ai passé la moitié de ma vie d'adulte à en chercher un ?

– Vous avez pensé à aller voir dans un temple ?

Lazmet rit doucement.

– Tu dois bien te rendre compte qu'il ne s'agit pas simplement d'aller là où ils se trouvent. Capturer quelqu'un qui est averti de vos intentions est quasi impossible. Pour cette raison, je t'avoue ne pas avoir saisi pourquoi ta mère n'a rien tenté, pour ton frère et toi. Elle devait savoir que cela allait se produire.

– C'est certain, répondit Akos avec amertume. Elle devait aussi penser que c'était nécessaire.

– C'est cruel, dit Lazmet. Tu dois lui en vouloir.

Akos hésita. Il n'était pas Cyra, qui plantait ses griffes partout où elle le pouvait, même s'il comprenait ce qui la poussait à réagir ainsi.

– Écoutez, je ne suis pas sûr de comprendre votre stratégie, dit-il enfin. En revanche, il est clair qu'il y en a une. Ne me faites pas l'injure de le nier.

Lazmet soupira.

– Voilà que tu redeviens ennuyeux. Mais tu as raison ; j'attends quelque chose de toi. Quelque chose que je suis prêt à échanger contre autre chose.

Retraversant le salon, il regagna la table où trônait son assiette couverte. Les arômes persistaient, mélange de jus de viande et de sauce riche. Lazmet s'assit sur la chaise d'à côté et souleva un dôme en métal qui couvrait une deuxième assiette, révélant un deuxième oiseau-mort rôti accompagné comme le sien de fenzu frits et d'un fruit-sel coupé en dés.

– Ce repas est le tien. Du moins si tu me dis comment tu es entré dans le manoir.

– Quoi ?

Les yeux d'Akos s'étaient fixés sur l'assiette. Le reste de la pièce s'assombrit. Il commençait à avoir mal au ventre.

– Quelqu'un t'a forcément aidé à entrer, reprit Lazmet, patiemment. Aucune de nos serrures extérieures n'a été brisée ni démontée, et tu n'aurais pas pu escalader le mur sans te faire remarquer. Alors dis-moi qui t'a fait entrer, et tu pourras manger ce repas.

Akos vit l'image de Jorek, avec ses longs bras maigres et sa barbe clairsemée. En quittant la maison de son oncle, il lui avait remis la bague qu'il portait autour du cou pour ne pas la perdre. Jorek avait offert son bras à sa mère pour l'aider à marcher sur les pavés. *C'est quelqu'un de bien. Il ne voulait même pas te laisser entrer dans le manoir. C'est toi qui l'as persuadé à force d'insister.* Il n'était pas concevable pour Akos de livrer le nom de Jorek en échange d'un repas.

*Dis-moi quelle est ta mission.*

*Non,* répondit-il à la Yma qui parlait dans sa tête. *Pas cela. Je ne le ferai pas.*

Selon la consigne d'Yma, il devait guetter toute occasion de livrer des informations à Lazmet pour lui montrer qu'il était en train de changer, et éviter qu'il ne se lasse. Eh bien, cette occasion lui était servie sur un plateau.

– Je ne vous crois pas, déclara-t-il en fermant les yeux. Je pense que vous retirerez cette assiette à la seconde où je vous aurai dit ce que vous voulez savoir.

– Tu te trompes. Regarde, dit Lazmet en reculant, je vais même m'éloigner. Fais-moi confiance sur cette chose toute simple, Akos.

Je ne prends aucun plaisir à voir souffrir les autres. Je veux juste observer ce que tu vas faire, et il ne me servirait à rien de te refuser quelque chose si tu fais ce que je demande. Tu saisis forcément la logique de cet accord.

Les larmes piquaient les yeux d'Akos. Il avait trop faim. Il était trop fatigué. Il devait suivre la règle d'Yma.

*Ta mission est-elle de te montrer loyal envers ta famille, tes amis, ta nation ?*

*Non.*

Ce n'était pas sa mission.

– Kuzar, dit-il d'une voix étranglée. Jorek Kuzar.

Lazmet hocha la tête. Il se leva de table et retourna s'asseoir dans son fauteuil, laissant Akos à son repas.

L'HERBE-PLUME GRILLÉE LUI ÉTAIT RESTÉE sur l'estomac. Des renvois acides en ramenaient sans cesse le goût au fond de sa gorge, l'empêchant d'oublier.

Akos toucha le creux de son cou, où nichait d'habitude la bague de famille d'Ara Kuzar. Il ne reverrait plus jamais ce bijou ; mais ce n'était pas cela qui le dérangeait. Il n'avait jamais vraiment eu le sentiment de l'avoir mérité. Au fond de lui, il savait qu'on ne pouvait pas gagner sa place dans une famille en tuant un homme. En revanche, la pensée du regard d'Ara, s'il sortait un jour de cet endroit…

Il plaqua une main sur sa bouche en sentant venir un nouveau renvoi.

Un petit coup fut frappé sur le panneau contigu à la cheminée, et celui-ci coulissa pour laisser entrer Yma. Les cheveux noués dans la nuque, elle portait des vêtements de sport sombres et des chaussures souples, qui lui donnaient une allure plus décontractée que d'habitude. Elle le fixa de ses yeux d'un bleu irréel.

– Racontez-moi, demanda-t-il d'une voix mal assurée.

– Tu as fait ce qu'il fallait.

– *Dites-moi* ce qui s'est passé ! gronda-t-il.

Elle soupira.

– Jorek a été arrêté.

Akos se précipita aussitôt dans la salle de bains et se mit à vomir, rendant tout ce qu'il avait mangé dans le salon de Lazmet. Il attendit que les spasmes s'apaisent, le front appuyé sur la cuvette des toilettes, des larmes au coin des yeux.

Enfin, il sentit quelque chose de frais lui presser la nuque. Yma le fit reculer et actionna le système d'évacuation. Puis, s'agenouillant à côté de lui, elle retira le linge humide de sa nuque pour lui essuyer le visage. Son expression, d'ordinaire si neutre, accusait la fatigue, les rides de son front et ses pattes d'oie étaient plus visibles que d'habitude. Cela lui allait plutôt bien.

– La nuit où mon mari Uzul et moi avons décidé que je le livrerais à Ryzek, mettant ainsi fin à sa vie prématurément pour servir notre cause, j'ai tant pleuré que je me suis froissé un muscle de l'abdomen. Pendant huit jours, j'ai eu du mal à me tenir droite. Mon mari n'avait plus que quelques mois à vivre, comprends-tu ? Mais ces mois-là…

Elle ferma les yeux.

– Ces mois-là, je les voulais, acheva-t-elle, quelques secondes plus tard.

Elle tamponna le coin de la bouche d'Akos.

– Je l'aimais, ajouta-t-elle sobrement avant de jeter la serviette dans le lavabo.

Il s'attendait à ce qu'elle se relève, maintenant qu'elle lui avait nettoyé le visage. Au lieu de cela, elle s'assit par terre à côté des toilettes, appuyée contre la cuvette. Au bout d'un instant, elle posa sa main sur l'épaule d'Akos, et son poids, ainsi que sa présence muette, l'apaisèrent.

# 44: CYRA

MA DERNIÈRE VISION D'OGRA fut le spectacle d'une lumière scintillante.

Puis Yssa nous ordonna de nous préparer. Sifa et Ettrek s'étaient assis près de l'écoutille, Yssa et Teka occupaient le poste de pilotage, et je me tenais non loin d'elles avec Eijeh – ou Ryzek, allez savoir. Je lui jetai un coup d'œil à la dérobée pour vérifier qu'il s'était attaché correctement, et vis que les courroies se croisaient au bon endroit sur sa poitrine. Se lancer dans l'épaisse couche d'ombre qui constituait l'atmosphère d'Ogra exigeait une vive poussée d'énergie, suivie presque aussitôt d'un arrêt des moteurs. Yssa amena le vaisseau jusqu'à l'altitude requise, lui donna l'angle requis et enfonça un bouton sur le tableau de bord.

La force de propulsion me jeta contre mes courroies et la pression me fit serrer les dents. Yssa éteignit les moteurs et nous fûmes avalés par des ténèbres si absolues qu'on aurait aussi bien pu disparaître.

Puis tout – l'obscurité, la pression, la terreur, et même en partie ma douleur – s'évanouit lorsque Yssa ralluma les moteurs, et que nous nous mîmes à dériver au milieu des étoiles.

La dernière fois que j'avais traversé la galaxie, c'était avec Teka, que je considérais comme une bonne pilote. Mais Yssa était une artiste. Ses longs doigts dansaient au-dessus du tableau de bord, apportant de légers ajustements aux réglages de Teka. Avec une douceur sans égale, elle nous guida vers le ruban-flux pour nous faire suivre son cours. Il était d'un jaune frais, teinté de vert, signe qu'il s'était écoulé plus de temps que je ne l'aurais cru depuis notre arrivée sur Ogra.

– Ça ne te gêne pas qu'Yssa tripote ton tableau de bord ? demandai-je à Teka en lui donnant un petit coup d'épaule.

Nous étions sur le pont de commandement, les yeux sur les ténèbres sans fin qui s'étendaient devant nous.

Comme beaucoup de gens, je parlais parfois de l'espace comme du « néant », mais je le voyais rarement ainsi. Même si ce n'était pas un contenant clos, il n'était pas vide pour autant. Astéroïdes, étoiles, planètes, ruban-flux, débris de vaisseaux, fragments de lunes, mondes inexplorés, c'était un lieu riche de possibilités sans fin et de liberté inépuisable. Ce n'était pas rien ; c'était *tout*.

– Quoi ? Bah, me répondit Teka en jetant un regard mauvais à Yssa, toujours concentrée sur les commandes, j'écrabouillerais volontiers ses sales petits doigts. Mais comme le vaisseau l'aime bien, je me retiens.

Je ris doucement.

Je mis quelques minutes à comprendre la raison de mon soulagement : mes ombres-flux, qui s'étaient enfouies sous ma peau à mon arrivée sur Ogra, planaient maintenant au-dessus d'elle. La douleur, la brûlure était toujours là, mais si affaiblie que j'en étais presque étourdie. Pour quelqu'un qui souffre en permanence, même une légère variation peut ressembler à un miracle.

– Une patrouille de l'Assemblée vient de nous contacter, annonça Yssa.

J'échangeai un regard inquiet avec Teka.

– Ils disent qu'ils ont un vieux mandat d'arrêt sur un vaisseau correspondant à notre description, reprit Yssa en lisant l'écran.

– Pour quel motif ? demanda Ettrek. Le fait d'être shotet ?

– Peut-être pour avoir drogué Isae Benesit et l'avoir envoyée dans l'espace parce qu'on ne voulait pas la suivre au siège de l'Assemblée, suggéra Teka.

– Vous avez fait *quoi* ? demanda Yssa.

– Elle venait d'assassiner mon frère dans la soute, répliquai-je. Qu'est-ce que j'aurais dû faire ?

– Je ne sais pas, moi, fit Ettrek en croisant les bras. Lui donner une médaille ?

Je me tournai vers Eijeh, qui dévisageait Ettrek avec l'air de vouloir le gifler.

Du fait qu'il me rappelait à la fois autant et si peu mon frère, j'arrivais de mieux en mieux à considérer Eijeh comme deux personnes dans un seul corps – ou comme une nouvelle personne hybride. C'était l'amour-propre de Ryzek qui le faisait s'indigner de la moquerie d'Ettrek, et la passivité d'Eijeh qui modérait sa réaction. Ensemble, ils étaient devenus… quelqu'un d'autre. Quelqu'un de nouveau. Mais pas nécessairement de meilleur.

Seul l'avenir nous le dirait.

– Dis-leur que les Ograns nous ont prêté ce vaisseau et que nous ne connaissons pas l'équipage d'origine, souffla Teka à Yssa. Si tu leur montres ton visage en même temps, ça devrait être crédible. Tu n'as pas du tout une tête de Shotet.

– OK, dit Yssa. Vous, poussez-vous dans un coin.

Nous nous reculâmes tandis qu'Yssa allumait les rétines de l'écran de navigation pour enregistrer son message, dans un othyrien heurté. Elle mentait bien, pour une Ograne…

Le vol d'Ogra à Urek allait durer plusieurs jours. Je passais le plus clair de mon temps penchée sur la table de la cuisine, à dessiner étage par étage un plan du manoir des Noavek. Encore et encore, j'arpentai mentalement les passages réservés aux domestiques, tâtonnant dans le noir à la recherche d'encoches, de cercles gravés et de panneaux factices. Je me disais que cela nous servirait et que c'était un bon moyen d'éviter Sifa, mais ce n'étaient pas mes seules motivations. J'avais aussi le sentiment que le fait de recréer les lieux sur le papier m'aidait à m'en purger, pièce après pièce. Quand j'en aurais terminé, le manoir n'existerait plus pour moi.

Du moins en théorie.

Lorsque j'eus fini, je fis venir Eijeh dans la cuisine. (J'avais pris l'habitude de l'appeler ainsi parce que c'était le corps qu'il habitait, et il n'avait pas protesté jusque-là.) Les autres avaient été un peu désorientés par le fait que je l'incluais dans notre petit groupe, mais je m'étais contentée de dire que je souhaitais la présence des oracles, ce qui avait coupé court aux questions.

Il entra dans la pièce d'un air méfiant qui, contre toute attente, me rappela Akos. Ignorant le nœud qui me serrait la gorge, je lui montrai mes croquis du manoir des Noavek, légendés dans mon écriture torturée.

– Je veux que tu vérifies si c'est exact, lui dis-je. C'est dur de recréer un endroit entièrement de tête.

– Si tu as envie de passer tes journées à barboter dans les souvenirs du manoir, ça te regarde, répliqua-t-il sur un ton qui appartenait plus à Ryzek qu'à Eijeh. Mais nous, non.

– Je me fous totalement de tes envies, ripostai-je. C'est ton problème depuis toujours : tu te racontes que tu as souffert davantage que n'importe qui dans la galaxie. Mais on s'en fiche, de tes malheurs ! On a une guerre sur les bras ! Maintenant, vérifie-moi cette foutue carte !

Il me fixa un bon moment, avant de s'avancer vers la table et de se pencher sur mes croquis. Après avoir examiné rapidement le premier, il prit un crayon que j'avais laissé à côté et commença à redessiner les traits qui délimitaient la salle des trophées.

– Tu connais Lazmet beaucoup mieux que moi, dis-je quand je me fus calmée. Y a-t-il quoi que ce soit dont tu te souviennes à propos de lui qui pourrait nous aider à l'atteindre ? De drôles d'habitudes, des penchants particuliers…

Sans me répondre, Eijeh fit un pas vers la droite pour étudier le croquis suivant. Je commençais à me demander si j'allais devoir le secouer une nouvelle fois pour obtenir une réponse, lorsqu'il se décida.

– Il lit essentiellement des livres d'histoire, me dit-il d'une voix étrangement douce, que je ne lui connaissais pas. Il est obsédé par la matière des objets. Il faut que tout ce qui l'entoure soit doux : ses tapis, ses vêtements…. Je l'ai entendu une fois s'en prendre à une domestique parce que ses chemises étaient trop raides.

Eijeh barra l'une des portes que j'avais dessinées pour la déplacer de l'autre côté de la chambre.

– Et il adore les fruits. Il y en avait un en particulier qu'il faisait venir de Trella : l'altos arva. En général, on le fait bouillir et on l'ajoute en petites quantités à d'autres ingrédients. La plupart des gens le trouvent trop sucré pour le manger cru. Bon, voilà. À part pour cette porte et un ou deux détails, ton plan est exact.

Il posa le crayon et se redressa avant d'ajouter :

– Tu sais que l'occasion de l'attaquer ne se présentera pas deux fois. Parce que lorsqu'il saura que tu es là, et ce que tu veux faire…

– Il me contrôlera avec son don-flux. Oui, je sais.

Eijeh hocha la tête.

– Je peux y aller, maintenant ? Ou tu vas encore menacer de me tuer ?

J'agitai la main en direction de la porte. M'appuyant à la table de la cuisine, je fixai le plan tandis qu'une idée commençait à germer dans ma tête.

Il fallut attendre d'être à portée de réception de Thuvhé pour contacter Jorek.

Nous étions partis depuis quatre jours et j'en avais déjà assez du goût chimique de l'eau recyclée, des conserves réchauffées sur la petite plaque de la cuisine et du drap rêche qui couvrait ma couchette. J'en avais également assez des souvenirs qu'éveillait le vaisseau, où je nous revoyais, Akos et moi, enlacés sur nos couvertures, nous bousculant dans la cuisine en voulant prendre des bols dans le placard, ou échangeant des regards complices par-dessus la tête de Teka chaque fois qu'elle se tenait entre nous.

Pour la première fois, je m'étais dit – mais seulement un instant – que la destruction du vaisseau de séjour avait peut-être un côté positif : au moins, je ne retournerais pas aux souvenirs que j'avais de lui là-bas.

Ces déviations de mes pensées, même brèves, m'horrifiaient. Il ne pouvait rien y avoir de positif dans la destruction de mon foyer ni dans les morts qui y étaient associés. C'était juste que je devenais folle à tourner en rond dans ce vaisseau.

J'étais en train de peigner mes cheveux mouillés avec mes doigts lorsqu'un tonnerre de pas dans le couloir me fit sortir la tête de la salle de bains. Teka fonçait vers moi, pieds nus, encore plus pâle qu'à l'ordinaire.

– Quoi ?

– Jorek. Il a été arrêté.

– C'est impossible ! Il ne travaille pas comme garde au manoir ? C'est un Kuzar !

Teka entra dans la salle de bains et se mit à l'arpenter sans se préoccuper des flaques d'eau, laissant des petites empreintes mouillées derrière elle.

– J'ai parlé à sa mère. Elle dit qu'ils ont été contactés par Akos la semaine dernière.

C'est comme si j'avais reçu un coup de pied dans le ventre.

– Quoi ?

Akos était sur Thuvhé. Chez lui, dans les faubourgs de Hessa, à faire comme si la guerre n'existait pas. Il était…

– Il a persuadé Jorek de le faire entrer dans le manoir des Noavek. Jorek était plutôt contre, mais il avait une dette envers lui.

Teka tournait de plus en plus vite dans la salle de bains.

– Et que comptait-il faire dans le manoir ? Il l'a dit ?

– Ara a des soupçons, bien sûr. Elle pense qu'il allait y faire ce qu'on a l'intention d'y faire.

Je reculai pour m'appuyer contre le mur.

Je détestais cette sensation, l'instant où la colère s'évanouit. C'était plus facile de bouillir de rage contre Akos pour m'avoir quittée sans un mot, de laisser son geste confirmer l'opinion que j'avais de moi-même, à savoir que personne ne pouvait me supporter très longtemps. Mais me dire qu'il était parti pour une bonne cause…

– Une semaine après qu'Akos s'est introduit dans le manoir, reprit Teka, Jorek a été arrêté. Ara pense que…

– Akos n'aurait jamais livré Jorek, la coupai-je froidement. Il a dû se passer quelque chose.

– Tout le monde a ses limites. Ça ne veut pas dire qu'Akos a choisi de…

– Non. Je le connais mieux que toi. Il… Il ne ferait jamais cela.

– Si tu le dis, admit Teka en levant les mains en signe de reddition. Jorek va sans doute être exécuté. Lazmet Noavek ne se contente pas d'emprisonner les gens !

– Oui, oui, je sais, fis-je en secouant la tête.

L'idée d'Akos dans le manoir des Noavek me donnait envie de hurler. Ce n'était pas possible.

– Ara sait si Akos est encore en vie ? demandai-je à mi-voix.

– D'après une de ses sources, oui. Il serait retenu prisonnier. Mais personne ne sait pourquoi. En quoi peut-il être utile à Lazmet ?

Mon absence de soulagement montrait assez bien à quel point je craignais mon père. Les raisons qu'il pouvait avoir de garder quelqu'un en vie étaient pires que celles qui pouvaient le pousser à le tuer. J'avais assisté à ce qu'il avait fait à mon frère, à son œuvre lente de destruction et de reconstruction. J'avais vu la façon dont il avait assuré son propre avenir, sa succession, en façonnant son fils à son image. Maintenant que Ryzek avait disparu, allait-il en faire autant avec Akos ?

Et quels dégâts avait-il déjà commis ?

– Je ne sais pas, avouai-je. À rien de bon, en tout cas.

Teka s'immobilisa.

On se tenait l'une en face de l'autre, confrontées à la perte presque certaine de deux amis.

Alors que je m'attendais à éprouver une douleur intense, rien ne se produisit. Le trou noir que j'avais dans la poitrine avait dévoré mes dernières sensations et je n'étais plus qu'une coquille vide, un sac de peau maintenu par des muscles et des os.

– Bon. Eh bien, allons tuer ton père, me dit Teka.

# 45:
# CYRA

Dès l'instant où Urek apparut, sous la forme d'un globe blanc tourbillonnant, j'eus le sentiment qu'un compte à rebours s'était enclenché. Plus que trois jours pour achever la mise au point de notre plan d'assassinat et le mettre à exécution. Trois jours pour empêcher la guerre avant qu'elle détruise aussi bien Thuvhé que Shotet.

Je n'avais jamais vu le ciel de Voa aussi vide. On apercevait au loin un patrouilleur du gouvernement aux armes de la famille Noavek. C'était un appareil de dernière génération, tout en lignes diagonales, comme s'il était en permanence sur le point de plonger.

Il n'y avait pas d'autre vaisseau à l'horizon.

– Ne vous inquiétez pas, déclara Teka en remarquant que tout le monde s'était tu. Nous sommes masqués. Ils nous voient comme un autre patrouilleur.

À cet instant, une lumière rouge s'alluma sur le tableau de bord. Yssa se tourna vers Teka en haussant les sourcils. C'était un appel, probablement en provenance du patrouilleur.

– Mets-nous en contact, lui dit Teka en se détachant pour aller se poster derrière son épaule.

*« Ici le vaisseau de patrouille XA774. Veuillez vous identifier. »*

– Ici le vaisseau de patrouille XA993, répondit Teka avec une parfaite assurance. Pourquoi êtes-vous en vol, XA774 ? Je ne vous vois pas sur le dernier planning.

Elle continuait à communiquer par gestes avec Yssa, lui désignant l'endroit où les amis d'Ettrek nous avaient dit d'atterrir ou la pressant d'accélérer.

« *À quelle heure a été diffusé votre planning, 993 ?* »

– 14 h 40.

« *Vous n'êtes pas à jour. Le dernier remonte à 15 heures.* »

– Oh, pardon, fit Teka. Nous allons regagner notre station d'amarrage.

Elle abattit sa main sur le tableau de bord pour couper la communication.

– On y va !

Yssa poussa sur l'accélérateur et nous filâmes vers le point d'atterrissage. La brusquerie du mouvement faillit déséquilibrer Teka, qui s'agrippa au fauteuil d'Yssa. Celle-ci amena le vaisseau au-dessus d'un toit en terrasse indiqué par les contacts d'Ettrek, dans les faubourgs de Voa.

– Il y a vraiment un vaisseau de patrouille XA993 ? demandai-je.

– Non, me répondit Teka avec un sourire amusé. Ça s'arrête à 950.

Juste après nous être posés, et avant même qu'Yssa ait éteint les moteurs, un groupe de gens se précipita vers nous en portant une énorme bâche de toile. À travers le hublot, je les vis qui la jetaient sur le vaisseau en la tendant à l'aide de longues cordes. Le temps que l'écoutille s'ouvre, la bâche recouvrait entièrement le hublot.

Ettrek descendit le premier et salua un homme aux longs cheveux noirs en lui étreignant la main. Je réalisai en m'approchant qu'ils devaient être frères, peut-être même jumeaux.

– Waouh, alors ce n'était pas une blague ! Merde, Cyra Noavek !

– On ne dit pas merde.

Il me tendit sa main en souriant.

– Moi, c'est Zyt. Diminutif d'un truc tellement long que je ne m'en souviens pas moi-même. Je suis le grand frère d'Ettrek.

– Ce n'est pas une bonne idée de me serrer la main. Serre deux fois celle de Teka, ça compensera.

– Merci de me demander mon avis, me rabroua l'intéressée. Salut, je suis Teka Surukta.

– Et voici les oracles, dis-je en désignant Eijeh et Sifa.

Zyt haussa les sourcils, visiblement impressionné.

La suite des présentations se fit sous le couvert de l'épaisse bâche dont ils venaient de draper le vaisseau, et qui devait servir à la fois de protection et de camouflage. Puis Zyt franchit la porte d'accès au toit et nous fit descendre plusieurs étages. La cage d'escalier était aveugle et sentait les poubelles, mais j'étais contente qu'on nous fournisse un abri.

Je distançai Eijeh en sautant quelques marches.

– Ça se passe comment dehors ? demandai-je à Zyt en le rattrapant.

– Au début, il y a eu beaucoup de pillages. Ça, c'est toujours bon pour les affaires. Mais ensuite, Lazmet a repris le pouvoir et tout le monde s'est calmé. Il a imposé un couvre-feu et s'est mis à faire arrêter les pillards, ce genre de trucs. Ça, en revanche, c'est pas bon du tout.

– Et c'est quoi, les « affaires » ?

– De la contrebande.

Zyt avait des paupières lourdes, qui lui donnaient l'air un peu endormi, et le sourire facile. Il m'en adressa un.

– Surtout des médicaments. Mais on vend tout ce qui rapporte : armes, équipement divers, ce qui se présente.

– Les fruits aussi ?

– Les fruits ?

– Ouais, il me faudrait des altos arva. Ce sont des fruits trelliens. Et comme les importations en provenance de Trella sont illégales…

– Vu, fit Zyt en se tapotant le menton. Je vais me renseigner.

L'un de ses ongles était noir, comme s'il avait reçu un coup.

Des altos arva nous permettraient de pénétrer dans le manoir en prétextant que la livraison régulière de Lazmet était arrivée en avance. Avec un peu de chance, les gardes auraient trop peur de s'attirer ses foudres pour nous refuser l'entrée.

– Au fait, reprit Zyt, tu devrais te couvrir la tête. Cette peau-d'argent n'est pas très discrète.

– Exact.

Ayant prévu de me couvrir le visage une fois dans les rues de Voa, je portais une longue cape noire à capuche en marchite, un tissu léger et résistant importé de Pitha, comme presque tous les tissus imperméables. Je rabattis la capuche sur mon visage en bas de l'immeuble et Zyt ouvrit la porte, laissant entrer le soleil à flots.

Dehors, le vent fit claquer les pans de ma cape. Je n'avais jamais vu les rues de Voa aussi désertes. Les rares passants se hâtaient d'un pas furtif, le dos voûté, les yeux rivés au sol. Je n'étais jamais passée inaperçue aussi facilement.

– Ce n'est pas loin, me précisa Zyt. Tout le monde suit ?

Je jetai un coup d'œil derrière moi. Avec nos capuches, il était difficile de nous distinguer les uns des autres. Je repérai une mèche de cheveux clairs – Teka –, la bosse d'un chignon en haut d'un crâne – Ettrek –, l'arête d'un nez criblé de taches de rousseur – Yssa –, et une démarche un peu déhanchée – Sifa.

– On dirait, oui, conclus-je.

Deux rues plus loin, Zyt s'arrêta devant un petit immeuble délabré éclairé par la lumière clignotante d'un lampadaire, et tourna une clé dans la serrure. L'appartement qui apparut derrière était exigu et encombré. Des tables, des chaises et des placards étaient alignés contre les murs.

Tandis que les autres entraient, je me mis sur le côté pour les compter, et réalisai qu'Eijeh manquait à l'appel. Alors que je sentais poindre un début de panique, il arriva finalement à pas pressés.

– Qu'est-ce qui t'a retardé ? lui demandai-je sans aménité.

– Un lacet défait.

– Tu es au courant qu'on peut marcher cinq minutes avec un lacet défait ?

Il leva les yeux au ciel en refermant la porte.

Le logement ne payait pas de mine. La pièce unique faisait office de salon, de salle à manger et de chambre. De minces matelas, dont plusieurs étaient troués, étaient éparpillés par terre. Dans la salle de bains, la douche n'était qu'un tuyau sortant du plafond et il n'y avait pas de lavabo. En entrant dans la cuisine, je trouvai Zyt en train de faire chauffer de l'eau pour le thé.

– On va se reposer ici ce soir, me dit-il en me voyant passer la tête par l'embrasure.

– Tu as besoin d'aide ?

– Non, merci. Sauf si tu es experte dans l'art de hacher la fleur-de-silence.

Je lui répondis par une mimique affirmative.

– C'est vrai ? Mais tu es pleine de surprises ! Dans ce cas, avec plaisir.

On avait à peine la place de bouger à deux dans la cuisine. Je m'assis à la table avec la planche à découper tandis que Zyt se tenait debout devant les plaques de cuisson. Il me tendit de la fleur-de-silence fraîche dans un bocal, ainsi que les gants dont j'aurais besoin pour la manipuler sans risque, et me montra le tiroir à couteaux.

Calant une fleur-de-silence tête en bas sur la planche, j'appuyai le plat de la lame au point de jonction des pétales pour les séparer. Puis je fendis la veine rouge sombre centrale de l'un des pétales, qui s'aplatit comme par magie.

– Joli, commenta Zyt. Qui t'a appris à faire ça ?

J'hésitai. Il était tentant de qualifier Akos d'ami, mais le mot me parut trop petit, trop simple pour recouvrir ce qu'il représentait pour moi.

– Enfin peu importe, dit Zyt en prenant un autre bocal rangé en hauteur sur une étagère inclinée.

– C'est chez toi, ici ?

– C'était chez ma mère. Elle est morte dans une épidémie de Q900X. De culbute, si tu préfères. C'était avant qu'on mette en place notre petit trafic de médicaments.

La tête penchée sur l'eau qui chauffait sur l'unique brûleur, Zyt tapota son bocal pour faire tomber un peu de poudre de feu dans la casserole.

Je continuai à hacher la fleur-de-silence. C'était la faute de ma famille si la mère de Zyt n'avait pas eu accès au traitement. Lazmet avait commencé à accaparer les médicaments fournis gratuitement par Othyr, et Ryzek l'avait imité. J'avais bénéficié du coûteux vaccin quand j'étais petite.

– J'étais amoureuse de lui. Celui qui m'a appris à préparer la fleur-de-silence.

Je ne savais pas trop pourquoi je lui racontais cela, à part pour lui confier quelque chose de douloureux, comme il venait de le faire. Ces confidences n'avaient pas besoin d'être de poids égal. C'était une sorte de troc, son chagrin en échange du mien. Une porte ouverte sur une relation de confiance.

– Et puis il est parti. Sans explication.

Zyt exprima sa désapprobation par un *ts* sonore et je souris.

– Quel crétin, commenta-t-il.

– Je ne suis pas vraiment d'accord. Mais c'est gentil de compatir.

Notre dîner fut composé de thé et de pain. J'avais vu mieux comme repas, mais pire aussi. Les contrebandiers étaient restés à l'écart, à part Zyt qui avait rejoint Ettrek. Il nous raconta des anecdotes de leur enfance pendant des heures. Tout le monde ne tarda pas à rire des pitoyables tentatives d'Ettrek pour jouer des tours à son grand frère, et des représailles féroces de Zyt.

Puis chacun se trouva un coin où s'installer – pas une tâche facile dans une aussi petite pièce – et on s'endormit les uns après les autres. Je n'avais jamais été très forte pour cela, en particulier dans des endroits où je n'avais pas mes repères, et je finis par me glisser par la porte de derrière pour m'asseoir sur les marches, dans la ruelle.

– Je t'ai vue te lever, me dit Teka en me rejoignant. Dormir, c'est pas trop ton truc, hein ?

– C'est une perte de temps.

– J'ai mis longtemps à retrouver un sommeil normal après…

Elle agita la main devant son bandeau.

– Bon, c'est un peu horrible comme souvenir, reprit-elle.

J'eus un rire bref.

– « Un peu » ? Je ne vois pas bien ce qu'il peut y avoir de pire.

Je me tus en me rappelant l'exécution publique de sa mère.

– Je ne voulais pas… Pardon.

– Pas besoin de prendre des pincettes avec moi, me dit-elle en me glissant un regard en biais. Au début, quand je ne t'aimais pas, c'était parce que j'avais des préjugés. Mais ensuite j'ai commencé à voir les choses autrement et… Enfin, je t'ai quand même suivie dans ta mission de dingue, non ?

– Eh ouais, répondis-je avec un grand sourire.

– Bon. Alors quand je te parle d'un truc, il ne faut pas que tu le prennes mal, ajouta-t-elle prudemment. À propos d'Akos…

Je fronçai les sourcils.

– Quoi, à propos d'Akos ?

Elle soupira.

– Franchement ? J'ai un peu peur que, mise au pied du mur, tu fasses passer son sauvetage avant l'assassinat de Lazmet, maintenant que tu sais qu'il est là et bien vivant. Ça me travaille depuis que je t'ai parlé de lui.

Je me tus un moment, écoutant la rumeur de la nuit. Elle était bruyante dans cette partie de la ville, malgré le couvre-feu et l'atmosphère de dépression qui planait sur Voa. Partout, les gens se disputaient, riaient, jouaient de la musique dans leurs salons, sans paraître se soucier de l'heure. Même dans cette petite impasse, il y avait encore des lanternes éclairées, défiant la nuit.

– Tu as peur que je fasse ce que j'ai fait la dernière fois, quand j'ai renoncé à tuer Ryzek.

– Oui, admit-elle sans détour.

– Cette fois, c'est différent. Il y a… plus de choses.

– Comment ça ?

– Plus de choses en jeu pour moi. Avant, tout ce que j'avais, tout ce qui comptait, c'était lui. Ce n'est plus vrai maintenant.

Elle eut un sourire moqueur et je lui balançai un coup de coude.

C'est alors que j'entendis un bruit derrière moi, un grincement causé par la pression d'un pied sur une vieille planche. En me retournant, je vis une silhouette dans la pièce, une silhouette d'homme – un soldat, d'après sa carrure – qui brandissait une lame-flux. À ses pieds aurait dû se trouver Eijeh, mais la bosse qu'il aurait dû former sous sa couverture n'était plus là.

Eijeh avait disparu, et il y avait quelqu'un d'autre dans la pièce.

Je me levai et me précipitai avec un rugissement en marchant sur la jambe d'un corps allongé. Tandis que la silhouette de l'homme se penchait en brandissant son arme, je le poussai rudement et mes mains heurtèrent une cuirasse. La douleur de l'impact me fit serrer les dents et je me pliai en deux pour esquiver sa lame.

Quelqu'un nous avait dénoncés à la police shotet.

Projetant le coude vers l'homme en dessous du niveau de sa cuirasse, je l'atteignis à l'aine. Il lâcha un gémissement et je tentai de m'emparer de son arme. Du coin de l'œil, je vis les cheveux de Teka voler tandis qu'elle bondissait sur un deuxième intrus. Les autres s'étaient réveillés et commençaient à s'agiter.

L'adrénaline noyait la douleur de mon don-flux, mais je ne l'avais pas oublié. Tandis que j'arrachais l'arme des mains de l'homme, je cédai à la pulsion de partager ma douleur avec lui et mes ombres s'enroulèrent autour de son poignet, se mêlant à celles de sa lame-flux. Je vis les deux, d'un noir de plus en plus profond, s'enchevêtrer et s'enfouir sous sa peau.

Il hurla.

Puis je passai à la femme en uniforme qui arrivait derrière lui. La prenant au visage plutôt qu'à la gorge, je poussai mes ombres-flux vers elle jusqu'à l'étouffer de douleur, jusqu'à ce que celle-ci emplisse sa bouche grande ouverte. Puis je pris sa tête que je frappai sur mon genou replié.

Je ne craignais pas leur nombre. Je ne craignais plus personne, plus maintenant. C'était ce qui faisait de moi une Noavek – non pas le fait d'être trop forte pour être vulnérable, mais celui d'avoir connu assez d'horreurs, assez de souffrances pour être habituée à leur caractère inéluctable. Cela dit, *j'étais* forte, et je le savais.

Puis je fis face à l'homme qui se présentait ensuite. Ils avaient commis une erreur en nous envahissant par cette entrée étroite, en entonnoir, qui ne leur permettait de charger qu'un par un. Je les pris donc un par un, jusqu'à ce qu'il n'y en ait plus. Enfin, il ne resta derrière moi que le silence. Je supposai que les autres Shotet avaient fui.

Je me retournai vers la porte de derrière. J'ignorais combien j'avais tué de soldats et combien étaient seulement assommés, mais je ne pouvais pas rester là. Dans le salon, je vis Zyt, Sifa, Ettrek, Yssa et Teka qui m'attendaient, l'air un peu ébahis.

– On dégage ! criai-je.

Et nous partîmes en courant.

DANS NOTRE FUITE, NOUS AVIONS DÉCIDÉ de nous réfugier dans le bâtiment en ruine où se cachaient les renégats avant mon départ de Voa. C'était le seul autre endroit sûr que nous connaissions.

Teka avait pris la tête, semblant retrouver son chemin de mémoire dans le lacis de ruelles. Les bordures de la ville étaient effilochées comme les manches d'une vieille chemise, plus abîmées que le centre. Il y avait des graffitis sur tous les murs, allant de simples caractères noirs à des lettres aussi hautes qu'un homme, qui s'étalaient en grandes fresques aux couleurs vives comme celles du ruban-flux. Ces graffitis recouvraient les fissures, les planches clouées sur les fenêtres, la crasse qui brunissait les murs. Mais je fus surtout frappée par un simple constat, tracé d'une écriture soignée sous le rebord d'une fenêtre : *Les Noavek sont nos maîtres.*

– Dis donc, Zyt, ils ont détalé vite fait, tes copains, souffla Teka en s'adossant à un mur.

– Et alors ? répliqua Zyt. C'est des trafiquants, ils ne cherchent pas à devenir des héros.

– On s'en fiche, on n'a pas besoin d'eux, observa Ettrek. C'est Zyt qui a tous les contacts.

– Des contacts pour faire du trafic de… fruits, si j'ai bien compris ? fit Zyt en me glissant un coup d'œil intrigué.

– C'est ça, confirmai-je sans fournir davantage d'explications.

– C'est peut-être le moment de nous dire ce que tu comptes faire avec, insista-t-il.

– Ça pourrait. Ou pas.

J'avalai le contenu d'une fiole de sédatif que je transportais dans mon sac. Il venait des réserves « de deuxième zone » d'Akos, et il avait raison de les appeler ainsi car il était nettement moins efficace que sa production habituelle. Mais c'était mieux que rien.

Les plantes qui poussaient dans les fissures du carrelage avaient gagné du terrain depuis la dernière fois. Des lianes commençaient à envahir les murs et les fleurs sauvages jetaient des taches de couleurs vives un peu partout. *Le genre qui se change en poudre,* songeai-je – une pensée d'Akos.

Tout à coup, j'éprouvai le besoin d'être seule. Je sortis dans la cage d'escalier où j'avais montré à Akos que je pouvais contrôler mon don-flux. Là, le dos contre le mur, je glissai par terre et laissai les larmes monter.

Plus tard dans la soirée, Teka tomba sur une bouteille d'alcool dans un placard et chacun en prit un fond pour se détendre avant de chercher le sommeil.

Sifa leva son verre en traduisant en shotet :

– À ce que nous avons fait, à ce que nous faisons, et à ce que nous ferons.

Et je bus.

# :46
# AKOS

JUSQUE-LA, TOUS LES ÉPISODES DOULOUREUX de la vie d'Akos s'étaient doublés de la sensation que le temps lui glissait entre les doigts, comme de l'huile dans l'eau. À une brusque absence de sa propre vie, à une dérive protectrice.

Il aurait donné cher pour retrouver ce sentiment.

Désormais, il était conscient du passage de chaque heure, de chaque seconde. Vakrez, qui était venu le matin, l'avait trouvé le regard morne. Il lui avait simplement pris le pouls avant de repartir. Akos avait senti ses mains froides et moites, puis plus rien.

Plusieurs jours s'écoulèrent encore avant qu'il soit de nouveau amené auprès de Lazmet. Cette fois, il fut conduit à la Salle d'armes, là où il avait découvert son destin – qui n'était plus le sien, mais qu'il avait néanmoins porté en lui pendant plusieurs saisons. « Ne te fie pas à ton cœur », lui avait soufflé ce destin pendant tout ce temps. Et il l'avait détesté à cause de cela.

Maintenant, il se disait que c'était sans doute un bon conseil.

Lazmet fixait le mur du fond, couvert d'armes, en se tapotant le menton, un peu comme s'il avait dû choisir un fromage sur un plateau. Akos se demanda s'il réfléchissait à ce qu'il allait lui faire, par exemple lui briser les os un à un ou le découper en morceaux. Il en était capable. Par curiosité.

Ce n'est que lorsqu'elle sortit de l'ombre qu'il s'aperçut de la présence d'Yma. Il eut juste le temps de lire une mise en garde dans ses yeux, avant qu'elle reprenne son masque, sourire énigmatique et posture élégante. Avec ce qu'il avait appris d'elle, Akos comprit qu'elle ne serait jamais à l'aise dans ce rôle, à jouer en robe longue dans un manoir avec des souverains.

– Merci pour ces informations, Yma, lui dit Lazmet. Tu peux t'en aller.

Elle inclina la tête, bien qu'il ne la regardât pas, toujours absorbé par l'étalage d'armes. Elle frôla le bras d'Akos en sortant, et ce bref contact lui apporta un certain réconfort.

– Approche, lui dit Lazmet. Je veux te montrer quelque chose.

Censé agir comme s'il était sous l'emprise de Lazmet, Akos monta docilement les marches de l'estrade. En hauteur sur le mur, des bocaux alignés sur des étagères contenaient des petits globes blancs qui flottaient en suspension dans un liquide vert. Les rais de lumière qui les traversaient baignaient la pièce d'une atmosphère glauque un peu surnaturelle.

C'étaient des yeux. Akos essaya de ne pas y penser.

– Notre culture n'est pas de celles qui s'attachent aux souvenirs. Cela signifierait que nous nous appuyons sur l'idée de permanence. Or les Shotet ont toujours su que tout objet, tout lieu, peut disparaître en un instant. Les armes font partie des seuls biens que nous nous autorisons à transmettre, ajouta-t-il en désignant le mur d'un geste de la main. C'est qu'elles sont utiles, vois-tu ? On peut retracer l'histoire de notre famille simplement en observant ce mur.

Il s'empara de la hachette qui se trouvait tout au bout à gauche. La lame était rouillée, et le manche en métal portait encore des traces de doigts.

– Si notre famille est ancienne, ce n'est pas le cas de notre richesse, reprit Lazmet en passant l'index sur le fil de la lame. Mon grand-père s'est fait une place dans la société en tuant tous ceux qui se dressaient sur son chemin. Cette hachette est son œuvre. Il fabriquait des armes, sans y mettre beaucoup de talent. Sa brutalité a compensé son absence de sens artistique lorsqu'il a fait l'armée.

Lazmet remit la hachette à sa place pour passer à un bâton. L'arme présentait à chaque extrémité les mécanismes classiques des lames-flux. Quand il s'en saisit, des vrilles de flux sombres s'enroulèrent autour d'un côté, puis de l'autre.

– Cette arme-ci a été conçue par mon épouse, reprit-il avec un sourire presque tendre. Elle n'était pas douée pour le combat mais elle avait le sens de la mise en scène. Elle savait être en même temps belle, charmante et intimidante. Il est regrettable que sa vie lui ait été ôtée par des mains aussi indignes d'elle.

Akos s'efforça de ne pas changer d'expression.

– Je t'ai fait venir pour que nous mangions. Concernant ton... jeûne, je suis bien conscient que je ne peux pas te priver entièrement de nourriture. Alors j'ai pensé que nous pourrions dîner.

Il y avait une table sur l'estrade, poussée contre le mur du fond. Sans être assez grande pour accueillir le genre de dîner d'apparat que Lazmet devait donner, elle était longue, et d'une largeur équivalente à l'envergure des bras d'Akos. Une chaise était disposée à chaque extrémité. Contraindre Akos de manger dans cet éclairage verdâtre, entre des bocaux remplis d'yeux et les armes qui avaient permis à la famille Noavek de gravir dans le sang tous les échelons de la société shotet, était forcément un choix délibéré de la part de Lazmet, une stratégie pour le déstabiliser.

– Je ne suis pas vraiment en position de refuser, répondit Akos.

– Non, en effet, confirma Lazmet avec un sourire satisfait en remettant le bâton sur le mur.

Puis il fit sonner une cloche intégrée dans le mur et fit signe à Akos de s'asseoir. Celui-ci obtempéra, pris d'un vertige. Yma le nourrissait juste assez pour que la sensation de faim soit présente en permanence. Il n'arrêtait pas de boire de l'eau pour se remplir l'estomac et se donner l'illusion de la satiété.

Les insectes fenzu qui auraient dû voleter en tous sens dans le lustre étaient à moitié morts et devaient être remplacés. Leurs carapaces desséchées gisaient au fond des globes de verre, pattes en l'air.

– Vakrez dit que tu es trop consumé par la haine de toi-même pour qu'il puisse te lire clairement, déclara Lazmet. Quant à Yma, elle m'assure qu'un cœur vulnérable est plus facile à influencer et que tu fais des progrès.

Akos ne répondit pas. Il soupçonnait parfois Yma de jouer avec lui, de le conforter dans son désir de tuer son père tout en avançant subrepticement vers ses propres objectifs.

Il n'avait aucun moyen de s'assurer qu'elle était réellement son alliée. Il ne pouvait compter que sur sa parole.

Une cloison coulissa et trois serviteurs entrèrent l'un derrière l'autre dans la Salle d'armes, portant des assiettes surmontées de cloches en métal étincelant. Ils en posèrent une devant Lazmet, une autre devant Akos et la troisième au centre de la table, avant de se retirer. Akos ne vit pas s'ils ressortaient ou s'ils se tenaient simplement dans l'ombre.

– Il m'arrive souvent d'observer le sentiment de culpabilité chez les autres, dit Lazmet, bien que je considère personnellement cette émotion comme sans intérêt. Au fond, pourquoi s'en vouloir pour une action que l'on a entreprise avec conviction ?

Toujours debout, il claqua des doigts et une domestique s'avança. Elle versa un épais liquide rouge foncé dans une coupe en verre gravé, et Lazmet but.

– Je sais ce que tu te dis : qu'il est encore temps de défaire ce que tu as fait à ton ami Jorek Kuzar. C'est un dernier sursaut pour garder une facette de ton identité, à laquelle j'ai justement besoin que tu renonces. Tu ne raisonnes que par extrêmes, et tu nous as placés, moi, ma famille, et peut-être tous les Shotet, dans un recoin intouchable, inatteignable quelque part en toi, que tu as étiqueté comme « mauvais ».

Il tendit la main vers la cloche qui recouvrait la troisième assiette et la souleva. Sur l'assiette était posé un petit bocal, une version miniature de ceux qui occupaient les étagères. Deux globes blancs flottaient dans le même liquide vert.

Un goût de bile et d'oiseau-mort rôti emplit la bouche d'Akos, qui faillit détourner le regard. Il avait compris à qui étaient ces yeux, il n'avait pas besoin de continuer à les fixer…

L'un des globes tourna sur lui-même, révélant un iris sombre.

– Je prends un œil lorsque j'ai décidé de laisser la vie à quelqu'un. Je prends les deux s'il doit être exécuté, comme Jorek Kuzar l'a été hier à minuit.

Akos déglutit et se força à fermer les paupières. S'il continuait à regarder, il allait vomir. Il n'accorderait pas cette satisfaction à Lazmet.

– La vérité, reprit doucement Lazmet, c'est que tu ne peux pas défaire ce que tu as fait. Il est trop tard. Tu ne pourras jamais retrouver les gens que tu considérais jadis comme tes amis. Autant l'admettre tout de suite.

Il y avait de l'horreur quelque part en bordure de l'esprit d'Akos, si près qu'il aurait pu la toucher, s'il l'avait osé. Il inspira et battit en retraite. Pas maintenant, pas encore.

*Quelle est ta mission ?*

Akos rouvrit les yeux pour fixer l'homme dont le sang, les os et la chair avaient participé à le créer.

*Tuer Lazmet Noavek*, vint la réponse, plus claire que jamais.

Lazmet s'assit en face de lui, découvrit son assiette et tendit la cloche au serviteur qui se tenait dans son dos. Sur son assiette étaient posés un petit pain, une tranche de viande cuite et un fruit entier, non pelé. Lazmet fronça les sourcils.

– Je n'attendais pas cette livraison avant la semaine prochaine, dit-il en prenant le fruit.

À sa peau verte, Akos reconnut le fruit qu'il avait déjà vu en s'introduisant dans le bureau de Lazmet. Puis son regard fut attiré par un reflet vert qui scintilla juste au-dessus de l'épaule de ce dernier. Le panneau coulissant s'était ouvert sans bruit et une tête sombre apparut. La tête se releva, révélant un éclair argenté et deux yeux sombres et vifs.

Cyra brandit une lame-flux longue comme son avant-bras et s'avança pour frapper Lazmet dans le dos. Akos ne bougea pas d'un izit.

Lazmet, lui, leva la main comme pour demander un autre verre de sa fameuse boisson, et le geste de Cyra se figea à mi-course.

– Cyra. Quelle délicatesse de t'être rappelé mon fruit préféré.

▲
▲

# :47
# CYRA

Mon père n'avait jamais fait usage de son don-flux sur moi. Il aurait fallu pour cela qu'il reconnaisse mon existence, ce qu'il n'avait jamais daigné faire. De sorte que j'ignorais totalement à quel point il était étrange d'être la cible de son pouvoir étonnant. Je le sentis fouiller dans ma tête, exerçant une pression désagréable sur le cortex moteur primaire, qui commande le mouvement. Du moins je supposais que c'était la zone qu'il manipulait. Mais c'était peut-être le cervelet.

*Ce n'est pas le moment de faire un cours d'anatomie,* me rabrouai-je.

Quelle que fût la zone sur laquelle il concentrait son action, ça fonctionnait. Mes doigts, ma main et mon bras étaient totalement pétrifiés. Le reste de mon corps paraissait tout aussi incapable de mouvement. Ce n'était pas vraiment de l'engourdissement, plutôt l'impression d'essayer d'embraser sans succès un tas de brindilles. Tout chez moi semblait normal, mais refusait simplement de bouger sur mon ordre.

Lazmet paraissait toutefois disposé à me laisser m'exprimer, car le peu de mouvement que je pouvais encore canaliser se limitait à ma bouche.

– Tout le plaisir est pour moi, lui répondis-je.

Je me sentais étonnamment calme, pour quelqu'un qui savait qu'il allait mourir. Je venais de laisser passer ma dernière chance de le tuer. Depuis l'instant où il avait perçu ma présence, Lazmet disposait d'un contrôle total sur mes gestes.

*Non,* rectifiai-je. *Il me reste une dernière chance si Akos le touche.*

Je tentai d'établir le contact visuel avec Akos pour lui communiquer ce que j'attendais de lui, mais je ne pouvais même pas bouger les yeux. Le furetage dans ma tête s'intensifia et je fus envahie par le dégoût. Mes doigts lâchèrent la lame-flux, qui tomba par terre. Lazmet se leva en me faisant face et la ramassa.

– La fabrication est assez grossière, commenta-t-il en examinant le manche.

– Ça aurait très bien fait l'affaire.

– Le premier idiot venu muni d'un marteau peut fracasser un crâne, ma fille.

J'avais oublié qu'il était aussi grand. J'avais beau dépasser la plupart des femmes, je restais petite comparée à lui, comme Ryzek. Avec son visage pâle teinté de vert par les reflets du bocal posé sur la table, on aurait dit un cadavre en décomposition.

– Du fait de ton éducation, je t'aurais crue plus raffinée, ajouta-t-il.

– J'ai fait avec les moyens du bord. Crois-moi, c'est avec plaisir que j'aurais enveloppé de soie cette arme fabriquée par ma mère pour te la planter dans l'œil, si j'en avais trouvé.

Il relâcha en partie la pression, ce qui me permit de laisser retomber mon bras et de me redresser. Retrouvant l'usage de mes yeux, je pus me remettre à cligner des paupières et regarder Akos, toujours assis à table, parfaitement immobile.

Si les informations fournies par Ara étaient exactes, il n'était là que depuis deux semaines, mais celles-ci l'avaient beaucoup marqué. De mince, son visage était devenu émacié, et j'étais sûre que son ventre légèrement bombé s'était creusé. Les os de ses poignets saillaient comme des petits rochers. Il était d'une pâleur mortelle, aussi vert que mon père dans cette lumière, et négligé, comme s'il ne prenait plus la peine de se laver.

Sa vue éveilla ma compassion et, oui, l'envie de me jeter dans ses bras aussi. Il devenait difficile de lui en vouloir en sachant qu'il ne m'avait pas quittée pour attendre tranquillement la fin de la guerre chez lui. Décider de venir ici était stupide, mais courageux.

Je le fixai en cherchant dans ses yeux une lueur de reconnaissance, mais son regard restait vide. Il avait presque la même expression qu'Eijeh la première fois que Ryzek avait échangé leurs souvenirs. Comme s'il ignorait qui j'étais, où il se trouvait. Comme si on l'avait brisé pour le reconstituer dans le désordre.

Lazmet fit tournoyer le couteau sur sa paume, le rattrapa par la lame et me le tendit. Je serrai les dents tandis qu'il se remettait à fureter dans ma tête. Ma main s'avança et mes doigts se refermèrent sur le manche.

– Un proverbe shotet me semble tout à fait adapté à la situation, me dit-il : « Ne te sers d'une lame que si tu es prêt à mourir par elle. »

Je frémis violemment en comprenant ce qu'il s'apprêtait à faire. Je luttai de toutes mes forces contre cette chose qui fouillait ma tête, tandis que mes mains serraient le manche et retournaient l'arme vers mon ventre. Il m'avait laissé la possibilité de bouger la bouche pour m'entendre hurler, j'en étais sûre.

– Akos ! Touche-le !

– Le don-flux de mon fils n'est pas en activité dans l'immédiat, me signala Lazmet. Libre à lui d'essayer, bien entendu.

Akos n'avait pas bougé. Je le vis déglutir péniblement et fixer son regard sur moi.

– Non, dit-il à mi-voix. C'est inutile.

Mes mains se rapprochèrent et la pointe de la lame toucha mon ventre. Au fond, j'avais toujours su que je mourrais ainsi, victime de ma famille, avec mon propre couteau…

Mais malgré tout, je me débattais.

Ce que je n'avais pas réalisé jusque-là, c'était que si Lazmet contrôlait mes muscles, il ne contrôlait pas nécessairement mon don-flux. Et si je n'étais pas en mesure de le maîtriser moi-même, je savais qu'il était avide d'être partagé, qu'il voulait tout dévorer sur son passage, moi comprise. D'après le médecin qui m'avait examinée quand j'étais petite, mon don-flux était l'expression de ce que, moi comme les autres, nous méritions tous à mes yeux : la douleur. Peut-être y avait-il du vrai là-dedans. Peut-être étais-je en train d'apprendre que je ne méritais pas ce don maudit autant que j'avais pu le croire. En tout cas, j'étais sûre d'une chose : personne dans la galaxie ne méritait autant de souffrir que celui qui se tenait devant moi.

Je ne pris pas la peine d'envoyer une vrille hésitante pour vérifier si ça marchait. Non. Je projetai mon don-flux sur Lazmet Noavek avec toute la violence de ma volonté, et un nuage noir l'enveloppa instantanément comme une nuée d'insectes. Il hurla, sans retenue, sans dignité. Le couteau cessa de s'avancer vers mon ventre, mais je n'arrivais toujours pas à le lâcher.

Soudain, j'entendis une petite explosion et l'un des bocaux alignés sur les étagères éclata comme un ballon de baudruche, faisant gicler son contenu par terre. Un autre bocal se brisa aussitôt après, suivi d'un troisième. Bientôt, l'air fut chargé de l'odeur acide de la chair conservée chimiquement, et la lumière, cessant de se refléter dans le produit, passa du vert au blanc. Le sol était devenu glissant et des globes oculaires roulaient ici et là. La sensation de fourragement dans ma tête cessa et des mains me saisirent par les épaules pour me tirer en arrière.

Je hurlai :

– Non !

J'étais à ça, à ça de le tuer…

Mais les mains m'entraînèrent dans le passage secret et, une fois dans le noir, je ne fus pas assez stupide pour vouloir faire demi-tour. Je me contentai de courir, les yeux sur un chignon qui tressautait devant moi, révélant que mon sauveur était Ettrek. Les cris de mon père nous poursuivirent dans la pénombre des passages. Je sautai par-dessus des marches dont je me rappelai la présence, tournai à angle droit… et tombai sur Yma Zetsyvis en déboulant du passage dans la cuisine.

– Vite ! nous dit-elle, les yeux écarquillés.

Et nous courûmes derrière elle jusqu'au portail de derrière, où Teka nous attendait en nous faisant signe de sortir.

En courant dans les rues des alentours du manoir, je me rappelai la fête du Séjour. Ma main dans celle d'Akos, mon visage qui me grattait à cause du maquillage. Je me revis en train de le poursuivre pour l'arroser avec l'eau bleutée que je gardais au creux de la main, même s'il en tombait déjà du ciel. Je me rappelai la sensation de calme ensuite, quand j'avais retiré mes vêtements tachés de bleu dans ma salle de bains et découvert en moi quelque chose de paisible et d'immobile que je n'avais pas éprouvé depuis la mort de ma mère.

Depuis qu'il m'avait embrassée dans la cuisine de la navette, je cherchais le moment exact où j'étais tombée amoureuse de lui. Et là, en courant, la tête rentrée dans les épaules dans les passages au plafond bas du manoir, je m'étais demandé si ça n'était pas arrivé alors qu'il me mentait, qu'il se montrait gentil pour me faire dire comment on sortait du manoir. Si c'était le cas, cela signifiait-il que j'aimais quelqu'un qui n'existait pas ? Un faux Akos, comme les images brumeuses que le Conteur dessinait dans l'air ?

Un groupe de gens en train de courir ne pouvant qu'attirer l'attention, je rabattis ma capuche sur mon visage au bout de quelques rues et me mis à marcher. De son côté, Yma cacha ses cheveux blonds sous un foulard noir. Cependant, la teinte claire de sa robe – un lavande pâle – rendait sa richesse trop visible. Il faudrait résoudre le problème avant d'atteindre les faubourgs de la ville.

Teka glissa son bras sous le mien, après s'être assurée que nous étions couvertes toutes les deux. Mais cette précaution n'était pas nécessaire. Instinctivement, mon premier mouvement fut d'éloigner mes ombres-flux d'elle en les concentrant sur mon côté gauche. Me confronter à mon père m'avait rappelé ce qu'était le contrôle : non pas la maîtrise des ombres elles-mêmes, mais plutôt l'acte de blinder mon corps pour le protéger d'elles et détourner leur cours.

– Comme ça, on nous prendra pour deux amies qui reviennent du marché, me dit-elle en se penchant vers moi. Personne ne s'imaginerait que Cyra Noavek a des amis.

Il arrivait encore à Teka d'avoir des paroles blessantes. D'autant plus parce qu'elles étaient vraies.

Nous continuâmes ainsi, une dizaine de mètres derrière Ettrek et Zyt et cinq mètres devant Yma.

– Tu ferais mieux de marcher avec elle, dis-je en esquissant le geste de me désengager. On pensera que c'est ta mère.

Teka se contenta de hausser les épaules.

Lorsque le goudron de la chaussée se mua en terre battue, nous nous arrêtâmes pour nous occuper du problème vestimentaire d'Yma. Teka lui passa une cape munie d'une capuche et noua un foulard sombre autour de sa taille pour masquer sa jupe. On ne voyait plus qu'un éclair de bleu lavande dans le bas lorsqu'elle marchait. Puis nous gagnâmes rapidement notre refuge, sans pouvoir nous empêcher de regarder par-dessus notre épaule à tour de rôle, ce qui aurait pu suffire à nous faire repérer.

Une fois à l'abri dans le vaste espace, Ettrek se tourna vers moi. Ses cheveux étaient couverts de poussière blanche, comme un gâteau saupoudré de sucre glace.

– Tu n'imagines pas l'énergie que ça m'a coûté de briser tous ces bocaux, me dit-il. Tu pourrais au moins te dispenser de faire la gueule d'avoir été sauvée.

Maintenant que nous étions en sécurité, je pouvais me permettre de me laisser aller. Cette fois, cela prit la forme de cris.

– Je le tenais ! J'étais sur le point de le tuer ! Et c'est ce moment-là que tu choisis pour me « sauver » ?

Sifa émergea d'une cage d'escalier, les mains croisées devant elle. Savait-elle à l'avance que j'échouerais ? Je ne voulais même pas y penser.

– Sur le point de le tuer ? ricana Ettrek. Tu t'apprêtais à t'enfoncer un couteau dans le ventre !

Je fondis sur lui, piétinant au passage une fragile touffe de fleurs.

– Mes ombres-flux ne servent pas seulement à m'arracher des grimaces de douleur, figure-toi. J'avais réussi à cerner Lazmet avec. Elles allaient le tuer.

– Mais peut-être pas avant qu'il t'ait tuée, lui.

– Et alors ? répliquai-je. Quand on te propose la mort de Lazmet Noavek en échange de la vie du Fléau de Ryzek… tu *PRENDS* !

Il recula et alla se cogner contre la poitrine de Zyt.

L'écho de mes paroles se prolongea longtemps dans l'espace en ruine.

– Vous et le petit Kereseth, vous m'exaspérez, déclara Yma en ôtant sa capuche et en déboutonnant sa cape. Vous ne rêvez que de gaspiller vos vies.

– Il n'y a pas que sa vie qu'il est prêt à gaspiller. La mienne aussi.

– Oui, je suis étonnée qu'il n'ait rien tenté pour vous sauver. Je ne m'attendais pas à ce qu'il ait ce courage. Cela m'inquiétait tellement que j'avais songé à implanter cette force en lui, mais j'avais peur que cela n'entraîne des dégâts.

– Comment ça, « implanter » ?

– Si votre famille m'a gardée en vie jusqu'ici, c'est parce que j'ai le pouvoir d'infléchir les cœurs à ma convenance.

– Oh. Voilà qui explique beaucoup de choses.

– N'est-ce pas ? répliqua sèchement Yma. En tout cas, on ne peut pas vous reprocher de manquer de cohérence, mademoiselle Noavek. Ce garçon a été enfermé, affamé, battu, manipulé, menacé, on lui a présenté les globes oculaires de son meilleur ami à table dans un bocal, mais vous ne vous intéressez toujours qu'à ce qu'il a laissé *vous* arriver.

– Yma, souffla Teka, qui avait l'air de se sentir mal.

– Non, non, laisse-la s'exprimer, dis-je en écartant les bras. Alors je suis quoi ? Absurdement prête au sacrifice, ou atrocement narcissique ?

Yma haussa les sourcils, si pâles qu'on les distinguait à peine.

– Suis-je obligée de choisir ? Vous seriez prête à mourir pour nous forcer à vous honorer. Vous êtes bien trop imbue de vous-même pour accepter de sombrer dans l'oubli, ou ce qu'on appellerait communément la « vie ordinaire ». À la décharge de votre ex-amant, contrairement à vous, il n'est pas avide de gloire.

J'allais répondre quand je m'aperçus que Teka avait enfoui son visage dans ses mains. Puis j'entendis un bruit étouffé. Elle pleurait.

– Jorek… gémit-elle.

Toute ma colère disparut, comme le poison d'une morsure qu'on aspire. J'avais oublié. Yma aussi avait oublié, ou elle aurait choisi d'autres mots que ceux-là – « les globes oculaires de son meilleur ami dans un bocal ». Non seulement Jorek était mort, mais il avait d'abord subi le même supplice que Teka. Personne ne méritait de finir ainsi.

Dans un élan qui ne pouvait être que familial, Yma prit sa nièce dans ses bras. Je restai près d'elles, ne pouvant me décider à partir, mais ne sachant quelle contenance prendre. Ce qui résumait bien ma vie.

Sifa s'était approchée. Ses cheveux, noués dans une grosse tresse inégale, avaient la même texture fournie, ondulée et fluide que les miens.

– Vous saviez ? lui demandai-je.

Ma question aurait pu porter sur n'importe quoi, mais je n'eus pas besoin de clarifier.

– Je m'en doutais. Je ne suis pas encore sûre de ce qui va

advenir, ni de comment nous devons réagir. La situation s'est… compliquée de manière exponentielle.

– Si vous ne savez pas comment nous devons réagir, dis-je, le menton tremblant, pourquoi êtes-vous venue ?

– Ma réponse ne va pas te plaire.

Comme si cela avait jamais été son problème.

Sifa souleva une épaule.

– Je voulais être avec toi.

Sifa, la femme qui avait abandonné son mari et ses enfants à l'horreur de la mort et du rapt, qui avait persuadé son fils de tuer Vas Kuzar et laissé mourir Orieve Benesit sous prétexte de respecter le destin, nous avait suivis, non pour manœuvrer les événements, mais pour être avec moi ?

Ne sachant si je devais la croire, je me contentai de hocher la tête, une fois, sèchement, avant de m'éloigner.

Le rayon de lumière oblique qui tombait du trou dans le plafond avait pris la couleur brûlée de braises encore chaudes. C'était le signe que la journée s'achevait, sans programme, sans chemin, sans nouveau moyen d'approcher Lazmet Noavek.

Un autre jour allait se lever, et le temps imparti par Isae Benesit serait écoulé.

# 48:

# CISI

JE M'ÉVEILLE AVEC UN GOÛT de bile dans la bouche, sans savoir où je suis. Dans mon dernier souvenir, je suis dans ma salle de bains, le flanc baigné de sang, et Ast vient de me poignarder. J'ai pensé que j'allais mourir. Mais où que je sois, je ne crois pas être morte.

J'ai la langue pâteuse et cette sensation désagréable me fait grimacer. Quelqu'un glisse une paille entre mes lèvres et je bois. Je fais tourner l'eau dans ma bouche avant de l'avaler.

Et… oh, ça fait mal. Pas à la gorge, mais au ventre.

J'ouvre les yeux. Je ne sais pas pourquoi, je m'attends à voir la grosse fissure au plafond qui se trouve chez moi, au-dessus de mon lit. Enfant, quand j'étais malade, je m'amusais à chercher quelle forme elle avait. Celle d'un flotteur ? D'un oiseau ? Je n'arrivais jamais à décider.

Mais il n'y a pas de fissure au plafond. Sur celui-ci passe une image mouvante, comme sur les murs du siège de l'Assemblée. Elle représente un ciel traversé de nuages joufflus.

Je lève la main. Un petit appareil est fixé sur mes doigts, et me pique un peu quand je les bouge. Il sert sans doute à suivre mes constantes vitales : mon rythme cardiaque, ma température, mon taux de glycémie. Il y a un petit trou au bout, relié à un tube dans lequel circule un liquide transparent. Je suppose qu'il m'hydrate, à défaut d'améliorer le goût que j'ai dans la bouche.

– Mademoiselle Kereseth ?

Clignant des paupières pour dissiper l'espèce de pellicule qui me brouille la vue, je vois une femme vêtue d'un uniforme blanc – pantalon et chemise – protégé par un tablier bleu. Ses cheveux sont noués dans un chignon retenu par des épingles et elle porte des gants en caoutchouc.

J'ai l'impression d'être à la dérive. Je fais la liste de ce que je sais : je ne suis pas chez moi. À en juger par le plafond, je suis dans un endroit plutôt chic. Le siège de l'Assemblée ? Non, Othyr… C'est là que nous étions. Je suis blessée. Mon ventre. Comme si on me déchirait l'abdomen…

Je revois son visage dans le miroir, à côté du mien. C'est précisément ce qu'il a fait.

– Ast, dis-je d'une voix rauque.

L'infirmière fronce les sourcils.

– Il n'est pas là pour le moment. Mais il vous a rendu visite.

Rendu visite ? Il est venu vérifier que j'étais encore inconsciente, oui, ou dans l'espoir de me trouver morte. Un frisson glacé me parcourt les veines. Il est venu alors que j'étais encore inconsciente… Et s'il m'avait fait quelque chose ? S'il avait essayé d'achever ce qu'il avait commencé ? J'imagine une pilule poussée entre mes lèvres, un flacon de poison versé dans ma gorge, des points de suture défaits de ma blessure à l'abdomen jusqu'à ce que mes tripes se déversent.

– Non, dis-je dans un grondement. Non… C'est Ast qui a fait ça. C'est lui qui m'a poignardée.

– Je crois que vous avez l'esprit embrumé, mademoiselle Kereseth. Vous êtes restée inconsciente pendant deux jours…

– Non…

– Les images de sécurité de votre chambre ont disparu, me précise-t-elle doucement.

*Ben voyons ! Ast a trouvé le moyen d'effacer les preuves !* Je le pense, mais je n'arrive pas à le dire.

– Mais on a retrouvé l'arme, qui ne portait pas d'empreintes, chez un homme dont le don-flux lui permet de changer d'apparence. La police othyrienne pense qu'il a voulu tuer la chancelière et qu'il s'est trompé de cible.

Je ferme les yeux, les paupières serrées. Bien sûr. Ast fait celui qui n'y comprend rien à la politique. Mais il a grandi dans la débrouille et les mauvaises fréquentations… Il doit savoir effacer ses traces. Il a éliminé les images, orienté la police sur une fausse piste, trouvé un suspect crédible à qui faire porter le chapeau et chez qui il a caché le couteau…

Mais *pourquoi* ? Pourquoi prendre tous ces risques ? Juste pour avoir raison ? Pour que les choses se passent comme il le voulait ? Que peut bien lui faire le sort de Thuvhé dans cette guerre ?

– C'était lui, dis-je de nouveau, en articulant difficilement.

*Ce n'est peut-être pas Thuvhé, mais Shotet qui l'intéresse,* pensai-je confusément en retombant dans le sommeil.

Une fois, une seule, Isae m'a raconté l'origine de ses cicatrices. Je ne l'ai jamais questionnée, parce que ce n'est pas le genre de choses qu'on demande.

On était assises sur le vieux canapé défoncé de ma chambre d'étudiante. Je faisais chauffer des casseroles partout sur des brûleurs et la pièce était remplie de vapeur. Nous étions à Shissa, et l'on ne voyait rien d'autre que des congères tout en bas, à travers la baie vitrée. Ma chambre était juste assez large pour me permettre d'écarter les bras, mais la vue était belle.

Isae avait posé un oreiller brodé sur ses genoux. Je l'avais acheté dans une petite boutique de Hessa où travaillait une amie d'enfance. Elle portait des chaussettes que je lui avais prêtées parce que les siennes n'étaient pas assez chaudes. Des chaussettes marron tirant sur le jaune, ou jaunes tirant sur le marron, je n'arrivais pas à décider. Il y avait une bosse à l'un des talons parce que je l'avais mal raccommodé.

Elle m'avait avoué qu'elle n'avait pas réellement grandi sur un vaisseau pirate. Elle racontait ça pour désarçonner les gens. Le vaisseau marchand sur lequel elle avait réellement vécu trempait parfois dans des affaires un peu louches, mais pas de quoi faire un scandale. « Et crois-moi, quand il y avait motif à faire un scandale, mes parents ne s'en privaient pas », avait-elle précisé.

Le hasard avait fait que ce vaisseau s'était posé sur Essander pour y livrer des marchandises au moment où les Shotet y faisaient leur ramassage. Si ce n'est que celui-ci n'était censé impliquer ni meurtres ni pillages, comme le spécifiaient les recommandations acceptées par les Shotet lors de la création de l'Assemblée.

Or les Shotet avaient abordé le vaisseau marchand à peu près comme l'auraient fait des pirates. Ils avaient vandalisé le véhicule pièce après pièce, saccageant tout à la recherche d'objets de valeur et tuant au gré de leur humeur. L'un des ramasseurs avait attaqué la mère d'Isae puis, quand son père avait voulu la défendre, il les avait tués tous les deux. Après quoi Isae l'avait affronté avec un attendrisseur à viande.

« Un *attendrisseur* à viande ? » avais-je répété, souriant malgré moi sous l'effet de la surprise.

Mais elle avait souri aussi.

Elle l'avait frappé à la tête, mais les attendrisseurs à viande ne pouvaient pas grand-chose contre un soldat shotet. « Ni cela, ni le reste », avait-elle précisé. Ces hommes étaient des meurtriers. Mais la meneuse du groupe avait dû reconnaître le cran d'Isae, parce qu'au lieu de la tuer, elle l'avait immobilisée pour lui taillader le visage, en disant : « Avec ça, tu ne m'oublieras pas. »

Elle ne m'avait pas parlé d'Ast à l'époque, juste signalé que plusieurs de ses amis avaient été blessés ou tués. Mais je savais maintenant qu'il y était aussi, et qu'un soldat shotet avait tué son père et la moitié de ses amis.

Oui, Ast avait toutes les raisons de se sentir concerné par ce que Shotet allait devenir dans cette guerre.

– Cis ?

La voix d'Isae paraît tendue. Elle a l'air fatiguée et ses cheveux pendent mollement de chaque côté de son visage. Elle me presse la main. Ast n'a pas dû lui dire que j'avais essayé d'envoyer un message aux exilés shotet, ou elle m'aurait fait arrêter au lieu de venir à mon chevet.

– Est-ce que…

Ma voix grince comme une vieille porte.

– Est-ce que tu as conclu l'alliance avec Othyr ?

– Ce n'est pas le moment de t'inquiéter de ça. Occupe-toi de guérir, d'accord ? On a failli te perdre. *J'ai* failli te perdre.

– Je vais bien.

J'appuie sur un bouton pour redresser le haut de mon lit. Lorsque je me retrouve en position semi-assise, la douleur me brûle le dos, mais je ne veux pas me rallonger.

– Réponds-moi.

– Oui, j'ai conclu l'alliance. Écoute-moi, avant de parler. Nous avions besoin de cette arme, Cis. On me presse énormément à contre-attaquer.

– Qui te presse ? Ast ?

Elle fronce les sourcils.

– Tout le monde. Mes propres pensées, pour commencer. Shissa, Osoc, Hessa, le chef de l'Assemblée. Tout le monde. Ils ont tué des innocents. Que voudrais-tu que je fasse d'autre ?

– Que tu fasses preuve de clémence.

Il n'en faut pas plus pour la lancer.

– De la clémence ? De la *clémence* ? Où était passée la clémence des Shotet lorsqu'ils ont attaqué l'hôpital ? Et quand cette femme m'a lacéré le visage ? Est-ce qu'ils en ont eu pour mes parents ? Pour *Ori* ?

– Je…

– Othyr nous a donné une bombe anti-flux et je m'en servirai dès que j'en aurais l'occasion. D'ici là, j'espère que tu m'expliqueras que tu avais le cerveau embrouillé par les sédatifs, parce qu'aucune personne saine d'esprit ne plaiderait la clémence par les temps qui courent.

Elle sort comme une flèche, droite comme un i – posture acquise grâce à ses deux saisons à l'Assemblée afin de s'intégrer.

« Ils ont tué des innocents », a-t-elle dit, en se proposant d'en faire autant quasiment dans la même phrase. Il est là, le problème : pour elle, aucun Shotet n'est innocent. C'est toute la différence entre nous.

Je lève les yeux sur les nuages qui voguent au plafond. Ils sont plus épais, plus rapprochés que tout à l'heure.

Je suis coincée ici, à court de moyens d'action. À court de temps.

JE RÊVE DE VARA, L'ORACLE, qui me montre les statues de la salle des Prophéties d'Ogra. Elles sont en verre et chacune représente un membre de ma famille. Même Cyra y est.

Je me réveille avec le visage d'Ast au-dessus du mien.

– Je ne suis pas venu pour te faire du mal, me dit-il quand son scarabée se met à pépier, lui signalant certainement que je viens de bouger. Isae ne va pas tarder. Je voulais juste qu'on bavarde un peu, avant.

Il tire le tabouret à mon chevet et s'assoit, le scarabée perché sur son épaule.

– Peut-être as-tu remarqué que je n'ai pas parlé à Isae de ta communication avec nos ennemis. Du fait que tu as essayé de contacter *Cyra Noavek*.

Mes joues me brûlent. Ma gorge me fait mal. Je voudrais parler. Hurler. Serrer mes mains autour de sa gorge.

– Je me suis dit que ce ne serait pas très malin d'éveiller

ses soupçons. Tu la trahis et le soir même tu te fais agresser ? Drôle de coïncidence. Mais tu dois te douter que, si je décidais de tout lui avouer, elle serait certainement plus compréhensive envers moi. Attaquer la femme qu'elle aime parce qu'elle a trahi son pays… elle pourrait me le pardonner. Mais ce que tu as fait, toi, c'est impardonnable.

– Tu…

Je serre les dents. Le mot sort comme un grondement, poussé avec toute la force dont je suis capable par-delà les barrages de ma gorge et de ma bouche.

– Alors tiens-toi tranquille, Cisi. Ce qui est fait est fait. Maintenant que l'ordre d'attaquer Shotet a été donné, on devrait pouvoir commencer à s'entendre.

J'ai envie de hurler devant cette injustice, devant ce silence imposé par le flux, lui qui est censé être source de vie. S'il est si bénéfique, pourquoi m'étrangle-t-il ? Pourquoi torture-t-il Cyra ? Pourquoi exclut-il mon frère ? Pourquoi donne-t-il du pouvoir à des dictateurs ? Pourquoi obscurcit-il le cerveau de ma mère ?

J'entends le ton brusque d'Isae derrière la porte et, soudain, je sais ce que je dois faire.

Puisque je ne peux pas contourner mon don-flux, essayons de l'exploiter.

Je repousse ma colère, ma peine, mon inquiétude. Ma douleur, aussi, du mieux que je peux. Je me rappelle m'être laissée couler au fond du bassin du temple quand j'apprenais à nager. La façon dont l'eau, au début, me piquait les yeux. La façon dont elle faisait flotter mes cheveux, les rendant tout doux. La façon dont elle me caressait en palpitant à son propre rythme. Dont j'entendais battre mon cœur.

Isae m'a raconté que le père d'Ast était surnommé « Clé à molette » parce qu'il était chargé de l'entretien de leur petit vaisseau. Alors ce sont peut-être des choses dures et non des choses confortables qui apaisent Ast : le manche en métal tiède d'un outil que son père vient de poser. Le moteur du vaisseau qui fait vibrer une cloison. Le picotement d'une grille sous ses pieds nus.

Ast cligne des paupières, lentement.

– Hé ! Arrête ça.

– Non.

Il est maintenant assez détendu pour que mon don me laisse parler. C'est déjà ça.

– Depuis ton arrivée, tu n'as pas arrêté de me faire payer mon don-flux. Tu le regardes m'étrangler sans lever le petit doigt pour qu'on m'écoute. Eh bien, maintenant, c'est moi qui vais le regarder t'étrangler.

– Tu manipules Isae, me dit-il. Je ne peux pas te laisser faire.

La manche rêche d'une combinaison de mécanicien, un peu effilochée. De l'huile de moteur qu'on frotte entre le pouce et l'index, grasse et légèrement collante. Une vis qui trouve sa place et qui se serre, tour après tour.

– Tu essaies de placer tes pions et moi les miens, Ast. Je ne la manipule pas plus que toi.

– Si. Toi, tu...

Il se penche en arrière, ferme les yeux.

– Ce n'est pas pareil, achève-t-il.

– C'est vrai, mes méthodes sont bien plus efficaces, dis-je doucement. Toi qui trouves que j'exploite mon don sans scrupules, tu n'as pas idée à quel point je me retiens.

Je jette de nouveau mon don sur lui. La vibration de son siège au moment où le vaisseau traverse l'atmosphère d'une planète. Le froissement du papier d'emballage d'une galette protéinée achetée dans une station de carburant. Je le drape dans ces textures, métal, plastique, vapeur et graisse, au point qu'il pourrait presque être de retour sur son vaisseau.

Il se laisse aller contre le mur en me regardant fixement.

– Tu ne te dresseras plus en travers de mon chemin. Je nous guiderai de manière à éviter la catastrophe, et tu me laisseras faire.

La porte s'ouvre sur Isae, en tenue de sport. Elle a le visage luisant de sueur. Elle nous sourit, sans doute persuadée que nous avons fait la paix. Comme si je pouvais envisager de faire la paix avec quelqu'un qui m'a menacée, poignardée, et qui profite de mon incapacité à parler.

– Qu'est-ce qui ne va pas ? s'alarme-t-elle en enregistrant la scène, Ast affalé, voûté, les yeux mi-clos, et moi raide et tendue, les poings serrés.

– Dis-lui, Ast, dis-lui ce que tu m'as fait.

Il a les yeux fixés devant lui, le regard vide.

Je répète lentement :

– Dis-lui.

– Je t'ai poignardée.

Puis, s'adressant à Isae :

– C'était moi, je l'ai poignardée.

– Tu as… quoi ? Mais pourquoi ?

– Elle se mêle toujours de tout.

Je ne pourrai pas maintenir ce niveau de dépense d'énergie très longtemps. Je retire mon don-flux en prenant une grande inspiration. Lorsque Ast reprend possession de lui-même, il a les traits déformés par la rage. Isae semble pétrifiée.

– Je suis désolée, je…

Je fais semblant de m'étrangler sur les mots et je bredouille en me prenant le ventre avec une grimace de douleur. Il faut qu'elle me voie faible, dépassée par la situation.

– Je ne voulais pas. Mais… il fallait que tu me croies…

– Elle ment ! lance Ast. Tu ne le vois donc pas ? Elle se sert de son don-flux pour te manipuler, pour te contrôler ! Depuis le début !

– Re… Regarde son bras ! Je l'ai mordu en me défendant. On doit encore voir la trace.

Isae a les mâchoires crispées. Elle se dirige vers Ast d'un pas raide et lui saisit le bras en le forçant à se lever. Il se laisse faire, soit parce qu'il sait qu'il ne peut pas s'opposer à une chancelière, soit parce qu'il a compris que j'ai gagné. Elle remonte sa manche et la marque est là : un demi-cercle irrégulier qui dessine l'empreinte parfaite de mes dents.

Elle lâche son bras avec un gémissement.

– Je… Elle essayait de contacter les Shotet ! s'écrie Ast. Elle voulait envoyer un message à…

– La ferme, dit Isae.

Elle bat rapidement des paupières.

– J'avais confiance en toi. Tu m'as menti. Tu… Je veux que tu sois arrêté. Que tu disparaisses.

Je me sens partir. Trop fatiguée pour rester. Mais avant, je regarde Ast, et même si je sais qu'il ne peut pas me voir, je souris.

# 49: AKOS

AKOS CONTEMPLAIT LE FEU quand la porte s'ouvrit le lendemain matin.

Après que Cyra s'était enfuie sans qu'il se soit porté à son secours, il s'était attendu à craquer complètement. Au lieu de cela, il avait le sentiment d'être soudain allégé de tout ce qui était en trop dans sa vie – les questions sans fin sur ses origines, sa citoyenneté, sa famille, son destin –, comme quand la viande se détache de l'os à la cuisson. Et tout ce qui était confus jusque-là s'était éclairci.

Il n'était ni un Thuvhésit ni un Shotet, ni un Kereseth ni un Noavek, ni un deuxième ni un troisième enfant. Il était une arme contre Lazmet Noavek.

Sa faim lancinante ne le dérangeait plus, en dehors du fait qu'elle affaiblissait son corps et son esprit. Yma n'étant pas revenue lui apporter à manger, il en avait déduit qu'elle avait dû participer à l'évasion de Cyra et il en était heureux, de cette manière distante qui s'applique à une autre vie. Dans cette vie-ci, il ne désirait qu'atteindre son but.

– Akos ?

C'était Vakrez. Akos se leva de son fauteuil près du feu et réprima un frisson, surpris par l'air froid.

– Tu vas bien ? lui demanda le commandant, plus gentiment qu'à son habitude.

– Ça va, répondit Akos en lui tendant le bras.

– Je ne viens pas pour ça. Ça ne servirait plus à grand-chose, maintenant qu'Yma est partie. Lazmet m'a convoqué pour discuter stratégie et m'a demandé de passer te prendre en chemin.

Akos chercha ses chaussures, qu'il retrouva sous son lit. Il les enfila et leva des yeux surpris vers Vakrez en voyant que celui-ci l'observait sans bouger.

– Quoi ?

– Tu as l'air... Non, ce n'est rien.

Côte à côte, ils parcoururent les couloirs en direction de la pièce désignée par Lazmet. Son bureau, apparemment, parce qu'ils prirent un escalier entre deux murs lambrissés au lieu de descendre à la Salle d'armes. Akos dut reprendre son souffle en haut des marches, et Vakrez l'attendit sans se plaindre.

Son père le salua en inclinant la tête lorsqu'il entra dans la pièce avec son tapis épais, aux rayonnages chargés de livres d'histoire. Sur le bureau traînait la pelure du fruit qui avait alerté Lazmet de la présence d'un intrus dans le manoir.

Quand Lazmet lui fit signe de s'asseoir, Akos le fit, cette fois, en prenant place au bout du canapé, du côté du feu. Il observa ses doigts. Ses articulations auraient-elles épaissi ? Ou était-ce sa main qui avait fondu, son corps dévorant ses dernières réserves d'énergie et de force ?

– Akos, fit Vakrez en lui secouant l'épaule.

Akos releva la tête.

– Hmm ?

– Écoute ce qu'on va te dire.

Plus d'une fois il lui avait reproché son manque d'attention. La dernière fois remontait au camp militaire, après qu'Akos avait gagné sa cuirasse, et peut-être par la même occasion un petit peu du respect de son commandant. Ce jour-là, Vakrez était en train de donner un cours de stratégie, expliquant qu'un soldat était toujours avantagé lorsqu'il connaissait le terrain. Les Shotet, ne se battant jamais chez eux, devaient donc apprendre à s'adapter rapidement. « Même Voa n'est pas "chez vous", avait-il précisé. Les Shotet ne sont chez eux nulle part. »

– Bah, laisse-le, Vakrez, intervint Lazmet en se calant dans son fauteuil tout en posant sur ses genoux un livre dont Akos ne put voir le titre. Il ne fonctionne pas à plein régime ces jours-ci.

– Qu'est-ce que je viens faire ici ? demanda Akos à Lazmet, l'air un peu hébété.

– J'espérais que tu me fournirais quelques informations sur Hessa. Tu viens de là-bas, si j'ai bien compris.

Akos allait lui demander en quoi sa ville natale pouvait l'intéresser – après tout, ses souvenirs étaient ceux d'un enfant : la boutique où acheter les meilleurs bonbons, la librairie où Eijeh aimait bien traîner pour faire de l'œil à la vendeuse. Mais après une minute de réflexion, la réponse s'imposa.

– Vous allez l'attaquer.

La pensée de soldats shotet envahissant les rues de Hessa, chargeant dans la boutique de bonbons, tuant la vendeuse de la librairie, peut-être, le rendit malade.

Lazmet ne répondit pas.

– Ce n'est pas difficile à deviner, reprit Akos. Il n'y a que trois grandes villes à Thuvhé. Vous avez déjà frappé Shissa. La prochaine cible est soit Osoc, soit Hessa.

– Cela ne semble pas te perturber, dit Lazmet. Espères-tu me faire croire que tu ne ressens rien pour l'endroit où tu as passé toute ton enfance ?

Akos ne voulait pas penser à la petite boutique d'épices plongée dans la pénombre où il éternuait toujours, ni à la femme qui vendait des fleurs en papier sophistiquées pendant les mois chauds, c'est-à-dire quand il ne neigeait pas. Ni à la ruelle qui montait tout droit à flanc de colline et qui constituait la meilleure piste de traîneau – et la plus dangereuse – de tout Thuvhé. Il ne voulait pas y penser, ou il se laisserait totalement engloutir.

Lazmet voulait qu'il trahisse sa ville.

*Les Shotet ne sont chez eux nulle part,* songea-t-il en se rappelant le cours de Vakrez.

Mais lui, si. Il avait un chez-lui, son terrain personnel, qu'il connaissait mieux que personne.

– Ce n'est pas que je ne ressens rien, répondit-il en s'efforçant de rester calme. Mais j'ai une proposition à vous faire.

– Tiens, tiens, fit Lazmet, amusé.

*Tant mieux. Il vaut mieux qu'il s'amuse et qu'il me sous-estime plutôt qu'il se méfie.*

– Vous m'emmenez à Hessa avec vous, et après l'attaque vous me laissez là-bas, chez moi. Et aucun de nous deux ne poursuivra plus jamais l'autre.

– Et en échange ?

– En échange, je vous aide à détruire le temple de Hessa.

Lazmet glissa un coup d'œil vers Vakrez. Le commandant semblait y réfléchir en remuant sa mâchoire. Il était assis à l'autre bout du canapé, et réussissait à paraître élégant tout en se tenant affalé dans les coussins.

– Le temple de Hessa, répéta Lazmet. Pourquoi devrait-il avoir de l'importance pour moi ?

– À en juger par votre attaque sur Shissa, vous cherchez à frapper les esprits. Les grosses opérations destructrices, outre qu'elles tuent beaucoup de monde, démoralisent l'ennemi. À Hessa, vous ne trouverez pas de bâtiments imposants flottant dans les airs. Mais il y a le temple. Il était déjà gravé sur nos pièces de monnaie avant la création de l'Assemblée. C'est la seule chose qui vaille le coup d'être attaquée à Hessa.

Ce qui était curieux, c'était que les deux hommes ne pouvaient pas l'ignorer. Lazmet était assez âgé pour se souvenir du siège que sa mère avait tenu devant la ville, siège dont le temple portait encore les stigmates dans ses fenêtres brisées et ses pierres éraflées. Le siège au cours duquel la grand-mère d'Akos s'était défendue avec un simple couteau à pain, si la légende familiale disait vrai.

Lazmet se demandait sans doute simplement si Akos chercherait à le persuader. Toujours cette « curiosité », ces expérimentations. Il n'arrêtait jamais.

– C'est un temple, pas un labyrinthe, lui répondit Lazmet. Je n'ai pas vraiment besoin de ton aide pour l'attaquer, maintenant que je sais que je vais le faire.

Akos sentit un aiguillon de panique lui piquer la poitrine. Mais il connaissait mieux le temple de Hessa que la plupart des Thuvhésit, ça valait sûrement quelque chose. Il le fallait.

– Si, justement. Quand on connaît sa configuration délirante, on peut tout à fait le qualifier de labyrinthe, répliqua-t-il. Mais vous auriez du mal à en trouver une carte. Enfin, si vous et votre armée, vous voulez courir partout comme une bande d'idiots pendant que l'armée de Hessa se rassemble – la meilleure armée de Thuvhé, dois-je préciser –, eh bien, allez-y.

– Donc, si je comprends bien, sa configuration n'a ni queue ni tête, il n'en existe aucune carte et, par un heureux hasard, tu es parfaitement capable de t'y retrouver, résuma Lazmet avec un sourire sarcastique. Comme c'est commode.

– Il n'y a rien de commode là-dedans, s'impatienta Akos. Vous m'avez fait venir en pensant que je pourrais vous apprendre quelque chose d'utile sur Hessa, et quand je le fais, vous refusez de me croire ? (Il lâcha un petit rire.) J'ai trahi les miens, j'ai fait exécuter un ami, rien ne m'attend nulle part, je n'ai plus rien d'autre dans ce monde que cette maison à Hessa, où on me laissera en paix. Vous avez fait ce qu'il fallait pour. Alors menez votre attaque, menez votre guerre, faites ce que vous voudrez, mais *laissez-moi tranquille* et, de mon côté, je vous donnerai ce que je peux.

Les yeux de Lazmet restaient rivés sur lui, scrutateurs, calculateurs. Akos s'imagina dans la peau du Carapaçonné, déchirant son propre abdomen pour laisser à Lazmet un espace où entrer. Il sentit le fil de fer remuer dans sa tête, et le sursaut involontaire de ses doigts qui indiquait que Lazmet le sondait. Soupçonneux, comme toujours. Mais Akos s'y était habitué.

Lazmet vit ses doigts tressauter et Akos fut pris d'une bouffée d'espoir, puis…

– Vakrez, lis-le-moi.

Conscient qu'il éveillerait plus de méfiance en objectant qu'en cédant, Akos tendit le bras. Plus il aspirait à s'éloigner de tout et de tout le monde, plus il lui devenait facile de s'imaginer dans la peau du Carapaçonné. Les Carapaçonnés étaient des créatures très solitaires, vivant à l'écart de tout ce qui véhiculait le flux. Solitaires et impénétrables, comme lui. Pour les tuer, les gens devaient généralement glisser leur lame à la jointure d'une patte, dans un interstice de leur épaisse cuirasse. Et ils devaient l'enfoncer assez profondément pour que l'animal se vide de son sang. Akos était sûr que Cyra s'y était prise ainsi pour tuer le sien, à sa manière habituelle : identifier le point faible de l'adversaire, l'exploiter, et on n'en parlait plus. C'était plus honorable que sa méthode à lui, qui avait consisté à endormir la bête en la soulageant du flux grâce à son don, jouant sur sa confiance avant de l'empoisonner.

Mais c'était *sa* manière à lui.

Dans l'immédiat, il ne pouvait rien faire d'autre que déposer le bouclier que représentait son don-flux pour permettre à Vakrez de fouiller dans son cœur. Et celui-ci y verrait une seule et unique volonté : le désir criant de tuer Lazmet.

Vakrez le toucha de ses mains fraîches et rêches, comme toujours, et ferma les yeux quelques secondes. Akos attendit le coup qui allait l'achever.

– C'est de plus en plus clair, déclara Vakrez en ouvrant les yeux pour se tourner vers Lazmet. Tout ce qu'il veut, c'est s'enfuir d'ici.

Akos se retint de le dévisager. Il mentait.

Vakrez venait de mentir pour lui.

Akos n'osait pas regarder le commandant. Il avait trop peur de se trahir.

– Dans ce cas, mon garçon, je crois qu'on peut faire affaire, trancha Lazmet. Emmène-moi à Hessa et je te laisserai rentrer chez toi.

*Je vais t'emmener sur mon terrain,* pensa Akos, *et c'est là que tu mourras.*

# :50 CYRA

Le lendemain matin, il n'y avait plus qu'à abandonner la planque. Abandonner Voa, Lazmet, et Akos

Autrement dit, laisser tomber.

Après avoir trouvé des vêtements propres pour tout le monde en dévalisant les tiroirs d'un des appartements abandonnés, nous sortîmes de l'immeuble.

Nous avions convenu de retrouver Yssa au vaisseau si on en réchappait.

La toile rêche de mon pantalon trop grand me brûlait les cuisses. J'avais récupéré un plaid pour en faire un foulard et me couvrir le visage et lui aussi me gênait. Zyt ouvrait la marche avec Ettrek. Suivaient Yma et Teka à distance respectable, puis Sifa et moi. En passant devant une succession de fenêtres condamnées par des planches, j'écoutais ce que se racontaient Yma et Teka.

– J'ai quitté la maison, disait Yma. De toute façon, elle est trop loin de tout pour que les voleurs se fatiguent à aller la cambrioler.

– Quand tout sera fini, je t'aiderai à la remettre en état, promit Teka.

– Et puis la présence d'Uzul est partout là-bas, ajouta Yma en secouant la tête.

Elle avait tenté de cacher ses cheveux en les rejetant en arrière et en les glissant sous le col de sa veste, mais il était difficile de ne pas remarquer un blanc aussi immaculé.

Le nom d'Uzul me fit tressaillir, même s'il était sûrement infiniment plus douloureux pour Yma. C'était la douleur qui avait tué son mari et non moi, mais cette douleur, je l'avais provoquée. Cyra Noavek, pourvoyeuse de douleur, instrument de supplice.

Nous atteignîmes le bâtiment où le vaisseau nous attendait, avec Yssa aux commandes. Zyt lui avait envoyé un signal la veille au soir pour la prévenir que nous n'étions pas tous morts. Nous montâmes l'escalier, qui sentait toujours les poubelles. Avantagée par mes longues jambes, je me retrouvai en tête du groupe avec Zyt.

Il me regarda avec douceur.

– Je suis…

– Pas de ça, s'il te plaît, dis-je en soupirant. La compassion, ce n'est pas mon truc.

– Tu préférerais que je te réconforte avec une bonne vieille tape dans le dos ?

– Tu n'aurais pas un bonbon, plutôt ? Ça, ça m'irait.

Il sourit et sortit de sa poche un petit carré emballé de plastique fluo qu'il me tendit. Ôtant le papier, je découvris un petit morceau de miel de fenzu jaune vif.

– Ça t'arrive souvent d'avoir des bonbons dans les poches ?

Il répliqua par un haussement d'épaules en poussant la porte du toit. La lumière un peu brumeuse du dehors s'engouffra dans la cage d'escalier. Le ciel était nuageux, et la ville drapée dans une atmosphère jaunâtre, annonciatrice d'orage. La grosse bâche qui recouvrait le vaisseau était restée en place, sans être trop serrée, pour permettre à Yssa de décoller rapidement en cas de besoin. Je me glissai dessous et faillis m'étrangler avec mon bonbon.

Eijeh se tenait sur une marche de la passerelle.

– Qu'est-ce que tu fais là ?

– Je ne vais pas rester, me dit-il aussitôt.

Il semblait mal à l'aise, la main crispée sur l'ourlet de sa veste.

– Ça ne répond pas à sa question, intervint Teka.

– Je suis venu vous mettre en garde.

– Contre quoi ? fit Zyt. Tu nous as dénoncés ?

– Non. Je... J'ai juste voulu m'échapper. Pour me libérer d'elle, répondit Eijeh en me désignant du menton. Mais ensuite, plusieurs de mes visions... ont trouvé leur place. Elles se sont complétées les unes par rapport aux autres.

– Pas les miennes, pourtant, observa Sifa, perplexe.

– Isae Benesit nous a transmis une partie d'elle-même lorsqu'elle nous a forcés – lorsqu'elle a forcé Ryzek, je veux dire – à regarder ses souvenirs, avant de le tuer. Ce qui me donne une meilleure perception d'elle. Ça me permet de la connaître de l'intérieur.

Je sentis peser sur moi le regard interrogateur de Teka mais ne pus me détourner d'Eijeh, dont les yeux vert pâle brillaient d'une lueur étrange. Je ne les avais jamais vus aussi clairs.

– Je sais qu'on est à court de temps, dis-je. Isae Benesit a promis d'attendre une semaine avant de remettre la pression sur Ogra pour qu'ils expulsent les exilés.

– Elle est passée à autre chose, rectifia Eijeh. Elle prépare le lancement d'une deuxième bombe anti-flux, comme celle qui a détruit le vaisseau de séjour.

Sifa porta la main à sa bouche et, pour la première fois, je vis – non pas dans ma tête ni dans mes souvenirs, mais avec mes yeux – que nous étions semblables. Nous avions le même nez fort, le même front puissant. J'étais bien une Kereseth.

– Une bombe anti-flux, répétai-je.

Je devais me concentrer. Je n'étais plus une petite fille réclamant sa mère. J'en avais eu une. Et je l'avais tuée.

– C'est le nom de cette arme, dit Eijeh. Le flux est une énergie constructive, et l'anti-flux est le contraire. La rencontre des deux provoque... un choc violent.

C'était peu dire. Je ne pus m'empêcher de ricaner.

À cet instant, Yssa sortit du vaisseau, contourna Sifa et se précipita vers nous. Elle serra Ettrek dans ses bras, puis Teka, puis moi… brièvement et en grimaçant, mais quand même.

– Vous êtes vivants, souffla-t-elle.

– Parle pour toi, répliquai-je. Moi, je suis déjà un fantôme.

– Si c'était le cas, ce ne serait pas aussi douloureux de te toucher, fit-elle comme si elle prenait ma phrase au premier degré.

Je glissai un coup d'œil à Teka, qui haussa les épaules.

– Et quand cette bombe doit-elle frapper ? demanda-t-elle à Eijeh.

– On n'accepte que les réponses précises, précisai-je d'un ton ferme.

– Ce soir, dit-il avec un soupir.

À cet instant, une petite flotte de vaisseaux s'éleva du manoir, comme un cordon de bulles montant à la surface d'un verre d'eau. Ils planèrent un moment en groupe, et si le ciel n'avait pas été aussi vide, ou s'ils n'avaient pas porté le sceau des Noavek sur leurs ailes, je ne les aurais peut-être même pas remarqués. Mais ces vaisseaux étaient ceux de Lazmet Noavek et ils se dirigeaient vers l'ouest, droit sur la Traverse. Droit sur Thuvhé.

– La bombe anti-flux doit être lâchée ce soir, repris-je.

Tout le monde était rassemblé sur le pont principal de la navette. La plupart avaient pris place sur le banc aligné le long du mur où pendaient les courroies de sécurité, Teka sur les marches qui menaient au poste de pilotage et Yssa dans le fauteuil du capitaine, jouant machinalement avec la carte du vaisseau. Mes ombres-flux, qui zigzaguaient sur tout mon corps, et la douleur qui les suivait dans leur parcours frénétique, ne me laissaient pas beaucoup de répit. Je ne cessais de marcher de long en large.

– Oui, confirma Eijeh. Les visions n'ont pas de montre et je ne peux pas vous donner l'heure exacte, mais à en juger par la lumière, ce sera en début de soirée.

Je le regardai en plissant les yeux.

– C'est vrai, ou tu as inventé cela pour me manœuvrer ?

– Quoi que je réponde, est-ce que tu me croiras ?

– Non.

Je me tins un moment en face de lui sans rien dire.

– Pourquoi nous aider maintenant ? Tu ne t'es jamais soucié que de toi-même, toute ta vie. Qu'est-ce qui t'arrive ? Une commotion cérébrale ?

– Cette conversation ne mène nulle part, objecta Teka. On devrait être en train de chercher comment sauver le maximum de vies. Ce qui implique de réactiver l'alerte d'évacuation.

– Le protocole d'évacuation consiste à fuir sur le vaisseau de séjour, lui rappelai-je. Où iront les gens si on réactive l'alerte ?

– Je pourrais ajouter un message en codant l'alerte. Comme ça, les gens qui ont des écrans sauraient ce qui se prépare. On peut au moins leur dire de quitter la ville.

– Et ceux qui n'ont pas d'écran ? demanda Ettrek. Ceux qui ont tout juste la lumière chez eux ? Qu'est-ce qu'ils deviennent ?

– Je n'ai pas dit que mon idée était parfaite, gronda Teka. Et je ne t'ai pas entendu proposer autre chose.

– Si on suit ce plan, signala Yma, on n'aura peut-être même pas le temps de fuir nous-mêmes. On est bien partis pour mourir ici.

Un silence accueillit cette remarque. J'avais accepté le risque de mourir en décidant de tuer mon père, mais depuis que j'en avais réchappé, je m'étais raccrochée à l'envie de vivre. Même sans Akos, même sans famille, même haïe par la majorité des Shotet, j'avais dit la vérité à Teka : j'avais plus à perdre qu'avant. J'avais des amis, de quoi croire en l'avenir, et en moi.

Et il y avait mon amour pour les Shotet, aussi abîmés que soient certains d'entre eux. Pour leur acharnement à vivre. Pour leur façon de voir les objets jetés par les autres, non comme des détritus, mais comme un potentiel. Ils étaient capables d'exécuter des atterrissages en urgence à travers des atmosphères hostiles. C'étaient des explorateurs, des innovateurs, des guerriers, des nomades. Et j'étais l'une des leurs.

– OK, dis-je. On fait ça.

– Comment ? demanda Yssa. Comment active-t-on l'alerte ?

– À partir de deux endroits : le manoir des Noavek et l'amphithéâtre, qui est plus facile d'accès. Tout le monde n'a pas besoin d'y aller. Qui y va et qui reste ?

– Je pars, rappela Eijeh.

– Ouais, ripostai-je, j'avais bien compris.

– Je te ferai quitter la planète, Eijeh, lui proposa Yssa. Tu es un oracle et, en tant que tel, ta vie est précieuse.

– Et pas la mienne ? fit Ettrek.

Yssa le foudroya du regard.

– Partez avec lui tous les deux, dis-je à Zyt. Vous avez signé pour faire de la contrebande, pas pour risquer vos vies.

– Ah ouais, c'est vrai, fit Ettrek en levant les yeux au ciel. Risquer sa vie : qui ferait un truc pareil ? Tu te souviens qu'on est tous venus ici dans le but de tuer Lazmet Noavek ou pas ?

Je regardai tour à tour Teka, puis Sifa.

– Je n'ai pas peur, me dit Sifa à mi-voix.

Moi, j'avais peur. Une partie de moi-même aurait voulu voler un flotteur et fuir de Voa à toute vitesse, le plus loin possible de la bombe anti-flux. Mais l'autre partie, la meilleure – celle qui, semblait-il, était en train de prendre le dessus – savait que je devais rester et me battre pour mon peuple, ou au moins lui donner une chance de se défendre.

Peut-être Sifa était-elle aussi téméraire qu'elle en avait l'air. Peut-être le fait de connaître l'avenir finissait-il par vous forcer à faire la paix avec lui. Mais je n'y croyais pas.

Elle avait aussi peur que moi et que n'importe qui. Et c'est peut-être cela qui me décida à accepter qu'elle reste avec nous. C'était la plus grande preuve de compassion que je pouvais lui offrir dans ces circonstances.

– Cyra devrait prendre la tête du groupe pour nous conduire à l'amphithéâtre, suggéra Yma.

Je me tournai vers elle avec étonnement. Cela ne lui ressemblait pas du tout de me faire confiance. Du coup, elle se justifia :

– Je crois que la prison souterraine vous est déjà familière.

– Pas autant que votre esprit éblouissant, rétorquai-je en souriant.

– Il faut toujours que tu mordes à l'hameçon, fit Teka.

Je réfléchis un instant.

– C'est vrai. Ça fait partie de mon charme.

Ettrek ricana. Puis nous nous mîmes à élaborer un plan.

UN PEU PLUS TARD, SUR LE TOIT, nous regardâmes Eijeh et Yssa monter à bord d'un vaisseau de contrebande gracieusement prêté par des connaissances de Zyt dans la pègre de Voa.

Eijeh ne me dit pas au revoir. Mais il se retourna rapidement juste avant de disparaître dans le vaisseau. Son regard croisa le mien et il hocha brièvement la tête.

Mon frère était parti.

# 51: AKOS

Le Temps de l'Éveil n'avait jamais été le moment de l'année préféré d'Akos – qui appréciait la pénombre paisible de celui de l'Endormissement, avec ses fleurs-de-silence au rouge éclatant en pleine floraison –, mais il avait ses charmes. Au tout début, avant l'éclosion des fleurs-de-silence, une grande nuée d'oiseaux-morts survolait Hessa matin et soir dans un concert de sifflements. Leur chant était doux et clair, et le dessous de leurs ailes était rose, comme les joues d'Akos lorsqu'il rougissait.

On les appelait ainsi parce qu'ils hibernaient tout l'hiver, et que la première personne à être tombée sur une de leurs colonies en hibernation les avait crus morts. Dans cette phase, leur rythme cardiaque était à peine perceptible. Mais quand arrivait le Temps de l'Éveil, ils volaient sans cesse en semant des plumes roses partout. Autrefois, le père d'Akos les ramassait pour sa mère, et elle les disposait dans un pichet sur la table de la cuisine pour faire joli.

Le vaisseau de Lazmet Noavek se posa donc dans un nuage rose, juste derrière l'étendue d'herbe-plume qui s'étendait au nord de Hessa.

*Au moins, on ne passe pas devant chez nous*, songea Akos. Bien que située elle aussi en bordure de l'herbe-plume, la maison familiale se trouvait assez éloignée de leur point d'atterrissage. L'idée était d'aborder la colline de Hessa par l'arrière, là où il n'y avait pas de maisons. Des marches taillées dans la roche les mèneraient ensuite jusqu'au portail arrière du temple.

Les Shotet grognèrent en frissonnant quand l'écoutille s'ouvrit. Même Lazmet parut se voûter. Akos, lui, aspira l'air glacé comme si c'était le meilleur nectar qu'il ait jamais goûté. Les soldats s'étaient copieusement moqués de lui en le voyant monter à bord engoncé dans une demi-douzaine de pulls et de vestes qui ne lui permettaient même pas de baisser les bras. Ils riaient moins, maintenant.

Akos remonta un lambeau arraché à sa couverture devant son visage, jusqu'à ses yeux. Apercevant le manche d'une lame-flux sur la hanche d'un soldat négligent, il songea à s'en emparer pour poignarder Lazmet tout de suite, sans attendre le début de l'attaque. Mais déjà, le soldat se détournait.

Au signal de Lazmet, Akos gagna la tête du groupe compact qui se serrait dans le froid. Au moins, Vakrez et Lazmet, eux, avaient mis plusieurs couches de vêtements.

Akos leva les yeux vers la colline. Il avait conseillé à Lazmet d'arriver par le nord en partant du plus loin possible, de raser l'herbe-plume et de poursuivre à pied. Et en effet, il n'avait pas entendu les sirènes qui auraient résonné dans toute la ville si les soldats shotet s'étaient fait repérer. C'était assez curieux, ce tiraillement qu'il éprouvait entre l'espoir de réussir et celui d'échouer.

Deux chemins menaient au pied de la colline : l'un passait par un creux à l'abri des bourrasques, et l'autre y était pleinement exposé. Akos choisit le deuxième en espérant que la moitié des soldats mourraient de froid en chemin, ou au moins qu'ils en ressortiraient avec les doigts trop gelés pour tenir leur lame-flux.

Il se campa face à la plaine nue et se mit en marche.

Le chemin n'était malheureusement pas assez long pour que les soldats risquent de mourir de froid. En revanche, le temps qu'ils atteignent le bas de la colline, chacun avait mis au point sa petite stratégie pour se réchauffer, d'efficacité variable. Certains se mordillaient les doigts – mauvaise idée – ou les emmitouflaient dans des mouchoirs et des bouts de tissu. Ils se serraient les uns contre les autres par petits groupes, et passaient devant à tour de rôle pour protéger leurs compagnons de la violence du vent. Akos avait les cils gelés et ne sentait plus la peau autour de ses yeux, mais ça allait. Le truc, lorsqu'on marchait dans le froid, c'était de l'accepter en faisant confiance à son corps pour se débrouiller. Lorsque la volonté de vivre lâchait, l'organisme, lui, continuait à se battre.

Le vent s'apaisa. Comme ils grimpaient le flanc déchiqueté de la colline de Hessa, ils étaient maintenant abrités par d'énormes saillies créées par des avalanches et des promontoires naturels. La difficulté était de trouver les marches, dont il fallait connaître l'emplacement. Mais la mémoire d'Akos, même après tout ce qu'il avait traversé, tenait bon. Il fit le tour d'un gros rocher et les trouva tout de suite, là où il l'avait prévu. Il ne s'agissait en réalité que de légères indentations où l'on pouvait juste poser l'avant du pied.

– Tu avais dit qu'il y aurait des marches, ronchonna Vakrez.

– Et vous, que les Shotet savaient s'adapter, répliqua Akos, d'une voix étouffée par le tissu.

Puis il se lança à l'assaut de la pente.

Lazmet avait insisté pour qu'il passe devant, excluant ainsi toute possibilité de le pousser dans le vide. Akos voulut adopter l'espèce de sautillement rythmé qui facilitait la montée… et s'aperçut qu'il en était incapable. Il avait été privé de nourriture trop longtemps pour accomplir ne serait-ce qu'un seul saut. Il se tourna alors de biais par rapport à la pente de la colline – plutôt une montagne, du point de vue des Shotet – pour raffermir son équilibre.

– Tu l'affames pendant des semaines, et maintenant tu

voudrais qu'il escalade une montagne, reprocha Vakrez à Lazmet.

– Eh bien je t'en prie, monte l'aider, si tu te fais tant de souci pour lui, rétorqua Lazmet.

Vakrez s'avança et passa le bras dans le dos d'Akos en fuyant son regard. Akos fut surpris par la force de cet homme mûr, qui lui faisait grimper les marches en le soulevant presque. Le mugissement du vent était tel que les deux hommes n'auraient pas pu s'entendre en se parlant à l'oreille et ils continuèrent en silence, Vakrez s'arrêtant lorsqu'il s'apercevait que le souffle d'Akos se faisait laborieux.

Puis les marches devinrent plus grandes et plus plates, devenant un vrai chemin qui serpentait dans la montagne. Après tout, elles étaient faites pour des oracles et non pour des sportifs.

Le soleil se couchait et faisait étinceler la neige sur la pierre. C'était un spectacle assez banal, qu'Akos avait vu des milliers de fois dans son enfance. Mais il ne l'avait jamais aimé autant qu'en cet instant, alors qu'il guidait une troupe d'envahisseurs qui s'apprêtaient à faire couler le sang.

Le moment passa trop vite. Ils parvinrent bientôt au sommet, où quelques arbres maigrelets masquaient leur présence alors qu'ils progressaient voûtés contre le vent. Akos s'arrêta en chancelant sur la dernière marche et Vakrez l'aida à se redresser tandis que Lazmet faisait signe aux autres d'avancer jusqu'à la porte.

Alors qu'Akos reprenait son équilibre, Vakrez se tourna de manière à ce que sa large carrure le masque à la vue de Lazmet.

– Holà, essaie de tenir debout, mon gars ! lui lança-t-il.

Et, soulevant quelques épaisseurs de vêtements d'Akos, il glissa une lame dans sa ceinture, avant de rabattre le tout par-dessus dans son dos.

– Au cas où, lui dit-il, si bas que ses mots furent presque emportés par le vent.

Akos ne comptait pas se servir d'une lame, mais ce geste le toucha.

Akos faillit perdre ses moyens en respirant l'odeur de l'encens de Hessa. C'était une odeur végétale, proche de celle du médicament que, petit, sa mère le forçait à prendre pour soigner sa toux chronique, mais avec une acidité plus épicée qui lui piqua les narines dès que son nez fut un peu réchauffé. C'était l'odeur des fêtes de la Floraison, et de toutes ses visites au temple, où il attendait que Sifa en ait fini de ses rendez-vous dans la Salle des prophéties, et des après-midi passés à se moquer des plus jeunes pensionnaires du temple, qui s'étaient mises à dévisager Eijeh en rougissant dès qu'il avait atteint la puberté. C'était l'odeur de chez lui.

Akos retira quelques couches de vêtements en veillant à cacher la lame de Vakrez quand il levait les bras. Il garda juste un pull, bleu foncé et tout doux, et plusieurs paires de chaussettes, histoire d'éviter de perdre ses bottes trop grandes. Sa nuque était moite de transpiration et il sentit la tiédeur de l'air en retirant son bonnet. Il avait encore les jambes en coton, mais peut-être était-ce aussi un effet de l'appréhension.

– Il faut commencer par couper le courant, informa-t-il Lazmet. Il y a la source d'énergie principale et un générateur de secours. Envoyez votre troupe à la principale. Elle est de l'autre côté du bâtiment et il y aura des gardes sur le chemin. Le générateur de secours est plus près et il n'est pas gardé.

Il sortit un plan du temple qu'il avait griffonné grossièrement – où figurait juste le chemin qui menait de l'entrée de derrière jusqu'au local technique situé au sous-sol – et le fourra dans la main de Lazmet.

– Tu ne signales qu'une des deux sources, là-dessus, remarqua celui-ci.

– Il faut bien que je garde des billes, ou vous ne respecterez pas notre marché. Je vous emmène moi-même au générateur de secours.

Il ne fut pas surpris que Lazmet ne s'énerve pas. Il est normal de se fâcher quand quelqu'un vous met des bâtons dans les roues à un moment clé. Mais Lazmet n'était pas normal. Il voulait que son entourage l'intéresse, et visiblement, en montrant sa capacité à anticiper les situations, Akos y parvenait.

Il supposa que c'était ainsi que Lazmet avait manipulé Ryzek. Sa désapprobation se traduisait par une accumulation d'horreurs, entre les énucléations et le fait de pousser les gens à se poignarder eux-mêmes. Mais lorsqu'on réussissait enfin à mériter sa fierté, même si c'était pour des raisons ignobles, ça donnait envie de répéter l'exploit. Encore et encore.

– Commandant Noavek, conduisez l'escadron jusqu'à la source d'énergie principale. Toi et toi – Lazmet désigna deux soldats, un homme à la peau sombre et aux cheveux drus rejetés en arrière, et une femme blonde, menue, au teint pâle –, vous venez avec nous.

La présence des deux soldats ne lui simplifierait pas les choses, mais Akos n'y pouvait rien. En insistant pour que Lazmet l'accompagne seul, il n'aurait fait qu'éveiller ses soupçons. S'il devait les tuer tous les trois, qu'à cela ne tienne. Il avait déjà fait voler en éclats tous ses principes. Quelle importance qu'il y ait une marque de plus ou de moins sur son bras, désormais ?

Il guida le petit groupe dans un couloir aux murs de pierre, passa devant le Mémorial des oracles, une grosse dalle sur laquelle était gravée une longue liste de noms. Sa mère n'y inscrirait le sien que lorsqu'elle verrait sa propre mort, une malédiction que tous les oracles devaient endurer.

Akos sentait la fraîcheur de la lame de Vakrez contre son dos.

Au bout du couloir luisait une lanterne à la lumière rosée, teintée par de la poudre de fleur-de-silence. Akos tourna à cet endroit, s'éloignant de la Salle des prophéties. Il pensait qu'il n'y aurait aucun danger à passer par le dortoir des pensionnaires. Mais c'était une erreur. Au bout de l'enfilade de portes, une jeune fille aux cheveux ramassés sur la tête bâillait en remontant son pull sur son épaule.

Akos croisa son regard et secoua la tête, mais trop tard. Lazmet l'avait vue.

La soldate blonde fonça vers elle en brandissant sa lame-flux, dont les vrilles s'enroulèrent autour de son poing. Elle frappa tout en saisissant la jeune fille de l'autre bras. Un gargouillis glaçant sortit de la bouche de la pensionnaire, un cri brisé avant même d'avoir pu se former.

Akos frissonna.

*Dis-moi quelle est ta mission,* se répéta-t-il, avec un goût de bile dans la bouche.

*Tuer Lazmet Noavek.*

– Reste là, chuchota Lazmet à la femme-soldat. Empêche-la de faire du bruit. Et que personne ne vienne nous déranger.

La gorge nouée, Akos poursuivit son chemin en passant devant la fille. Le souffle de vie qui lui restait s'échappait dans un sifflement. La soldate essuya sa lame ensanglantée sur sa cuisse.

C'était une nuit sans nuages, et le clair de lune illuminait le couloir par les étroites fenêtres. On voyait encore sur les murs les cicatrices de l'invasion shotet, qui avait eu lieu avant la naissance d'Akos. Il se souvenait d'avoir promené les doigts dessus quand il était petit, se hissant sur la pointe des pieds pour toucher ces signes d'une violence qui lui était encore inconnue.

Or cette violence bouillonnait dans son sang, non parce qu'il était shotet mais parce qu'il était un Noavek. Son arrière-grand-père avait été un médiocre forgeron mais un tueur rusé. Sa grand-mère avait assassiné ses frères et sœurs. Son père avait fait vivre les Shotet dans un étau. Son frère avait perverti et abîmé Eijeh.

Il fallait que cela s'arrête. Maintenant.

Akos atteignit la porte qui était son but depuis leur atterrissage. Il n'y avait pas de générateur de secours derrière. Il n'y avait pas de générateur de secours dans le temple, une réalité qui avait été source de problèmes durant bien des tempêtes de neige, forçant les Kereseth à accueillir des petites troupes de pensionnaires chez eux jusqu'à la fin des intempéries.

Non. Cette porte donnait sur la cour où poussaient les fleurs-de-silence. Un petit champ rempli d'un poison mortel, là, en plein milieu du temple.

Akos ouvrit et fit signe à Lazmet de s'avancer.

– Après vous.

Akos passa devant le soldat pour l'empêcher de suivre Lazmet, franchit la porte à son tour et la referma derrière lui. Le soldat, pris de court, n'eut même pas le temps de protester. Akos tira le verrou.

– Si ton intention était de m'empoisonner, tu as mal choisi ton moment, observa Lazmet.

Akos se retourna. Les fleurs-de-silence – celles sur lesquelles il comptait pour lui faciliter la tâche, dont les boutons vénéneux devaient achever Lazmet si Akos n'y parvenait pas – n'étaient plus là. Les tiges étaient coupées. Les fleurs avaient déjà été récoltées.

La lame du couteau diffusait toujours sa fraîcheur dans son dos. Sans cette arme, il serait déjà un homme mort.

Lazmet écarta les mains pour englober toutes les feuilles mourantes qui les entouraient. Il se tenait au milieu du chemin étroit qui traversait la cour et permettait aux gardiens du temple de rester à distance des fleurs mortelles. Même si les racines des fleurs-de-silence restaient en vie un peu plus longtemps pour peu qu'on en prenne soin, leurs feuilles mouraient au moment le plus chaud de l'année, au point culminant de l'Éveil.

Ainsi, les plantes étaient toutes flasques et dégageaient déjà une odeur de poussière et de décomposition. La cour resterait en jachère jusqu'à la prochaine Floraison. Il n'y avait plus de poison pour tuer Lazmet.

– Le hasard fait mal les choses, admit Akos. Mais j'ai un plan de secours.

Et, soulevant son pull, il sortit la lame-flux de Vakrez.

– Vakrez, dit Lazmet. Ça, c'est une surprise. Je n'aurais pas cru que son cœur s'était ramolli autant pendant mon absence.

Sa voix avait perdu l'onctuosité qu'il prenait généralement pour parler à Akos, l'espèce de ton chantant qu'on adopte avec les enfants butés. Ce Lazmet-ci n'était pas celui qui le trouvait amusant, mais celui qui obligeait les gens à s'arracher les yeux.

– Je le punirai dès que j'en aurai fini avec toi.

Tout en parlant, il avait remonté ses manches méthodiquement jusqu'aux coudes.

– Dis-moi, Akos, comment crois-tu que tout cela va se terminer pour toi ? Tu es sous-alimenté, épuisé, et tu t'en prends à un homme qui a le pouvoir de contrôler le moindre de tes mouvements. Tu n'as aucune chance d'en sortir vivant.

– Eh bien, allez-y, tuez-moi.

Akos ressentit une pression dans son crâne, signe que Lazmet tentait de s'y insinuer à la recherche de ses points faibles. Mais Akos était le Carapaçonné. Personne ne pouvait franchir la barrière de son don-flux.

Il s'avança vers Lazmet en écrasant les feuilles sous ses bottes. Il savait que le temps jouait contre lui et qu'il devait faire vite. Avant que Lazmet ait pu prendre toute la mesure de la situation, il frappa.

Son bras heurta le poignet cuirassé de son adversaire. Akos étouffa un cri de douleur, mais ne faiblit pas. C'était comme s'il était de retour dans l'arène, même s'il n'y avait ni foule hostile pour le conspuer, ni Suzao Kuzar avide de faire couler son sang. Rien que les mâchoires crispées de Lazmet dans la pénombre et les leçons de Cyra qui résonnaient dans sa tête. Et sa voix lui disait qu'il devait réfléchir, renoncer à agir pour l'honneur, survivre.

De nouveau, il sentit la pression du don-flux de Lazmet, qui s'intensifiait de chaque côté de son crâne.

Ils se séparèrent. Lazmet avait les poignets, la poitrine et le dos cuirassés. Akos devait donc viser vers le haut, ou vers le bas.

Il plia les genoux, se jeta sur son père comme pour le précipiter à terre et le frappa aux jambes. Tandis que son couteau s'enfonçait dans la cuisse de Lazmet, il sentit un filet de chaleur dans sa nuque. Il était touché.

Il ignora l'élancement dans son cou et le sang qui lui coulait dans le dos, trempant son pull. Lazmet serrait sa cuisse d'une main en grognant.

– Comment fais-tu ça ? gronda-t-il.

Akos ne répondit pas. Il se sentait vaciller, soudain rattrapé par ses semaines de jeûne. L'adrénaline ne pouvait pas tout. Il chargea de nouveau en titubant, exploitant à son avantage le caractère imprévisible de ses mouvements, comme Cyra quand elle avait dû affronter Ryzek dans l'arène alors qu'elle se vidait de son sang. Tandis que tout basculait autour de lui, il bascula lui-même en visant Lazmet à la gorge.

Celui-ci bloqua son bras et le repoussa violemment sur le côté. La douleur explosa dans l'épaule d'Akos avant de se propager dans tout son corps. Avec un hurlement, il laissa tomber son arme dans les feuilles pourrissantes et s'affala.

Des larmes roulèrent sur ses joues : toute cette préparation, tous ces mensonges, sa trahison envers ses amis, sa famille, son peuple... Cyra... pour en arriver là...

– Tu n'es pas le premier de mes fils à essayer de me tuer, figure-toi, déclara Lazmet.

Levant le pied, il l'appuya sur l'épaule blessée d'Akos. Le simple contact de sa botte fit hurler le garçon mais Lazmet continua à appuyer en pesant dessus toujours plus. La vision d'Akos s'obscurcit et il lutta pour rester là, demeurer conscient, pour *penser*.

Il songea qu'il aurait dû demander à Cyra comment elle s'y prenait pour continuer à penser malgré la douleur, parce que cela lui paraissait impossible. Il n'existait plus rien d'autre pour lui que les étoiles chauffées à blanc de cette torture.

Sans bouger son pied, Lazmet se pencha vers lui.

– Ryzek aussi m'a surpris. *Oser* profiter du ramassage, notre rite le plus sacré, pour m'attaquer et m'emprisonner…

Il crispa les mâchoires avant de reprendre :

– Mais je ne suis pas mort – Ryzek était trop faible pour me tuer ! – et je ne mourrai pas non plus aujourd'hui !

Il tordit le pied pour écraser l'épaule d'Akos, comme on écrase un insecte qui s'obstine à vivre. Akos hurla de nouveau et sentit ses larmes couler dans ses cheveux et ses oreilles. Il entendit une plainte lointaine : la sirène de Hessa qui appelait l'armée à se rassembler. Mais il était trop tard, trop tard pour lui, trop tard pour la jeune fille du couloir et pour le temple de Hessa.

Ce moment était chargé de tout le poids du destin, de l'inéluctable, mis en mouvement dès lors que Vara lui avait annoncé son kyerta, la vérité qui changeait sa vie. La révélation de ses origines ne l'avait pas délivré de l'avenir mais l'avait *guidé* vers lui, l'attirant auprès de son père comme un poisson tiré par un hameçon.

*Soumets-toi à ton destin,* lui rappela la voix de sa mère. *Car tout le reste n'est qu'illusion.*

Il comprenait maintenant le sentiment qui avait poussé Cyra à exiger qu'il la choisisse, même s'il n'avait pas su à ce moment-là qu'il pouvait réellement la choisir.

« Je ne veux pas être quelque chose à quoi tu te soumettes », lui avait-elle dit. Il y avait de la puissance dans sa capacité à refuser ce qu'elle n'avait pas choisi, dans sa détermination.

« Je ne veux pas. » Il comprenait maintenant ce que cela signifiait.

Il ne voulait pas que ce soit la fin, il ne voulait pas se soumettre à ce destin-là.

Et, dans la confusion de toute cette douleur, Akos se mit à *penser*.

Remontant son genou sur sa poitrine, il donna un violent coup de pied dans la cuisse blessée de Lazmet. Celui-ci laissa échapper un grognement et, surpris, relâcha un peu la pression sur son épaule. Avec un nouveau hurlement, Akos se décala en prenant appui sur le sol avec sa jambe libre, et chercha le couteau de Vakrez à tâtons parmi les tiges des fleurs.

Lazmet avait reculé, agrippant toujours sa cuisse. Enfin, Akos sentit sous ses doigts le métal du manche du couteau et s'en empara. Son pouls battait dans sa gorge, dans sa tête, dans son épaule. Secoué de tremblements, éperdu de douleur, écrasé par son propre poids, il se força à se relever.

Ce n'était pas le destin qui l'avait amené. Il avait choisi d'être là. Il l'avait *voulu*.

Et maintenant, il voulait que Lazmet meure.

La sirène de Hessa rugissait toujours. Akos et Lazmet se percutèrent, chair contre cuirasse, et roulèrent avec un bruit sourd sur la terre gelée et les feuilles cireuses. Akos fut pris d'un nouvel élancement à l'épaule et son estomac vide fut pris d'un spasme. Les deux hommes se cramponnaient l'un à l'autre, bras croisés. Les mains de Lazmet serraient le poignet d'Akos, cherchant à repousser la lame.

*Celui qui veut survivre doit oublier l'honneur,* se rappela Akos.

Il baissa la tête et mordit Lazmet au bras de toutes ses forces. Il sentit le goût du sang et persista, déchirant la chair. Lazmet se retint de hurler. Akos secoua la tête, arrachant de la peau et du muscle. En même temps, il poussait le couteau, gagnant peu à peu sur la résistance opposée par son adversaire.

La lame s'enfonça dans le cou de Lazmet.

Et tout s'arrêta.

Aoseh Kereseth cassait tout avec son don-flux : les sièges des flotteurs, les coussins des canapés, les tables, les tasses, les assiettes. Un jour, après avoir brisé un jouet d'Akos par inadvertance, il avait pris son fils sur ses genoux pour lui montrer qu'il pouvait aussi le réparer grâce à son don-flux, comme par magie. Le jouet ne retrouva jamais son aspect d'origine, mais Aoseh avait fait de son mieux.

Il poursuivait Sifa dans la cuisine avec les mains pleines de farine, pour laisser ses empreintes blanches sur les vêtements de sa femme. Il était le seul capable de la faire rire vraiment, d'un rire profond qui venait du ventre, le seul qui l'ancrait dans le présent, dans la réalité – autant qu'une oracle était capable de le faire.

De son vivant, Aoseh Kereseth avait été un homme bruyant, désordonné et affectueux, et il avait été le père d'Akos.

Cet homme-ci – cet être froid et cruel vêtu d'une cuirasse qui gisait à un mètre de lui – ne l'était pas.

Allongé près de Lazmet agonisant, serrant contre lui son bras blessé, Akos avait recommencé à vouloir.

Ce n'était qu'une petite chose – une légère soif de vivre –, mais c'était mieux que rien.

▲
▲

# :52
# CYRA

Je passai les doigts sur la peau-d'argent qui recouvrait une partie de mon crâne. Elle s'était mise à produire des impulsions électriques, comme si elle était innervée, et je sentis le contact de mes doigts sous la forme d'un léger tapotement. C'était apaisant, comme se tenir sous la pluie tiède de Pitha.

– Arrête de tripoter ce truc, me dit Teka. Tu vas nous faire repérer.

Nous étions sur la place de l'amphithéâtre. Sous le règne de mon frère, elle grouillait de marchands ambulants, dont certains venaient d'autres planètes – ils n'avaient pas le droit de nous apprendre leur langue, bien sûr. Ça sentait toujours la fumée, la viande rôtie et les herbes grillées qui s'échappaient des tentes d'Essander, où les gens semblaient particulièrement sensibles aux arômes. Quand je m'y promenais à l'époque, je gardais les mains dans mes manches pour ne pas faire mal à quelqu'un en le touchant malgré moi dans la cohue. Mon frère avait gouverné en tyran tout autant que Lazmet, mais quelque part au fond de lui, il cherchait toujours à se faire aimer, ce qui le poussait parfois à faire des concessions et à tolérer des assouplissements. Mon père n'avait jamais éprouvé ce besoin.

En conséquence, finies les harangues des vendeurs, la rumeur des marchandages et les patrouilles de soldats déambulant entre les étals dans l'espoir de surprendre des bribes de langue étrangère – dans le but d'extorquer de l'argent aux coupables en échange de leur indulgence.

Il y avait juste quelques tréteaux proposant divers produits – surtout de la nourriture, vendue à des prix très élevés – et tous tenus par des Shotet. Il ne devait pas y avoir beaucoup d'étrangers désireux de s'attarder dans cette ville menacée par la guerre, malgré les profits qu'ils auraient pu en tirer.

J'avais craint que le manque d'affluence ne nous fasse remarquer, mais je ne vis pratiquement pas de soldats. Il y avait bien des gardes postés aux issues de l'amphithéâtre, mais nous n'aurions aucun mal à régler ce détail – sans recourir à ma méthode habituelle, ce que j'avais pourtant suggéré.

Sifa avait proposé un moyen plus pacifique de pénétrer dans l'amphithéâtre. Yma et elle s'adresseraient directement aux gardes pour leur demander de les laisser visiter l'arène. Yma avait mis sa robe lavande pour faire jouer en sa faveur son apparence de dame de la haute société. Le stratagème avait pour but de détourner de nous l'attention des soldats, tout en permettant aux deux femmes d'entrer dans les lieux.

Zyt et Ettrek s'étaient engagés à créer ensuite un peu d'agitation près de l'entrée latérale pour en éloigner les gardes. L'idée était que Teka et moi profitions de cette diversion pour emprunter la petite porte. Nous étions toutes deux trop identifiables pour nous montrer.

– C'est parti, dis-je à Teka en désignant Yma.

Serrant son châle autour d'elle, sa robe lavande agitée par le vent, celle-ci s'était mise en marche vers la grande arcade qui marquait l'entrée de l'amphithéâtre.

J'étais passée sous cette voûte le jour où j'avais défié mon frère dans l'arène. La situation était plus simple alors : un seul ennemi, un seul chemin à prendre. Maintenant, il fallait compter avec les tyrans, les chancelières, les exilés, tous soutenus par de multiples factions.

Et puis il y avait Akos.

– Sifa dit qu'il n'est pas à Voa, m'informa Teka comme si elle devinait mes pensées. Lazmet l'a emmené avec lui on ne sait où. Je sais bien que ce n'est pas totalement rassurant, mais… c'est toujours mieux que s'il était resté ici, exposé à la bombe.

En effet. Cela avait aussi l'avantage de me libérer l'esprit. Mais comme il n'était pas question que je l'admette, je me contentai de hausser les épaules.

– J'ai posé la question à ta place, reprit Teka. Je sais bien que tu es trop orgueilleuse pour le faire.

– Bon, on y va, fis-je en ignorant sa remarque.

Nous nous mîmes en marche à la même vitesse que Sifa. Prenant une attitude nonchalante, elle s'arrêta devant un étal pour inspecter un plat d'herbe-plume frite. Teka et moi avancions lentement dans l'allée parallèle tout en l'observant à travers un nuage de fumée. Celle-ci s'élevait de l'étal d'un forgeron qui offrait à tout acheteur la réparation gratuite de sa lame-flux.

Je regardai les deux femmes s'approcher des gardes. Je ne doutais pas qu'Yma trouverait les arguments et la persuasion nécessaires pour entrer. Ne passait-elle pas sa vie à mentir ?

Lorsque les gardes furent assez engagés dans la conversation pour se détourner, je passais devant Teka pour gagner rapidement l'entrée latérale. Creusée en biais dans le mur, elle ménageait au garde une niche dans laquelle se tenir sans être visible depuis la rue. Je sortis ma lame.

Le soldat était jeune et grand et, pendant quelques secondes, je revis Akos en train d'enfiler sa cuirasse pour la première fois, m'apparaissant soudain comme l'image même du compagnon que j'aurais pu désirer si j'avais pu me permettre d'aspirer à une vie normale. Mais, l'instant d'après, le soldat était redevenu plus petit, plus mince et plus blond qu'Akos.

Alors que j'allais le frapper, des cris retentirent derrière nous. Un nuage de fumée s'était élevé d'un étal en bordure de la place. Non, pas un nuage de fumée mais *d'insectes*, qui s'envolaient tous en même temps. Les cris étaient ceux du marchand, qui venait de perdre tout ce qu'il possédait. Il se jeta sur Zyt, qui riait, et lui envoya un coup de poing dans la mâchoire.

Je rengainai ma lame-flux.

– Garde !

Le soldat blond sortit de son encoignure pour me regarder.

– Il y a une bagarre là-bas, dis-je en donnant un coup de pouce par-dessus mon épaule.

– C'est pas vrai, grogna-t-il. Encore !

Et il partit en courant.

Aussitôt, Teka se glissa devant moi en sortant de sa poche son petit tournevis pour attaquer la serrure. Je surveillai discrètement la place pour m'assurer que personne ne nous observait. Mais il n'y avait que des marchands au dos voûté, des Shotet à l'allure furtive qui faisaient leurs courses, et la mêlée déclenchée par Zyt et Ettrek qui menaçait de dégénérer.

– Salut, ma belle, dit Teka à la serrure avec la voix douce qu'elle réservait en général aux câbles électriques. Tu veux bien t'ouvrir pour moi ? Non ? Allez, un petit effort…

Il y eut un déclic. La porte s'ouvrit et nous nous engouffrâmes à l'intérieur. Elle se referma d'elle-même et je me dis dans un coin de ma tête que ce n'était pas l'idéal si la fuite s'imposait. Mais on ne pouvait plus rien y faire maintenant. Nous courûmes dans le couloir sombre au plafond voûté, vers la lumière qui nous signalait l'emplacement des premiers gradins.

Sifa était déjà en train d'arpenter les lieux en s'extasiant des dimensions de cette arène qui ne lui avait jamais parue si grande lorsqu'elle était assise dans le public, racontant tout ce qui lui passait par la tête. Sa voix, avec son petit côté rude, retentit une demi-douzaine de fois avant que nous ayons atteint le bout du couloir. Yma la suivait en acquiesçant par des petits grognements approbateurs.

Teka gravit les marches de la salle de contrôle, nichée derrière la deuxième rangée de gradins et je me campai près du muret qui séparait l'arène du premier rang. Fermant les yeux, j'entendis résonner à mes oreilles les chants qui avaient accompagné la lame de Ryzek alors qu'elle s'enfonçait en moi, et les « Traîtresse ! » qui avaient fusé lorsque je l'avais défié de nouveau.

– Cyra ?

La voix de Teka me tira des méandres de ma mémoire.

Le ciel s'obscurcit à l'instant où j'ouvrais les yeux.

Il aurait pu s'agir d'un simple nuage masquant le soleil, mais le ciel était déjà couvert depuis le matin, d'un gris pâle et uni. Je levai la tête et vis un vaisseau, bien plus grand que tous les véhicules marchands ou militaires dont pouvait disposer Shotet. Il était aussi gros que le vaisseau de séjour, mais sa forme parfaitement ronde rappelait davantage les flotteurs individuels thuvhésit, comme celui dans lequel Sifa était arrivée chez les renégats.

Son ventre était lisse, aussi étincelant que s'il n'avait jamais volé, jamais été malmené par les nuages d'astéroïdes et les atmosphères hostiles. Il était parsemé de petites lumières blanches qui soulignaient ses issues, ses points d'arrimage et sa silhouette massive. C'était un vaisseau othyrien. J'en étais certaine. Il n'y avait que les Othyriens pour avoir la volonté et la vanité de fabriquer quelque chose d'aussi beau et fonctionnel à la fois.

– Cyra, répéta Teka, d'un ton paniqué, cette fois.

Je me tournai vers Sifa, qui se trouvait toujours au milieu de l'arène, et la regardai droit dans les yeux. Eijeh s'était fié à la lumière de sa vision pour déterminer l'heure. Mais maintenant que ce vaisseau voilait le soleil de Voa, on se serait facilement cru à la tombée du jour.

L'attaque avait lieu maintenant.

– On laisse tomber la salle de contrôle, dis-je, étonnée que ma voix me paraisse aussi lointaine.

Les soldats qui avaient introduit Sifa dans l'arène prirent la fuite, comme s'ils avaient une chance de sortir du rayon du vaisseau avant l'explosion de la bombe. Mais peut-être n'y avait-il pas de honte à mourir ainsi, en continuant d'espérer.

Je me hissai par-dessus le muret et retombai à pieds joints sur la terre battue de l'arène. Je n'aurais pas su dire pourquoi, mais je ne voulais pas me retrouver dans les gradins quand la bombe exploserait. Je voulais être là où était ma place : dans l'arène, avec du gravier coincé sous mes semelles, à l'endroit où se tenaient ceux qui aimaient se battre.

Car j'aimais me battre.

Mais j'aimais aussi la vie.

Je ne pouvais pas dire que je n'avais jamais souhaité la mort, comme une échappatoire, quand la douleur était à son comble, ou quand j'avais perdu ma vraie mère, victime de ténèbres qui me dépassaient. Et je ne pouvais pas dire que ma vie était toujours, ni même souvent, une expérience agréable. Mais la découverte d'autres mondes, la brûlure et la douleur de mes muscles qui se développaient quand je les soumettais à l'entraînement, le contact du corps d'Akos, chaud et fort contre le mien, les reflets qui jouaient sur l'armure accrochée par ma mère sur un mur dans le vaisseau de séjour pour le décorer, oui, j'aimais tout cela.

Je m'arrêtai au centre de l'arène, tout près de Sifa et d'Yma, mais sans les toucher.

– Bon, déclara Teka en nous rejoignant, j'imagine que ça pourrait être pire.

J'aurais pu rire, tellement cette affirmation était éloignée de la vérité. Mais pour Teka, Yma et moi, qui avions toutes trois frôlé des morts bien plus atroces, se dissoudre dans une explosion d'anti-flux n'était pas si terrifiant, après tout.

– L'anti-flux, murmurai-je, frappée par l'étrangeté de ce mot.

Je regardais Sifa – ma mère, puisqu'elle devait l'être d'une manière ou d'une autre –, et pour la première fois, elle eut l'air sincèrement étonnée.

– Je ne comprends pas, repris-je. Les explosions anti-flux génèrent de la lumière. Le vaisseau de séjour était entouré de lumière quand il a explosé. Comment est-ce possible ?

– Le flux est à la fois visible et invisible, me dit-elle. Il ne nous apparaît pas toujours sous un aspect qui nous est compréhensible.

Les sourcils froncés, j'observai mes mains écartées, où mes ombres-flux s'étaient rassemblées et serpentaient entre mes doigts comme des anneaux empilés.

D'après le médecin qui m'avait examinée enfant, mon don-flux venait peut-être du fait que je pensais mériter la souffrance, et que les autres la méritaient aussi. Cette idée avait révolté ma mère, Ylira Noavek. « Elle n'est pas responsable ! » s'était-elle insurgée avant de claquer la porte du cabinet.

Et Akos, découvrant la façon dont je tenais le registre des tortures que j'infligeais aux autres en alignant les malemarques sur mon bras, dissimulées sous mon brassard, m'avait simplement demandé quel âge j'avais la première fois.

Ni lui ni ma mère ne pensaient que je méritais un don aussi horrible. C'était peut-être eux qui avaient raison et non le médecin, dont les paroles n'avaient cessé de résonner depuis dans ma tête. Peut-être la douleur n'était-elle pas mon don lui-même, mais seulement l'un de ses effets secondaires.

Et si l'anti-flux était de la lumière…

Et si j'étais tourmentée par l'obscurité…

Peut-être mon don était-il *le flux lui-même.*

*Elle aussi, c'est une petite Ograne,* avait dit la danseuse ograne à la vue de mes ombres-flux.

– Quelqu'un sait ce que signifie le mot *Ogran,* exactement ? demandai-je.

– Ça veut dire « obscurité vivante », me répondit Sifa.

Je ris doucement. Et lorsqu'une étroite écoutille s'ouvrit dans le ventre du vaisseau géant qui planait au-dessus de nous, je levai vers le ciel mes mains noircies par les ombres.

Je projetai mes ombres-flux toujours plus haut, encore et encore, par-dessus le champ de force qui entourait l'amphithéâtre, ce champ de force qu'Akos avait neutralisé d'un geste en nous emportant dans les airs le jour de mon sauvetage. Son bras était puissant, enroulé comme une corde autour de ma taille. Par-dessus le centre de Voa où j'avais vécu toute ma vie, confinée dans les pièces lambrissés du manoir éclairées par la lueur des fenzu. Je me rappelai la sensation des mains moites de Ryzek qui se pressaient sur mes oreilles pour me protéger des cris de ceux que torturait mon père.

Et plus haut encore au-dessus de Voa, même au-dessus des faubourgs, là où vivait le Conteur avec son thé rouge, pâle et sucré, là où les renégats avaient bricolé une table de fortune à partir d'une demi-douzaine d'autres tables pour nous faire dîner.

Je ne pouvais pas me plaindre de manquer de carburant. Toute ma vie, la force de mes ombres-flux avait suffi à m'empêcher d'assister à un simple repas de fête, à me faire courber le dos et m'arracher des larmes, à me faire faire les cent pas toute la nuit sans pouvoir dormir. Elle avait suffi à tuer, mais je comprenais enfin pourquoi. Ce n'était pas parce que mes ombres aspiraient la vie des gens, mais parce qu'elles la *submergeaient*. Elles fonctionnaient comme la gravité, qui est nécessaire pour s'ancrer et rester en vie, mais qui, si elle devient trop puissante, forme un trou noir dont même la lumière ne peut plus s'échapper.

Oui, la force du flux était trop violente pour être contenue dans un seul corps.

Sauf si ce corps était le mien.

Mon corps, malmené à répétition par les soldats, les frères, les ennemis, mais qui continuait à avancer, sans ployer…

Mon corps, véhicule de la force pure du flux, du bourdonnement de la vie qui mettait les autres à genoux ...

« La vie, ça fait souvent mal, avais-je dit à Akos en essayant de le tirer de sa dépression. Et ta capacité à supporter ça est bien plus grande que tu ne le crois. » Et je le pensais toujours.

J'avais eu toutes les raisons de me refermer sur moi-même en repoussant le plus loin possible tout ce qui ressemblait à la vie, au fait de grandir et de gagner en puissance. Il aurait été plus simple de tout rejeter en bloc. Mais j'avais laissé entrer Akos, je lui avais fait confiance alors que je ne savais plus le faire, et j'avais aussi laissé entrer Teka, et peut-être un jour laisserais-je venir Sifa...

Au fond, je pouvais laisser entrer quiconque osait s'approcher assez. Comme la planète Ogra, qui accueillait toutes les choses et les êtres capables de survivre dans sa proximité.

Non parce que je méritais d'éprouver de la souffrance, ni parce que ma force m'en protégeait, mais parce que j'étais assez solide pour accepter ce que je ne pouvais pas changer.

Mes ombres-flux montaient, montaient toujours plus haut.

Elles s'étendirent, partant en vrille de mes doigts pour former une colonne qui m'enveloppait entièrement dans l'ombre. Je ne voyais plus Teka, ni Sifa ni Yma, mais seulement ce grand pilier de flux qui passait sur et en moi, pour se diriger sur l'écoutille ouverte dans le ventre du vaisseau othyrien.

Je ne vis pas la bombe anti-flux mais je vis l'explosion, la lumière qui rayonnait à partir d'un point fixe, tout comme l'ombre qui montait de moi en s'étirant.

Et lorsque les deux forces se rencontrèrent, la douleur fut intolérable.

Je hurlai, impuissante, comme je ne me souvenais pas l'avoir jamais fait. La douleur était si intense qu'elle engloutit ma fierté, ma raison, ma conscience de moi-même. J'entendis mon cri, je le sentis racler ma gorge tout comme je sentais l'enfer qui faisait rage autour de moi et en moi, et je vis l'ombre et la lumière et le point où elles se heurtaient avec un claquement sec.

Mes genoux se dérobèrent et des bras se replièrent sur ma taille, des bras minces, osseux. Je sentis quelqu'un se presser contre mon dos, et j'entendis la voix de Teka qui disait : « Tiens bon, tiens bon, tiens bon… »

J'avais tué son oncle, sa cousine et, indirectement, sa mère, et elle se tenait derrière moi pour me soutenir.

Des mains se replièrent sur mes bras, douces et tièdes, et je sentis flotter autour de moi l'odeur des feuilles de sendes, qui était celle du shampoing de Sifa.

Les yeux sombres de celle qui m'avait abandonnée, et qui revenait maintenant pour moi.

Et enfin les longs doigts pâles d'Yma sur mon poignet.

Le flux nous traversa toutes les quatre en même temps, mon amie, mon ennemie, ma mère et moi, toutes les quatre enveloppées dans une obscurité qui était la vie elle-même.

# 5

▲

▲

**Arzodae.** *Verbe zoldien.*
Mutiler, comme avec un couteau.

# :53
# CISI

*FLASH D'INFORMATIONS,* annonce l'écran. *Confirmation du décès de Lazmet Noavek lors d'un assaut shotet sur Hessa, l'une des villes principales de Thuvhé.*

Je regarde l'infirmière droit dans les yeux en rêvant de lui dire qu'elle *va* me fournir un fauteuil roulant *et* me laisser monter dans un vaisseau avec Isae Benesit à destination de Thuvhé, et que je me fiche bien que mes intestins se répandent par terre. Je ne peux pas le dire, évidemment. Certains voient leur don s'atténuer quand leur corps s'affaiblit, mais ce n'est pas mon cas, semble-t-il.

Alors je cherche comment la persuader. Je ne crois pas trop aux produits de luxe othyriens classiques – comme la soie –, cette femme est trop rigide. Ce n'est pas le genre de personne qui s'autorise à avoir des désirs. Elle doit plutôt chercher le réconfort auprès de choses qui lui sont accessibles, comme un bain chaud ou un bon fauteuil. Comme j'ai des facilités à manipuler l'eau, je lui en envoie, pas les vagues déferlantes qui fonctionnent si bien avec Isae mais la tranquillité tiède d'un bain. Une eau porteuse mais immobile.

Je ne m'embarrasse pas de finesse : j'inonde entièrement la pièce. L'effort me chauffe les joues et je sens que les points de suture tirent sur ma plaie.

– Je viens de Hessa, dis-je.

Ma voix me parvient comme étouffée, bien que je m'entende distinctement. Encore une bizarrerie de mon don.

– Il faut que je parte. Signez-moi une décharge.

Elle acquiesce d'un hochement de tête en me regardant d'un air assoupi.

Je n'ai pas parlé à Isae depuis l'arrestation d'Ast. Elle est simplement venue m'assurer que c'était chose faite, qu'il était parti. Comme il n'est pas citoyen de l'Assemblée, il a été renvoyé sur sa lune natale pour y être jugé, libre à ses compatriotes de faire de lui ce que bon leur semblera. Mais il ne pourra jamais remettre les pieds sur une planète de l'Assemblée.

Un jour, celles-ci seront peut-être moins nombreuses. Des rumeurs évoquent une sécession liée à la loi de contrôle sur les oracles réclamée par Othyr. Les autres planètes ne se sont pas encore prononcées, mais Thuvhé s'est alignée sur cette position. Sur ce point, les choses sont claires.

On ignore encore ce qui s'est passé précisément à Voa. Les informations mettent du temps à nous parvenir. On sait juste que la bombe anti-flux n'a pas fonctionné. Quelque chose de noir comme de l'encre l'a heurtée en plein ciel, protégeant la ville de l'explosion. Personne n'est capable de l'expliquer, mais j'interprète cela comme un signe encourageant pour l'avenir.

L'infirmière me conduit à la piste de décollage sur une civière. Chaque secousse sur le chemin provoque des élancements horribles dans mon ventre, mais j'essaie de ne pas montrer que j'ai mal. Je rentre chez moi, c'est tout ce qui compte. *Le premier enfant de la famille Kereseth succombera à la lame.* J'ai effectivement succombé, mais je ne suis pas morte. C'est déjà pas mal.

Tandis que l'infirmière active l'aimant mural qui doit maintenir la civière en place pendant le décollage, Isae descend du poste de pilotage où elle parlait avec le commandant. Elle porte un pull aux manches longues qui lui couvrent les doigts, un pantalon noir droit et ses vieilles bottes aux lacets rouges. Elle semble inhabituellement tendue.

Elle me tend une tablette équipée d'un clavier.

– Pour le cas où tu aurais envie de dire un truc que tu n'arrives pas à dire.

Je pose l'écran sur mes genoux. Je lui en veux d'avoir choisi d'écouter Ast, de ne pas m'avoir crue, mais son geste me rappelle pourquoi je tiens tant à elle : elle pense à mes besoins. Elle veut que je sois capable de m'exprimer.

– Je n'aurais pas cru que tu me laisserais venir avec toi, dis-je, aussi rudement que mon don me le permet.

– À partir de maintenant, j'ai décidé de me fier à ton jugement, me répond-elle en fixant ses doigts enchevêtrés. Si tu veux aller à Hessa, tu iras à Hessa. Et puisque tu m'as demandé de faire preuve de clémence, désormais, j'essaierai.

Je la remercie d'un hochement de tête.

– Je suis désolée, Cis, ajoute-t-elle, presque dans un murmure.

J'éprouve une pointe de culpabilité. Je ne lui ai pas dit que j'avais essayé de contacter les exilés shotet après sa décision de lâcher une bombe anti-flux sur Voa. Ni que je n'ai pas arrêté d'exploiter mon don-flux pour l'adoucir et la persuader tout au long de cet épisode. Et je ne compte pas le faire. Cela me ferait perdre tout ce que j'ai gagné. Mais ce mensonge par omission me met mal à l'aise.

Le moins que je puisse faire est de lui pardonner. Je lui tends la main pour l'inviter à s'approcher, et elle pose sa paume sur la mienne.

– Je t'aime, me dit-elle.

– Moi aussi, je t'aime.

J'ai rarement eu autant de facilité à dire quelque chose. Il m'arrive peut-être de lui mentir, mais là je suis sincère.

Elle se penche pour m'embrasser et je garde ma main

sur sa joue, la retenant de longues minutes avant qu'elle s'écarte. Elle sent la feuille de sendes et le savon. L'odeur de chez moi.

Je ne serai jamais célébrée comme celle qui a détourné la chancelière Benesit d'une escalade militaire après la tentative d'attaque sur Voa pour l'inciter à engager des négociations de paix avec les Shotet. Et pourtant, grâce à moi, nous avons peut-être échappé à l'une des guerres les plus meurtrières de l'histoire de l'Assemblée. Personne ne vantera mes qualités de diplomate, ni mon calme, ni la pertinence de mes conseils.

Et c'est bien ainsi. Lorsque tout se déroule comme prévu, je m'efface en repassant au second plan. Mais je serai toujours là, derrière l'épaule de la chancelière tandis qu'elle naviguera sur le trajet d'une paix semée d'écueils. Je serai celle à qui elle demandera conseil, auprès de qui elle cherchera du réconfort chaque fois qu'elle sera rattrapée par la peine et la colère. Je serai le bras qui guidera sa main. Personne ne le saura.

Sauf moi. Moi, je le saurai.

# :54
# CYRA

JE FUS RÉVEILLÉE PAR UN BOURDONNEMENT. Un fenzu brillant d'une lueur bleue décrivait des cercles paresseux au-dessus de ma tête. Ses ailes irisées me rappelèrent soudain Uzul Zetsyvis et sa tendresse pour ces insectes, qui étaient à la fois sa passion et son gagne-pain.

Autour de moi tout était blanc : le sol, les draps, les murs, les rideaux. Je n'étais pas dans un hôpital, mais dans une maison baignée de silence. Dans un pot disposé dans un coin de la pièce, une fleur noire déployait couche après couche des pétales veloutés autour de son cœur jaune sombre. Je compris où je me trouvais : dans la maison des Zetsyvis, sur une falaise surplombant Voa.

Quelque chose n'allait pas, quelque chose n'était pas comme d'habitude. Je levai le bras, mais il était si lourd que mes muscles tremblaient sous l'effort. Alors je le laissai retomber sur le matelas et me contentai de regarder le fenzu voler en dessinant des chemins de lumière dans l'air.

Je savais ce qui n'allait pas : je ne souffrais plus. Et d'après ce que j'avais vu de mes bras, mes ombres-flux avaient disparu. J'étais partagée entre la peur et le soulagement. Plus de douleur, plus d'ombres-flux. Était-ce permanent ? Avais-je dépensé tellement d'énergie dans l'explosion anti-flux que mon don avait disparu pour toujours ? Je fermai les yeux. Je ne pouvais pas me permettre d'imaginer cela, une vie sans douleur. Je ne pouvais même pas me permettre de l'espérer.

Un peu plus tard – j'avais perdu la notion du temps –, on frappa à la porte. Sifa apparut avec une tasse de thé.

– Je me disais que tu étais peut-être réveillée.

– Raconte-moi pour Voa.

Je pris appui sur mes mains pour m'asseoir, mais mes bras étaient en coton. Quand Sifa voulut s'approcher pour m'aider, je l'arrêtai du regard, décidée à me débrouiller toute seule.

Elle s'assit sur une chaise près de mon lit en croisant les mains sur ses genoux.

– Tes ombres-flux ont contré l'explosion. Quelques jours après la mort de Lazmet, les exilés ont profité de la vacance du pouvoir pour revenir et prendre le contrôle de la ville. Mais ce que tu as fait semble t'avoir épuisée. Non, je ne peux pas te dire si la disparition de tes ombres-flux est permanente, ajouta-t-elle, répondant à une question que je n'avais pas encore formulée. Mais tu as sauvé beaucoup de vies, Cyra.

Il y avait… de la fierté dans sa voix. La fierté d'une mère.

– Arrête ça. Je ne suis pas à toi.

Elle soupira.

– Je sais. J'espérais seulement qu'on pourrait progresser vers quelque chose d'un peu plus nuancé que l'hostilité pure et dure.

Je réfléchis à cette suggestion.

– Peut-être, dis-je enfin.

Elle ne put retenir un petit sourire de satisfaction.

– Eh bien, dans ce contexte, regarde ceci.

Elle se leva pour ouvrir le rideau. De la fenêtre de ma chambre, on avait une vue plongeante sur Voa. Je ne distinguai tout d'abord qu'un scintillement de lumières au loin : les bâtiments de la ville.

– Il est midi, précisa Sifa.

Voa était couverte, presque comme protégée par une couche

de nuages noirs, à peine moins sombre que le ciel d'Ogra. Mes ombres-flux avaient élu domicile au-dessus de la ville, l'engloutissant dans une nuit permanente.

LES JOURS SUIVANTS, je me sentis mieux – physiquement en tout cas – que ça ne m'était arrivé depuis que mon don-flux s'était déclaré. Izit par izit, je reprenais des forces en mangeant ce que Sifa, Yma et Teka me cuisinaient. Yma brûlait tous les fonds de casserole et me servait le résultat sans une excuse, Sifa préparait de drôles de plats thuvhésit au goût étrange, surchargés d'épices, et Teka confectionnait des petits déjeuners de compétition. Je m'asseyais devant le plan de travail avec un couteau et je les aidais comme je pouvais en hachant les ingrédients jusqu'à ce que mon bras fatigue. Ma faiblesse m'exaspérait, mais l'absence de douleur la rendait plus que supportable.

J'aurais volontiers donné une dizaine de dons-flux pour qu'elle ne revienne jamais.

Sifa m'assurait qu'Akos était toujours vivant, mais j'ignorais dans quel état. Je passai au crible toutes les informations en provenance de Thuvhé, mais ne trouvai rien le concernant. Les reportages sur la mort de mon père ne le mentionnaient pas. Ce fut finalement Cisi qui nous informa, depuis Hessa, qu'elle l'avait retrouvé à l'hôpital en train de récupérer après une hypothermie. Elle le ramenait chez eux.

Les nuages au-dessus de Voa ne semblaient pas se dissiper. On avait l'impression que la ville resterait éternellement plongée dans le noir. En la regardant du haut de la falaise, on se croyait en pleine nuit. Mais en se tournant de l'autre côté, vers la Traverse qui nous séparait de Thuvhé, on voyait le soleil briller. C'était étrange d'observer un phénomène aussi déroutant en se disant qu'on en était la cause.

Puis, une nuit, presque une semaine après l'attaque, je fus réveillée par la douleur.

Je ne m'en rendis pas compte tout de suite. Je regardai l'heure, au cas où il serait temps de me lever pour préparer le petit déjeuner, car j'avais repris assez de forces pour prendre mon tour en cuisine. Et c'est avec un sursaut de crainte que je sentis un martèlement dans ma tête.

*C'est peut-être une simple migraine,* pensai-je. *Pas la peine de paniquer. Pas la peine de...*

J'avais des picotements dans les doigts, comme quand la circulation du sang se rétablit après avoir été coupée. J'allumais ma lampe de chevet à tâtons et je la vis : une ligne sombre, allant de mon poignet au bout de mon doigt.

Je repoussai mes couvertures en tremblant et regardai mes jambes nues. De légères ombres s'enroulaient autour de mes chevilles, comme des fers. Ma tête battait au même rythme que mon cœur. Je ne m'aperçus pas du bruit que je faisais – un horrible halètement, comme celui d'une bête à l'agonie – jusqu'à ce que Teka ouvre la porte, les cheveux rassemblés au sommet de sa tête.

Elle vit aussitôt les ombres-flux et vint s'asseoir à côté de moi sur mon lit en tirant les manches de son pyjama sur ses mains. Puis elle m'attira contre elle en appuyant mon visage sur son épaule anguleuse.

Je pleurai au creux de son cou et elle resta là, sans bouger ni parler.

– Je ne... Je ne voulais pas qu'elles reviennent, dis-je entre deux sanglots.

– Je sais.

– Je me *fiche* qu'elles soient puissantes, moi. Je...

– Ça aussi, je le sais.

Elle me berça, lentement, longtemps.

– Et dire qu'on appelle ça un don, reprit-elle au bout d'un moment. Quelle connerie...

Quelques jours plus tard, j'étais en train d'écouter le crépitement de la pluie sur les fenêtres de la chambre d'amis en regardant un sac posé sur le lit. J'y avais fourré l'essentiel de mes possessions et je me battais pour réfléchir, malgré la douleur qui me brûlait le dos et les jambes. Me réadapter à mon don-flux n'avait pas été facile.

Yma vint s'adosser au chambranle, toute vêtue de blanc.

– Aza m'a demandé de te parler de sa proposition, me dit-elle. À propos du fait qu'elle voudrait que tu fasses partie du nouveau gouvernement de Shotet.

– Pourquoi me proposer cela à moi ? On sait tous qu'il vaut mieux pour le peuple qu'aucun Noavek ne se mêle du pouvoir. Plus jamais.

– Ça ne me paraît pas si simple, fit Yma en remettant une mèche en place du bout de ses doigts parfaitement soignés. Il reste encore parmi nous pas mal de loyalistes. Ils sont fidèles aux Noavek, et ils pourraient se montrer plus coopératifs si nous mettions une Noavek, et à une position de pouvoir. Les Shotet ont besoin d'unité en ce moment.

– Il reste un problème, objectai-je. Je ne fais pas réellement partie de la lignée des Noavek.

Le système de gouvernement proposé par Aza était un mélange de responsables élus et de monarchie, où le monarque – moi, si on l'écoutait – nommait un représentant détenant le véritable pouvoir, avec le soutien d'un conseil. Il ne s'agirait pas pour moi de gouverner au sens où mon père et mon frère l'avaient fait, mais je restais méfiante. Il se passait toujours des choses moches lorsque ma famille était au pouvoir.

– Et pourquoi pas Vakrez ? demandai-je. C'est un Noavek. Un vrai, lui. Et il a plus d'expérience que moi.

– Il faut vraiment que je le dise ? soupira Yma.

– Dire quoi ?

Elle leva les yeux au ciel.

– Que tu me parais plus adaptée à cette fonction. Vakrez s'est laissé contrôler aussi bien par Lazmet que par Ryzek. Il manque de… force d'âme.

Je haussai les sourcils.

– Tu viens de me faire un compliment, là ?

– N'y attache pas plus d'importance que cela le mérite.

J'eus un petit sourire.

– Bon, d'accord. Je vais le faire.

– Quoi ? À cause du compliment ?

– Non.

À travers la vitre piquetée de gouttes de pluie, je regardai le sombre nuage d'ombre-flux qui obscurcissait Voa.

– Parce que j'ai confiance en ton jugement.

Pendant quelques instants, elle eut l'air déconcertée.

Puis elle hocha la tête, se retourna et partit sans ajouter un mot.

Elle ne m'appréciait pas plus qu'avant, mais peut-être avait-elle cessé de me détester. Je m'en contentais pour le moment.

# :55
# AKOS

Akos avançait sur le chemin surélevé qui isolait les fermiers des fleurs-de-silence. La moitié de la récolte avait été brûlée par les envahisseurs shotet mais les cultivateurs étaient toujours là, les mains protégées par leurs gants épais, pour prendre soin de ce qui restait. Une chance, disaient-ils, que les Shotet ne soient venus qu'après la récolte, car les fleurs n'avaient besoin que de leurs racines pour survivre. Les cultures de Hessa s'en remettraient sans difficulté.

Le temple, en revanche...

Akos ne pouvait toujours pas se résoudre à le regarder. Là où le dôme rouge scintillait normalement au clair de lune, il n'y avait plus qu'un grand espace vide. Les Shotet l'avaient réduit en miettes. Ils avaient tué presque tous les pensionnaires. Ils avaient déferlé dans les rues et envahi les ruelles. Quinze jours s'étaient écoulés et les Hessans n'en finissaient pas de retrouver de nouveaux cadavres.

Les victimes étaient surtout des soldats, grâce à un pensionnaire du temple qui avait courageusement sonné l'alarme, mais on comptait aussi beaucoup de civils.

Akos n'osait pas se rendre en ville. Il avait peur d'être reconnu, ou que sa manche remonte et révèle ses malemarques. Il risquait de se faire agresser si les gens découvraient qui il était, peut-être même de se faire tuer. Il comprendrait. C'était lui qui avait fait entrer les Shotet.

Mais surtout il ne supportait pas de regarder tout ce qui lui rappelait le raid. Les images qu'il voyait passer sur le fil d'informations lui suffisaient amplement.

Alors quand il sortait, c'était pour se promener dans les champs de fleurs-des-glaces, emmitouflé dans ses vêtements les plus chauds même si c'était la période la plus clémente de l'année. Là, il était en sécurité. Les boutons blancs des fleurs-de-pureté se détachaient de leurs tiges pour flotter dans les airs, et le sol était jonché d'une épaisse couche de poussière jaune de fleurs-de-jalousie. Le paysage était désolé, tout avait disparu jusqu'au retour de l'Endormissement, mais ça lui convenait très bien.

Akos sauta sur la route. À cette époque de l'année, où la neige se mettait à fondre par endroits, il gelait la nuit et tout était glissant le lendemain. Il fallait faire attention. Les crampons qui garnissaient les semelles de ses bottes ne suffisaient pas toujours à agripper la glace et il était déséquilibré par son bras en écharpe. Ses pas prudents le menèrent vers l'ouest, jusqu'à la maison familiale nichée en bordure de l'herbe-plume, protégée par son isolement.

Le flotteur de Cisi n'était pas posé devant la maison. En général, lorsqu'elle venait voir Akos, elle laissait l'engin en ville et terminait à pied, pour que personne ne sache où elle allait. Visiblement, personne ne savait qu'il était là, ou il aurait déjà été arrêté. Certes, il avait tué Lazmet Noavek, mais il avait aussi guidé les soldats shotet jusqu'au temple, son bras portait des malemarques, il possédait une cuirasse et il parlait la langue de la révélation. Il était devenu trop shotet pour les Thuvhésit.

Lorsqu'il entra dans la maison, un rai de lumière filtrant sous la porte de la cuisine lui signala que Cisi était bien là. Sifa était venue le voir à l'hôpital. Il n'avait pu s'empêcher de hurler sur elle, se mettant dans une telle rage que les médecins avaient demandé à sa mère de partir. Cisi lui avait promis de ne pas la laisser entrer dans la maison avant qu'il soit prêt. Ce qui, pensa-t-il en son for intérieur, n'arriverait jamais. Il ne voulait plus entendre parler de Sifa. Pas après ce qu'elle avait fait à Cyra, après la façon dont elle avait tenu ses distances avec les souffrances de son fils et l'avait poussé à éliminer Vas. Pas après tout ce qu'elle avait fait.

Il tapa des pieds pour faire tomber la glace de ses bottes, les délaça et les ôta dans l'entrée. Il déboutonna les courroies et les boutons qui fermaient hermétiquement son manteau en kutyah et retira le masque et les lunettes qui protégeaient son visage. Il avait oublié le temps qu'il fallait pour s'habiller et se déshabiller ici, trop habitué au climat tempéré de Voa.

Voa qui était maintenant plongée dans le noir, un noir digne d'Ogra, avec son ciel maculé de noir qui pâlissait vers le gris aux alentours du camp d'entraînement militaire. Ni les informations, ni Akos n'étaient en mesure d'expliquer ce phénomène. Personne ne savait grand-chose sur ce qui s'était passé.

En revanche, les informations couvraient heure par heure ce qui s'y déroulait à présent. Le gouvernement provisoire constitué d'exilés shotet avait été reconnu officiellement par l'Assemblée. Il était chapeauté par un groupement temporaire de conseillers le temps d'organiser des élections. Les Shotet avaient réclamé le statut de nation, sacrifiant leur territoire en échange de leur légitimité, et Voa était en cours d'évacuation. Les Ograns leur avaient accordé une zone plus vaste, mais infiniment plus dangereuse sur leur planète et négociaient les termes de leur cohabitation.

D'autres sujets suscitaient des remous au sein de l'Assemblée. Des rumeurs de sécession circulaient. Il était question que les planètes fidèles au destin se séparent des planètes laïques, et que tous les oracles se réfugient dans les premières. La moitié de la galaxie vivrait alors dans l'ignorance de l'avenir tandis que l'autre prêterait l'oreille à la moindre parole de sagesse des oracles. Ce schisme existait en Akos lui-même, et l'idée que la galaxie puisse être divisée l'angoissait, car cela l'obligerait à choisir son camp.

Mais c'était ainsi. Parfois, les blessures étaient trop profondes pour être guéries. Parfois, les gens ne voulaient pas s'entendre. Parfois, ils choisissaient de prendre une décision même lorsqu'elle risquait d'aggraver encore le problème.

– Cis ? appela Akos lorsqu'il eut fini d'accrocher tous ses vêtements d'hiver.

Il traversa l'étroite entrée sombre pour gagner la cuisine, en jetant un coup d'œil dans la cour au passage pour voir si les pierres-ardentes brûlaient toujours.

– Bonjour ! lança une voix depuis le salon.

La vue d'Yma Zetsyvis, plus que sa voix, fit tressaillir Akos, qui par réflexe se plaqua contre le mur. Honteux de sa réaction, il se redressa et s'obligea à lui faire face. Il était à cran depuis la mort de Lazmet.

Elle était assise près de la cheminée, à un mètre de l'endroit où Aoseh était mort. Ses cheveux blancs étaient détachés et, même revêtue de sa cuirasse couleur de sable, elle était très élégante.

– Pardon, lui dit-elle. J'aurais dû trouver une autre façon de te signaler ma présence.

Il prit quelques rapides inspirations.

– Qu'est-ce que vous faites là ?

Elle eut un petit sourire.

– Quoi, pas de « Ah, vous êtes en vie, quelle bonne nouvelle » ?

– Je...

– Ne t'en fais pas, ça m'est égal, le coupa-t-elle en se levant. Tu as l'air d'aller mieux. Tu remanges ?

– Je... Oui.

Chaque fois qu'il devait avaler quelque chose, il repensait à ce qu'il avait fait à Jorek et la moindre bouchée lui coûtait, aussi affamé qu'il puisse être. Il se forçait, parce qu'il n'aimait pas se sentir faible, fatigué et fragile. Mais c'était à chaque fois une épreuve.

– Je suis venue te sortir d'ici.

– C'est chez moi, ici.

– Non, c'est chez tes parents. C'est la maison où ton père est mort, à l'ombre d'une ville où tu ne peux même plus te rendre, du fait que certains aspects de ton identité ont été rendus publics. Ce n'est pas un endroit pour toi.

Akos croisa les bras pour se raffermir. Elle venait de formuler ce qu'il savait déjà depuis quinze jours, depuis que Cisi l'avait déposé ici après l'attaque. Le lit qui avait été le sien se trouvait à côté de celui d'Eijeh et Eijeh était parti, s'était dissous dans les rues de Voa pour ne plus jamais donner signe de vie. Le salon lui rappelait encore le sang de son père. Et le temple détruit…

Enfin c'était dit.

– Où est-ce que je pourrais aller ? demanda-t-il dans un murmure.

Elle s'approcha de lui, mais prudemment, comme s'il était un animal sauvage.

– Tu es un Shotet. Tu n'es pas que cela, c'est certain, tu restes un Thuvhésit, un fils d'oracle et un Kereseth. Mais tu ne peux pas nier que tu es aussi un Shotet. Et c'est nous, les Shotet, qui souhaitons t'avoir à nos côtés, conclut-elle en posant doucement la main sur son épaule.

– Nous ? riposta Akos en ignorant les picotements qui s'étaient mis à lui brûler les yeux. Et Ara ? Et Cyra ? Elles ne veulent pas de moi à leurs côtés.

– Je n'aurais jamais pensé devoir dire cela, grommela Yma, mais je trouve que tu pourrais accorder plus de crédit à Cyra. Et à Ara, en lui laissant le temps.

– Je ne…

– Nom d'un chien, file à la cuisine et qu'on en finisse ! s'impatienta Yma.

À LA TABLE DE LA CUISINE – celle où il faisait ses devoirs d'écolier avant le dîner, sur laquelle il montait pour frotter les pierres-ardentes avec de la poudre rouge de fleur-de-silence, sur laquelle il avait appris à hacher, émincer et écraser les ingrédients du sédatif – était assise Cyra.

Avec ses épais cheveux ondulés rassemblés d'un côté de sa tête tandis que l'autre scintillait de reflets d'argent.

Avec son bras recouvert de son brassard.

Avec ses yeux sombres comme l'espace.

– Salut, dit-elle en thuvhésit.

– Salut, répondit-il en shotet.

– Cis nous a fait passer à Thuvhé en douce. Les contrôles douaniers sont draconiens ces temps-ci.

– Ah. Je ne savais pas.

– Yma et moi, on part pour Ogra ce soir, maintenant que je suis en état de voyager.

– Tu… (Akos avala sa salive avec peine.) Qu'est-ce qui s'est passé ?

– Tu parles de l'obscurité sur Voa ? C'était moi. Enfin, mes ombres-flux.

Elle sourit d'un air un peu penaud. Ce n'était pas le sourire détendu qu'elle lui aurait adressé quelques mois plus tôt, mais c'était mieux que ce qu'il aurait pu espérer. Elle leva la main pour lui montrer les ombres noires qui flottaient toujours au-dessus de sa peau, sombres et denses.

– Ça m'a pris tellement d'énergie que mes ombres ont disparu pendant une semaine. J'ai même espéré qu'elles étaient parties pour de bon. J'étais dévastée quand elles sont revenues, je dois dire. Mais je… bah, je fais avec. Comme toujours.

Akos hocha la tête.

– Tu as maigri, reprit-elle. Yma m'a parlé de… ce que t'a fait Lazmet.

– Cyra.

– Je le connais, tu sais. J'ai vu et entendu des choses.

Elle ferma les yeux et secoua la tête.

– Alors je sais.

– Cyra. Je suis tellement… Il n'y a pas de mots.

– Il y en a beaucoup, en fait.

Elle se leva et fit le tour de la table en promenant ses doigts sur le bois.

– En shotet, on a juste le mot « regret ». Mais en zoldien, il y en a trois. Un pour les vexations, un pour les excuses classiques, et un qui veut dire quelque chose comme : « Ce que j'ai fait m'a ôté une partie de moi. »

Akos hocha la tête, incapable de parler.

– Au début, j'ai cru que je ne pourrais pas te pardonner, que je n'en serais pas capable, ajouta-t-elle. C'est vrai, Lazmet était sur le point de me tuer et tu restais assis là, sans bouger.

Akos tressaillit à ce souvenir.

– Je ne pouvais pas. J'étais… pétrifié. Engourdi.

– Je sais, répéta-t-elle en venant se poster devant lui, le front plissé. Akos, aurais-tu oublié ce que je cache sous ce brassard ?

Elle leva le bras et frappa sa coque de cuir.

– Quand je t'ai montré ces marques, as-tu pensé, même une minute, que j'avais commis quelque chose d'impardonnable ?

Akos avait le cœur qui battait aussi fort que lorsqu'il paniquait, et il ne comprenait pas pourquoi.

– Jamais, reprit-elle. Tu m'as montré de la compassion. Teka m'a montré de la compassion. Yma aussi, à sa manière.

Elle tendit la main pour lui effleurer la joue et il eut un mouvement de recul.

Son pardon était infiniment plus dur à accepter que sa condamnation, parce qu'il l'obligeait à changer.

– Cette fois, c'est à mon tour de te dire : « Tu étais jeune, épuisé, tu avais faim. Tu étais désorienté, et seul, et tu souffrais. » Et si tu crois que moi, Cyra Noavek, le Fléau de Ryzek, qui ai tué ma propre mère, je ne peux pas comprendre que, ce jour-là, dans la Salle d'armes, tu étais sous l'emprise de Lazmet, c'est que tu ne comprends pas vraiment qui je suis ni ce que j'ai fait.

Pendant tout ce temps, Akos l'avait observée attentivement. Elle l'attira plus près et posa son front contre le sien, de telle sorte qu'ils pouvaient continuer à se voir tout en respirant le même air.

– Ce que j'ai fait, déclara-t-il, m'a ôté une partie de moi.

– Ça va aller. Regarde-moi : j'ai été charcutée et recousue, moi aussi.

Puis elle s'écarta.

– Pour l'instant, on n'a qu'à être amis, d'accord ? On pourra toujours revenir plus tard sur la question de « Bon, vu qu'on est toujours amoureux, qu'est-ce qu'on va faire, maintenant ? ».

Akos sourit enfin.

– Fais-moi visiter ta maison. Est-ce qu'il y a des photos de toi dont tu as honte ? Pendant le voyage, ta sœur m'a dit que tu avais un truc avec les chaussettes.

Alors Akos la fit monter à l'étage, les doigts entrelacés avec les siens, et lui ouvrit tous ses tiroirs en se laissant charrier sans aucune pitié.

*Chère Cisi,*

*Pardon de ne pas t'avoir attendue. Je ne savais pas trop quand tu reviendrais, et mon pilote devait partir.*

*J'espère que tu comprends pourquoi je ne peux pas rester. Je n'ai plus ma place ici. Mais je te propose un marché : si tu essaies de calmer un peu ton don-flux quand tu conseilles Isae, j'essaierai de ne plus m'en vouloir à propos d'Eijeh. Ni de Jorek. Ni de Hessa.*

*Franchement, je trouve ta part du marché bien plus facile à remplir, tu as tout intérêt à dire oui.*

*Mais sérieusement, tu n'es pas une marionnettiste, Cis, même si je sais que tu aimerais bien, quelquefois. Peut-être que tu es faite pour le pouvoir, mais n'oublie pas qu'il doit être manipulé avec précaution.*

*Je serai plus loin de toi sur Ogra que je ne l'étais à Shotet, mais ce ne sera pas pareil. Maintenant, je pourrai venir te voir. Maintenant, je peux être ce que je veux, aller où je veux.*

*Tu vas me manquer. Fais attention à toi.*

*Akos*

*P-S : Ne t'en fais pas, un jour ou l'autre, je finirai par reparler à maman.*

# 56:
# CYRA

*Une saison plus tard*

En me réveillant, j'entendis un léger bourdonnement et les petits coups d'un couteau sur une planche à découper. Il me tournait le dos, les épaules voûtées au-dessus de l'étroit plan de travail. Le petit tas d'ingrédients qui se trouvait à côté de la planche ne m'évoquait rien – il était composé de je ne sais quels produits ograns qu'il avait appris à préparer d'une demi-douzaine de manières différentes en travaillant avec Zenka.

Je m'étirai, ce qui fit craquer mes genoux. Je m'étais endormie bercée par le bouillonnement de cette nouvelle mixture qui mijotait sur la cuisinière. À ce moment-là, il était assis au bout du lit, occupé à lire un livre en shotet avec le traducteur automatique à portée de main. Il avait fait de gros progrès pour déchiffrer les caractères shotet, mais il y en avait beaucoup à apprendre et il lui faudrait plusieurs saisons pour les maîtriser.

– J'ai entendu ce genou qui craquait, votre Souveraineté.

– Tant mieux, approuvai-je en bâillant. Ça veut dire que tu es plus aux aguets que tu n'en as l'air.

Je me levai pour le rejoindre. Il avait le bras bandé. Le tentacule de je ne sais quelle plante vénéneuse ograne l'avait attrapé tandis qu'il la cueillait et avait rongé sa peau comme de l'acide. Sans les masquer totalement, la cicatrice recouvrirait une bonne partie de ses marques.

– Ce truc a l'air parfaitement répugnant, dis-je en désignant la substance qu'il était en train de hacher.

Elle était noire et grumeleuse, et paraissait enduite de graisse de moteur. Akos avait les doigts tout gris.

– Et il l'est au goût aussi, enchérit-il. Mais s'il agit comme je le pense, tu disposeras d'un sédatif qui ne te fera plus dormir pendant la journée.

– Tu n'as pas besoin de consacrer autant de temps aux sédatifs. Je m'en sors très bien avec ceux que j'ai.

– J'aime bien faire ça. Toutes mes occupations ne tournent pas autour de toi, je te signale.

– J'adore quand tu me dis des mots doux.

Je passai les bras autour de sa taille, inspirant l'odeur de frais qui flottait sur ses vêtements l'après-midi, quand il revenait de la petite serre du vaisseau.

Les Ograns nous avaient prêté deux vaisseaux pour le séjour, cette saison-là. Ils étaient beaucoup plus petits que l'ancien et ne pouvaient pas transporter tous les Shotet, ce qui nous avait obligés à recourir au tirage au sort. Mais le séjour pourrait continuer à avoir lieu, c'était le principal aux yeux de la plupart d'entre nous, en particulier les exilés qui en avaient été privés pendant de longues saisons.

La planète désignée pour le ramassage était Tepes. Contrairement à la tradition, ce choix avait été guidé par des motivations politiques plus que par le flux. Tepes, Ogra et Shotet partageaient le même point de vue dans le débat sur les oracles qui les opposait à Othyr, Thuvhé et Pitha. Et le mot « débat » n'était pas le mieux choisi, les relations étant « légèrement tendues », pour reprendre la formule de Teka. Autrement dit, mauvaises.

Ce n'était plus qu'une question de temps avant que ce sujet ne divise la galaxie en deux. Le problème était que les autres planètes de l'Assemblée souhaitaient garder leurs oracles, mais en leur imposant des règles strictes, changement inacceptable pour les oracles eux-mêmes. Je ne savais pas trop ce que j'en pensais, après mon expérience avec Sifa. Heureusement, on ne me demandait pas de me prononcer.

Nommée Premier ministre, Aza prenait la plupart des décisions. On me consultait à l'occasion et j'essayais d'assurer la partie diplomatique, même si je n'étais pas très douée pour cela. J'avais au moins l'avantage de connaître les autres planètes, qui me fascinaient depuis toujours. Et mon don pour les langues m'était utile, car les gens appréciaient que les étrangers fassent l'effort d'apprendre la leur.

Akos cessa de hacher son ingrédient et se retourna dans mes bras, se retrouvant cloué au plan de travail. Il portait une vieille chemise rouge de son père, du rouge écarlate typique de Thuvhé, usée et rapiécée aux coudes.

Ses yeux gris – encore sur leur garde, toujours sur leur garde – étaient un peu tristes, et ce depuis la veille. Fruit du hasard ou ironie du destin, ou de ce qu'on voudra en quoi je croyais alors, Ara Kuzar était à bord. Elle continuait à l'ignorer et je savais que sa présence était pénible pour Akos, même s'il se contentait de dire, quand j'abordais le sujet, que c'était moins pénible pour lui que pour elle. C'était indiscutable.

Je levai le menton et l'embrassai, doucement. Il répondit en passant son bras dans mon dos pour me presser contre lui, fort et doux et sûr de lui.

Il nous fallut un moment avant de nous séparer.

– On traverse le ruban-flux, aujourd'hui, lui dis-je. Tu viendras avec moi ?

– Au cas où tu ne l'aurais pas remarqué, je te suis à peu près partout

Il me tapota le nez du bout d'un doigt taché de gris, laissant une belle trace que je pouvais même voir du coin de l'œil.

– Je rêve ou tu m'as mis du noir sur le nez alors que je dois me montrer en public ?

Il sourit et confirma d'un hochement de tête.

– Je te déteste, dis-je.

– Et moi je t'aime.

– Qu'est-ce que tu as sur le nez ? me demanda Teka.

Nous nous tenions sur le pont d'observation du vaisseau de séjour, juste au-dessus du centre de commandement où pilotes et techniciens s'affairaient en courant pour se préparer à franchir le ruban-flux. Nous nous approchâmes de la barrière qui nous séparait de la gigantesque baie vitrée derrière laquelle il allait apparaître.

L'intérieur du vaisseau ogran était sombre – ce qui n'avait rien de surprenant – et plein de demi-niveaux. Partout, le sol était fait de passerelles grillagées qui passaient sur des mares peu profondes dans lesquelles luisaient des bactéries bioluminescentes. C'était étrange et beau, mais plus d'une personne était tombée dedans et avait dû être emmenée à l'infirmerie. Encore une nouveauté à laquelle il fallait s'adapter.

Akos était déjà là. La passerelle étant de plus en noire de monde, et il nous avait gardé des places, même si, pour être honnête, les gens se seraient écartés sur mon passage. J'essayais de ne pas le prendre mal. Je me glissai entre Teka et lui et attendis que le commandant nous signale le moment de la secousse.

Akos prit ma main tandis que le vaisseau s'approchait de la lumière bleu profond. Il me lâcherait quand nous entrerions dans le ruban-flux pour me laisser sentir ses effets, aussi douloureux soient-ils pour moi. En attendant, cela me faisait du bien de l'avoir à mes côtés. J'avais le cœur battant. J'adorais ce moment.

La vraie surprise vint quand Teka me prit l'autre main. Elle avait un sourire de gamine éblouie sur la figure.

– *Je suis une Shotet,* dit-elle, plus pour elle-même que pour moi. *Aiguisée comme une lame et tout aussi puissante...*

C'était la variante d'un poème que j'avais vu griffonné sur un mur de Voa et qui critiquait le régime des Noavek :

*Je suis tranchante comme le verre, et tout aussi fragile. Mon regard embrasse toute la galaxie sans que je l'entrevoie jamais.*

Je préférais cette version parce qu'elle me rappelait ma propre fragilité, ma tendance à voir uniquement ce que je voulais. Mais j'aimais bien celle de Teka aussi.

Je fus étonné qu'Akos se joigne à elle pour réciter les derniers vers :

– *Je vois toute la galaxie, et elle est tout à moi.*

– Préparez-vous ! nous parvint un cri lancé à nos pieds.

Teka et Akos me lâchèrent les mains presque en même temps. Et le vaisseau fut entièrement consumé par la lumière bleue.

▲

▲

# :ÉPILOGUE
# EIJEH

NOUS RETOURNONS à Hessa incognito.

Ça nous paraissait trop dangereux au début, mais c'était inévitable. Alors nous avons attendu le prochain séjour des Shotet pour réserver une place sur un vol, sous une fausse identité achetée à un faussaire sur P1104 après notre fuite de Voa.

Comme nous ne comptons pas rester longtemps, nous louons un manteau chaud dans la boutique miteuse pour touristes de la grand-place. Nous faisons l'ascension de la colline de Hessa à pied, comme le veut la tradition. La salle des Prophéties est fermée pour réparations mais nous connaissons toutes les entrées, y compris celles que les autres ignorent. Au moins, nous n'avons pas oublié cela.

Il y a un trou béant dans le dôme en verre rouge de la salle des Prophéties, aux arêtes déchiquetées. Nous ne savons pas avec quoi les Shotet ont brisé le toit.

Nous nous arrêtons au centre de la salle, là où l'une de nos mères s'est tenue un jour pieds nus pour recevoir l'avenir.

Nous voyons...

Une galaxie coupée en deux, des oracles qui fuient vers Ogra, Tepes et Zold.

Des vaisseaux de l'Assemblée qui les poursuivent, puis les rattrapent.

Des petites explosions d'anti-flux.

Des possibilités qui disparaissent tandis que des vies s'éteignent.

Nous voyons…

Des Shotet se posant sur Tepes, vêtus de combinaisons de protection contre la chaleur.

Ils se bouchent le nez dans les odeurs de détritus chauffés à blanc.

Un homme enlève le sable d'un compresseur.

Une femme brandit un morceau de verre rond à la lumière du soleil.

Nous voyons…

Isae Benesit vêtue d'une robe longue écarlate, le rouge de Thuvhé.

Elle se tient derrière une plaque de glace où des fleurs-de-silence sont sur le point d'éclore.

À moitié cachée dans l'ombre derrière elle, vêtue du même rouge qu'elle, se tient Cisi Kereseth. Elle sourit d'un sourire énigmatique et porte sur la tête une mince couronne d'argent, la parure des époux des chanceliers.

Les fleurs s'ouvrent toutes ensemble et se déplient.

Nous voyons…

Nos mains agrippées aux courroies qui se croisent sur notre poitrine tandis que notre vaisseau tombe, tombe à travers une épaisse atmosphère.

Les lignes de lumière sillonnant la surface d'Ogra comme des veines qui apparaissent sous nos yeux.

Nous sommes shotet. Nous ne sommes pas shotet. Quoi qu'il en soit, nous sommes un oracle et cela ne pourra pas changer.

Alors nous retournons au temple d'Ogra pour apprendre.
Pour voir ce que nous pourrions devenir ensuite.

Nous les voyons…
*Nous les voyons.*
Plus âgés. Elle avec la peau-d'argent qui brille d'un côté de sa tête. Lui avec ses yeux gris dont les coins se plissent quand il la regarde.
Ils se tiennent au milieu d'une foule sous un vaisseau géant, un patchwork de plaques de métal qui se dresse au-dessus des autres sur le quai de chargement : un nouveau vaisseau de séjour.
Il lui prend la main et ils se dirigent vers lui, ensemble.

# GLOSSAIRE

**altetahak**

« L'école du bras ». Technique de combat shotet qui privilégie la force, et donc plus spécifiquement adaptée aux individus de forte stature.

**altos arva**

Fruit trellien particulièrement sucré.

**arzodae**

Mot zoldien signifiant « mutiler, comme avec un couteau », il sert principalement à exprimer de vifs regrets par une formule d'excuses très forte. Ex. : « Ce que j'ai fait m'a ôté une partie de moi. »

**Benesit**

L'une des trois familles élues du destin de la planète Thuvhé. L'un de ses membres est voué à devenir chancelier ou chancelière de cette planète.

**cycle**

Unité de temps correspondant à quarante jours.

**don-flux**

Considérés comme la manifestation de la circulation du flux chez les individus, les dons-flux correspondent à des pouvoirs, uniques à chaque personne, qui se déclarent à la puberté. Ils ne sont pas toujours bénéfiques.

**elmetahak**

« L'école de l'esprit ». Technique de combat shotet. Tombée dans l'oubli, elle privilégie la tactique.

**Essander**

Planète modérément riche à la population très religieuse, et particulièrement sensible aux odeurs.

**fleur-de-silence**

Variété de fleurs-des-glaces la plus importante pour les Thuvhésit. Consommée à l'état pur, cette fleur d'un rouge vif est un poison. Diluée, sa poudre peut avoir des effets analgésiques ou euphorisants.

**fleur-des-glaces**

Seules cultures de Thuvhé, les fleurs-des-glaces sont des plantes résistantes, à la tige épaisse. Chaque variété produit des fleurs d'une couleur donnée. Chacune a des propriétés spécifiques, notamment médicinales.

**flux**

À la fois phénomène naturel et, pour certains, symbole religieux, le flux est une énergie invisible, qui confère des pouvoirs aux personnes et peut alimenter appareils, machines et véhicules.

**Galo**

Ville de la planète Ogra principalement peuplée d'exilés shotet.

**herbe-plume**

Plante aux propriétés puissantes originaire de la planète Ogra. Elle provoque des hallucinations, en particulier lorsqu'elle est ingérée.

**Hessa**

L'une des trois villes principales de la nation thuvhésit, considérée comme la moins prospère et la plus mal famée.

**izit**

Unité de mesure correspondant approximativement à la largeur du petit doigt.

**Kereseth**

L'une des trois familles élues du destin de la planète Thuvhé, vivant à Hessa.

**kutyah**

Gros animal de type canidé, originaire de Thuvhé. Les Thuvhésit utilisent son épaisse fourrure pour sa chaleur.

**kyerta**

Une vérité qui change toute une vie. En ogran, ce mot signifie littéralement « ce qui a été écrasé pour prendre une autre forme ».

**Noavek**

La seule famille shotet élue du destin de la planète Thuvhé, connue pour son instabilité et sa brutalité.

**Ogra**

Planète sombre et mystérieuse située aux confins du système solaire.

**oruzo**

Littéralement, « image miroir ». En shotet, ce mot désigne une personne qui en remplace une autre au point de devenir cette personne.

**Osoc**

La plus froide et la plus septentrionale des trois principales villes de la nation thuvhésit.

**Othyr**

Planète connue pour sa richesse et ses technologies innovantes, en particulier dans le domaine médical.

**Pitha**

Planète également connue sous le nom de « planète océane », à cause de l'eau qui la recouvre et des pluies torrentielles qu'elle subit. Ses habitants se distinguent par leur sens pratique et leur talent pour la fabrication de matériaux de synthèse de qualité.

**Pokgo**

Capitale d'Ogra.

**ruban-flux**

Représentation visible du flux, le ruban-flux aux couleurs vives traverse le ciel. Il relie les planètes du système solaire les unes aux autres en s'enroulant autour de chacune.

**saison**

Unité de temps correspondant à une année. Ce terme est originaire de Pitha, planète pluvieuse où une révolution autour du soleil est qualifiée avec humour de « saison des pluies ».

**séjour**

Voyage annuel, entrepris par les Shotet dans un vaisseau gigantesque. Il recouvre une révolution autour du système solaire et l'arrêt sur une planète « élue par le flux » pour le « ramassage », la collecte de matériaux réutilisables.

**sema**

Personne qui n'est ni homme ni femme.

**Shissa**

La plus riche des trois principales villes de la nation thuvhésit. Les constructions y flottent dans le ciel « comme des gouttes de pluie en suspension ».

**Shotet**

Nom d'une nation vivant sur la planète Thuvhé, isolée de la population des Thuvhésit. Son gouvernement n'est pas reconnu par les autres planètes.

**soju**

Métal en provenance d'Essander qui fait écran au mouvement du flux.

**Tepes**

Surnommée « la Planète de feu », c'est la plus proche du soleil. C'est aussi la plus religieuse des planètes-nations de l'Assemblée.

**Thuvhé**

Nom d'une nation mais aussi dénomination officielle d'une planète également appelée « planète des glaces ». Elle héberge à la fois les peuples thuvhésit et shotet.

**Trella**

Petite planète montagneuse modérément prospère qui montre peu de considération pour les oracles. Trella est le plus gros fournisseur de fruits du système solaire.

**Urek**

Nom par lequel les Shotet désignent la planète Thuvhé, signifiant « vide ». (Ils emploient le nom « Thuvhé » pour désigner la nation des Thuvhésit.)

**Voa**

Capitale de la nation shotet sur la planète Thuvhé, où se concentre la presque totalité de sa population.

**zivatahak**

« L'école du cœur ». Technique de combat shotet plus spécifiquement adaptée aux individus rapides de mouvement et d'esprit.

**Zold**

Petite planète pauvre située au centre du système solaire, qui se distingue par ses pratiques ascétiques et une forte identité nationale.

# REMERCIEMENTS

MERCI À…

Nelson, celui qui partage tout avec moi, qui pleure quand je pleure et se réjouit quand je me réjouis.

Katherine Tegen, pour son soutien sans faille et sa sincérité, et parce qu'elle est tout ce dont je peux rêver chez une éditrice.

Joanna Volpe pour son humour, ses conseils et ses super-pouvoirs de brainstormeuse.

Devin Ross pour sa patience avec mes problèmes de boîte mail. Hilary Pecheone pour ses enseignements en matière de réseaux sociaux. Pouya Shahbazian pour son flair et sa patience.

Et Chris McEwen pour sa jugeote et son arbitrage des chassés-croisés téléphoniques. Kathleen Ortiz, Maira Roman, Veronica Grijalva, qui sillonnent le monde à la recherche de nouveaux foyers pour mes livres. La merveilleuse équipe de New Leaf Literary. Steve Younger, pour tenir les rênes… mais toujours de manière cool.

Tori Hill pour son amitié et parce qu'elle se rappelle toujours de tout !

Rosanne Romanello pour son sens de la stratégie et son rire contagieux. Bess Braswell, pour ses bonnes idées et son bon cœur. Cindy Hamilton, Nellie Kurtzman, Audrey Diestelkamp,

Sabrina Abballe des services publicité et marketing, pour toute l'organisation, les brainstormings et le soutien que je pouvais espérer. Mabel Hsu pour la patience dont elle a fait preuve avec moi et pour tout son travail. Andrea Pappenheimer, Kathy Faber, Kerry Moynagh, Kirstin Bowers, Heather Doss, Susan Yaeger, Jessica Abel, Fran Olson, Jessica Malone, Jennifer Wygand, Deborah Murphy, Jenny Sheridan et Rick Starke, du service des ventes, pour leur enthousiasme et leur soutien. Brenna Franzitta, qui garde un œil sur mes mots et mes mondes depuis *Divergente* ; Alexandra Rakaczki, Valerie Shea, Josh Weiss, Gwen Morton à la direction éditoriale, pour leur attention à tous les détails. Amy Ryan, Joel Tippie, Erin Fitzsimmons et Barb Fitzsimmons pour le talent avec lequel ils transforment les commentaires en conception graphique d'un coup de baguette magique. Jean McGinley pour son travail infatigable avec nos amis outre-atlantique et partout dans le monde. Nicole Moulaison, Kristen Eckhardt et Vanessa Nuttry au service fabrication, pour leur talent. Et, *last but not least*, Brian Murray, Kate Jackson et Suzanne Murphy, nos capitaines sans peur.

Courtney Summers, Maurene Goo, Somaiya Daud pour leurs lectures et leurs (rapides) réactions, leurs remarques délicates et leurs encouragements. Sarah Enni pour nos conversations géniales et pour sa présence lors des tournées… et partout ailleurs. Margie Stohl, qui prend toujours soin de mon cerveau. Alexis Bass, Amy Lukavics, Debra Driza, Kaitlin Ward, Kara Thomas, Kate Hart, Kody Keplinger, Kristin Halbrook, Laurie Devore, Leila Austin, Lindsey Culli, Michelle Krys, Phoebe North, Samantha Mabry, Stephanie Sinkhorn, Stephanie Kuehn et Kirsten Hubbard, qui m'aident à affronter les moments difficiles et fêtent à coups d'émoji les moments moins difficiles. (Vous me donnez tous bien plus que je ne peux le dire.) Tous les gens de YALL, pour tout le super travail qu'on accomplit ensemble. Quelques amis écrivains (ils se reconnaîtront), pour la gentillesse et la sagesse qu'ils m'ont offertes pile quand c'était nécessaire.

Ma famille – celle dans laquelle je suis née, celle que j'ai gagnée ensuite, et celle que j'ai trouvée en bonus en me mariant – qui me donne partout dans le monde des endroits où me sentir chez moi et aimée. Mes amis, qui m'aident à sortir de mon mode ermite quand j'en ai besoin.

Mes lecteurs, toujours prêts à me suivre dans des mondes nouveaux.

Toutes les femmes qui font partie de ma vie, et qui m'impressionnent par leur résilience.

# L'AUTEURE

VERONICA ROTH est l'auteure de la série best-seller *Divergente*. Elle vit avec son mari dans les environs de Chicago.

# Découvrez aussi...

**DANS UN MONDE POST-APOCALYPTIQUE,
TRIS EST DIVERGENTE.
CE SECRET PEUT LA SAUVER... OU LA TUER.**

Numéro d'éditeur : 10251465
Achevé d'imprimer en novembre 2018 par CPI Brodard & Taupin
(72200 La Flèche, Sarthe, France)
Numéro d'impression : 3031480